BAUM
HAUS

Die Autorin

Monica Davis ist eines der Pseudonyme einer deutschen Autorin, deren bürgerlicher Name Monika Dennerlein lautet. 1976 in Berchtesgaden geboren, verschlug es sie nach dem Abitur nach München, wo sie ein paar Jahre als Zahntechnikerin arbeitete, jedoch nie ihre Leidenschaft fürs Schreiben verlor. Seit sie sich voll und ganz der Schriftstellerei widmet, sind von ihr 26 Bücher, 6 Hörbücher und zahlreiche E-Books erschienen, die regelmäßig unter den Online-Jahresbestsellern zu finden sind.

MONICA DAVIS

PLÖTZLICH DÄMON

BAUM HAUS

BAUMHAUS TASCHENBUCH
Band 1073

1. Auflage: April 2014

Dieser Titel ist auch als E-Book erschienen.

FSC
www.fsc.org
MIX
Papier aus verantwortungsvollen Quellen
FSC® C006701

Originalausgabe

Umschlaggestaltung: © Julia Jonas Guter Punkt, München,
unter Verwendung von Motiven von shutterstock
Satz: Satzkonzept Josefine Urban
Gesetzt aus der Goudy Oldstyle Std
Druck und Verarbeitung: CPI books Ebner & Spiegel, Ulm
Printed in Germany
ISBN 978-3-8432-1073-7

Sie finden uns im Internet unter
www.baumhaus-verlag.de
Bitte beachten Sie auch www.luebbe.de

TEIL 1

DAS DUNKLE ERBE

PROLOG

»Ich hab echt keinen Bock mehr«, murmelte James. Mit dem Handrücken wischte er sich Schweiß und Staub von der Stirn, bevor er sich auf einen Steinquader setzte. In der Pyramide war es stickig und dunkel, seine Nase juckte ständig und er hatte Durst. Bisher hatten sie nicht gefunden, wonach sie alle suchten. Bis jetzt hatten sie noch rein gar nichts gefunden, nichts, außer einer Menge Dreck. Vielleicht lag das Zepter gar nicht in dieser Grabstätte. Ja, vielleicht war es nicht einmal in der Nähe von Kairo! Die Gilde musste sich bei der Entzifferung der Hieroglyphen geirrt haben. Wer glaubte schon, was auf einem jahrtausendealten Tontopf stand?

Ein Zepter, mit dem man sich jeden untertan machen könnte, hätte allerdings was, überlegte James. Als Erstes würde er seinen Archäologieprofessor zur Hölle schicken, der seine Studenten hier schuften ließ, als wären sie Sklaven des alten ägyptischen Reiches. Im Moment wünschte James sich ins Hotel, besonders unter die Dusche und in sein Bett. Ihm tat jeder Muskel weh.

Er hatte sich von ihrer kleinen Gruppe abgesetzt, um in Ruhe seine Mittagspause zu genießen, und befand sich jetzt in einer leeren Kammer abseits der anderen. Draußen in der Sonne war es ihm zu heiß. James wollte keinen in seiner Nähe haben, wenn er in seinen Erinnerungen schwelgte.

Ächzend zog er den Handstrahler, der ein grelles Licht verbreitete, näher zu sich, nahm den letzten Schluck aus seiner Wasserflasche und holte mehrere gefaltete Zettel aus seiner Brusttasche.

Es waren Briefe von Anne. James kannte sie schon auswendig, so oft hatte er sie gelesen. Es vermittelte ihm einen Eindruck von Normalität, von Heimat, wenn er sie nur berührte. Anne und er hatten als Kinder Tür an Tür gewohnt und James musste oft an seine Freundin denken. So lang lag das nicht zurück, erst wenige Jahre. Er wünschte, er könne die Zeit zurückdrehen, dann hätte er vieles anders gemacht.

Stell dir vor, las er, *in Kürze heiraten Peter und ich. Bald heiße ich Mrs. Taylor und bin die Frau eines zukünftigen Arztes! Es wäre schön, wenn du zu unserer Hochzeit kommen könntest …*

Wie immer gab es seinem Herz einen Stich. Seufzend ließ er die Papiere sinken. Anne war nun endgültig vergeben. Seit ihrer Heirat schrieb sie ihm kaum noch. James liebte Annes Briefe. Sie waren seine einzige Verbindung zu einer Welt, in der es keine Dämonen, Wächter oder anderen seltsamen Geschöpfe gab – außer in Mythen.

Als James sich am Kopf kratzte, rieselten Sand und Staub aus seinem Haar, das durch den Dreck mehr grau als braun aussah. James hasste diese trockene, karge Gegend und sehnte sich zurück nach Little Peak. Obwohl das Städtchen mitten in Kalifornien lag, wo es auch oft flirrend heiß war, gab es in der kleinen Stadt wenigstens Grünflächen, Wasser und vor allem Menschen, die er vermisste. Seine Eltern lebten ebenfalls dort. Sie arbeiteten wie er für die Wächtergilde, nahmen aber nicht mehr aktiv an Einsätzen teil. Das überließen sie den Jüngeren oder solchen, die eine Spezialausbildung genossen hatten. Die Aufgabe der Gilde war es, die Menschheit vor allem Übel zu beschützen. Die Wächter waren gewöhnliche Menschen, allerdings so etwas wie Engel auf Erden: verwundbar wie jeder andere Mensch, hatten sie jedoch besondere Fähigkeiten. Sie konnten sogar Energiebälle erscheinen lassen, um sich zu verteidigen. Das Beste war, dass sie sich von einem Ort zum anderen »beamen« konnten. Dematerialisierung und Rematerialisierung nannten sie es, auch Translokation oder einfach Teleportation.

»Du fehlst mir, Annie«, flüsterte James. Er wünschte, er hätte Anne sagen können, wer er wirklich war, stattdessen hatte er ihr stets das verwöhnte Millionärssöhnchen vorspielen müssen, das nur wegen des Reichtums seiner Eltern auf ein Internat ging anstatt auf die Little Peak High. In Wahrheit hatte er in der kalifornischen Stadt Avalon, auf der Insel Santa Catalina vor der Küste von Los Angeles, die Gildenschule besucht. Dort erhielt ein zukünftiger Wächter die bestmögliche Ausbildung. Die Insel war im Besitz der Gilde und lebte von Touristeneinnahmen. In einem großen, umzäunten Gelände, fern von neugierigen Augen, lag die Einrichtung gut geschützt und bewacht zwischen Wäldern und Hügeln, getarnt als Militärbasis.

James war nur in den Ferien zu Hause gewesen. Und nur weil er ein Wächter war, saß er jetzt hier, in dieser dunklen, stickigen Pyramide, um nach dämonischen Artefakten zu suchen. Es gehörte zu seinem Studium.

Die Schüler dürfen die Drecksarbeit erledigen, dachte er. Sie suchten schon seit Monaten nach diesem Zepter. Es würde wohl nie auftauchen.

Schnaubend hielt er einen anderen Brief vor das Licht und betrachtete Annes schöne Handschrift. *Peter hat gute Aussichten auf eine Praktikumsstelle im Little Peak Hospital. Wir werden im selben Krankenhaus arbeiten!*

James stieß erneut die Luft aus. Peter – warum ausgerechnet Peter Taylor, der Junge mit den Sommersprossen, der in derselben Straße gewohnt hatte wie sie? Der passte überhaupt nicht zu Anne.

Langsam beschlich ihn das Gefühl, dass seine miese Laune nichts mit seinem Job zu tun hatte – der oft ziemlich cool war, wie er zugeben musste –, sondern damit, dass er Anne nicht für sich haben konnte. Gut, *das* hatte dann doch mit seinem Job zu tun.

Wächter sollten unter ihresgleichen bleiben, denn wenn sie mit normalen Menschen Kinder zeugten, schwächten sich ihre magischen Fähigkeiten mit jeder Generation ab. Außerdem war die Organisation streng geheim und gewährte nur selten Außenstehenden Zutritt.

Ein schabendes Geräusch ließ James aufspringen und herumfahren, sein Herzschlag beschleunigte sich. Er hob seine Lampe in die Höhe, um besser in den engen Gang sehen zu können, der zu dieser Kammer führte. Gebannt hielt er die Luft an – aber da war niemand. Lächerlich von ihm zu glauben, er würde tatsächlich einmal auf einen Dämon treffen, zumindest im Rahmen seiner Ausbildung. Normalerweise ließen sich die Unterweltler nicht so einfach blicken, sondern hielten sich bedeckt. Diese Kreaturen mieden Wächter wie die Pest.

Plötzlich stürmte ein Schatten auf ihn zu. »Buh!«

James ließ die Briefe und den Strahler fallen und bildete zeitgleich in seiner Handfläche eine knisternde Energiekugel, bereit, sie gegen den Feind zu schleudern. Sein Puls klopfte wild in seinen Schläfen und ihm stockte erneut der Atem. »Ruben!« Im letzten Augenblick zerdrückte James den Energieball und fluchte: »Verdammt, du Vollidiot! Ich hätte dich beinahe umgebracht!«

Der junge Italiener, dessen blondes Haar genauso staubig war wie das von James, lachte. »Glaubst du wirklich, deine Glitzerbällchen könnten mich verletzen?«

Auch Ruben interessierte sich nicht aus normalen Gründen für Archäologie und Ägyptologie; wie James gehörte er ebenfalls der Wächtergilde an.

»Ich geb dir gleich mal 'ne Kostprobe von meinen Glitzerbällchen«, murrte James. Ihre Energiegeschosse waren tatsächlich nicht besonders stark – wenn man es allerdings schaffte, eine richtig große Kugel geballter Elektrizität zu erzeugen, sollten damit Dämonenangriffe abgewehrt werden können. James würde viel lieber seine Kampfeskraft trainieren, anstatt hier im Dreck zu wühlen. In zwei Wochen würde er zurück nach Kalifornien fliegen, um endlich das letzte Kapitel seiner Wächterausbildung zu beginnen: Verteidigung und Transportation! Ihre Gruppe war zwar schon in gewissen Fertigkeiten ausgebildet worden, aber manche Studenten – so wie er leider auch – brauchten noch ein wenig Nachhilfe in Sachen Magie.

Ruben schlenderte auf ihn zu. »Was machst du hier, Jimmy, amico mio? Heimlich die Briefe deiner Liebsten lesen, anstatt zu arbeiten?« Als er »Amore mio« zu singen begann, verdrehte James die Augen und sagte grollend: »Das geht dich gar nichts an. Außerdem hab ich jetzt Pause.«

James mochte Ruben, doch er hasste es, wenn der ihn Jimmy nannte. Er war immerhin zwei Jahre älter als sein Kommilitone.

»Uh, Liebeskummer.« Ruben grinste.

James schenkte ihm einen finsteren Blick, der Ruben rückwärts aus der Kammer drängte.

Abwehrend hob er die Hände. »Sì, sì, ich gehe in mein eigenes Loch zurück. Du weißt ja, wo du mich findest, Jimmy.« Ruben zwinkerte. »Wenn du mal drüber reden willst …«

»Nein!« Jetzt musste selbst James lachen. Reden – ja, das konnten sie am besten, die Italiener. »Aber falls du 'ne Flasche Wasser übrig hast, überleg ich's mir.«

»Ich hab 'ne ganze Kiste!«, hallten Rubens Worte durch den dunklen Gang. »Ich mach dir auch 'nen Sonderpreis!«

»Lügner!«, rief James schmunzelnd zurück. Er sah seinen Kollegen längst nicht mehr, sondern hörte nur noch dessen Schritte. Ruben hatte einen schmalen Zugang zu einer Belüftungskammer gefunden, wo er Getränke und »andere Dinge« bunkerte, die er den Studenten für teures Geld verkaufte. Wenn ihr Professor das herausbekam, würde Ruben fliegen. Er schien es richtig drauf anzulegen …

Sie waren zu fünft im Team, plus der Professor, und sie alle arbeiteten immer zusammen an einer Stelle, unter den Argusaugen des alten Mannes. Damit bloß niemand auf Dummheiten kam, sollte jemand auf ein Artefakt stoßen. Offiziell wusste natürlich keine der ägyptischen Behörden, wer sie waren. Sie hatten sich als Wissenschaftler ausgegeben und eine Sondergenehmigung bekommen, für ein paar Wochen »Messungen« durchführen zu dürfen.

Mithilfe modernster Apparaturen hatte die Gilde einen konstanten, aber sehr schwachen Energieimpuls gemessen, der sich nicht genau lokalisieren ließ. Deshalb folgerten ihre Gelehrten, dass sich dunkelmagische Relikte in dem Bau befinden mussten, die eine schwache elektromagnetische Strömung absonderten. Jetzt arbeiteten sie mit Hochdruck daran, in der kurzen Zeit etwas zu finden.

Es war schon unheimlich im Bauch einer Pyramide. Manchmal wurde die Stille von leisen, unerwarteten Geräuschen unterbrochen, einem Rascheln, Rieseln, Poltern. Auch wenn er sich sagte, dass vermutlich kleine Tiere oder bröckelnde Steine die Ursache waren, konnte das selbst James noch eine Gänsehaut einhauchen, und dabei arbeitete er bereits drei Monate fast jeden Tag hier drin.

Als von seinem Freund nichts mehr zu hören war, machte sich James daran, die Briefe aufzusammeln. Er schnappte sich die Lampe, die zum Glück so robust war, dass sie den Sturz überlebt hatte, und pustete von jedem Zettel den Staub, bevor er ihn faltete und in seiner Brusttasche verschwinden ließ.

Das letzte Papier lag an einer Seitenwand der Kammer. James stutzte, als er es aufhob. Da war deutlich etwas auf dem unteren Mauerstein eingraviert. James zog die Lampe näher, dann fegte er mit einem dicken Pinsel den Sand von der Stelle und sog die Luft ein.

»Das Horusauge«, flüsterte er und kniete sich auf den Boden, um es besser erkennen zu können. »Das gibt's doch nicht.« Dieses Symbol stand für Schutz und Macht. Hier wurde eindeutig etwas Bedeutendes versteckt…, hoffte James. Das war keine Grabkammer, deshalb hatten sie an diesem Ort noch nicht gesucht. Eigentlich schien dieser Raum unbedeutend zu sein. Er stand ziemlich weit hinten auf der Liste des Professors.

Ehrfürchtig fuhr James mit dem Zeigefinger die eingeritzte Augenbraue und die ovale Spur nach, die einem Falkenauge nachempfunden war. Danach richtete er sich auf. Sollte er die anderen holen?

Nein, diese Entdeckung wollte er ganz allein machen. Das würde ein perfekter Abschluss werden, da seine Ausbildung ohnehin in drei Monaten beendet war.

James holte sein Werkzeug und begann, mit einem dünnen, scharfen Instrument den Zement zwischen den Fugen des Steins herauszuschaben. Normalerweise war der Zement extrem hart, auch nach so vielen Jahrtausenden, aber zu James' Überraschung ließ er sich leicht beseitigen. Das Material war völlig anders. Hier hatte also jemand nach dem Bau der Pyramide etwas versteckt.

Mit einem Keil lockerte er den Stein, bis er ihn herausziehen konnte. Das kratzende Geräusch des kleinen Quaders jagte James eine Gänsehaut über den Körper, und immer wieder blickte er sich um, ob keiner kam. Sein Puls klopfte laut in den Ohren.

Er legte sich auf den Bauch und spürte sein Herz hart gegen die Rippen schlagen. Den Strahler hielt er genau vors Loch. James sah nichts außer Staub. Allerdings erblickte er weiter hinten eine Kante. O Mann, er musste da hineingreifen! Was, wenn ihn nun gleich eine knochige Hand packen oder eine Horde Skarabäen über ihn herfallen würde, so wie er das aus Horrorfilmen kannte? *Das hier ist aber die Realität*, machte er sich Mut und streckte den Arm aus, bis er mit der Schulter an der Wand anstieß. Er tastete sich an der Kante abwärts und zuckte zurück, als er etwas Raues und Nachgiebiges fühlte. Da lag wirklich etwas!

»Komm schon«, zischte er und führte seine Hand erneut in den Hohlraum. Schweiß lief ihm aus dem Haar und tropfte von seiner Nase auf den staubigen Boden. Die Zähne fest aufeinandergepresst und mit angehaltenem Atem griff James zu. Das Bündel war sperrig, und er musste es erst drehen, bevor er es herausholen konnte. Das Ding war richtig schwer! Es bestand aus einem grob gewebten Stück Stoff, in dem sich ein harter, länglicher Gegenstand befand – soweit James das ertasten konnte. Obwohl seine Hände heftig zitterten, wickelte James ihn behutsam aus. Als ein goldener Stab zutage kam, an dessen Spitze ein Schlangenkopf saß, der ebenfalls aus Gold war, konnte James sein Glück kaum glauben. Das Zepter, das musste es sein!

Mann, das war heute sein großer Tag; unbegreiflich! Das Blut rauschte so heftig durch seinen Schädel, dass ihm schwindlig wurde. Er musste den anderen Bescheid geben, aber erst wollte er wirklich sicher sein, dass er das echte Artefakt gefunden hatte. Er wollte sich keine Blöße geben.

Nichts anfassen, holt mich sofort, wenn ihr etwas gefunden habt!, hallten die Worte des Professors durch James' Kopf.

Klar, damit du die Lorbeeren einheimsen kannst, Alter.

James warf das Tuch auf den Boden. Als er das blanke Metall berührte, kam es ihm so vor, als würde es vibrieren. Die Schwingungen durchdrangen all seine Zellen. Phänomenal!

James drehte das Zepter herum und erkannte eine Inschrift, die sich vom Kopf bis zum Ende des armlangen Stabes zog. Es waren Hieroglyphen, die James mühelos lesen konnte. Altgriechisch, Latein, Hebräisch, Sumerisch und natürlich auch die Bedeutung der Hieroglyphen wurden an der Gildenschule gelehrt. Die Gilde, die schon seit Jahrtausenden existierte, hatte die alten Sprachen nie vergessen, während die normalen Menschen erst seit der Entschlüsselung des »Steins von Rosetta« die Zeichen lesen konnten. Wie hatte er also daran zweifeln können, dass Mitglieder der Gilde, die die alten Sprachen bis zur Perfektion beherrschten, sich geirrt hatten?

James las von oben nach unten und wisperte die alten Worte: »Peret … em-bah netjer …« Ein Kribbeln lief über sein Rückgrat; die Härchen auf seinen Armen stellten sich auf. Der Stab in seiner Hand wurde wärmer, vibrierte stärker und begann zu leuchten! Eine dunkle Macht ging auf James über, nistete sich in seinem Herzen ein und ließ es schneller und kräftiger schlagen.

»Wahnsinn«, flüsterte er ehrfürchtig und dachte: *Verdammt, was hab ich getan?* Aber schon wenige Sekunden später waren die Warnungen des Professors vergessen. Wer war schon der Professor? Er, James, war jetzt allen überlegen!

Es hieß, die Götter der alten Pharaonen seien Dämonen gewesen. In genau diesem Moment bezweifelte James das nicht. Die meisten Pharaonen waren fähige Herrscher gewesen, die für ihr Volk gesorgt und Handel und Kultur gefördert hatten. Aber die Dämonen hatten die Herrscher gelenkt. Zuerst hatten sie die ägyptische Kultur zur Weltmacht erhoben, um Macht über viele zu erringen, dann hatten sie die Pharaonen verdorben oder sich selbst für sie ausgegeben, um Kriege heraufzubeschwören, Menschen zu unterjochen und zu versklaven – um Elend herbeizuführen und daraus ihre Kraft zu beziehen. Denn Dämonen nährten sich von negativer Energie oder von Seelen.

Dazu hatten sie auch verschiedenste Artefakte geschaffen, mit denen sie die Menschen leichter manipulieren konnten. Das Zepter der Macht sollte eines der mächtigsten Gegenstände sein. Und nun hielt er es in seiner Hand!

Die Stimme der Vernunft, die ihm irgendwo aus den entlegensten Windungen seines Gehirns zuflüsterte, dass er unwahrscheinlich dumm gehandelt hatte, das Zepter zu aktivieren, verstummte ebenfalls. James hatte nicht anders gekonnt, dieses Artefakt hatte ihn regelrecht dazu »gezwungen«! Und er bereute nichts.

Das Glühen verebbte, doch das Gefühl der Macht blieb. James fühlte sich fantastisch!

Als er diesmal ein Geräusch hinter sich hörte, zuckte er nicht zusammen. Er wusste, dass er schier unbesiegbar war.

James drehte sich um. »Ruben, du wirst es nicht glau…«

Aber da stand nicht sein Kollege, sondern eine wunderschöne Frau mit schwarzem Haar, das ihr in Wellen über die Schulter floss. Sie trug ein Gewand aus weißem Leinen und an ihre Brust hielt sie ein Bündel gedrückt. Sie hätte eine erstklassige Ägypterin aus der alten Zeit abgegeben.

Was suchen Sie hier?, wollte er fragen, doch dann glühten ihre Augen kurz auf.

James wich zurück. »Was…« Er roch Ozon. Sie war eine Dämonin! Ja, es bestand kein Zweifel. Der Geruch deutete darauf hin, dass sie soeben durch ein Dämonenportal gekommen sein musste. Wenn die Unterweltler mit der Hand einen Kreis auf einen festen Gegenstand zeichneten, entstand in einem bläulichen Ring aus Energie ein Tor, durch das sie überallhin reisen konnten.

Wow, war sie schön! James war wie gelähmt. Vor ihm stand tatsächlich eine waschechte Dämonin, und er starrte sie nur wie ein Geisteskranker an.

Die dunklen Augen, die ihm fast so schwarz erschienen wie ihr Haar, waren aufgerissen. »Lass es sofort los!«, befahl sie ihm.

Schlagartig kehrte sein klarer Verstand zurück. »Willst du etwa *das* hier?« Demonstrativ hielt James den Stab vor sich. Meine Güte, er konnte nicht begreifen, wie fantastisch er sich fühlte! Er hatte auch nicht die geringste Angst vor der schönen Unterweltlerin, die ihn wohl am liebsten mit ihren Blicken getötet hätte.

Ein Energieball formte sich in James' Hand, der so unwahrscheinlich groß und hell strahlte, dass er die junge Frau sicherlich damit vernichten könnte. Sogar seine Kräfte hatten sich vervielfacht! Seine Kugel wuchs in der Hand an. Cool. Das Zepter musste ihn mit zusätzlicher Energie versorgen, und James fühlte bereits wieder, dass er der Macht des Artefaktes verfiel.

Trotz der Gefahr, die von James ausging, trat die Frau einen Schritt auf ihn zu. »Leg es hin oder deaktiviere es, aber mach schnell!« Obwohl ihre Stimme scharf klang, ließ sie wohlige Schauer über seinen Körper rieseln.

»Wieso sollte ich darauf hören, was mir eine Dämonin befiehlt?«, grollte er und wollte eben sein Geschoss auf die Frau werfen, als eine Bewegung in ihrem Bündel seinen Blick ablenkte.

Sofort drückte sie es fester an ihre Brust. Was trug sie bei sich? Erst als James ein Büschel schwarzen Haares aus dem Stoff hervorlugen sah, erkannte er: Es war ein Baby.

Er konnte doch unmöglich ein Kind töten!

Die Dämonin stand einfach nur vor ihm, ohne jeden Versuch, ihn anzugreifen oder das Zepter an sich zu reißen, und … Moment, das mit dem Baby konnte ebenso gut ein Trick sein!

Plötzlich murmelte sie einen Spruch, und keine Sekunde später waren sie von einer schillernden Kugel umschlossen, die aussah wie eine überdimensional große Seifenblase.

James wirbelte herum. »Was hast du gemacht?«

»Ich gebe uns mehr Zeit«, sagte sie. »Ich habe uns in eine Kapsel eingeschlossen, in der die Zeit viel langsamer abläuft.«

Wow, die Dämonin besaß außerordentliche Fähigkeiten!

»Wie konntest du das Zepter aktivieren?«, fragte sie. »Kein normaler Mensch kann das, und du bist auch kein Dämon!«

Sie starrte auf den Energieball, der in James' Hand weiter anwuchs. Er spürte seine unheilvolle, todbringende Macht.

»Du bist ein Wächter!« Ihr Gesichtsausdruck entspannte sich.

Nun schaute sie nicht mehr wie ein Racheengel aus. Leider wirkte sie auf James dadurch noch anziehender. Sie verkörperte das absolut Böse, sah aber so gar nicht danach aus. Sie beide waren sich so ähnlich, und doch vertrat jeder von ihnen eine andere Seite.

Vor vielen Jahrtausenden hatte sich ihre Art geteilt. Eine Gruppe von magiebegabten Druiden hatte sich in zwei Lager gespalten. Die einen hatten die Auffassung vertreten, mit ihren Kräften nur Gutes zu bewirken, die anderen nutzten ihre Macht lediglich zum eigenen Vorteil. Sie hatten sich in ihre eigene düstere Welt zurückgezogen, um fortan die Menschheit zu verderben und zu unterjochen.

Die Dämonin deutete auf das Zepter. »Du musst die Aktivierung rückgängig machen! Lies die Inschrift von unten nach oben, schnell!«

»Wieso?«, fragte er.

Sie schüttelte den Kopf, als würde er die Antwort kennen, wäre aber zu dumm, sie zu begreifen. »Weil du sonst nicht mehr lange leben wirst. Sie werden die Macht des Artefakts spüren und sofort herkommen!«

James brauchte nicht nachzufragen, wen die Dämonin mit »sie« meinte. »Woher weißt du das alles?«

»Ich bin die Hüterin dieses Zepters.«

Die Hüterin? Das wurde ja immer besser: eine Dämonin, die ein schwarzmagisches Artefakt bewachte, anstatt es für sich zu nutzen? Doch da lag ein Ausdruck in ihren Augen, etwas Gütiges, was ihn tatsächlich dazu veranlasste, ihr zu glauben. Der gewaltige Energieball verpuffte in seiner Hand, was die Dämonin mit einem erleichterten Seufzen zur Kenntnis nahm.

James las die Inschrift rückwärts und fühlte sofort, wie die Macht von ihm abfiel und durch seinen Arm regelrecht in das Zepter zurückgesogen wurde.

James erschauderte. Er konnte jetzt wieder völlig klar denken … und er war der Dämonin schutzlos ausgeliefert.

Die Blase waberte gefährlich. Plötzlich zuckte die Frau zusammen und runzelte die Stirn. Sie schien in sich hineinzuhören. Ihre Miene verfinsterte sich. »Sie sind in Aufruhr! Bald weiß Xandros Bescheid!«

Wer ist Xandros?, überlegte er, doch da fiel es ihm ein: »Der Herrscher der Unterwelt!«

»Und auch … mein Vater«, flüsterte sie.

Das Baby in der Tuchschlinge begann leise zu weinen. Die Dämonin streichelte sein Köpfchen und flüsterte beruhigende Worte, bevor sie sich erneut an James wandte: »Ich muss weg. Ich kann die Zeit nicht ewig ausdehnen.« Schweiß glitzerte auf ihrer Stirn. Der Zauber kostete wohl ungeheuer viel Energie. »Sie werden bald hier sein. Die Erschütterung der Macht war bis in die Unterwelt spürbar.«

James wusste als Wächter natürlich, dass sich die Dämonen mental untereinander verständigen konnten. Sie waren alle kognitiv miteinander vernetzt. Mit nur einem Gedanken könnte die Dämonin sie hierherführen.

Sie bückte sich nach dem Tuch, in das das Artefakt eingewickelt gewesen war, und streckte die Hand aus. »Gib mir nun das Zepter.«

»Ganz bestimmt nicht«, sagte er, nur klang es nicht sehr überzeugend.

O Himmel, sie war so wunderschön! Aber hatte er nicht gelernt, dass die meisten Dämonen wunderschön aussahen, weil sie so die Menschen leichter verführen und manipulieren konnten?

»Dann wirst du sterben. Es ist deine Entscheidung. Je länger du wartest, desto schneller werden sie es finden. Es strahlt immer noch Restenergie ab. Ich muss es an einen sicheren Ort bringen, bevor sie da sind.«

James ließ den Stab nicht los. »Ich kann das Zepter der Gilde übergeben. Sie werden darauf aufpassen.«

»Nein!« Ihre Augen wurden wieder groß. Sie trat so nah an ihn heran, dass sie sich beinahe berührten. »Du kannst dort niemandem trauen.«

Er zuckte mit den Schultern. »Wieso? Wir sind doch die Guten. Warum sollte ich *dir* trauen?«

Ihr Blick verdüsterte sich. »Auch bei euch gibt es Abtrünnige.«

James hatte die Macht des Artefakts gespürt. Es konnte durchaus sein, dass ein Wächter dieser dunklen Kraft verfiel, daran hatte er keinen Zweifel.

Sie hielt ihm die Hand mit dem Tuch hin. »Bitte, gib es mir.«

Warum holte sie es sich nicht einfach? Es schien, als hätte sie Angst, es zu berühren. Oder machte sie sich um das Baby Sorgen? James warf einen Blick auf das Köpfchen. Dunkle Kulleraugen blinzelten ihm entgegen. Das Kleine war genauso hübsch wie seine Mutter.

Die Dämonin wurde zusehends unruhiger, die Blase zog sich enger zusammen. »Ich habe keine Zeit, sie dürfen mich und das Baby nicht finden.«

Er lag mit seinen Überlegungen wohl richtig. »Warum?«

Mit einer Hand umfasste sie seinen Arm, und ihre Nähe raubte ihm den Atem. Sein Herz pochte wie verrückt, und in seinem Magen tobte ein Orkan. Was machte diese Frau nur mit ihm?

»Sie werden uns töten«, wisperte sie. James erkannte die Angst in ihren Augen, sodass er ohne weiteres Zögern und weitere Fragen sagte: »Dann komme ich mit dir.«

Er würde seinen Job ehrenhaft erledigen und dafür sorgen, dass das Zepter tatsächlich nie gefunden wurde. Die Fürsorge ihrem Kind gegenüber und ihr gütiger Blick überzeugten ihn; außerdem hatte James da ein Gefühl. So verrückt das auch klang: Er vertraute einer Dämonin!

Sie nickte und lächelte leicht. »Und ich vertraue dir.«

»Kannst du etwa meine Gedanken lesen?«

Erneut huschte ein Lächeln über ihre Lippen. »Wir sind uns ähnlicher, als du denkst.«

James fuhr sich durchs Haar und schulterte den Rucksack mit seinen Habseligkeiten. Vertraute sie ihm, weil er ein Wächter war oder weil sie wusste, was in ihm vorging? »Ich muss erst die anderen warnen.«

Mit einem leisen »Plopp« verschwand die Zeitkapsel plötzlich. Die Dämonin schloss die Augen und schwankte, als würde sie ohnmächtig werden. James nahm sie ohne Zögern in die Arme, wobei er darauf achtete, das Kind nicht zu erdrücken.

Wie weich sich ihr Körper anfühlte und wie gut sie roch. Fasziniert schaute er in ihr wunderschönes Gesicht. Wie rot ihre leicht geöffneten Lippen waren ... James hätte sie am liebsten geküsst.

»O nein!« Kitana riss die Augen auf, und das Baby fing erneut an zu weinen.

James klopfte das Herz bis zum Hals. »Was ist?«

»Sie wissen Bescheid! Jetzt weiß Xandros, dass das Zepter existiert. Er wird alles tun, um es zu bekommen!« Hastig löste sie sich aus seinem Griff und schaute sich um. Noch hatte sich kein Portal geöffnet.

»Dann muss ich meine Gruppe erst recht warnen!« Das war alles seine Schuld. Seinetwegen durfte keiner sterben! Übelkeit stieg in ihm hoch, und seine Knie fühlten sich butterweich an.

Die Dämonin packte ihn wieder am Arm. »Für die interessieren sie sich nicht. Keine Zeit mehr, komm endlich! Ich kann sie auf eine falsche Fährte lenken, damit sie nie hier auftauchen!«

Während sie mit ihrer Hand einen Kreis auf die nächste Wand zog, sagte er: »Vielleicht sollten wir uns erst mal einander vorstellen. Ich bin James Carpenter.« Er hatte eine Scheißangst. Sein Herz klopfte heftig, und sämtliche Muskeln zitterten.

Es knisterte, als sich ein Ring aus blauem Feuer auf der Mauer materialisierte. Ein Loch bildete sich darin, aber James sah nicht in die dahinterliegende Kammer, sondern … Du liebe Güte, war das der Eiffelturm?

»Ihr Wächter seid wirklich seltsam.« Die junge Frau reichte ihm die Hand. »Kitana.« James ergriff sie und schritt mit ihr in eine ungewisse Zukunft.

19 JAHRE SPÄTER ...

Daniel schreckte aus seinem Tagtraum und fuhr sich hastig durch sein schwarzes Haar. Wieso begann sein Herz immer zu rasen, wenn er ein blaues Licht sah? Aber es war nur die Reflexion einer Dose, die auf dem Pausenhof lag und ihn blendete. Daniel stand an einem offenen Fenster im Gang, der zu seinem Klassenzimmer führte, und nahm einen tiefen Zug der warmen Luft. Irgendwie glaubte er heute zu ersticken.

Als das schrille Klingeln der Schulglocke die nächste Stunde ankündigte, schob sich Daniel durch den überfüllten Flur. Wie so oft schienen ihm seine Mitschüler automatisch auszuweichen, wenn er sich ihnen näherte; andere begafften ihn wie eine Jahrmarktsattraktion.

Normalerweise zog Daniel instinktiv den Kopf ein, aber heute fühlte er sich kampfeslustig. Ihm war plötzlich egal, was die anderen über ihn dachten. Mit der schwarzen Kleidung, die er ständig trug, fiel er natürlich auf. Nicht wegen der Farbe, denn auch andere Teens trugen gerne dunkle Sachen, sondern weil er selbst bei der größten Hitze lange Kleidung anhatte.

Er liebte seine dunklen, weiten Klamotten. In ihnen fühlte er sich gegen den Rest der Welt abgeschottet. Als würde ihn das Schwarz unsichtbar machen. Leider war er wegen seiner außergewöhnlichen Körpergröße einfach nicht zu übersehen. Wenigstens gab es auf der Little Peak High keine Schuluniform, sonst würde er noch eingehen. Nun gut, er musste zugeben: Er hatte keine Lust, sich anzupassen, denn die Leute hier nervten ihn einfach. Dennoch verstand er nicht, was sie alle gegen ihn hatten.

Als er sich weiterschob, seinen Rucksack in der Hand, und durch seine Haarsträhnen die anderen Kursteilnehmer betrachtete, verspürte er ein beklemmendes Gefühl in der Brust. Daniel hatte in den zwei Monaten, in denen er die Kurse vom letzten Jahr wiederholen musste, keine neuen Freundschaften geschlossen. Hier gab es alte Hierarchien und feste Cliquen, wie die coolen Jungs mit den teuren Klamotten und den aufgestylten Haaren – aber die rissen nur blöde Sprüche über ihn. Sie standen an die Spinde gelehnt, die Arme vor der Brust verschränkt, kauten Kaugummi und beobachteten ihn mit abschätzig hochgezogenen Brauen.

Noch bevor die Jungs den Mund aufmachten, beschleunigte sich Daniels Puls, weil er genau wusste, was gleich kam. Es war, als ob er hören könnte, was sie dachten.

»Hey, Taylor, wenn du das nächste Mal deine Klamotten wegwirfst, lass sie an!«, rief Sebastian Woolridge durch das Stimmengewirr.

Seine Freunde grölten über diesen Witz, und Jason, sein bester Kumpel, setzte so laut hinzu, dass es jeder hörte: »Bastian, ich weiß, dass Taylor nicht so blöd ist, wie er aussieht, deswegen wird er uns wohl länger erhalten bleiben!«

Daniel ignorierte das prustende Gelächter und schlenderte weiter, die Hände zu Fäusten geballt, wobei er versuchte, die schwelende Wut in seinem Inneren unter Kontrolle zu halten. Wenn er wollte, könnte er diese Idioten alle fertigmachen. Warum lenkte er nur immer alle Aufmerksamkeit auf sich? Er tat keinem etwas und hielt sich aus allem raus.

In seiner Faust kribbelte es, als würde er eine Armee Ameisen zerquetschen. Dieses elektrisierende Gefühl hatte er jetzt öfter. Es war keineswegs unangenehm. Manchmal glaubte er, Funken zu erkennen, die über seine Fingerspitzen hüpften. Er veränderte sich.

Vielleicht werde ich ja ein Superheld, die sind im echten Leben alle Loser. Er überlegte scharf. War er von einem radioaktiv verseuchten Insekt gebissen worden oder hatte er einen Stromschlag abbekommen? Das war ja nicht mehr normal, was er in den letzten Wochen erlebt hatte. Die immer deutlicheren Stimmen in seinem Kopf, dieses Mädchen aus der Hölle …

Zuerst hatte Daniel geglaubt, er leide an einer Geistesstörung. Er hatte die Medizinbücher seiner Eltern gewälzt und im Internet recherchiert, aber nichts gefunden, was seine Symptome erklärte. *Superheld – das ist die einzige Lösung*, dachte er schmunzelnd und hätte am liebsten irre gelacht. *Einer von den bösen …*

Leider sprach alles gegen den Helden.

Das nächste Grüppchen vor dem Klassenzimmer bildeten die Sportskanonen. Die Football-Spieler hatten sich um die Cheerleaderinnen geschart, um mit ihnen herumzualbern und über das letzte Spiel zu reden. Sie ließen ihn wenigstens in Ruhe. Da Daniel jedoch an Sport nie sonderliches Interesse gezeigt hatte, wollte er sich in deren Reigen nicht einreihen, obwohl der Trainer ständig versuchte, ihn zu überreden. »Du hast genau die richtige Statur und Ausdauer, um das Zeug zum Profi zu haben«, hatte Coach Wilkes schon mehr als einmal zu ihm gesagt.

Mal sehen, diese Option blieb ihm ja immer noch.

Natürlich existierte, wie auf jeder anderen Schule, auch auf der Little Peak High eine Strebergruppe, der er um nichts auf der Welt angehören wollte. Dazu waren seine schulischen Leistungen ohnehin zu mies. Diese Jungs und Mädchen hatten sich längst im Klassenzimmer versammelt und diskutierten über ihren aufgeschlagenen Büchern aktuelle politische Geschehnisse, wofür sich Daniel nicht im Mindesten interessierte.

Ja, was interessierte ihn eigentlich, außer seinen Computerspielen? Kein Wunder, dass er nirgendwo hineinpasste. *Ich bin sowieso viel lieber allein und mag meine Ruhe*, dachte er halbherzig.

Als er mitten durch die Streberversammlung lief, wichen die Schüler zurück und verstummten kurz, doch sobald er an ihnen vorbei war, redeten sie weiter, als wären sie nie unterbrochen worden.

Einzig eine Gemeinschaft ständig kichernder Mädchen schenkte ihm Aufmerksamkeit. Aber was wollte er als Hahn in einem Korb voll gackernder Hühner? Was für ein Albtraum!

Kaum einer hatte ihn richtig akzeptiert, und auch seine Mitschüler vom letzten Jahr hielten sich weitgehend von ihm fern.

Daniel hatte Glück, weil er sich einen der begehrten Fensterplätze sichern konnte, denn es war brütend heiß im Klassenzimmer. So hatte er außerdem die Uhr vom Pausenhof vor Augen. Er warf sein Geschichtsbuch auf den Tisch, schleuderte die Tasche darunter und setzte sich, wobei seine Knie fast die Platte berührten.

»Noch eine Stunde, dann ist endlich Wochenende«, sagte er leise zu sich, obwohl gerade erst die Herbstferien hinter ihm lagen.

Daniel hasste die Schule. Es war das erniedrigendste Ereignis seines Lebens, diesen Jahrgang wiederholen zu müssen. Jetzt war er als Ältester im Geschichtskurs zusätzlichem Gespött ausgeliefert.

Eine trockene Brise wehte durch das geöffnete Fenster, aber sie brachte nur mehr Hitze in das Zimmer. Zum x-ten Mal verfluchte Daniel das alte Schulgebäude, in dem keine Klimaanlage eingebaut war. Vermutlich waren sie die einzigen Schüler in Kalifornien, die unter der Hitze zu leiden hatten! Daniel konnte es kaum erwarten, bis er endlich draußen war. Er glaubte immer noch zu ersticken, zudem suchte ihn seit Wochen dieses innere Glühen, gleich einem Fieber, heim. Im kalifornischen Hinterland war es auch im Oktober oftmals unerträglich warm, weshalb die kühlen Nächte mehr nach Daniels Geschmack waren. Wenn er die Schule hinter sich hatte, wollte er an die Küste ziehen, das hatte er bereits letztes Jahr beschlossen. San Francisco oder Los Angeles fände er cool, da wurde es wenigstens nie so heiß und es ging stets ein frischer Wind. Sein Onkel Max lebte in L.A., der würde ihn bestimmt eine Weile bei sich wohnen lassen.

Widerwillig zog er sich den Kapuzenpullover aus und atmete auf. Sosehr er lange Klamotten liebte, heute ertrug er sie nicht.

Daniel hasste Little Peak! In drei Monaten wurde er achtzehn und dann hielt ihn keiner mehr auf. Er brauchte nur diesen verdammten Abschluss!

Tief in seinem Inneren war Daniel von einer eigenartigen Unruhe befallen. Bald würde in seinem Leben etwas Sonderbares geschehen, da war er sich sicher.

Superhelden existierten allerdings leider nur in Comics; es musste eine Begründung für seine körperlichen Symptome geben. Er war nichts Besonderes und sein Leben schon gar nicht.

Dennoch: Etwas *war* seltsam, außergewöhnlich seltsam sogar, wenn er von den Hitzewallungen und dem seltsamen Gefühl in den Fingern einmal absah, die kribbelten, als ob die Nerven dort vergeblich auf einen Befehl warteten. Da war oft dieses Pochen im Schädel, und ständig hatte er das Gefühl, beobachtet zu werden. Zudem gab es da diese verrückte junge Frau und Stimmen in seinem Kopf …

»Ich sitze zu oft vor dem Computer, das ist alles«, murmelte er gedankenverloren.

Meine Güte – er führte schon Selbstgespräche!

»Hi!«, sagte plötzlich ein Mädchen, das an ihm vorbeiging und ihn kurz an der Schulter berührte, was ein angenehmes Prickeln an der Stelle zurückließ. Daniel hatte nur ihre schlanken Beine und den dunklen Rock gesehen, aber er wusste sofort, wer sie war. Außerdem roch sie unvergleichlich, wie die süßen Blumen, die seine Mutter diesen Frühling im Garten angepflanzt hatte.

Er blickte auf und drehte sich um. Das Mädchen mit dem schulterlangen braunen Haar hatte sich direkt hinter ihn gesetzt, und er musste ihm einfach zulächeln. Sein Herz schlug schneller. »Hi, Nessa.« Wenigstens ein Lichtblick.

Vanessa lächelte ebenfalls, doch leider fanden sie keine Zeit mehr, um miteinander zu reden, da ihre Geschichtslehrerin in den Raum marschierte.

Die nächste halbe Stunde verbrachte Daniel damit, die Uhr auf dem Pausenhof anzustarren und sich frische Luft zuzufächeln, denn Mrs. Kuwalskis Unterricht zu folgen war in etwa so aufregend wie einem Rind beim Kauen zuzusehen. Irgendwie hatte sie auch Ähnlichkeit mit einer Kuh.

Dieser Gedanke brachte ihn zum Schmunzeln.

»Daniel Taylor, wenn du nicht von der Schule fliegen möchtest, tätest du gut daran, im Unterricht besser aufzupassen!«, drang ihre schrille Stimme bis in sein Gehirn vor.

Daniel fuhr herum und strich sich eine Strähne aus der Stirn. *Mist, hat sie mich was gefragt?* Mit zitternden Fingern blätterte er in seinem Geschichtsbuch, damit er der Kuwalski nicht in die Augen sehen musste. Sie hatte ihm angedroht, ihn von der Schule zu verweisen, sollte er noch einmal durchfallen. *Das kann sie nicht, sie will mich nur fertigmachen!*

»Da heute so ein wunderschöner Tag ist«, sagte seine Lehrerin sarkastisch, »werde ich die Frage ein weiteres Mal stellen: Wer war der erste Präsident der Vereinigten Staaten und wann wurde er gewählt?«

Der erste Präsident? Daniels Gehirn lief auf Hochtouren, bevor er erwiderte: »George Washington.«

»Und weiter?« Die Kuwalski ließ nicht locker. »Wann … wurde … er … gewählt?«, fragte sie gedehnt.

Verdammt, er wusste es nicht!

Die anderen grinsten ihn an. Jedes Kind wurde bereits von

klein auf mit der amerikanischen Geschichte geimpft und kannte die wichtigsten Daten auswendig, aber die Kuwalski brachte ihn dazu, alles zu vergessen! Außerdem interessierte Daniel weder die Geschichte noch die Politik seines Landes.

Warum musste die Kuwalski ausgerechnet immer auf ihm herumtrampeln? Aus jeder Pore brach ihm der Schweiß aus. Als ob ihm nicht heiß genug wäre! Die anderen aus seiner Klasse kicherten über seine Dummheit. Mann, wie sehr er das alles hier hasste!

»Die Antwort, Daniel!« Seine Lehrerin hatte die Hände in ihre schlanken Hüften gestemmt, während sie ihn mit ihrem Raubtierblick musterte.

Nein – verbesserte sich Daniel: mit ihrem Kuhblick. Die Kuwalski hatte riesige Augen, genau wie ein Rind. Ansonsten hätte sie richtig gut aussehen können, wenn sie ihr Haar nicht zu einem strengen Knoten gebunden tragen und so grimmig dreinschauen würde. Eine verbitterte Jungfer, hatte seine Mutter sie genannt, und Daniel gab ihr vollkommen recht.

Die Kuwalski hasst mich. Nur wegen dieser blöden Kuh bin ich durchgerasselt! Ich hatte die bessere Note durchaus verdient!, dachte er hektisch atmend. Etwas Gewaltiges braute sich in ihm zusammen, das kurz vor dem Ausbruch stand. Unter seinem Pult krallte er die Finger in den Stoff seines T-Shirts, wobei seine Sicht langsam verschwamm. Daniels Puls klopfte laut in den Ohren und sein Herz raste, als plötzlich ein leichtes Beben das Klassenzimmer erschütterte. Das war in dieser Gegend nichts Ungewöhnliches, schließlich glich der Untergrund Kaliforniens einer gesprungenen Glasscheibe. Die Forscher mutmaßten, dass »The Big One« kurz bevorstand, aber danach fühlte es sich nicht an.

Nachdem die Erschütterung, die keine zwei Sekunden gedauert hatte, vorbei war, waren Daniels körperliche Symptome auf einen Schlag verschwunden. Seltsam, ihm war auf einmal gar nicht mehr heiß!

Die Aufregung hatte sich schnell gelegt, doch die Kuwalski wartete immer noch auf Daniels Antwort.

»1789«, flüsterte Vanessa hinter ihm, worauf er beinahe vom Stuhl aufgesprungen wäre. Es hatte sich angehört, als hätte sie direkt in sein Ohr gesprochen, obwohl sie mindestens einen Meter hinter ihm saß. *Was würde ich nur ohne dich machen, Nessa! Zum Glück hast du auch Geschichte belegt!* Vanessa war der einzige Grund, warum er noch nicht schreiend gegen eine Wand gelaufen war. Sie beide besuchten einige Kurse gemeinsam, und Nessa half ihm, wo sie konnte.

»1789«, wiederholte er schnell, um sich seine Verwirrung nicht anmerken zu lassen. Natürlich war die Antwort richtig. Vanessa wusste immer alles, schließlich war sie die Jahrgangsbeste. Dennoch schien sie bei ihren Mitschülern beliebt zu sein. In jeder Gruppe war sie gern gesehen, besonders bei den »coolen Jungs«, was Daniel ungemein wurmte. *Es ist mir egal, dass mich keiner mag und sogar Dad mich im Stich gelassen hat,* dachte er trotzig, *bis auf Nessa kann ich sowieso keinen von ihnen ausstehen.*

»Das ist dir unmöglich selbst eingefallen, Daniel!« Die Kuwalski schritt zwischen den Tischen hindurch und blickte sich um, so, als ob sie etwas suchte. »Also, wer von euch hat ihm vorgesagt?«

Daniel glaubte, Vanessas beschleunigten Herzschlag zu hören und das leise Seufzen, das sie immer von sich gab, wenn sie aufgeregt war. Das musste an dieser extremen Hitze liegen, die Little Peak seit Wochen heimsuchte. Die hatte sein Hirn angebrutzelt. Oder er wurde langsam verrückt.

Superheldengehör, hoffte er insgeheim.

»Ich frage noch einmal: Wer hat ihm vorgesagt? Wenn ich nicht bald eine Antwort bekomme, lest ihr alle das Kapitel zu Ende und ich lasse morgen darüber eine Arbeit schreiben!«

Im Klassenzimmer herrschte Totenstille. Aus den Augenwinkeln bemerkte Daniel, wie Toby unruhig wurde. Der Junge mit dem kupferfarbenen Haar kaute an seinem Bleistift, als würde er an einem Hundeknochen nagen. *Ja, du würdest Nessa gerne eins auswischen, du Ekel!* Tobias Rafton war praktisch Vanessas größter Konkurrent, doch immer noch Streber Nummer zwei. *Gegen Nessa kommst du nie an, sie ist viel zu schlau für dich!*

Ein Kribbeln in den Haarwurzeln verriet Daniel, dass dieses Wiesel gleich seine Klappe aufmachen würde. Warum das so war, wusste Daniel nicht, aber es würde passieren, da war er sich sicher. Außerdem kannte er Toby mittlerweile recht gut. Er liebte es, den Lehrern in den Allerwertesten zu kriechen, um sich so einen zusätzlichen Bonus einzuheimsen. Er war in die Kuwalski verknallt, das erkannte ein Blinder. Für die Kuh tat er alles, er hielt ihr sogar die Türen auf.

Schon räusperte sich der sommersprossige Junge. »Ähem.«

»Ja, Tobias?« Mrs. Kuwalski fuhr herum und hob ihre schmalen Brauen.

Wut stieg in Daniel auf. Mit zusammengekniffenen Augen taxierte er von seinem Platz aus Tobias Rafton. Vanessa war Daniels Kumpel, seit sie zusammen im Sandkasten gespielt hatten; er würde nicht zulassen, dass sie seinetwegen Ärger bekam. Immerhin war die Kuwalski bekannt für ihre extrafiesen Strafen. Auch wenn Daniel jetzt nicht mehr so engen Kontakt zu Vanessa hatte wie früher, würde er alles dafür tun, um sie zu verteidigen. Sie war wie eine Schwester für ihn!

Tobias setzte gerade zum Sprechen an, als sich Daniel bis ins kleinste Detail vorstellte, wie er diesem Schleimscheißer seine Finger um den Hals legte und zudrückte. Zur selben Zeit hustete Toby los. Er griff sich an die Kehle, die Augen weit aufgerissen, und wedelte mit der anderen Hand wild in der Luft herum. Ein Aufruhr ging durch den Raum, und die Kuwalski stürzte an seinen Tisch, um ihm heftig auf den Rücken zu klopfen. »Junge, was hast du, ist dir nicht gut? Hast du dich verschluckt?«

Tobias schüttelte den hochroten Kopf, da er immer noch nicht sprechen konnte. Dafür war er zu sehr mit Luftholen beschäftigt.

Als er wieder zu Atem kam, liefen ihm Tränen über die Wangen. Er warf einen flüchtigen Blick auf Daniel, der selig vor sich hingrinste.

Die allgemeine Aufregung hatte dafür gesorgt, dass Toby den Mund hielt und die Kuwalski ihr Vorhaben mit der Klassenarbeit vergessen hatte.

Wow, telepathische Fähigkeiten! Aufatmend lehnte sich Daniel im Stuhl zurück und hoffte insgeheim, dass der Erstickungsanfall von Toby kein Zufall gewesen war.

»Hey, Danny, warte!«, rief Vanessa hinter ihm. Sie war die einzige Person, die ihn mit seinem Kosenamen ansprechen durfte. Sogar bei seiner Mutter rastete er jedes Mal aus, wenn sie ihn »Danny« nannte, doch Daniel mochte Vanessa. Deshalb ließ er ihr das durchgehen.

Er bremste sein Fahrrad leicht ab, da die Straße abschüssig war, bis Vanessa zu ihm aufschloss. Sie beide hatten keinen weiten Schulweg und fuhren meistens gemeinsam nach Hause, aber irgendwie verspürte Daniel heute den Wunsch, allein zu sein. Gerade geschahen in seinem Leben so viele merkwürdige Dinge, und er hatte keine Ahnung, warum das so war.

»Mensch, bin ich froh, dass Toby plötzlich diesen Hustenanfall bekommen hat. Ich hatte nämlich null Bock, das ganze Wochenende über den Strafaufgaben zu sitzen«, sagte Vanessa.

»Nicht auszudenken, wie das deinem Image geschadet hätte!« Daniel grinste zu Nessa hinüber, doch das Lächeln wollte nicht seine Augen erreichen. Er fühlte sich total erledigt. Er brauchte unbedingt eine eiskalte Dusche und eine Mütze voll Schlaf. Dennoch musste er ständig zu Vanessa sehen, die mit ihrem Mountainbike dicht neben ihm fuhr, wobei ihr langes, kastanienfarbenes Haar auf ihren Schultern flatterte. Sie trug eine weiße Bluse und einen schwarzen Rock, unter dessen Saum beim Treten immer ein Knie hervorspitzte. Wie lang und schlank ihre Beine waren …

»Kommst du mit zum Baden, Danny? Ich wollte nachher an den Waldsee.«

Daniel hatte heute keinen Bedarf an Gesellschaft, obwohl ihm Vanessas Anwesenheit irgendwie guttat und ihr Angebot verlockend klang, besonders weil ja sonst nie jemand etwas mit ihm unternehmen wollte. Trotzdem sagte er: »Nee, zu heiß heute.«

»Na, du bist mir ja einer, deswegen will ich doch an den See.« Ihr Blick bohrte sich in ihn wie eine Schraube in weiches Holz. Vanessa besaß eine außergewöhnliche Iris: Sie war von solch einem intensiven Braun und mit goldenen Punkten gesprenkelt, dass Daniel für eine Weile nicht den Kopf abwenden konnte, weshalb er beinahe vom Weg abkam. Natürlich war ihm längst aufgefallen, was für ein hübsches Mädchen sie war, daher wunderte er sich, denn sonst hatte er ihr immer nur brüderliche Gefühle entgegengebracht. Aber da war auf einmal mehr. Etwas Neues, Aufregendes, das er nie zuvor verspürt hatte.

»Ich will erst meine Hausaufgaben machen.«

»Logisch!« Die Lippen gekräuselt, sah Nessa zum Himmel und verdrehte die Augen. »Du bist ja schon süchtig.«

»Hä?« Vanessa war eine Meisterin darin, das Thema zu wechseln, weshalb er ihren Gedankengängen manchmal nicht folgen konnte.

»Na, ich meine dich und deinen Computer. Gib doch zu, dass du ihm hoffnungslos verfallen bist. Selbst wenn die Welt um dich herum in Schutt und Asche versinken würde, wärst du nicht fähig, von ihm zu lassen.«

Nessa kannte ihn einfach schon zu lange, aber so extrem war er auch wieder nicht. Er schmunzelte. »Du übertreibst maßlos.« Daniel flüchtete sich tatsächlich gern in seine künstlichen Welten, in denen er sich vorstellte, ein Held zu sein, doch jetzt *war* er ein Held … oder würde bald einer sein. Hoffte er. Nur ein heimlicher Held, so wie Superman, der ansonsten sein einfaches Leben lebte. Daniel wollte nicht wirklich im Rampenlicht stehen. Ihm würde schon reichen, wenn die anderen ihn in Ruhe ließen.

Trotzdem sagte er: »Okay, ich geb's zu, ich hab da so ein neues Spiel, total cool.«

Ihr Lächeln verschwand. »Schade, ein bisschen Sonne hätte dir mal gutgetan. Du bist so weiß um die Nase.«

»Das machen die schwarzen Klamotten.« Daniel konnte Vanessas Enttäuschung beinahe greifen, was ihn ein wenig traurig machte. Doch mit ihm ging gerade etwas vor sich, das er sich nicht erklären konnte, und das Letzte, was er brauchte, war eine andere Person, die das mitbekam. Daniel stieg in die Pedale, aber Vanessa hielt mit ihm mit.

»Kommst du wenigstens morgen mit mir zu Rebeccas Halloween-Party?«, fragte sie.

Sie ließ einfach nicht locker! Daniel seufzte innerlich. »Ich bin nicht eingeladen.«

In Vanessas Augen stahl sich ein Funkeln. »Ich schon, und ich darf jemanden mitbringen.«

»Warum nimmst du nicht Colleen mit zur Party? Ich dachte, sie ist deine beste Freundin?« Daniel staunte über ihre Hartnäckigkeit. Als Kinder hatten sie öfter etwas gemeinsam unternommen, doch in den letzten Jahren unterhielten sie sich fast nur noch auf dem Schulweg. Manchmal redete Nessa noch in der Pause mit ihm oder vor dem Unterricht, was er ihr hoch anrechnete, auch wenn er sich dann bemitleidet vorkam. Dass sie sich überhaupt mit einem Außenseiter wie ihm abgab, wunderte ihn.

»Coll fliegt mit ihren Eltern ins Disney World.«

Aha, daher wehte der Wind! Er sollte den Lückenbüßer spielen. »Und was ist mit Mary?«

»Mary darf nicht. Ihre Mom glaubt, Becky hätte einen schlechten Einfluss auf sie.«

»Ich weiß nicht…« Sie brauchte ihn ja nur, weil sonst niemand mitkam. Er hätte es sehr schön gefunden, wenn Nessa ihn einfach so irgendwohin eingeladen hätte.

Sie hat dich doch gerade gefragt, ob du mit zum See kommen willst, du Idiot, schalt er sich. *Du hättest nur Ja sagen müssen.* Egal was er tat, er machte es falsch. *Die anderen sollen bloß nicht denken, wir hätten ein Date,* redete er sich heraus. Daniel wollte nicht, dass Vanessa seinetwegen ebenfalls zur Außenseiterin wurde, dafür hatte er sie viel zu gern.

Obwohl der Weg vor ihnen abschüssiger wurde, gab Daniel weiterhin Gas. Dennoch klebte Vanessa wie eine Klette an ihm. »Es schadet dir bestimmt nicht, wenn du mal am Leben teilnimmst, anstatt den ganzen Tag in deiner dunklen Dachkammer zu sitzen!«, rief sie gegen den Fahrtwind an.

Vanessa hatte ja recht, aber im Moment ging es wirklich nicht. Zudem kündigten sich schon wieder diese quälenden Kopfschmerzen an, die ihn seit Wochen heimsuchten. Sie begannen mit einem harmlosen Pochen im Hinterkopf und verschlimmerten sich, je mehr er der Sonne ausgesetzt war. In seinem düsteren Zimmer überstand er die Anfälle noch am schnellsten. Der Fahrtwind, der sein Haar wild durcheinanderwirbelte und unter sein Shirt wehte, brachte kaum Linderung.

Daniel atmete auf, als sie in ihre Straße einbogen. Die typische Vorortsiedlung von Little Peak mit den klassischen Reihenhäusern und den tiefgrünen Rasenflächen war seine Heimat. Hier kannte Daniel jeden Winkel und jeden Nachbarn. Hier hätte er sich wohlfühlen können, aber etwas in seinem Inneren sträubte sich dagegen. Daniel lehnte sich in die Kurve und genoss die Geschwindigkeit, dann ließ er das Rad ausrollen.

Parallel zur Grayson Street, gleich hinter der Häuserreihe, lag ein kleines Waldstück, in dem Vanessa und er als Kinder viel Zeit verbracht hatten. Ihr altes Baumhaus existierte noch immer. Dorthin zog sich Daniel manchmal zurück, wenn sich der Rest der Welt anscheinend wieder gegen ihn verschworen hatte und er einen ruhigen Ort zum Nachdenken brauchte.

Nessa hatte ihn eingeholt, bremste und stieg vom Mountainbike ab. Auch Daniel blieb vor Vanessas Haus stehen, um sich von ihr zu verabschieden. Die Häuser ihrer Familien lagen direkt nebeneinander und glichen sich wie ein Ei dem anderen: Nummer 24 und 26 waren in einem hellen Beige gestrichen und bestanden aus zwei Stockwerken mit einem spitzen Dach, unter dem Daniel und Vanessa ihre Zimmer hatten. Vor der Veranda lag ein kleiner Garten, und in das Holzgebäude war eine Doppelgarage integriert, deren Tor weiß getüncht war.

Jetzt, wo der Wind nicht mehr für Abkühlung sorgte, schwitzte Daniel umso mehr. Sein Gesicht glühte, ein Schweißtropfen lief ihm ins Auge. Aus einem Reflex heraus hob er sein T-Shirt hoch, um sich mit dem Stoff über das Gesicht zu wischen, während er mit der anderen Hand sein Rad am Lenker festhielt.

»Der Wahnsinn«, flüsterte Vanessa, woraufhin er sein Shirt fallen ließ. Vanessa starrte auf seine Körpermitte, hob jedoch sofort den Blick.

Daniel räusperte sich. »Was?« Plötzlich war es ihm peinlich, dass sie seinen Bauch gesehen hatte. Ihm wurde noch heißer.

Vanessas Gesicht rötete sich. »Ich hab nichts gesagt.«

Daniel seufzte leise. Wahrscheinlich *war* er schon verrückt. Ihn verfolgte manchmal ein seltsam aussehendes Mädchen *und* er hörte Stimmen.

Dann lieber Superheld – allerdings war Daniel so weit bei Verstand, dass ihm diese Möglichkeit nicht sehr wahrscheinlich erschien.

Vanessa öffnete ihre Gartentür und hob die Hand. »Also, wir sehen uns.« Sie wirkte betrübt, und das verursachte in Daniels Magen ein unangenehmes Grummeln.

»Bye«, sagte er bloß, als er auf sein Rad stieg. Er fuhr eine Einfahrt weiter und direkt in die Garage hinein. Das Tor stand immer offen, wenn seine Mutter nicht zu Hause war. Seit Kurzem arbeitete sie wieder als Krankenschwester im Schichtdienst. Das war Daniel nur recht. Je weniger Menschen er um sich hatte, desto besser. Wenn seine Andersartigkeit aufflog, würden sie ihn bestimmt wegsperren.

So weit wird es nicht kommen, dachte er mit grimmiger Entschlossenheit, *vorher hau ich ab. Dann sehe ich L.A. eben schon eher.*

Vanessa stand vor ihrem Ankleidespiegel und ließ sich von einem Ventilator erfrischen. Kopfschüttelnd probierte sie den dritten Badeanzug an. »Nein, darin sehe ich ja aus wie ein Skelett!« Ihre Beckenknochen zeichneten sich leicht durch den Stoff ab. *Ich bin viel zu dünn. Das macht mich kein bisschen weiblich*, dachte sie frustriert. Schnell schlüpfte sie aus dem elastischen Material und entschied sich schließlich für den weißen Bikini. Der ließ ihre Brüste wenigstens ein bisschen größer wirken. »Wahrscheinlich möchte mich Danny deswegen nicht zum See begleiten«, murmelte sie. »Ich bin flach wie ein kleines Mädchen.« Dabei war es ihr so schwergefallen, ihn überhaupt zu fragen.

Seufzend schaute sie zum Fenster, vor dem sie zuvor die Jalousie heruntergelassen hatte, damit Daniel ihr nicht beim Umziehen zusehen konnte. Vanessa fand es äußerst praktisch, dass sie beide ihre Zimmer im Dachgeschoss hatten und sich die Häuser so gegenüberlagen, dass sie ihn immer beobachten konnte. Als Kinder hatten sie sich vor dem Schlafengehen Morsezeichen mit der Taschenlampe geschickt, aber diese Zeiten waren vorbei.

Schweren Herzens schüttelte sie den Kopf. *Zur Party will er auch nicht mit mir, ach, verdammt, wenn ich nicht so schüchtern wäre, hätte ich ihn so lange gelöchert, bis er zugesagt hätte!*

Vanessa beugte sich über ihren Schreibtisch, um eine Lamelle der Jalousie anzuheben. Als sie Danny entdeckte, der ebenfalls an seinem Tisch saß, der sich wie ihrer vor dem Fenster befand, griff sie nach dem Fernglas. Sie erkannte ihn auch ohne Vergrößerung über die paar Meter Entfernung, aber er hatte sein T-Shirt ausgezogen und da musste sie schließlich genau hinsehen! Sie hatte vorher schon eine Kostprobe von seinem muskulösen Bauch bekommen und war jetzt neugierig. Anscheinend war Danny gerade aus der Dusche gekommen, denn sein schwarzes Haar schimmerte feucht. Die dunklen Strähnen hingen wirr in sein Gesicht und ließen ihn verdammt gut aussehen. Mit hinter dem Kopf verschränkten Armen lehnte er lässig in seinem Drehstuhl und starrte an die Decke.

Bei seinem Anblick bekam Vanessa weiche Knie und Herzrasen. »Wow!« So gefesselt war sie von seinem Anblick, dass es sie nicht einmal störte, als sich eine Büroklammer in ihren Ellbogen drückte. *Jetzt die Nase in sein rabenschwarzes Haar vergraben und diesen schlanken Hals küssen*, fantasierte sie und ließ den Feldstecher weiter an Daniel hinabwandern. Für seine siebzehn Jahre besaß er ungewöhnlich viele Muskeln, die ihr noch nie so deutlich aufgefallen waren wie heute. Zuletzt hatte sie ihn nackt gesehen, als sie beide als Fünfjährige im Planschbecken gesessen hatten. Schade, dass er nicht mit zum See kommen wollte, da hätte sie ihn sich genauer betrachten können. Vanessa freute sich, weil er einmal nicht vor dem Computer saß, sondern sich ihr derart freizügig präsentierte. Meistens war vor seinem Fenster den ganzen Tag die Jalousie heruntergelassen.

Früher waren sie öfter zusammen ein Eis essen gewesen, aber in letzter Zeit hatte sich ihre Beziehung verändert. Sie waren eben keine Kinder mehr. Leider. Da war irgendwie alles unkomplizierter gewesen.

Jeden Morgen, wenn Daniel zur Schule fuhr, passte sie ihn ab, und auf dem Pausenhof ließ sie ihn nie aus den Augen, da Vanessa am liebsten ständig in seiner Nähe sein wollte. Seit der Junior High ging das schon so. Immer wenn sie ihn sah, verkrampfte sich ihr Magen vor Aufregung, sodass sie deshalb oft nichts essen konnte. Beim Einschlafen dachte sie ebenfalls an Danny, an seine dunkelgrünen Augen und die Grübchen in den Wangen, wenn er mal lächelte. Was für ein Glück, dass ihr das Lernen so leichtfiel, sonst hätte sie bestimmt schon viele schlechte Noten mit nach Hause gebracht, weil sie Danny nicht mehr aus dem Kopf bekam.

»Was hast du nur mit mir angestellt?«, murmelte sie und seufzte.

Gerade als sie das Fernglas sinken lassen wollte, bewegte sich Daniel. Er drehte sich zu seinem Tisch und schien etwas aufzuschreiben.

Macht der tatsächlich schon seine Hausaufgaben? Seit wann ist er unter die Streber gegangen?

Als er ein großes Blatt Papier ans Fenster hielt, auf dem in dicken schwarzen Buchstaben stand: »Ich weiß, dass du mich beobachtest!«, blieb ihr fast das Herz stehen. Sie ließ die Lamelle der Jalousie los und fiel beinahe rückwärts vom Tisch. Ihr Puls raste. Mit seinen katzenhaften Augen schien er sie direkt anzusehen!

Wie konnte er das wissen? Danny besaß die Instinkte eines Raubtiers!

Unruhig lief sie in ihrem Zimmer auf und ab, wobei sie in ein helles T-Shirt und einen geblümten Rock schlüpfte. *Wie peinlich, Danny hält mich bestimmt für einen Spanner! Oder er hat Verdacht geschöpft. O nein, was ist, wenn er jetzt vermutet, dass ich in ihn verknallt bin? Und was ist, wenn er das überhaupt nicht mag und von nun an kein Wort mehr mit mir spricht?* Ihr wurde abwechselnd heiß und kalt. Aber ihre Neugier war einfach zu groß.

Vorsichtig schob sie wieder eine Lamelle nach oben, doch Daniel saß nicht mehr an seinem Schreibtisch. Dafür hatte er ein anderes Blatt ans Fenster geklebt, auf dem stand: »Okay, ich komme mit auf die Party.«

»Ja! Ja! Ja!« Freudestrahlend hüpfte Vanessa vom Tisch und tanzte im Zimmer herum wie ein verrückt gewordener Kobold.

Vanessa fühlte sich immer noch wie im siebten Himmel, als sie sich auf das Badetuch legte, um ihren nassen Bikini von der Sonne trocknen zu lassen. Der kleine See mit dem angrenzenden Wald war eine Freizeitoase für die Bewohner von Little Peak und lag am Fuße der Anhöhe, auf der die Stadt erbaut war. Im Sommer traf man hier beinahe jeden Einwohner, der nicht arbeiten musste oder anderweitig beschäftigt war, und auch jetzt – Ende Oktober – war es in diesem Teil Kaliforniens zum Baden warm genug. Fahrende Eisverkäufer und Imbissbuden luden zu einem Snack ein; es wurde Beachvolleyball, Basketball und Tennis angeboten. Außerdem gab es eine Minigolfanlage sowie einen großen Abenteuerspielplatz. Im weitläufigen Wald war erst letztes Jahr ein Weg für Rollschuhfahrer und Skater frisch geteert worden, und Little Peak konnte sich mit einem hochmodernen Trimm-dich-Pfad rühmen. Ein paar Mal hatte Vanessa das Angebot genutzt, um eine Runde zu joggen, doch weil sie fürchtete, dadurch noch dünner zu werden, hatte sie den Sport aufgegeben. Das war natürlich Unsinn, denn mit ein paar Muskeln mehr würde sie nicht so zierlich wirken. Vielleicht sollte sie die Ausreden nicht mehr gelten lassen und wieder mit dem Laufen anfangen.

Ein Marienkäfer turnte auf einem Gänseblümchen. Vanessa

beobachtete verträumt, wie er versuchte, den nächstgelegenen Grashalm zu erreichen, während ihr die Sonne den Rücken wärmte.

Colleen berührte ihre Schulter. »Sieh mal, Nessa, ist das da hinten nicht Daniel, der grad ins Wasser geht? Der mit der blauen Badehose.« Colleen nickte unauffällig an das gegenüberliegende Ufer, wobei sie sich das feuchte, blonde Haar abtrocknete.

Sofort schlug Vanessas Herz schneller. Sie zog ihr Käppi tiefer in die Stirn und taxierte den großen Jungen mit den dunkelblauen Shorts. Obwohl er sich weiter weg befand, hatte sie ihn ebenfalls gleich erkannt. *Er ist beinahe schon ein Mann, und ich hab nur so einen Minibusen*, dachte sie. Das Ziehen hinter ihrem Brustbein zeigte ihr wieder, wie sehr sie in Danny verknallt war. »Er hat doch gesagt, er wolle nicht herkommen«, murmelte sie und spürte eine enorme Enttäuschung in sich aufsteigen. Er schämte sich wahrscheinlich, mit ihr gesehen zu werden.

»Er ist süß, hm?« Nachdem Colleen eine Brille aus ihrem Strohkorb gekramt hatte, blickte sie unverhohlen zum anderen Ufer. »Ja, er hat schon was, zumindest einen süßen Knackarsch.«

Nessa zuckte mit den Schultern und schob die plötzliche Hitze in ihrem Gesicht auf die gnadenlose Sonne. Obwohl Colleen ihre beste Freundin war, hatte Vanessa ihr bis jetzt nichts erzählt. Das mit Danny war ihr ganz persönliches Geheimnis.

»Schade, dass er so ein komischer Typ ist«, sagte Colleen, bevor sie ihre Brille in den Korb zurücklegte.

Nessa fuhr zu ihr herum. »Wie meinst du das?«

»Na ja, er ist irgendwie so … anders, und dann die langen schwarzen Schlabbersachen, die er immer anhat. Er sieht aus wie der Bruder von Gevatter Tod oder einer von diesen Gothic-Freaks.«

»Viele stehen auf schwarze Klamotten. An unserer Schule gibt es auch ein paar Goths. Ich finde die ganz nett. Die tun keinem was.«

»Wieso ist dann Daniel nicht bei ihnen? Er ist immer allein.« Colleen runzelte die Stirn. »Früher war das doch auch nicht so.«

Vanessa erinnerte sich ebenfalls, dass er ab und zu mit anderen Jungs unterwegs gewesen war. Wann hatte sich das geändert?

Colleen senkte die Stimme. »Ich kann es nicht genau erklären, aber ich finde ihn ein wenig unheimlich. Er guckt oft so finster, ist irgendwie … na anders.«

Nessa machte nur »hmm«, da sie Coll überhaupt nicht zustimmen konnte. Na ja, *fast* nicht. Daniel war wirklich ein wenig anders geworden. Vanessa war froh, so eine Freundin wie Colleen Clayton zu haben, auch wenn sie ein wenig eifersüchtig auf ihre strahlend blauen Augen und ihre perfekte Figur war. Alle Jungen in der Schule waren scharf auf sie. Kein Wunder, dass Danny sie neben so einer Traumfrau nicht bemerkte! Colleen und sie belegten viele Kurse gemeinsam, und in den meisten saß er auch.

»Wir sollten den heutigen Tag dick im Kalender markieren«, fuhr Coll grinsend fort, »seine Badehose hat eine F a r b e!«

»Du Spinner!« Vanessa lachte und gab ihr einen leichten Stups.

Auch Colleen kicherte. Sie wühlte in ihrem Korb, dann reichte sie Vanessa einen Kaugummi. »Ist doch wahr!«

Dankend nahm Nessa den Streifen entgegen. Immerhin war Coll nicht so eine falsche Schlange wie die meisten anderen Mitschüler, die nur nett zu ihr waren, weil sie die Hausaufgaben abschreiben wollten. Wenn Nessa ihr erzählen würde, wie sehr sie in Danny verliebt war, würde Colleen ihn bestimmt nicht anmachen. Wie es aussah, wollte ihre Freundin sowieso nichts von ihm, was sie ungemein erleichterte.

»Du kennst Daniel doch schon länger«, meinte Colleen. »Ist dir noch nie aufgefallen, dass er keine Freunde hat? In der Pause steht er immer allein und starrt vor sich hin, und wenn ihn mal jemand anspricht, ist er oft so abweisend.«

»Ja, ich kenne Danny schon mein ganzes Leben. Wir haben als Kinder oft zusammen gespielt. Falls er sich tatsächlich merkwürdig verhält, fällt es mir vielleicht nicht auf, weil er mir so vertraut ist. Aber er gehört wohl eher zu der ruhigeren Sorte.«

»Seine Eltern sind bestimmt komische Leute, irgendwoher muss das doch kommen.«

Möglichst unauffällig beobachtete Vanessa Daniel, der im See seine Bahnen schwamm. Geschmeidig wie ein Fisch glitt er durch das Wasser, wobei er zwischendurch für längere Zeit untertauchte. »Mir kamen die Taylors eigentlich immer normal vor.«

»Kamen?« Colleen hob die Brauen.

»Na ja, sein Vater ist letztes Jahr ausgezogen.«

»Oh.« Colleen kratzte sich an der Stirn. »Stimmt, das hatte ich vergessen.«

»Seine Mutter ist seitdem tatsächlich etwas merkwürdig, aber das kann man doch verstehen«, erzählte Vanessa weiter. »Es war bestimmt schlimm für sie, dass ihr Mann sie plötzlich verlassen hat.«

Ihre Freundin kräuselte die Nase. »Meinst du, Daniel ist deswegen durchgefallen? Es hat ihn wahrscheinlich ziemlich mitgenommen.«

»Soweit ich weiß, hatte er nie ein besonders enges Verhältnis zu seinem Vater. Danny war ein typisches Mamakind.« Vanessa schmunzelte, als sie sich an frühere Zeiten erinnerte, wo Daniel seiner Mom buchstäblich am Rockzipfel gehangen hatte. »Jetzt natürlich nicht mehr. Wenn er zu Hause ist, verkriecht er sich die meiste Zeit in seinem Zimmer.«

Colleen nickte energisch. »Siehst du, das hab ich ja gesagt, er sondert sich von allen ab. Da stimmt doch etwas nicht.«

»Ich würde sagen, das ist eine normale Reaktion«, murmelte Nessa. Sie spürte einen Stich in der Brust. Wie schwer musste es für Daniel sein, dass sein Vater einfach auf und davon war.

»Und meine Mom hat gehört, dass ihn letzten Monat die Polizei nach Hause gefahren hat!«

Vanessas Herzschlag beschleunigte sich. Danny hatte Ärger mit der Polizei? »Das habe ich gar nicht mitbekommen. Was hat er angestellt?«

Colleen zuckte mit den Schultern. »Keine Ahnung.«

Nessa ärgerte sich, weil Colleen mehr über Daniel wusste als sie. Er hatte ihr nichts darüber erzählt, vielleicht war es bloß ein Gerücht.

Sie warf erneut einen Blick auf das Wasser und sah, wie Daniel ans Ufer schwamm. Sie erkannte nur seine Schultern und den dunklen Haarschopf, trotzdem hüpfte ihr Herz.

»Stell dir vor, Danny begleitet mich zu Rebeccas Party.« So recht konnte sie es noch nicht glauben. Immerhin hatte er es ihr nicht persönlich gesagt.

»Du hast ein Date mit dem Unnahbaren?!« Coll beugte sich weiter vor und bekam große Augen. »Und damit rückst du erst *jetzt* raus?!«

»Das ist doch kein Date.« Nessa schüttelte den Kopf. »Danny ist mein Kumpel.«

»Meinst du, ihr küsst euch?«

»C o l l e e n!« Vanessa beobachtete Daniel aus den Augenwinkeln. Zum Glück war er viel zu weit weg, um ihr Gespräch zu belauschen. So wie es schien, hatte er sie noch nicht einmal gesehen. »Könntest du vielleicht etwas leiser sprechen?« Nessas Blick schweifte über die Wiese, aber in nächster Nähe befanden sich keine ungewollten Zuhörer.

Colleen ließ einen missmutigen Laut los. »So ein Mist, ich wäre zu gerne auf die Party mitgegangen, dann hätte ich euch auf die Sprünge helfen können. Ihr würdet bestimmt ein hübsches Paar abgeben.«

»Wir werden nie ein Paar sein, weil wir F r e u n d e sind, du alte Kupplerin!«, widersprach Vanessa, doch allein die Vorstellung von Danny und ihr als Liebespaar schickte ein Kribbeln über ihre Wirbelsäule. *Ob er gut küssen kann?*, fragte sie sich. Bestimmt konnte er das, bei seinen schön geschwungenen Lippen.

»Hast du gewusst, dass Rebecca neben dem Gruselhaus der alten Mrs. Adams wohnt?«, wechselte Colleen das Thema.

»Coll, langsam müsstest du mich kennen.« Vanessa wickelte den Kaugummi wieder in das Papier ein, weil nun der Geschmack heraus war. »Ich glaube nicht an Spukgeschichten.« Natürlich hatte sie gehört, dass es in Edna Adams Haus nicht mit rechten Dingen zugehen sollte, doch in so einer kleinen Stadt wie Little Peak wurde viel getuschelt. Da verdrehte sich die Wahrheit schnell. Edna war bestimmt nur eine harmlose alte Frau und nichts weiter. Das ganze Gerede von Hexerei, schwarzer Magie und davon, dass sie ihren Mann umgebracht haben sollte, hielt Vanessa für Humbug. Da gab sie sich lieber ihren Träumereien hin, als an übernatürliche Dinge zu glauben.

Nachdem Daniel ans Ufer getreten war, schüttelte er sein pechschwarzes Haar, sodass die davongeschleuderten Tropfen wie Perlen in der Sonne glitzerten. Für einen kurzen Moment blickte er direkt in ihre Richtung. Vanessa hielt die Luft an. Hatte er sie gesehen?

Danny drehte sich jedoch gleich wieder weg, um im angrenzenden Wald zu verschwinden.

»Nessa, was ist denn mit dir los?« Colleen schubste sie an. »Bist du zur Salzsäule erstarrt?«

»Da war eine Biene.« Das war nur ein klein bisschen geschwindelt, fand Vanessa, da sie tatsächlich Angst vor den kleinen Viechern hatte. Aber in Wahrheit hatte sie etwas gespürt, als Danny sie angeschaut hatte. Ihr war, als hätte er nach Hilfe gerufen, obwohl er die Lippen nicht bewegt hatte.

Kaum merklich schüttelte sie den Kopf und schalt sich für diesen dummen Gedanken. Verliebtheit machte echt doof.

Ihr Herz klopfte immer noch aufgeregt, als Coll plötzlich rief: »Da kommt Tommy! Hey, Tommy!« Colleen winkte ihrem Bruder. Der junge Mann, der Colleen ähnlich sah, winkte zurück. Tommy war vier Jahre älter als seine Schwester und besaß dasselbe helle Haar wie alle in der Familie Clayton.

Colleen sprang auf. »Ich muss jetzt leider los, wir müssen morgen früh raus. Sollen wir dich nach Hause bringen? Wir schmeißen unsere Räder einfach hinten aufs Auto.«

Zu seinem achtzehnten Geburtstag hatte Tommy einen alten Pickup bekommen, was Colleen natürlich ausnutzte, wo es ging. Tommy war zuerst so etwas wie Colleens Chauffeur geworden, und seit sie ihren Führerschein für begleitetes Fahren hatte, musste er ihren Beifahrer spielen. Colleen hatte großes Glück, einen Bruder zu haben, der ihre Spleens, ohne zu murren, hinnahm. Das war wieder ein Punkt, bei dem Nessa ihre Freundin ein klein wenig beneidete, da sie als Einzelkind aufwuchs. Sie hatte zwar zusammen mit Colleen den Führerschein gemacht, aber Vanessas Eltern ließen sie selten fahren …

Lächelnd sagte Vanessa: »Nee, ich bleib noch ein wenig, außerdem schaff ich den Peak Hill mit links.«

Damit ihr Bruder nichts mitbekam, flüsterte Colleen: »Es ist wegen Daniel, stimmt's?«

Vanessa grinste; Hitze schoss in ihr Gesicht. »Erwischt.«

Colleen lief zu ihrem Bruder, ihr Fahrrad neben sich herschiebend, und winkte Vanessa. »Viel Spaß auf der Party!«

»Viel Spaß in Disney World und guten Flug!«, rief Vanessa den Geschwistern hinterher und wartete, bis sie aus ihrem Sichtfeld verschwunden waren. Dann packte sie schnell T-Shirt, Rock und Handtuch in ihren Rucksack, setzte sich aufs Mountainbike und fuhr den Kiesweg um den See herum, bis sie die Stelle erreichte, wo Danny im Wald verschwunden war.

Ich sage nur kurz Hallo, danach lass ich ihn wieder in Ruhe, überlegte sie, als sie ihr Fahrrad an einen Baum lehnte und den Rucksack auf dem Gepäckträger deponierte. Da er keine Wertgegenstände enthielt, ging sie das Risiko ein. Falls er geklaut wurde, konnte sie ja Danny fragen, ob er ihr für den Nachhauseweg sein T-Shirt lieh. Sie malte sich die wildesten Szenen aus, während ihr Herz heftig klopfte und sie auf dem Trampelpfad in den Wald hineinging. Sie wollte auch gleich wieder weg, nicht dass er dachte, sie wäre hinter ihm her.

Vanessa warf einen flüchtigen Blick auf ihr gefüttertes Bikinioberteil und fand, dass sie durchaus akzeptabel aussah, als sie Daniel schon entdeckte. Auf einer schattigen Lichtung hatte er sein Handtuch ausgebreitet, auf dem er sich bäuchlings hin und her wälzte. Sein Körper krümmte sich, die Muskelstränge seines Rückens schienen bis zum Zerreißen gespannt, die Hände hatte er an den Kopf gepresst.

Wie erstarrt blieb Vanessa stehen, ihr Herz setzte einen Schlag aus, um danach doppelt so schnell weiterzuschlagen. O Gott, was hatte er? Im ersten Moment befiel sie Panik und sie wusste nicht, was sie tun sollte. Verdammt, warum hatte sie ihr Handy nicht dabei? Vielleicht brauchte er einen Arzt?

Diese und viele andere Gedanken schossen ihr durch den Kopf, als Daniel rief: »Hau ab! Lass mich in Ruhe!«

Meinte er sie? Er konnte sie unmöglich gesehen haben! Vanessa wunderte sich. Dabei klopfte ihr der Puls so laut in den Ohren, dass ihr es durchaus möglich erschien, sich verhört zu haben. »Daniel?«, fragte sie zögerlich.

Sofort blieb er regungslos liegen. »Vanessa?«

»Ja, ich bin's!« Ihr Herz trommelte weiterhin wild.

Daniel zitterte. Offensichtlich versuchte er, es zu unterdrücken.

»Verschwinde!«, zischte er, ohne sie anzuschauen. Es fühlte sich an wie ein Schlag in den Magen, doch so leicht würde sie sich nicht abwimmeln lassen. Irgendetwas fehlte ihm!

Abermals stöhnte er und griff sich an den Kopf.

»Danny!« Ohne weiteres Zögern lief sie auf ihn zu. »Was hast du?«

»Nur Kopfschmerzen«, sagte er keuchend, »also lass mich allein. Bitte!« Er machte eine abwehrende Handbewegung in ihre Richtung, wobei er sie immer noch nicht anblickte.

Mit dem Rücken zu ihr setzte er sich auf und griff nach der Sonnenbrille, die neben dem Badetuch auf dem moosigen Waldboden lag. Erst als er sie aufgesetzt hatte, drehte er ihr den Kopf zu.

Vanessa erschrak. »Mensch, Danny, du bist ja käseweiß im Gesicht!« Sie kniete sich neben ihn, um ihm eine Hand auf die Stirn zu legen. Sie fühlte sich kühl an.

Sofort schlug er ihren Arm zur Seite. »Hör auf, mich zu bemuttern. Geh einfach!«

Im ersten Moment wollte Vanessa tatsächlich aufspringen und davonlaufen. Sie musste sich zusammenreißen, um nicht in Tränen auszubrechen. So verletzend kannte sie ihn gar nicht! Doch als er sich abermals an die Schläfen griff, blieb sie neben ihm sitzen.

»Verschwinde endlich aus meinem Kopf!« Knurrend ließ er sich auf die Seite fallen.

»Danny!« Vanessa beugte sich über ihn und berührte ihn an der Schulter. »Soll ich einen Krankenwagen rufen?« Tränen liefen ihm die Wangen herab. Er musste unvorstellbare Schmerzen haben.

»Lass mich allein!« Daniel krümmte sich auf dem Badetuch zusammen und presste die Handflächen gegen die Stirn.

»Daniel Taylor, du glaubst doch nicht im Ernst, dass ich jetzt einfach verschwinde, wo es dir so schlecht geht!« Nessa setzte sich neben ihn und befahl: »Komm, leg deinen Kopf auf meinen Schoß.«

»WAS?!« Sein Mund blieb offen stehen. Er wirkte schockiert, aber Vanessa konnte durch die verspiegelte Brille seine Augen nicht sehen. Daniel hatte sie bestimmt nur aufgesetzt, damit sie seine vom Weinen geröteten Lider nicht bemerkte.

»Vielleicht hast du einen Migräneanfall oder Verspannungen, die können auch furchtbare Kopfschmerzen auslösen.« Das könnte zumindest erklären, warum er sich ständig in seinem düsteren Zimmer verkroch. Bei Migräne reagierten die Augen sehr empfindlich auf Licht. Allerdings würde er dann wohl eher wie ein Toter daliegen, denn schon die kleinste Bewegung verursachte höllische Schmerzen. Vanessa wusste das von ihrer Mom, die schon einige üble Migräneattacken hinter sich hatte.

Als Danny sich auf einen Ellbogen stützte, nutzte Nessa die Gelegenheit, um ihn einfach auf sich zu ziehen. Nun lag er seitlich neben ihr, sodass es aussah, als würden ihre Körper ein T bilden. Sie drückte seinen Kopf auf einen ihrer Oberschenkel, und zu ihrer Verwunderung blieb er mit seiner Wange darauf liegen, das Gesicht ihr zugewandt. Sein Körper war immer noch verkrampft, die Beine angewinkelt. Als er zuckte, streiften seine Hände ihr Gesäß. Danny presste die Lippen aufeinander, stoßweise streifte der Atem aus seiner Nase ihre Haut.

Vorsichtig nahm sie ihm die Brille ab, da ihr der Bügel ins Fleisch drückte, und legte sie zur Seite. Daniel hielt die Augen geschlossen und zitterte leicht.

Nachdem sie all ihren Mut zusammengenommen hatte, begann sie, ihm sanft durch das Haar zu streicheln. Es fühlte sich genauso weich an, wie sie sich das immer vorgestellt hatte. Es war feucht vom Schwimmen und klebte ihm an der Stirn. Vor Aufregung klopfte ihr Herz so stark, dass sie das Pochen sogar hörte.

Dannys Wimpern faszinierten Vanessa, sie sahen wie zwei dunkle Halbmonde aus, außerdem waren sie ungewöhnlich lang und dicht. Zärtlich strich sie ihm über die ebenmäßig geschwungenen Brauen, die gerade Nase, seinen Kiefer und wagte, über die Lippen zu huschen, deren Haut zart wie Samt war.

Daniel keuchte auf.

Schnell wanderte ihre Hand an seinem Nacken hinab, den sie mit kreisenden Bewegungen massierte. »Wird es besser?«

»Hmm.« Daniel schien sich tatsächlich zu entspannen.

Vanessas Herz ratterte wie ein Presslufthammer gegen ihre Rippen. *Ich werde verrückt,* dachte sie, *Danny liegt hier, in meinem Schoß, und lässt sich von mir berühren. Das muss ein Traum sein!*

»Mmm, das tut echt gut.« Daniel schnurrte wie ein Kater und beinahe kam er ihr auch wie einer vor.

Wie sehr ich dich liebe, du süßer Kerl, ging es ihr durch den Kopf. »Du kannst mir doch sagen, was dir fehlt.«

»Ich weiß es nicht, vielleicht habe ich bloß zu viel Sonne abbekommen«, murmelte er, allerdings spürte Vanessa, dass dies nicht der Wahrheit entsprach.

Daniel drehte sich auf den Rücken, worauf Vanessa ihre Hand auf seinen Oberkörper legte. Sein Herz schlug fest und gleichmäßig, und sie bewunderte seine schlanke, aber athletische Gestalt.

Sofort war die Massage vergessen. Vanessa streichelte seine muskulösen Oberarme, strich weiter hinab an den leicht behaarten Unterarmen und fuhr den Weg zurück bis zu seinen Brustspitzen, die sich unter ihren Berührungen zusammenzogen. Dabei musste sie ihren Oberkörper so weit über Daniel beugen, dass ihr Haar beinahe sein Gesicht berührte. Wieso war er nur so ein interessanter Typ? Er raubte ihr noch den Verstand!

Sein Körper zitterte stärker, als sie mit den Handflächen über die sanft gewölbten Muskelstränge seiner Brust glitt. Mit der anderen Hand kraulte sie Daniels Kopf, bis er plötzlich die Augen aufriss und sie anstarrte. Seine Pupillen waren weit offen und die sonst grüne Iris wirkte beinahe schwarz.

Himmel, hat er was genommen?, dachte sie.

Seine Stimme klang rau, als er sagte: »Es tut mir leid, ich wollte dich vorhin nicht so anfahren.«

Leise fragte sie: »Wie geht es dir?« Ihre Hand ruhte immer noch auf seiner Brust, in der sein Herz jetzt mindestens ebenso raste wie ihres, doch nun, wo es ihm sichtlich besser ging, wagte sie nicht mehr, ihre Finger zu bewegen.

Daniels Blick schweifte in der Gegend umher, und er räusperte sich, bevor er Nessa wieder ansah. Diesmal wirkten seine Augen völlig normal. »Zum Glück ist sie weg.«

»Sie?« Danny war wohl ein bisschen verwirrt. Was war das nur für ein seltsamer Anfall?

Hastig erwiderte er: »Äh, ich meine die Kopfschmerzen.«

»Hattest du so etwas schon öfter?«

»In letzter Zeit ein paar Mal.« Sein Geständnis schien ehrlich zu sein, denn er wich ihrem Blick nicht aus.

»Du solltest das dringend von einem Arzt abklären lassen.«

Ohne ihr darauf eine Antwort zu geben, stand er auf und fuhr sich durchs Haar. »Danke«, sagte er, bevor er sich nach seiner Sonnenbrille bückte.

»Schon okay.« Auch Nessa kam auf die Beine. Sie spürte Daniels Verlegenheit, denn ihr ging es nicht anders. So nah wie gerade waren sie sich noch nie gewesen. Es lagen nicht mehr diese freundschaftlichen Schwingungen zwischen ihnen, plötzlich fühlten sie sich anders an. Erwachsener, vertrauter. *Es hat zwischen uns geknistert, das hab ich ganz deutlich gefühlt!*

Für Vanessa hätte dieser Augenblick nie enden können. Solche Situationen malte sie sich seit Monaten aus. Sie dachte zurück an Colleens Worte. Vielleicht küssten sie sich morgen ja tatsächlich auf der Party? Jetzt hielt sie das nicht mehr für unmöglich. Nur um Danny machte sie sich Sorgen. Hoffentlich hatte er nichts Ernstes. Sie nahm sich vor, ihn in Zukunft genauer zu beobachten.

Coll könnte recht haben, an ihm ist wirklich etwas seltsam, dachte sich Vanessa, während sie gemeinsam mit Daniel nach Hause fuhr.

Als Vanessa ihre Haustür öffnete, blieb ihr die Luft weg. »Wow, du siehst fantastisch aus!«, rief sie. »Wie ein echter Vampir!«

Daniel lächelte, wobei seine künstlichen Eckzähne aufblitzten. »Ich wusste gar nicht, dass du echte Vampire kennst«, nuschelte er, bevor er das Gebiss herausnahm und in seinem Cape verschwinden ließ.

Nessa konnte einfach nicht die Augen von ihm abwenden. Sein Haar hatte er mit Gel in Form gebracht und das Gesicht weiß gepudert, bis auf die Augen, die schwarz umrandet waren. Das helle Rüschenhemd und besonders die dunkle Hose standen ihm ausgezeichnet, denn die brachte seine langen Beine zur Geltung. Abgerundet wurde das Bild durch einen Umhang, der fast bis zum Boden reichte.

Daniel verbeugte sich galant und säuselte: »Sie sehen in Ihrem Kleid aber auch zum Anbeißen aus, Mylady.« Als er ihre Hand küssen wollte, schubste Vanessa ihn spielerisch weg. Ihre Wangen brannten. »Du Scherzkeks.« Sie fühlte sich geschmeichelt, weil Danny ihr weinrotes Kleid gefiel. Es war schon sehr alt und aus feinstem Samt mit einer raffinierten Schnürung, die Nessas schlanke Taille noch schmaler wirken ließ und ihre Brüste anhob. Für ihre Hochsteckfrisur hatte sie sich extra viel Mühe gegeben; eine Stunde hatte sie dafür gebraucht.

Sie schäkerten ein wenig herum und machten sich dann auf den Weg. Bis zu Rebecca waren es zu Fuß wenige Minuten. Es war bereits nach zehn Uhr und düster, doch auf den Straßen herrschte reges Treiben. Mumien, Gespenster und Prinzessinnen verlangten

Süßes oder spielten Streiche; die Bewohner von Little Peak hatten ihre Vorgärten und Häuser mit gruseligen Lampions oder ausgehöhlten Kürbissen geschmückt, und die Luft war erfüllt von Kinderlachen sowie aufgeregtem Schnattern.

»Seltsam«, unterbrach Vanessa den kurzen Moment der Stille, da sie es nicht ertrug, wenn Schweigen zwischen ihnen herrschte, »das Erdbeben gestern hat sich anscheinend nur auf unsere Schule konzentriert, das haben sie in den Nachrichten gebracht. Ich frage mich, wie das möglich ist, wo Little Peak wie ein Kegel auf der tektonischen Platte sitzt. Eigentlich hätte es überall rumpeln müssen. Vielleicht ist eine Höhle eingestürzt?«

Daniel lächelte. »Du solltest Wissenschaftlerin werden, Nessa. Du bist echt schlau.« Sie erkannte, dass Danny seine Worte ernst meinte, worauf ein einsamer Schmetterling in ihrem Magen nach einem Ausgang suchte und sie ihm nicht erklären konnte, dass sie das tatsächlich vorhatte. *Ich hab dich so lieb, Daniel Taylor, ach, wenn ich dir doch sagen könnte, wie viel du mir bedeutest!* Vanessa bekam weiche Knie.

»Stopp!«, rief er plötzlich, worauf sie erschrocken die Luft einsog.

»Was ist?«

»Du hast da eine Wimper am Auge.« Danny beugte sich zu ihr hin, um ihr mit dem Daumen das Haar wegzustreichen. Ein unglaublich guter Duft stieg ihr in die Nase. Sein Aftershave?

Dann stutzte sie: Eine Wimper? Wie konnte er das im schwachen Licht der Straßenlaternen erkennen? *Das ist bestimmt nur ein Vorwand, um mich zu küssen*, hoffte sie. In freudiger Erwartung wollte Nessa die Lider schließen. Ihr Herz pochte wild. Sie spürte wieder dieses Knistern zwischen ihnen, doch da hatte sich Daniel bereits aufgerichtet und fuhr mit dem Gespräch fort: »Weißt du schon, was du nach dem Abschluss machen wirst?«

»Na, auf jeden Fall College, anschließend auf die Uni«, sagte sie etwas verwirrt. »Vielleicht Politikwissenschaften studieren.« *Was hab ich mir gerade ausgemalt? Dass er mich küsst? Vergiss es endlich, Nessa.*

»Du willst Politikerin werden?« Daniel grinste. »Ich könnte mir vorstellen, dass du mal Präsidentin wirst.«

Lachend schüttelte sie den Kopf. »Politikwissenschaft hat nichts mit Politik zu tun, sondern mit Wissenschaft.«

Daniels Grinsen wurde breiter. »Sag ich doch, du solltest Wissenschaftlerin werden.«

»Und du?«

Danny kickte einen Stein in die Wiese. »Ich weiß nicht, ich hab eigentlich keinen Nerv mehr zum Lernen. Am liebsten möchte ich weg aus Little Peak.«

Nessa schluckte. Er wollte den Ort verlassen? Das durfte er nicht, er konnte nicht einfach weggehen! Sie würde doch auch bleiben, zumindest könnte sie jedes Wochenende nach Hause kommen, denn die Universität, die sie sich ausgesucht hatte, war nicht zu weit weg. Danny war immer schon ein Teil ihres Lebens gewesen und Nessa wollte, dass er mehr als das wurde. Vorsichtig fragte sie: »Und warum bist du dann noch an der Schule? Deine Pflichtjahre hast du doch rum.«

»Na ja, die High School will ich auf jeden Fall abschließen, das bin ich meiner Mom schuldig. Sie möchte, dass ich mal einen anständigen Job bekomme, und jetzt, wo es ihr so schlecht geht, kann ich ihr diesen Wunsch nicht abschlagen.«

Vanessa spürte, was Daniel bewegte. Hätte ihn die Kuwalski nicht durchfallen lassen, wäre er in diesem Jahr fertig geworden und hätte seine Mutter finanziell unterstützen können. Angeblich zahlte sein Vater nichts.

»Hast du dir denn überhaupt keine Gedanken gemacht, was du mal machen möchtest?«

Daniel grinste. »Rate mal.«

»Keine Ahnung!« Welcher Job könnte zu ihm passen? Fotomodel? Bei diesem Gedanken erhitzte sich ihr Gesicht.

»Vielleicht Computerspiele testen oder selbst welche entwickeln«, sagte er und kickte einen weiteren Stein vom Weg.

Sie lachte. »Klar, was sonst. Ich wette, das könntest du sogar besonders gut.« Musste man dazu studieren? Würden sich ihre Wege trennen? Vielleicht konnte er von zu Hause aus arbeiten?

Vanessas Aufgabe war es, Danny heute auf andere Gedanken zu bringen. Vor allen Dingen musste sie ihn überzeugen, dass es in Little Peak jemanden gab, der es wert war, die Stadt nicht zu verlassen! Sie wollte Daniel nach der Schule nicht aus den Augen verlieren.

Übermütig hakte sie sich bei ihrem Vampir ein und freute sich, dass Daniel nichts dagegen zu haben schien. Ständig schielte sie zu ihm hinüber, und als er ihr spitzbübisch zuzwinkerte, schlug etwas in ihrem Bauch Purzelbäume. Danny mochte sie sehr gern, da war sie sich ganz sicher!

Sie nahmen die Abkürzung durch eine Parkanlage, deren Weg nur schwach von wenigen Laternen erhellt wurde, als Daniel wie beiläufig erwähnte: »Meine Mutter möchte, dass du mir Nachhilfe gibst.«

Vanessas Herz klopfte ein paar Takte schneller. »Tatsächlich?«, sagte sie möglichst unbeeindruckt, doch ihre Fantasie machte wie so oft Überstunden. *Das wäre ja großartig, da könnte ich viel Zeit mit ihm gemeinsam verbringen und ihm näherkommen.*

»Ich hab ihr gesagt, du hättest bereits zwei Schüler.« Danny kickte einen weiteren Stein vom Weg. »Jetzt will sie sich nach jemand anderem umsehen.«

Nein, das wird sie nicht, dafür werde ich sorgen, überlegte sie.

Es stimmte zwar, dass sie zwei Schülern der Unterstufe Nachhilfe gab, doch das war nur sporadisch. Vanessa würde Dannys Mutter schon überzeugen, dass sie genau die Richtige für diesen Job war.

»Nessa«, knurrte er neben ihr, »denk nicht mal dran!«

»Was?« Sie versuchte, einen unschuldigen Augenaufschlag hinzubekommen, aber Danny hatte sie längst durchschaut.

»Wenn du meine Mutter darauf ansprichst, werde ich dir in deinen entzückenden Hals beißen!« Hastig schob er sich das Vampirgebiss zwischen die Lippen.

Daniel schien richtig aufzublühen. Schon lange hatte Nessa ihn nicht mehr derart ausgelassen erlebt. »Das traust du dich nicht«, provozierte sie ihn, doch da hatte er sie bereits auf die Parkbank geschubst, an der sie gerade vorübergingen. Halb legte Daniel sich auf sie und zwickte sie mit den künstlichen Zähnen in ihr Schlüsselbein. Als seine Lippen ihre Haut berührten, keuchte Vanessa auf. Dannys Haar streifte ihre Wange und sie roch das duftende Gel sowie sein Aftershave, spürte seine Körperwärme. Vanessa war froh, sich für das antike Burgfräuleinkleid mit dem weiten Ausschnitt entschieden zu haben, so bot sie ihrem Vampir viel Freifläche.

»Du wirst meiner Mutter nichts sagen, okay!« Daniels Finger fanden den Weg zu ihren Rippen, um sie zu kitzeln, und Vanessa lachte auf. Automatisch legte sie ihre Handflächen gegen seinen Brustkorb, aber sie drückte nur leicht zu. Dafür genoss sie diesen Augenblick zu sehr, und durch den dicken Stoff ihres Kostüms war seine Attacke gut auszuhalten.

»Das klingt ja so«, sagte sie atemlos, »als wolltest du nicht mit mir lernen.«

»Du bist nicht das Problem«, wisperte er, und ihr Herz machte einen Satz. Also wollte er wohl nicht, weil er die Schule hasste – was ja kein Geheimnis war.

Küss mich bitte!, flehte sie in Gedanken, während sie über seine Brust strich.

Als ob er sie gehört hätte, knabberte er mit seinen künstlichen Zähnen weiter an der Säule ihres Halses herauf, bis Vanessa Dannys Mund und seinen warmen Atem auf ihrem Kinn spürte. *Küss mich, bitte, bitte, küss mich!* Ihr Herz schlug so heftig, dass sie beinahe befürchtete, es könnte zerspringen.

Daniel genoss seine Verabredung mit Nessa. Er wusste nicht, wann er zuletzt derart viel Spaß gehabt hatte. Jetzt war er froh, ihr zugesagt zu haben, weil sie gestern nach der Schule so traurig ausgesehen hatte. Für einen kurzen Moment spielte er mit dem Gedanken, sie auf ihre hübschen Lippen zu küssen, als sich plötzlich seine Nackenhaare aufstellten.

»Stör ich dich gerade bei irgendwas?«, ertönte eine spöttische Stimme neben ihm. Schlagartig fuhr sein Kopf herum.

»Hast du gedacht, ich erkenne dich in dieser Verkleidung nicht, Silvan?«

Daniel versuchte, die schwarzhaarige junge Frau, die ganz außen auf der Bank saß, zu ignorieren. Er wusste mittlerweile, dass nur er sie hören und sehen konnte. Es wurde erneut dadurch bestätigt, dass Vanessa keine Veränderung in ihrem Verhalten zeigte. Sie kicherte und versuchte, ihn halbherzig von sich herunterzuschubsen, obwohl Daniel sie längst nicht mehr kitzelte.

Hau ab und lass mich endlich in Ruhe, zischte er im Geiste, denn er wusste, dass das andere Mädchen seine Gedanken hören konnte.

Daniel ließ sich seine Aufregung nicht anmerken. »Komm, lass uns weitergehen«, sagte er zu Nessa und zog sie auf die Beine. Dann ließ er sein Vampirgebiss in der Manteltasche verschwinden.

»Ist das deine Freundin, Silvan? Hast du was mit der?« Die junge Frau, die höchstens drei Jahre älter war als Daniel, lief rückwärts vor ihnen her, um Vanessa genauer zu betrachten. Sie nannte sich Marla und behauptete, eine Dämonin zu sein. Das hatte sie ihm schon vor Wochen gesagt, doch da hatte Daniel ihr nicht geglaubt. Geändert hatte sich das am See. Seit dem schmerzhaften Zusammentreffen hatte er seine Superheldentheorie komplett verworfen.

Die merkwürdigen Klamotten, die Marla immer trug, und ihr Aussehen passten gut zu Halloween: Ihr rabenschwarzes Haar stand ihr buschig vom Kopf, und Daniel vermutete, dass sie es toupiert hatte. Marlas herzförmiges Gesicht wirkte beinahe weiß; die Lippen besaßen kaum Farbe. Dennoch fand Daniel das Mädchen außerordentlich hübsch. Auch Marla schien am liebsten, genau wie er, schwarze Kleidung zu tragen. Ihre langen Beine steckten in Netzstrumpfhosen, die an manchen Stellen eingerissen waren, darüber hatte sie eine kurze, enge Hose an. Mit den Schnürstiefeln und der abgewetzten Lederjacke sah sie aus wie eine Punkerin.

Daniel war weiterhin davon überzeugt, dass Marla nur in seinem Kopf existierte. Er sollte wirklich weniger Zeit mit seinen Computerspielen verbringen … Im Internet hatte er nachgelesen, dass es unter »Schizophrenie« fiel, jemanden zu sehen und mit jemandem zu sprechen, der in echt gar nicht da war. Er hätte mit seiner Mom drüber reden können, aber ihr ging es wegen der Trennung so schlecht, dass Daniel sie nicht zusätzlich belasten wollte. Gut, war er halt verrückt – ein Irrer mehr auf dieser Welt, was machte das für einen Unterschied.

Das erste Mal hatte er Marla vor einem Monat getroffen. Daniel hatte bis spät in die Nacht an seinem Computer gesessen, als sie plötzlich bei ihm im Zimmer stand. Sie wollte ihm weismachen, dass sie direkt aus der Unterwelt kam und ihn seit Jahren suchte. Daniel hatte kein Wort mit ihr gesprochen und sie nicht beachtet. Er hätte sie ja für eine Einbrecherin gehalten, wenn sie nicht durch einen Kreis aus blauem Feuer geschritten wäre, der sich direkt an der Wand über seinem Bett befunden hatte. *Das* musste er sich eingebildet haben.

Irgendwann war sie dann auch verschwunden.

Das zweite Mal begegnete er Marla im Supermarkt. Vehement ignorierte Daniel ihre Anwesenheit, bis die angebliche Dämonin mit einer Konservendose ein Schaufenster einwarf, um ihm zu beweisen, dass sie tatsächlich existierte. Leider hatte ein Angestellter ihn für den Übeltäter gehalten und die Polizei verständigt. Zu seinem Pech hatten genau zu dieser Zeit die Überwachungskameras des Ladens, die seine Unschuld hätten beweisen können, ihren Geist aufgegeben. Daniel wurde zum Verhör mitgenommen, und erst nachdem er den Beamten glaubhaft versichert hatte, er habe nichts mit dem Vorfall zu tun, brachten sie ihn nach Hause. Das hätte ihm noch gefehlt, wegen eines Hirngespinsts eine Vorstrafe am Hals zu haben.

Von da an war er sich nicht mehr ganz so sicher gewesen, dass er es mit einem Hirngespinst zu tun hatte. Aber anstatt an die Existenz von Dämonen zu glauben, zog Daniel lieber in Betracht, dass er irgendwie selbst das Fenster zerstört hatte und sich nur nicht mehr daran erinnern konnte, weil er eben schizophren war.

Mit Marlas Erscheinen hatten auch seine seltsamen Kopfschmerzen angefangen, weshalb er sich lange Zeit gefragt hatte, ob vielleicht ein Tumor in seinem Gehirn wuchs, der diese Halluzinationen und das Kribbeln in seinen Händen auslöste. Doch gestern am See waren ihm zum ersten Mal wirkliche Zweifel gekommen.

Daniel schloss kurz die Augen und rief sich alles noch einmal ins Gedächtnis:

»Du bist ein Dämon, Silvan, leugne es nicht länger!«, hatte Marla am Ufer so laut geschrien, dass sich Daniel erschrocken umgeblickt hatte. Er war gerade aus dem Wasser gestiegen, als die junge Frau plötzlich vor ihm gestanden hatte.

Überrascht stellte er fest, dass Vanessa und Colleen auf der anderen Seite des Sees saßen. Natürlich hatte er gewusst, dass

Nessa hier sein würde, er hatte nur nicht damit gerechnet, sie wirklich zu sehen. Der See war groß und es gab viele Buchten, die schwer einsehbar waren. Allerdings hatte er irgendwie *gehofft*, auf sie zu treffen, so rein zufällig.

Daniel blickte direkt in ihre Augen. *Bitte hilf mir, Nessa, ich weiß nicht mehr weiter*, schickte er ihr seine Gedanken, bevor er im Wald verschwand. Wie gern wollte er sich jemandem anvertrauen, doch er konnte es nicht riskieren, dass seine einzige richtige Freundin ihn für verrückt hielt. Dann hätte er niemanden mehr auf dieser Welt. Mit den anderen Jungs, mit denen er sich früher des Öfteren, jetzt nur noch ab und zu traf, konnte er nicht wirklich etwas anfangen. Entweder waren sie ihm zu kindisch oder sie hatten bloß Mädchen im Kopf. Beides entsprach nicht seinem Interesse, obwohl er zugeben musste, dass er bei Vanessa durchaus eine Ausnahme machen könnte. *Nun verhältst* du *dich kindisch, Taylor*, schalt er sich. *Vanessa und ich sind wie Geschwister.*

»Du hast doch jetzt mich, Silvan!« Marla trottete auf dem schmalen Pfad neben ihm her und zog eine Schnute.

»Hau ab, du bist nicht real!« Er warf sich auf sein Badetuch und schloss die Lider. Plötzlich begann wieder dieses unangenehme Pochen in seinem Hinterkopf, das sich kontinuierlich verstärkte.

»Silvan, sie werden dich bald holen kommen, dann musst du vorbereitet sein. Lass mich endlich rein! Du verwandelst dich, halte es nicht auf.« Ihre Stimme erklang ganz nah an seinem Ohr, und auf einmal berührte ihn etwas an der Schulter. »Ich will dir doch nur helfen!«

Sofort riss Daniel die Augen auf. »Hast du mich angefasst?« *Nein, das war sicher der Wind*, beruhigte er sich. Marla war eine Einbildung! Abermals kniff er die Lider zusammen, da ihn das Licht schmerzhaft blendete.

»Was soll ich denn noch alles tun, um dir zu beweisen, dass es uns gibt?«

Warum nehmen meine Kopfschmerzen immer zu, wenn du in der Nähe bist?, fragte er sie in Gedanken.

»Meine Anwesenheit beschleunigt deine Verwandlung, weil ich dir von meinen Kräften abgebe.« Leiser setzte sie hinzu: »Von den wenigen, die ich hab.«

»Verwandlung?«

Marla seufzte. »Sag mal, hörst du mir überhaupt zu? Du wirst ein Dämon!«

»Du spinnst doch«, murmelte er. »Oder ich.« Ein Superheld zu werden, könnte er durchaus akzeptieren, aber ein Dämon?

Marla stemmte die Hände in die Hüften. »Um dir wirklich helfen zu können, musst du mich in deinen Kopf lassen.«

Langsam wurde Daniel sauer. »Du machst das extra?!«

»Hier, sieh da hinein.« Marla hielt ihm seine Sonnenbrille vors Gesicht. In dem verspiegelten Glas sah er, dass seine Pupillen so geweitet waren, dass man kaum noch etwas von der Iris erkennen konnte.

»Scheiße!« Hektisch schnappte er nach Luft. »Was passiert mit mir?«

»Wehre dich nicht dagegen, Silvan, lass die Verwandlung zu! Sei endlich du selbst, sei ein Dämon!«

Dann kam Vanessa und schaffte es auf wundersame Weise, ihn von den Kopfschmerzen zu befreien. In ihrem Schoß fühlte er sich sicher und geborgen und war, genau wie Marla gesagt hatte, er selbst: nämlich Daniel Taylor aus der Grayson Street Nummer 26.

Ein Kribbeln zog sich durch seine Nervenbahnen, als ob eine Armee Ameisen durch ihn hindurchmarschierte. Im ersten Augenblick wusste er nicht, ob es an Nessas Berührungen lag oder ob Marla tatsächlich existierte und er ein halber Dämon war, wie sie ihm ständig zu erklären versuchte.

Seine Augen … Nessa durfte ihn so nicht sehen! Er schämte sich schon genug dafür, dass sie ihn in diesem Zustand erlebte.

Krampfhaft hielt er die Lider geschlossen, nur ab und zu blinzelte er, bis ihn die Sonne nicht mehr blendete.

Marla stapfte um sie beide herum. Ihre Augen blitzten. Sie schien ernsthaft beleidigt zu sein. »Wer ist sie, Silvan? Diese Menschentussi kannst du dir gleich abschminken, die ist nichts für dich, du bist einer von uns!«

Aber er schloss Marla immer mehr aus seinem Kopf aus, weil es sich wunderbar anfühlte, was Vanessa mit ihm anstellte. Wärme durchflutete sein Inneres. *Was macht sie da mit ihren Händen?*, fragte er sich. Das tat verdammt gut!

Daniel hielt die Luft an, als sie über seinen Bauch fuhr, und es in seiner Leistengegend angenehm zog. Wenn sie so weitermachte, könnte das peinlich für ihn werden! Was war plötzlich in ihn gefahren? Er empfand für Vanessa alles andere als brüderliche Gefühle! Bevor er in eine unangenehme Situation geraten konnte, stand er auf.

Wie ein Kobold hüpfte Marla um ihn herum. »Du wirst lernen, deine Emotionen zu beherrschen, Silvan. Dämonen lieben nicht mit dem Herzen, hörst du!«

Ich bin aber nur ein halber Dämon, hast du gesagt, schickte er an Marla. Daniel hatte ihren Zorn deutlich gefühlt, bevor sie sich in Luft aufgelöst hatte …

»He, Silvan, ich hab dich was gefragt!«, holte ihn Marla in die Gegenwart zurück. »Ist das Klappergestell da jetzt deine Tussi oder nicht?«

Ich heiße nicht Silvan!, dachte Daniel wütend. *Und Vanessa ist kein Klappergestell! Verschwinde endlich aus meinem Kopf!*

»Oh, und wie du Silvan heißt! Das ist der Name, den dir deine richtige Mutter gegeben hat«, antwortete Marla. »Akzeptier es endlich! Du bist ein Dämon und hast dich von der da«, mit einem schwarz lackierten Fingernagel deutete sie auf Vanessa, »fernzuhalten!«

Daniel versuchte, nicht auf das zu hören, was Marla ihm sagte.

»Du bist zu Höherem berufen. Du wirst ein mächtiger Dämon werden, so sagt es die Prophezeiung.«

Was für eine Prophezeiung?

»Das Orakel von Memnost.«

Was war denn das schon wieder?, überlegte Daniel. *Noch nie was davon gehört.*

»Aber das wirst du, sobald du mit mir kommst.«

Warum entführst du mich nicht einfach, böse Dämonin?, spottete er.

»Du musst freiwillig mitkommen. Du musst erst erkennen, wer du wirklich bist.«

Daniel versuchte, nicht mehr auf diesen Schwachsinn einzugehen.

Du bist nicht real, ich bilde mir das nur ein! Sein Puls klopfte heftig. Warum musste er ausgerechnet jetzt diese Wahnvorstellungen bekommen, wo es mit Vanessa so schön war?

»Ich fass es nicht, nach allem, was war, denkst du das immer noch? Na, dann pass mal auf!« Marla blieb mitten auf dem Weg stehen und stellte Vanessa ein Bein.

Bevor Daniel begriff, was soeben geschehen war, fing er Vanessa blitzartig auf.

Vanessa stieß einen Schrei aus, doch sie schlug nicht auf dem Boden auf, denn Daniels Arme hatten sich bereits um sie gelegt. Er riss sie nach oben und drückte sie gegen seine Brust.

O Gott, sie wollte Nessa etwas antun! Sein Herz hämmerte wie verrückt. Vanessas Gesicht lag an seiner Halsbeuge, und er spürte die Wärme ihrer Gestalt, die sich perfekt an die seine schmiegte. Sie umarmte ihn, kuschelte sich fester an ihn. Durch das Cape betastete sie seinen Rücken; ihr Busen presste sich gegen seine Brust.

»Was ist denn passiert?«, flüsterte sie. Ihre Stimme bebte, ihr

Körper zitterte in seinen Armen. »Wie hast du so schnell reagieren können?«

Die Antwort konnte er ihr selbst nicht geben. Im Moment wollte er Nessa nie wieder loslassen. Daniel steckte seine Nase in ihr frisch gewaschenes Haar und inhalierte den blumigen Geruch. *Wenn ihr was zugestoßen wäre, hätte ich mir das nie verziehen.* Aus den Augenwinkeln suchte er nach Marla, doch er sah sie nicht. *Na warte, Dämonin, dafür wirst du bezahlen!* Daniel stieß ein »Verflucht noch mal« aus, das Nessa anscheinend auf sich bezog, da sie sich von ihm abdrückte.

»Tut mir leid, Danny, ich weiß gar nicht, wie das geschehen ist, plötzlich bin ich gestolpert. Ich muss irgendwo hängen geblieben sein.«

»Geht es dir gut? Tut dir was weh?« Er musterte sie von oben bis unten, wobei er sie an den Schultern festhielt. Immer wieder blickte er sich um.

»Es ist dir sicher peinlich, mit so einem Trampel wie mir gesehen zu werden.« Vanessa ließ den Kopf hängen.

»Was?!« Sie konnte ja nicht wissen, dass er nach der Dämonin Ausschau hielt, die wie vom Erdboden verschluckt war. »Nein, ich wollte nur sehen, worüber du gestolpert bist«, schwindelte Daniel sie an. »Der Weg ist hier sehr uneben.« Er wollte ihr so gerne die Wahrheit sagen, doch er musste erst verdauen, was soeben passiert war. *Was hat diese Marla über Mom gesagt?* Vor Aufregung hatte er alles vergessen.

Er strich Nessa eine Strähne hinters Ohr, die sich aus ihrer komplizierten Frisur gelöst hatte, und wunderte sich, wie weich ihr Haar war. »Du bist kein Trampel, wie kommst du darauf?«

Sie zuckte mit den Schultern und verzog ihr Gesicht, als sie einen Schritt zurück machte.

»Zeig mal.« Nachdem Daniel in die Hocke gegangen war, hob er Vanessas langes Samtkleid an. Auf ihrem Schienbein zeichnete sich ein rötliches Mal ab, ein Abdruck der Niete von Marlas Stiefeln, aber mehr als ein blauer Fleck würde es wohl nicht werden.

Das gibt's doch nicht! Verwirrt kam Daniel wieder auf die Füße. Marla hatte Vanessa ein Bein gestellt! Oder war das alles nur purer Zufall gewesen? Warum konnte er Marla hören und sehen, sonst niemand? Schien also tatsächlich alles wahr zu sein, was diese Dämonin gesagt hatte?

Erstaunt über diese neue Erkenntnis und seine schnellen Reflexe, schüttelte Daniel den Kopf und lächelte Vanessa so aufmunternd an, wie er konnte. »Komm, lass uns auf die Party gehen.« Er legte einen Arm um ihre Schultern, woraufhin Nessa den ihren um seine Hüften schlang.

Daniel war immer noch verstört, als sie bei Rebecca ankamen. Ihn konnten auch nicht die außergewöhnliche Dekoration und die ausgefallenen Kostüme seiner Mitschüler, die vor ihnen in das Haus strömten, auf andere Gedanken bringen. Als Nessa und er einen Raum betraten, in dem laute Musik spielte und drei Gespenster Bowle tranken, nahm Daniel seinen Arm von ihr. Die anderen sollten sie nicht seinetwegen aufziehen. Schließlich wusste er, dass er nicht gerade beliebt war. Vanessa wurde allerdings von mehreren Partygästen begrüßt, und von einem blonden Pharao mit leuchtend blauen Augen bekam sie einen Kuss auf die Wange. Es versetzte Daniel einen Stich ins Herz, sodass er für einen kurzen Moment sogar Marla fast vergaß.

»Wer war das?«, fragte er Vanessa und schenkte ein Glas Bowle ein, als der junge Mann in der Menge untergetaucht war. Daniel wollte nicht den Eindruck erwecken, neugierig oder vielleicht eifersüchtig zu sein.

»Oh, das?« Vanessa musste schreien, so sehr dröhnte es aus

den Lautsprechern. Dankend nahm sie das Getränk von Daniel entgegen, woraufhin er sich selbst etwas eingoss. »Das war Mike, mein Partner aus dem Tanzkurs.«

»Du tanzt?« Die Vorstellung, wie sie in den Armen dieses Schönlings lag, der mindestens drei Jahre älter war als sie, machte ihn ganz krank. Die laute Musik, die überhaupt nicht seinem Geschmack entsprach, nervte ihn zusätzlich, und erst diese Leute! Am liebsten wäre er gleich wieder gegangen.

Daniels Blick glitt über Sensenmänner, Hexen und Zauberer, bis er Blondie erneut sah. Der Möchtegern-Pharao schwang sein Zepter und wackelte mit den Hüften, als er zu einem Rock'n'Roll-Klassiker tanzte. *Was sucht der überhaupt hier? Wittert er leichte Beute unter den Schulmädchen?* Tatsächlich himmelten zwei kichernde Mädchen Mike geradezu an. Der junge Mann genoss es sichtlich, im Mittelpunkt zu stehen, und legte sich noch mehr ins Zeug, während er den einen oder anderen Hüftschwung demonstrierte.

Daniel konzentrierte sich auf den Pharao und wünschte sich, dieser würde eine harte Landung auf seinem Allerwertesten hinlegen. Mike stolperte über seine eigenen Füße, doch er konnte sich gerade noch fangen und tat so, als gehörte dieser Ausrutscher zu seiner Showeinlage.

»Danny?« Vanessa berührte ihn am Arm. »Alles okay?«

»Ja, klar«, erwiderte er hastig.

»Du hast ausgesehen, als ob du meilenweit weg wärst.«

Er schenkte ihr ein müdes Lächeln, bevor sie sich durch die tanzende Menge schoben. *Ich möchte nicht, dass sie diesen Chauvi noch mal trifft*, ging es ihm durch den Kopf. »Was macht der hier?«

»Wer?« Nessa runzelte die Stirn.

»Na, dieser Mike.« Daniel knirschte beinahe mit den Zähnen.

»Er ist Rebeccas Cousin. Mike ist erst vor einem Jahr nach Little Peak gekommen, nachdem ihm Beckys Dad eine Stelle als Bankangestellter besorgt hat«, erklärte sie ihm.

Er verdient schon sein eigenes Geld und fährt bestimmt 'ne Angeberkarre. Kein Wunder, dass ihn die Mädels so anhimmeln. Daniel ärgerte sich, aber noch mehr stank ihm, dass Nessa Mike so gut kannte. Daniel hatte immer geglaubt, Vanessa in- und auswendig zu kennen. Wie sehr er sich getäuscht hatte! Es gab einiges, was er nicht von Nessa und ihren Freunden wusste, und er hatte keine Ahnung, warum er sich plötzlich so brennend für sie interessierte. Vorhin, als er Vanessa nach Marlas Attacke im Arm gehalten hatte, war ihm eines bewusst geworden: Sie war die einzige Person, die er im Moment nah an sich heranließ. Es war nur schade, dass sie sich in den letzten Jahren so auseinandergelebt hatten. *Vielleicht können wir unsere Freundschaft wieder richtig aufleben lassen*, hoffte er, während er sich erneut dabei ertappte, wie er sie von oben bis unten musterte. »Das Kleid steht dir wirklich ausgezeichnet.«

Ihre mit Rouge geschminkten Wangen wurden noch röter. »Vielen Dank, das habe ich von meiner Tante. Sie hat einen Kostümverleih.« Vor seinen Augen drehte sie sich einmal im Kreis. Eine weitere Strähne hatte sich aus ihrer Hochsteckfrisur gelöst und kringelte sich verführerisch auf ihrer nackten Schulter. Wie gern würde er ihr seidiges Haar um seine Finger wickeln!

Auch ihre schmale Taille reizte ihn, die Arme um sie zu schlingen und sie fest an sich zu drücken. *Du spinnst doch*, schalt er sich, denn bei Nessa brauchte er sich keine Chancen auszumalen. Sie war ja nur nett zu ihm, weil sie sich schon ewig kannten. Was würde sie von einem Loser wie ihm auch wollen?

Seufzend konzentrierte er sich auf das rötliche Gebräu in seinem Glas, bevor Vanessa erneut begrüßt wurde, diesmal von einer Mumie, zu Daniels Erleichterung von einer weiblichen. Er entfernte sich ein paar Schritte, da er sich wie ein Eindringling vorkam. Plötzlich fühlte er sich zwischen all den Menschen noch unwohler. Vielleicht hätte er doch zu Hause bleiben sollen, er war hier total fehl am Platz.

Das geräumige Wohnzimmer war mit dunklen Tüchern behängt, und wohin er blickte, sah Daniel künstliche Kürbisse mit elektrischer Beleuchtung und Räucherstäbchen, die qualmend vor sich hin dufteten. Von dem Gestank war ihm bereits ganz schlecht. Seine Kopfschmerzen machten sich schon wieder durch ein dumpfes Pochen bemerkbar, daher rief er Vanessa zu: »Ich geh mal kurz auf die Veranda, frische Luft schnappen.«

Sie verabschiedete sich mit einem strahlenden Lächeln von der Mumie und kam zu ihm herüber. »Jetzt schon? Aber wir sind doch gerade erst angekommen.«

»Du musst nicht mit, wenn du nicht magst, ich sehe ja, wie toll du dich hier amüsierst.« Daniel versuchte, sich nicht anmerken zu lassen, dass ihn die Vertrautheit zwischen Nessa und Mike verletzt hatte.

Sie lächelte ihn so süß an, dass ihm schwindlig wurde. »Ich komme gleich nach, ich muss mir nur schnell die Nase pudern.«

»Jetzt schon? Wir sind doch erst angekommen«, neckte er sie, woraufhin sie beide lachen mussten und seine Eifersucht von ihm abfiel.

Während sich Vanessa auf den Weg ins Badezimmer machte, fixierte Daniel die Glastür, die in den Garten hinausführte, und bahnte sich einen Weg darauf zu. Ständig blickte er sich um, ob er Marla unter den Gästen entdeckte, da es in seinem Kopf unangenehm klopfte. Daniel war sich sicher, dass sie sich irgendwo in der Nähe aufhielt.

Er schritt hinaus auf die gepflasterte Veranda und zog die Tür hinter sich zu, um Lärm und Gestank im Haus einzuschließen, bevor er sich in einen Liegestuhl fallen ließ. Aber die Ruhe währte nur kurz.

»Sieh mal einer an, wenn das nicht Daniel Taylor ist!« Rebecca lächelte ihn zuckersüß an und setzte sich neben ihn auf eine Liege. Wie es aussah, war sie gerade aus dem Gartenhäuschen gekommen, um noch ein paar Stühle zu beschaffen.

Das dunkelhaarige Mädchen hatte sich als Kleopatra verkleidet, und das Kostüm stand ihr ausgezeichnet, aber Daniel hatte Becky schon immer unsympathisch gefunden. Sie strahlte etwas aus, das ihn an die Schlange erinnerte, die Adam und Eva hereingelegt hatte. *Sie würde gut zu Pharao Mike passen*, dachte er, bevor er der stark geschminkten Gastgeberin ein kühles Lächeln schenkte.

Rebecca beugte sich zu ihm herüber, um an dem gerüschten Kragen seines Hemdes herumzuzupfen. »Ich hatte ja keine Ahnung, dass du auf der Gästeliste stehst.«

»Ich bin mit Vanessa hier.« Abermals verspürte er den Wunsch, sofort zu gehen, nun mehr denn je. Beckys Annäherungsversuche waren ihm sehr unangenehm.

»So, mit unserer Streberin also«, stichelte sie und rückte noch ein Stück näher.

Vanessa hatte sehr wohl bemerkt, dass sich Danny auf der Party nicht wohlfühlte. Es war keine gute Idee von ihr gewesen, ihn hierherzubringen. Nachdem sie auf der Toilette gewesen war, marschierte sie schnurstracks auf die Terrassentür zu, denn sie wollte ihn so kurz wie möglich allein lassen. Als sie durch die Scheibe sah, dass er sich mit Rebecca anscheinend blendend unterhielt, zögerte sie. Vanessa gefiel es überhaupt nicht, wie sie ihn ständig berührte. »Die fällt ihm ja gleich um den Hals«, murmelte sie. Nessa musste zugeben, dass Danny in seinem Kostüm umwerfend aussah – einfach zum Verlieben.

Becky deutete in Richtung Gartenhäuschen. Daniel nickte, dann erhob er sich gemeinsam mit ihr. Vanessas Magen verkrampfte sich, da die beiden im Inneren verschwanden, doch sie atmete sofort auf, als die zwei wenige Sekunden später wieder auftauchten.

Daniel half Rebecca, die Stühle aus dem Häuschen zu tragen und davor abzustellen.

Na klar, das war typisch Becky, andere für sich arbeiten zu lassen oder – hatten die beiden in dem Haus noch etwas ganz anderes vor? Als sie wieder in der dunklen Hütte verschwanden, schob sich Nessa zur Tür hinaus auf die Veranda, um zu ihnen hinüberzugehen. Sie wollte nicht lauschen, wirklich nicht, doch es war einfach zu verlockend.

»Bist du mit Vanessa zusammen, ich meine, seid ihr ein Paar?«, hörte sie Becky fragen.

Vorsichtig lugte Vanessa ins Häuschen hinein und erblickte Danny, der Becky anstarrte. »Was?« Sein Mund blieb offen stehen.

Obwohl Daniels Gesicht weiß gepudert gewesen war, hätte sie schwören können, dass es in diesem Moment noch blutleerer aussah. »Was sollte ich denn von Nessa wollen? Wir sind Kumpel, sonst nichts.«

Vanessa erstarrte. Es war, als würde ihr Danny mit einem stumpfen Messer das Herz aus der Brust schneiden, so sehr schmerzte sein abfälliger Kommentar. *Ja, was sollte er auch von mir wollen?*, dachte sie sarkastisch und spürte ein Brennen in den Augen. O nein, sie würde bestimmt nicht zu heulen anfangen! Sie atmete tief durch, dann schritt sie in die Hütte hinein.

»Also bist du noch zu haben, du süßer Vampir?« Gerade als Daniel zu einer Antwort ansetzte, bemerkte Rebecca sie. »O hey, Vanessa!«

»Hallo, Becky, vielen Dank für die Einladung, deine Feier ist wirklich toll«, presste Nessa heraus. In Wahrheit wäre sie lieber schreiend davongerannt. Und Daniel wollte sie zum Mond schießen! Dass sie sich so in ihm getäuscht hatte; sie hatte tatsächlich geglaubt, er hätte vielleicht doch Interesse an ihr. Wie dumm sie war, so naiv!

Noch immer strahlte Rebecca Daniel an. »Ach, das ist doch gar nichts, gleich habe ich eine Ankündigung zu machen und dann geht der Spaß erst richtig los!«

Vanessa runzelte die Stirn, weil sie keine Ahnung hatte, wovon Rebecca sprach. Sie wollte es auch nicht herausfinden. Sie wollte nur noch weg von hier, blödes Halloween, blöde Party! Nach Dannys Aussage war ihr die Lust gründlich vergangen.

»Kommt mit, ihr beiden, die Stühle kann ich später aufstellen, die anderen werden jetzt sowieso an der Fensterscheibe kleben.« Schwungvoll wurden sie von Becky aus dem Gartenhaus gedrückt und konnten kaum anders, als vor ihr herzulaufen. Als sie sich alle wieder in dem überfüllten Wohnzimmer befanden, drehte Rebecca an der Stereoanlage die Lautstärke herunter und begann mit ihrer Rede: »Hallo! Alle mal aufpassen, ich habe eine Ankündigung zu machen!«

Nun war Vanessa doch neugierig und beschloss, noch ein Weilchen länger zu bleiben. Mit verschränkten Armen stellte sie sich neben Danny, der ebenso unglücklich aussah wie sie.

»Dieses Jahr veranstalten wir kein albernes Wer-ist-in-mich-verliebt-Spiel. Nein, dieses Jahr habe ich mir etwas *wirklich* Aufregendes ausgedacht.« Rebecca machte eine kurze Pause, wohl um zu überprüfen, ob ihr alle die volle Aufmerksamkeit schenkten, aber die war ihr bereits sicher. Die Gäste hatten sich um sie versammelt und starrten sie gebannt an.

»Das Spiel wird zugleich der Höhepunkt des Abends«, fuhr Becky theatralisch fort und stieg auf einen Stuhl, damit alle sie besser sehen und hören konnten. »Wie ihr wisst, wohnt neben uns Edna Adams. Sie gilt als die gruseligste Einwohnerin von Little Peak, und ob an den Gerüchten etwas dran ist, wollen wir heute herausfinden. Es wird gemunkelt, dass sie ihren Mann umgebracht haben soll, denn der alte Joe wurde schon seit einem Jahr nicht mehr gesehen. Und immer wenn Edna gefragt wird, wie es ihrem Mann geht, sagt sie: ›Mein lieber Joe ruht sich aus. Er schafft es nämlich nicht mehr außer Haus.‹ Ja, und wie es der Zufall so will – oder sollen wir es Schicksal nennen …«, Becky zog wie ein Zauberer einen Schlüssel aus dem tiefen Ausschnitt ihres Kleopatra-Kostüms, »ist die gute alte Edna über Halloween zu ihrer Schwester gefahren und hat meine Mutter damit beauftragt, ihre Katzen zu hüten.«

Mehrere »Ohs« und »Ahs« gingen durch die Gruppe, was die Gastgeberin sichtlich erfreute. »Es heißt, an Halloween seien die Schleier zwischen den Welten besonders dünn, sodass Geister und andere magische Wesen ungehindert in unsere Welt eindringen können. Wenn der alte Joe also umgebracht wurde, spukt sein Geist vielleicht gerade in Ednas Haus!«

In dem Zimmer war es still geworden. Die Musik dudelte leise im Hintergrund und alle starrten wie hypnotisiert auf den Schlüssel. »Vielleicht ist Edna deshalb verreist?«, murmelte jemand aus der Menge.

»Das ist tatsächlich unheimlich«, flüsterte ein anderer Partygast.

»Und jetzt kommen wir zu unserem Spiel«, fuhr Becky fort. »Wer sich traut, in das Gruselhaus zu schleichen und mir als Beweis eine rote Blüte bringt, dem schenke ich meinen nagelneuen MP3-Player.«

»Pah«, entfuhr es Daniel, worauf sich sofort alle Blicke auf ihn hefteten.

Danny denkt bestimmt dasselbe wie ich, überlegte Nessa. *Was für ein Kindergarten! Und Rebecca protzt ganz schon mit ihrem Geld.* Auf einen MP3-Player sparte Vanessa schon länger.

»Danke, Daniel, ich wollte gerade nach Freiwilligen suchen, doch du scheinst mir genau der richtige Mann für diese Sache zu sein.« Diabolisch grinsend hüpfte sie vom Stuhl und drückte Daniel den Schlüssel in die Hand.

»Was?!« Danny blieb der Mund offen stehen und Vanessa wurde es heiß. Glaubte Becky ernsthaft, dass Danny bei ihrem lächerlichen Spiel mitmachte? Nessa verfluchte sich, weil sie ihn hierher mitgeschleppt hatte. *Er wird mich umbringen!*

Die anderen feuerten ihn mit lauten Zurufen an. »Daniel! Daniel! Daniel!«

Vanessa erkannte, wie Danny immer kleiner wurde. Wenn er sich vorhin schon unwohl gefühlt hatte, stand er jetzt kurz vor einem Zusammenbruch.

Seine Faust krampfte sich um den Schlüssel. »Okay, ich mach's.«

Damit hatte Nessa nicht gerechnet. »Du bist hier nicht der Held einer deiner Computerspiele«, flüsterte sie, doch er ignorierte sie. Rasch schritt er auf die Verandatür zu. Da erst wurde ihr klar: Er wollte dem Ganzen so schnell wie möglich entkommen!

Becky folgte ihnen bis auf die Terrasse. »Du weißt: Kein Licht machen! Die Nachbarn könnten sonst die Polizei alarmieren, weil sie dich für einen Einbrecher halten, schließlich wissen alle, dass Edna nicht da ist.«

Als das Wort »Polizei« fiel, zuckte Danny leicht zusammen, allerdings ließ er sich nichts weiter anmerken.

»Ich brauche eine rote Blüte als Beweis.« Rebecca gab ihm erneut genaue Anweisungen. »Du findest die Pflanze im Wohnzimmer, ganz rechts auf der Fensterbank. Ich habe sie dort heute selbst stehen sehen, als ich meine Mutter begleitet habe.« Sie gab ihnen eine Beschreibung, wie sie ins Haus gelangten, dann ging sie zurück zu den anderen Partygästen, die sich ihre Nasen an den Fensterscheiben platt drückten.

»Danny, du kannst nicht einfach in ein fremdes Haus eindringen!«, sagte Vanessa, als er dabei war, über den niedrigen Zaun zu steigen, der die beiden Grundstücke voneinander abtrennte. Schwach wurden die Latten von dem Licht erhellt, das durch die Fenster fiel. Vanessa hielt Daniel am Ärmel fest, doch er schüttelte ihre Hand ab.

»Ach, was ist schon dabei? Außerdem breche ich nicht ein, ich habe ja den Schlüssel«, flüsterte er, bevor er seine langen Beine über den Zaun schwang. »Was ist, kommst du mit?«

»Dass du bei so einem blöden Spiel überhaupt mitmachst«,

murmelte sie und holte sich einen Stuhl, damit sie leichter über die getünchten Latten kam, schließlich waren ihre Beine nicht so lang wie Dannys und das Kleid behinderte sie zusätzlich. Sie kletterte unbeholfen über den Zaun, blieb mit dem Saum hängen und war geradewegs dabei, in Ednas Garten zu fallen, als sie von ihrem Vampir aufgefangen wurde.

»Danke, mein Held«, hauchte sie an seinen Hals, wo er so wunderbar roch, dass sie in Versuchung geriet, ihre Nase an ihm zu reiben. Zudem war es hier viel dunkler, was Nessa richtig wagemutig machte. Ob sie sich trauen durfte, Daniel zu küssen? Seine Lippen lagen direkt vor ihren Augen. Obwohl es recht düster war, erkannte sie ihre schön geschwungene Form. Aber nein, er sah in ihr ja nur einen »Kumpel«, erinnerte sie sich mit Bedauern.

»Mylady kommt also mit?« Ein Lächeln huschte über sein Gesicht, das Nessas Herz zum Flattern brachte.

»Irgendjemand muss ja auf dich aufpassen«, murmelte sie.

»Ja, Mom!« Daniels Grinsen schwand. »Weißt du, ich finde die Sache auch lächerlich, aber …« Er zögerte kurz und holte Luft. »Vielleicht gewinne ich ja dadurch ein paar Sympathiepunkte.« Dann machte er sich zu Vanessas Leidwesen von ihr los.

Ihr hüpfte jedoch nicht nur aus Nervosität das Herz bis zum Hals. Danny hatte ihr soeben etwas Persönliches gestanden, und das machte sie unsagbar glücklich.

Sie schlichen sich durch den dunklen Garten bis zu Ednas Hintertür, die laut Beckys Beschreibung in die Küche führte. Daniel drehte den Schlüssel im Schloss, und die Tür sprang auf.

Normalerweise war Vanessa nicht anfällig für solch einen Humbug, aber jetzt wurde es sogar ihr ein wenig unheimlich. Schon den ganzen Abend über ging ein leichter Wind, der die trockenen Blätter in den Bäumen zum Rascheln brachte. Gespenstische Schatten huschten über die Hauswand, und irgendwo krächzte ein Käuzchen.

Vanessa rieb sich über die Arme, auf denen sich eine Gänsehaut ausgebreitet hatte. »Du hattest bereits Stress mit der Polizei«, entschlüpfte es ihr unbedacht, bevor sie in die dunkle Küche schritten. »Also fordere es nicht heraus.«

»Was?!« Daniels Stimme klang verärgert. »Woher weißt du davon?«

»Ich hab dich mit dem Polizeiauto vorfahren sehen.« Die Lüge kam ihr schwer über die Lippen, weil sie diese Information ja von Colleen hatte. Die Dunkelheit vor ihren Augen schien sich zu drehen, in ihrem Magen bildete sich ein Knoten. Hätte sie bloß ihren Mund gehalten!

»Ich habe nichts verbrochen, ich war einfach nur zur falschen Zeit am falschen Ort, doch das hat sich komplett aufgeklärt!«, sagte er so laut, dass seine Stimme durch die Küche hallte.

Plötzlich lief alles schief. Und dabei hatte der Abend so toll angefangen! Vanessa dachte daran, wie Danny sie auf der Parkbank fast geküsst hatte, aber nun stand vor ihr ein vollkommen anderer Daniel. *Seit wann ist es ihm so wichtig, was die anderen von ihm denken?* »Du musst niemandem etwas beweisen!«

»Das ist vielleicht meine einzige Gelegenheit, ein wenig Ansehen zu finden«, murmelte er und schritt in die Dunkelheit.

Gut, wenn ihm das so wichtig war – und irgendwie konnte sie ihn verstehen –, würde sie ihn dabei unterstützen.

»Was für ein Idiot!« Marla, die weiterhin unsichtbar war, sah Silvan und seiner Menschentussi durch das Fenster hinterher, wie sie zum Nachbargrundstück hinübergingen. Missmutig schlenderte sie durch die Wohnung, auf der Suche nach etwas Alkoholischem. Irgendwie war Silvan schwer zu überreden, und das machte ihr zu schaffen. Er musste jedoch freiwillig mit ihr kommen und sich dem Hohen Rat geistig vollkommen öffnen, weil nur dann bestimmte Bereiche in seinem Gehirn zugänglich wurden. Die Oberen konnten sonst seine dämonische Seite nicht vollständig hervorholen. Silvan musste ihnen vertrauen, wie sie werden, sich von ihnen leiten lassen.

»Ja, dazu bin ich wieder gut genug«, murmelte sie frustriert. Die Oberen trauten sich nicht, Silvan nach unten zu holen, denn er könnte einen Schrecken bekommen und sich für immer vor ihnen verschließen – hatten sie behauptet. »Was für ein Quatsch!« Marla war nicht auf den Kopf gefallen, sie spürte genau, dass die anderen ihr etwas verschwiegen, was Silvan betraf. Sie war ohnehin nur ein Handlanger, der niemals in Geheimnisse eingeweiht wurde, was sie frustrierte. Wenn sie allerdings nicht bald Resultate lieferte, würde Xandros sehr ungemütlich werden. Von Metistakles ganz zu schweigen. Aber Silvan folgen und weiter auf ihn einreden, dass er mit ihr kommen solle, würde sie jetzt bestimmt nicht, nachher überraschte sie ihn noch beim Knutschen.

Igitt! Er war so … menschlich! So voller Gefühle! Wie er dieses Mädchen zuvor im Arm gehalten hatte! Marla schüttelte sich.

In der Küche machte sie sich sichtbar. Das kostete weniger Energie, und solange sich die anderen die Nasen an der Scheibe platt drückten, musste sie hier nicht mit Gesellschaft rechnen.

Im Kühlschrank suchte sie nach einem Bier. Leider wurde sie nicht fündig, daher schlug sie die Tür zu und seufzte laut.

»Langweilt dich die Party?«, hörte sie plötzlich eine Stimme hinter sich. Sie klang erwachsener als die der anderen Jungs auf der Feier, aber Marla drehte sich nicht um. Sie hatte keine Lust auf Konversation – schon gar nicht mit einem Menschen.

Sie hasste alle Menschen!

»Hmm«, brummte sie daher, in der Hoffnung, der Kerl würde gleich wieder verschwinden – was er jedoch nicht tat.

»Ich bin auch nur hier, weil mich meine Cousine förmlich auf

Knien angebettelt hat zu kommen.« Er trat neben sie, während Marla so tat, als interessierten sie die verschiedenen Chipssorten auf der Ablage.

Marla spürte die Hitze seiner Gestalt, so nah war er ihr, und sie konnte ihn *riechen*!

Teufel noch mal, der Typ duftete vielleicht gut! Sehr männlich.

Jetzt wurde Marla neugierig und drehte den Kopf. Sie schaute geradewegs in das herrlichste Paar blauer Augen, das sie jemals gesehen hatte. Sie wurden von langen, goldenen Wimpern umrahmt und helle Sprenkel zierten die Iris. Marla konnte sich kaum von ihnen losreißen.

Ihr Blick wanderte tiefer, zu seinen perfekt geschwungenen Lippen. Und erst diese Grübchen! Warum musste der Typ sie auch anlächeln?

Marlas Herz flatterte. Verdammte Menschen. Es gab schon ein paar selten schöne Exemplare unter ihnen, und da hieß es immer: Nur die Dämonen wären so gut aussehend, damit sie die Menschen leichter manipulieren konnten.

»Hi, ich bin Michael Standon, aber meine Freunde nennen mich Mike.« Der Blondschopf im Pharao-Kostüm streckte ihr die Hand hin. Marla ergriff sie reflexartig. Die Berührung fühlte sich an wie ein elektrischer Schlag, und als Mikes große warme Hand in ihrer lag, brachte Marla gerade noch ihren Namen heraus.

»Marla? Klingt hübsch. Und weiter?«

»Weiter?« Wollte der Kerl jetzt eine Unterhaltung anfangen oder was?

»Dein Nachname.«

Nachname? »Nur Marla. Tochter von Obron und Kitana.«

Mike lachte. »Du bist ein seltsames Mädchen, Marla, und bestimmt nicht von hier, hab ich recht?«

Marla schüttelte den Kopf, ohne Mikes Hand loszulassen.

Sollte sie mit diesem Menschen reden? Metistakles würde sie umbringen!

Oder … Eventuell konnte Mike ihr ja helfen, an Silvan ranzukommen.

Ach nein, sie hatte vorhin deutlich gespürt, dass Silvan den Pharao nicht ausstehen konnte. Das machte Mike für sie gleich doppelt so sympathisch, und ihr Ärger auf Silvan war schlagartig vergessen.

Mike redete munter weiter. »Woher kommst du? Du hast einen lustigen Akzent, du rollst das R so stark.«

Marla überlegte. Was konnte sie ihm sagen, ohne sich zu verplappern?

Egal – er hielt sie ja sowieso schon für durchgeknallt. »Ich komme aus Florida«, erwiderte sie. In Miami befand sich ihr Lieblingstattoostudio.

»Und da spricht man so?« Mike zwinkerte.

»Äh … Meine Eltern kommen aus dem Ausland.« Sie musterte Mike genauer. Er trug eine weiße Tunika mit kurzen Ärmeln, die seine gut trainierten Arme hervorragend zur Geltung brachten, dazu eine blaue Schärpe und goldene Manschetten um die Handgelenke.

Wie alt mochte er sein? Neunzehn? Zwanzig?

Auf jeden Fall kaum älter als sie selbst.

Schmunzelnd ließ er ihre Hand los und fuhr sich durch sein kurzes Haar, die Wangen leicht gerötet. »Hast du was zu trinken gesucht?«

»Bier«, war ihre knappe Antwort. Dann räusperte sie sich und fügte hinzu: »Oder so etwas in der Art.« Sich über belanglose Dinge zu unterhalten war ihr neu.

»Ich bezweifle, dass Beckys Eltern hier Alkohol offen herumstehen haben. Die sind fast so streng wie Mormonen.« Mike drehte sich im Kreis und deutete auf eine orangefarbene Plastikflasche. »Darf ich dir 'ne Limo anbieten?«

»Okay«, erwiderte Marla leicht heiser.

Was war mit ihr los, verdammt? Warum hatte dieser Kerl – ein Mensch – so eine Wirkung auf sie? Lag es an seiner zuvorkommenden Art? War sie überhaupt schon einmal von einem anderen Wesen bedient worden? Sie war es nur gewohnt, Befehle auszuführen, sich Metistakles‹ Wutausbrüchen zu unterwerfen und sich ansonsten unauffällig zu verhalten. Ihr Herz ratterte wie verrückt.

Als Mike wieder auf sie zukam und ihr ein Glas reichte, zog es merkwürdig hinter Marlas Brustbein. Das Gefühl war ihr völlig unbekannt und konnte nichts Gutes verheißen. Sie sollte schleunigst von hier verschwinden! Aber ihre Beine schienen gelähmt zu sein, ihr Körper entwickelte plötzlich ein seltsames Eigenleben. Das Blut rauschte förmlich durch ihre Ohren, ihr Gesicht erhitzte sich.

»Cooles Shirt«, sagte Mike plötzlich und deutete auf ihr schwarzes Oberteil mit einem Aufdruck, der einen Typ mit langen Haaren zeigte. »Bist du Fan von den Ramones?«

»Ja«, brachte sie kaum hörbar heraus. Verdammt, jetzt ließ sie auch noch ihre Stimme im Stich! War Mike womöglich ein mystisches Wesen, das sie verzaubert hatte? Ein Wächter vielleicht? Da waren so Schwingungen …

Nein, einen Wächter würde sie drei Meilen gegen den Wind spüren. Das war immerhin ihre Gabe, ihre einzige nützliche Fähigkeit. Auf diese Weise hatte sie Silvan gefunden. Zwar konnten alle anderen Dämonen ebenfalls Wächter sofort identifizieren, aber zwischen ihr und Silvan gab es ein besonderes Band. Ihre Blutsverbindung hatte ihr zusätzlich dabei geholfen, ihn nach langer Zeit aufzuspüren, und zwar, als sich Silvans dämonische Fähigkeiten während der Pubertät aktivierten. Da waren auch seine Wächtereigenschaften erwacht – die er von seinem Vater geerbt hatte. Daniel konnte Gedanken »schicken« und mittels Mentalkraft Dinge geschehen lassen. Marla hatte ihn in den letzten Wochen studiert.

Eigentlich waren sich Dämonen und Wächter sehr ähnlich. Es erzürnte Marla, dass sie trotz ihrer Gabe Silvans Vater nicht aufspüren konnte, denn ihn schützte ein Amulett vor dämonischen Zugriffen.

Mike grinste bis über beide Ohren. »Hey, ich find die Ramones auch klasse. Schnell und laut, die haben geile Mucke gemacht!«

Mike mochte Punkrock?

»Wow, ist das aufgemalt oder ein Tattoo?«, fragte er und hörte irgendwie überhaupt nicht auf zu reden, als er das Auge entdeckte, das seitlich von Marlas Bauchnabel durch ein Loch im T-Shirt spähte.

»Ein Tattoo«, erklärte sie.

Mike ging in die Hocke. »Darf ich mir das mal genauer ansehen?«

Marla brachte lediglich ein Nicken zustande. Hatte ein Mann sie soeben gefragt, ob er etwas bei ihr *durfte*?

Das war ebenfalls neu für sie, wo doch sonst immer alle nahmen, was sie wollten. Besonders für Metistakles war ihr Körper schon in seinen Besitz übergegangen. Wenn es nach ihm ginge, dürfte sie die Unterwelt nie verlassen. Nur ihrem Vater, Obron, hatte sie es zu verdanken, dass sie tun und lassen konnte, was sie wollte, solange Metistakles sie nicht brauchte.

Als Mikes warme Finger über das Bild auf ihrer Haut fuhren, zuckte Marla zusammen, da angenehme Berührungen für sie selten waren. Sie kannte nur Schmerz, doch der blieb aus – im Gegenteil, es fühlte sich verdammt gut an! Und die Stelle schien auf einmal zu prickeln.

Mike grinste zu ihr herauf. »Hab ich dich gekitzelt?«

»Äh … ja!«

Wow, ein Mann zu ihren Füßen! Das musste ein Traum sein.

Halt!, ermahnte sich Marla, *er ist ein Mensch! Geh, Marla, geh! Jetzt!*

Doch Mike machte schon wieder den Mund auf. Es gab kein Entkommen …

Ich tue das ja nicht für mich, sondern für uns beide, dachte Daniel. Wäre er beliebter, würde es keinen stören, wenn er mit Nessa ausging. Falls sie das überhaupt wollte, wahrscheinlich war sie lieber mit diesem Mike zusammen …

Dennoch hatte er leichte Zweifel bekommen. Mit der Polizei wollte er so schnell nichts mehr zu tun haben. Vielleicht sollte er doch umkehren? Aber dann stellte er sich die Gesichter seiner Mitschüler vor, die so etwas wie Bewunderung ausgedrückt hatten. Hier konnte er ein Held sein, falls er diese lächerliche rote Blüte beschaffte. Was war schon dabei, in ein fremdes Haus zu gehen? Er verstand nicht, warum sich die anderen davor in die Hosen machten, Halloween hin oder her. Daniel hatte keine Angst vor der Dunkelheit. Nachts schlich er sich häufiger in den Wald und saß lange Zeit im Baumhaus, um über alles Mögliche nachzudenken.

»Ach, jetzt bin ich schon drin und bringe Rebecca ihre blöde Blume«, murmelte er.

Daniel ging den dunklen Flur entlang, sich vage bewusst, dass er problemlos seine Umgebung wahrnahm, während Vanessa hinter ihm einen Fluch unterdrückte. *Ich kann bestimmt so gut im Dunkeln sehen, weil ich nachts manchmal unterwegs bin.*

»Warte doch mal, Danny, ich kann überhaupt nichts erkennen!«

Als er sich umdrehte, schmunzelte er. Nessa tastete sich mit ausgestreckten Armen Stück für Stück durch den schmalen Gang, die Lider fest zusammengepresst. »Vielleicht solltest du deine Augen einfach aufmachen?«, sagte er grinsend.

»Ha, ha, dann ist alles noch genauso schwarz. Ich habe keinen Bock, irgendwo gegen eine Wand zu rennen und mir vielleicht an einem hervorstehenden Nagel ein Auge auszustechen.«

»Komm her, du blindes Huhn.« Daniel ging zurück und legte einen Arm um Nessa. Wie schmal ihre Schultern waren … Er verspürte den plötzlichen Drang, sich um sie zu kümmern, sie zu beschützen. Vorsichtig führte er sie ins Wohnzimmer.

Durch das große Fenster drang schwach das Licht einer Straßenlaterne, weshalb Vanessa anscheinend wieder etwas sehen konnte. »Da ist diese Pflanze!« Sie eilte zum Fensterbrett, um eine Blüte abzuzupfen, die sie Daniel in ein Knopfloch seines Capes steckte. »Und jetzt lass uns hier schnell verschwinden.«

Daniel bewegte sich nicht. »Hey, Becky hatte recht, hier spukt tatsächlich jemand herum.« Er registrierte, wie Vanessa zusammenzuckte.

»Was?« Sie drängte sich näher an ihn, woraufhin Daniel sie in die Arme schloss. *Gute Taktik, Alter*, lobte er sich und blieb einen Moment mit ihr stehen.

»Wer ist denn hier?«, flüsterte Nessa an seiner Brust. Sie zitterte leicht und gab einen quiekenden Laut von sich, als ein schwarzer Kater um ihre Beine strich, zu dem sich eine getigerte Katze hinzugesellte.

»Tom und Kitty«, sagte Daniel schnell, der Vanessas Angst beinahe riechen konnte. Plötzlich kam er sich schäbig vor, weil er sie dermaßen erschreckt hatte. Manchmal glaubte er, es lebten zwei verschiedene Daniels in ihm: einer, der die Welt verbessern, und ein anderer, der sich am Elend anderer ergötzen wollte.

Er beugte sich hinunter, ohne Nessa loszulassen, um einer der Katzen mit einer Hand unter den Bauch zu greifen. Dann hob er sie hoch – es war die schwarze – und drückte sie Vanessa in die Arme.

»Du bist so ein Idiot«, zischte sie.

Daniel spürte, dass sie es nicht so meinte. Ihre Mundwinkel umspielte ein Lächeln, als sie dem Tier durch das seidige Fell strich. »Und der Süße heißt wirklich Tom?«

»Keine Ahnung, die Namen hatte ich erfunden.« Aufatmend sah sich Daniel um. Das rechteckige Wohnzimmer war sehr spartanisch eingerichtet. Diese Edna war wohl nicht gerade reich. Die alten Möbel verströmten einen muffigen Geruch, doch das fand Daniel weniger schlimm als den Gestank von Rebeccas aromatisierten Räucherstäbchen.

Vanessa setzte die Katze wieder ab und sagte: »Jetzt aber wirklich raus hier!« Die Augen des Stubentigers reflektierten das schwache Licht und schickten weitere Schauder über Vanessas Haut. Beinahe erwartete sie wirklich, dass sich der alte Joe wie aus dem Nichts vor ihr materialisierte. Bei dieser Vorstellung stürzte sie so fluchtartig aus dem Raum, dass sie frontal gegen den Türrahmen lief. »Scheiße!«, schrie sie und hielt sich die Stirn. Verdammt, tat das weh! Danny hielt sie nun erst recht für einen Trampel.

Der Schmerz ließ sie jedoch ihre Angst vergessen.

»Lass mal sehen!« Danny nahm ihre Wangen zwischen seine Hände und drehte ihren Kopf hin und her. Obwohl sich ihre Augen an die Dunkelheit gewöhnt hatten, konnte sie fast nichts erkennen. *Jetzt tu nicht so, als würdest du meine Beule sehen*, dachte sie, aber Nessa fand es sehr lieb, wie er sich um sie kümmerte. Mit den Daumen wischte er ihre Tränen weg, die unaufhaltsam aus ihr hervorquollen, weil sie sich einerseits für ihre Dummheit schämte und sich andererseits der Schmerz gerade in Wut verwandelte. Sie hätten nie bei dieser dummen Sache mitmachen sollen, doch irgendwie verstand sie Daniel. Es musste furchtbar sein, nicht akzeptiert zu werden. Erleichterung durchflutete sie, als Danny ihr auf die pochende Stelle pustete und sie wieder in den Arm nahm. Vielleicht endete der Abend doch noch ganz schön.

»Da sollte Eis drauf«, schlug er vor.

»So verheult, wie ich bin, gehe ich sicher nicht rüber zur Party. Die denken sonst alle, ich hätte mir vor Angst in die Hosen gemacht«, murmelte sie an seiner Schulter.

»Du hast ein Kleid an.«

»Blödmann.« Vanessa kuschelte sich an seinen Hals, wo er einfach himmlisch roch. Sie liebte es, sich mit ihm zu zanken; noch mehr liebte sie es, in seinen Armen zu liegen. Daran könnte sie sich gewöhnen.

»Blödmann? Wird das mein neuer Kosename? Da fand ich Danny aber wesentlich besser.«

»Ach, ich meine es doch nicht so.« Im Moment genoss sie es einfach, ihm so nah zu sein.

»Schon klar«, murmelte er in ihr Haar, bevor er sich leider viel zu schnell von ihr löste. »Lassen wir die anderen noch ein wenig schmoren. Edna hat bestimmt auch Eis in ihrem Keller.«

»Ich weiß nicht.« Nessa zögerte, aber dann ließ sie sich von Daniel zu den Treppen leiten, die unter die Erde führten.

»Warte hier«, sagte er.

Vanessa erstarrte. »Ich bleib sicher nicht allein hier oben, ich komme mit.«

»Okay.« Danny nahm sie an der Hand und gemeinsam stiegen sie die Wendeltreppe nach unten. Als Vanessa wieder sicheren Boden unter den Füßen spürte, tastete sie an der Wand nach dem Lichtschalter, denn diese unheimliche Dunkelheit machte sie nervös. Sie glaubte ja nicht an Spukgeschichten, aber heute war Halloween – das färbte auch auf sie ab.

»Verflucht, Nessa!«, rief Daniel und hielt sich die Hand vor die Augen, als das Licht aufflammte.

»Ich bin mir sicher, dass man von außen nichts erkennen kann, schließlich hat der Keller keine Fenster.« Sie konnte sich seine heftige Reaktion nicht erklären.

»Das ist es nicht, es *blendet* mich!« Er rieb sich über die Schläfen, seine Augen hatte er zusammengekniffen.

Vanessa wunderte sich, denn die alte Glühbirne spendete ein eher mattes Licht. »Hast du wieder Kopfweh?«

»Hmm«, brummte er.

Vanessa trat nah an ihn heran. »Ich weiß, ich bin nicht deine Mutter und ich will dir ja nichts vorschreiben, aber du solltest zu einem Arzt gehen. Das ist nicht normal.« Sanft berührte sie seinen Arm.

»Ja, ja.« Daniel machte eine abwehrende Handbewegung und öffnete mehrmals zwinkernd die Lider.

»Daniel, meine Güte!« Vanessas Herz setzte einen Schlag aus, weil seine Pupillen so sehr geweitet waren, dass seine Augen beinahe völlig schwarz wirkten. »Nimmst du Drogen?«

»Was?! Spinnst du?« Aufgebracht warf er ihr einen düsteren Blick zu. Gott, sah er unheimlich aus! Aber auch irgendwie sexy, tatsächlich wie ein Vampir. Doch die Tatsache, dass er eventuell in etwas Illegales verwickelt war, beunruhigte sie.

»Mir ist schon mal aufgefallen, dass deine Pupillen so riesengroß sind«, sagte sie vorsichtig.

Schnell senkte er die Lider. »So ein Quatsch, jedes Kind weiß, dass sich Pupillen bei Dunkelheit vergrößern.«

Und jedes Kind weiß auch, dass sich bei Licht die Pupillenöffnung sofort verengt, dachte Vanessa, erwiderte aber nichts weiter.

Mit ihm stimmte etwas nicht. Urplötzlich dachte sie an Colleens Worte, und ein flaues Gefühl breitete sich in ihrem Magen aus. War sie vielleicht wegen ihrer Verliebtheit so blind, nicht zu erkennen, dass sich Daniel tatsächlich seltsam verhielt?

Vanessa beobachtete, wie er den Deckel einer großen Tiefkühltruhe anhob und Beutel und Schachteln mit Lebensmitteln zur Seite hob. Sie seufzte leise, als sie seine große Gestalt, die breiten Schultern und sein nachtschwarzes Haar von hinten betrachtete. Ja, Daniel hatte sich verändert. Er war zum Mann geworden, einem verdammt attraktiven. Hoffentlich geriet er nicht auf die schiefe Bahn.

Auf einmal hielt er inne und starrte in die Truhe.

»Was ist los?« Vanessa stellte sich neben ihn.

»Nichts«, murmelte Daniel geistesabwesend. Er schaute weiterhin in die Truhe. Oder stand er vielleicht doch unter Drogen? War er vorhin allein auf die Terrasse gegangen unter dem Vorwand, Luft zu schnappen, um sich was einzuwerfen?

»Hat Edna kein Eis? Lass mal sehen.« Als Daniel einen Schritt zur Seite machte, sodass sie selbst einen Blick in die überdimensionale Kühlbox werfen konnte, entfuhr ihr ein Schrei. »O Gott, Daniel!« Plötzlich raste ihr Herz, und das Blut rauschte ihr in den Ohren. *Er ist tatsächlich tot!*

Hilfe, sie wollte nur noch hier raus! Vanessa hatte das Gefühl, keine Luft mehr zu bekommen, und zerrte an Daniels Arm, damit er sich endlich in Bewegung setzte. Anscheinend hatte ihn der Schock gelähmt.

»Du siehst ihn?«, fragte er so nüchtern, als ob es für ihn nichts Besonderes wäre, auf einen menschlichen Kopf zu starren, der zwischen Gemüsebeuteln hervorschaute. Die bleiche Gesichtshaut war mit feinen Eiskristallen überzogen.

Daniel hob weitere Beutel zur Seite. »Alles da«, erklärte er sachlich. »In einem Stück.« Er schloss den Deckel, auf dem er sich mit einer Hand abstützte. »Du siehst ihn wirklich?«

»Natürlich sehe ich ihn, in der Tiefkühltruhe liegt ein toter Mann!«, schrie sie. »Das muss Joe sein!«

Daniel seufzte auf. »Du siehst ihn! Du glaubst ja gar nicht, wie erleichtert ich bin.«

Was sich soeben abspielte, erinnerte Vanessa an einen schlechten Film. »Wie kannst du nur so ruhig sein?« Seine merkwürdige Reaktion konnte sie sich nicht erklären. »Du nimmst echt keine Drogen? Ich meine, da liegt Joe Adams und dich lässt das total kalt?« Ihr Puls raste wie wild, Schleier waberten in ihrem Blickfeld. Himmel, das hieß ja … Edna war eine Mörderin!

O Gott, o Gott, o Gott, ich muss hier raus!, dachte Vanessa panisch, doch vor Angst war sie wie erstarrt. Im Geiste hörte sie schon Edna nach Hause kommen und die Kellertreppen nach unten schleichen, ein langes Messer in der Hand.

»Das lässt mich nicht kalt, Nessa, ich bin nur froh, dass du ihn ebenfalls siehst«, erwiderte er und wirkte dabei tatsächlich erleichtert.

Sie schüttelte über sein Verhalten den Kopf. »Ich verstehe dich nicht.«

»Das musst du auch nicht«, sagte er kühl. »Und ich nehme keine Drogen!«

Plötzlich herrschte wieder diese Distanz zwischen ihnen, was Vanessa sehr betrübte, aber der alte Joe forderte gerade mehr Aufmerksamkeit. Über Danny konnte sie sich später den Kopf zerbrechen. »Es ist also wahr, sie hat ihn tatsächlich umgebracht«, flüsterte sie. Eine eiskalte Gänsehaut kroch über ihren Rücken. »Wir müssen das sofort der Polizei melden!«

»Auf keinen Fall!« Daniel blieb stehen, als Nessa ihn zur Treppe zog. »Das kommt gar nicht infrage. Die haben mich eh schon auf dem Kieker, weil sie denken, ich hätte ein Schaufenster eingeschlagen.«

Das war also der Grund!, durchfuhr es sie erleichtert. Keine Drogen! »Und, hast du das Schaufenster eingeschlagen?«

»NEIN!«

»Dann hast du nichts zu verlieren!«

»Nessa …« Er machte eine ausladende Handbewegung. »Wie

willst du denen das erklären? Wir sind praktisch hier eingebrochen.«

Ach, auf einmal, dachte sie. »Das weiß ich jetzt noch nicht, aber wir müssen ihnen mitteilen, dass dort eine Leiche versteckt ist! Wer weiß, vielleicht hat Edna weitere Menschen getötet; du kannst es doch nicht verantworten, dass eine potenzielle Mörderin in unserer Stadt lebt!« Ihre Stimme wurde immer schriller, weil ihre Panik zunahm, und als sie endlich oben angelangt waren und Daniel das Licht löschte, lief Vanessa so schnell sie konnte durch den düsteren Flur. *Ich muss hier raus!*, war ihr einziger Gedanke, als sie endlich die Hintertür erreichte und in die sternenklare Nacht stolperte. Sofort umwehte sie wieder eine kühle Brise, die sie frösteln ließ, denn ihre Haut war von einem feinen Schweißfilm überzogen. Schwer atmend hielt sie sich am Zaun fest, um auf Danny zu warten, der die Tür absperrte.

»Beruhige dich erst mal«, sagte er und kam zu ihr, um ihr sein Cape umzulegen. »Mensch, du zitterst ja am ganzen Körper.«

Als er sie in die Arme schloss und ihr erneut sein vertrauter Geruch in die Nase stieg, fühlte sich Vanessa sofort besser. »Wie kannst du so cool bleiben?« Ihr war nur nach Weinen zumute.

Danny umarmte sie fester, ihre Körper schmiegten sich aneinander, als wären sie aus einem Guss. »Es gibt da etwas, das ich dir erzählen möchte, aber ich habe Angst, dadurch unsere Freundschaft zu zerstören«, erwiderte er leise.

Jetzt klopfte ihr Herz nicht mehr aus Furcht so schnell, sondern weil sie spürte, dass Daniel sich ihr endlich öffnen wollte. Sie hob den Kopf, um ihm in die Augen zu blicken, die nun wieder normal aussahen. »Was ist es, Danny? Du kannst mir alles sagen.«

Er räusperte sich. »Ich weiß nicht, wie ich es dir beibringen soll … ich glaube, ich …« Weiter kam er nicht, denn Rebecca hatte sie entdeckt und rief ihnen zu: »Kommt endlich rüber!«

Daniel ließ Vanessa los, als hätte er sich an ihr verbrannt, und setzte sich in Bewegung, doch Vanessa hielt ihn am Ärmel zurück. »Was wolltest du sagen?« Aber sie spürte, dass Daniel sie schon wieder ausgeschlossen hatte.

»Ich erzähle es dir ein andermal«, flüsterte er, ohne sie anzusehen, und half ihr über den Zaun.

Daniel wurde tatsächlich wie ein Held gefeiert, als er Rebecca die rote Blüte überreichte. Sofort ließ sie ihren MP3-Player in eine Tasche seines Rüschenhemds gleiten und gab ihm dabei ein Küsschen auf die Wange. Vanessa kochte innerlich. *Nimm bloß deine Finger von Danny!* Diesmal war sie diejenige, die sich ausgeschlossen fühlte. Ihr wurde keine Beachtung geschenkt, obwohl sie ja auch dabei gewesen war.

»Nun sagt schon, wie war es in dem Gruselhaus? Habt ihr den alten Joe gesehen?« Aufgeregt tanzte Becky um Daniel herum.

»Ja, wir haben ihn gesehen«, sagte er zu Vanessas Überraschung. Scharf sog sie die Luft ein. *Wenn er es jetzt allen erzählt, dann müssen wir doch die Polizei anrufen*, dachte sie, aber sie bemerkte sofort, dass Danny nur eine Show abzog.

»Wir haben ein wenig mit ihm geplaudert und er hat uns bis ins kleinste Detail erzählt, wie Edna ihn umgebracht hat.«

Ein Raunen ging durch die Menge, andere lachten.

»Wart ihr deswegen so lange weg?«, fragte Patricia, ein Mädchen aus einem anderen Jahrgang, bevor sie sich direkt an Vanessa wandte: »Hast du Joe wirklich gesehen?«

»Ja«, hauchte sie bloß. Sie konnte nicht lügen, das war nicht ihre Art, und schließlich hatte sie Joe tatsächlich gesehen.

»Wenn Nessa das sagt, dann glaube ich das.« Patricia nickte ernst und drehte sich wieder zu Danny, der gerade die irre Geschichte zum Besten gab, wie Edna ihren Mann in der Badewanne ertränkt hatte: »… und nachdem er den letzten Atemzug gemacht hatte, versteckte Edna seine Leiche«, endete er und war dabei richtig aufgeblüht. Sein anfänglicher Unmut schien verflogen.

»Wo ist sie?« Mike trat mit verschränkten Armen vor und blickte Daniel mit zusammengekniffenen Augen an. »Ich glaube dir kein Wort, Taylor.«

»Du wirst schon sehen, dass ich recht habe, Pharao«, erwiderte Daniel spöttisch. »Joe wird uns demnächst eine Nachricht zukommen lassen, wo wir seinen toten Körper finden, damit sein Geist endlich ruhen kann.«

Danny war genial! Vanessa wäre ihm am liebsten um den Hals gefallen. Da würden sie bestimmt eine Möglichkeit finden.

»Und wie will er das machen?« Mike sah ihn weiterhin skeptisch an.

Abermals herrschte Totenstille in dem kleinen Raum.

Schulterzuckend antwortete Daniel: »Er wird bald einen von euch kontaktieren.«

Einige Mädchen hielten sich die Hand vor den Mund, andere starrten auf den Boden oder wippten von einem Bein aufs andere. Nur noch wenige grinsten vor sich hin oder verdrehten sie Augen. Die meisten glaubten ihnen. *Da werden wohl in nächster Zeit einige nicht schlafen können.* Nessa fragte sich, wie Danny das mit der Nachricht anstellen wollte. Er konnte von einer Telefonzelle aus jemanden anrufen oder über das Internet anonym eine SMS schreiben … Nein, diese Gedanken verwarf sie sofort wieder, denn die Polizei könnte es irgendwie herausfinden.

»Wen?«, fragte Mike und trat einen weiteren Schritt auf sie zu. »Wen wird er kontaktieren?«

»Dich!«, gab Daniel kühl zurück und weidete sich offensichtlich an Mikes erschrockenem Gesichtsausdruck. Dafür sahen die anderen umso erleichterter aus.

Daniel räusperte sich gespielt. »Und jetzt, Ladys und Gentlemen, entschuldigt mich bitte. Ich muss meine holde Maid sicher nach Hause geleiten und werde anschließend noch etwas Blut zu mir nehmen. Also gebt acht und geht nicht allein heim, vielleicht beiße ich sonst einen von euch.«

Vanessa erkannte, wie Danny nur mit Mühe einen Lachanfall unterdrückte, als er hinzusetzte: »Und vergesst den alten Joe nicht, er wird sich melden.« Dann verbeugte er sich wie ein Bühnenschauspieler, legte einen Arm um Nessas Schultern und schob sie unter johlendem Applaus zur Tür hinaus.

Was für eine Show!

»Puh, wie war ich?« Daniel strahlte über das ganze Gesicht, als sie durch den dunklen Park nach Hause gingen. Sein Herz hämmerte rasend schnell gegen seine Rippen, sodass er befürchtete, sie könnten ernsthaft Schaden nehmen. *Ich könnte Bäume ausreißen!*, dachte er übermütig, *oder Vanessa bis zur Bewusstlosigkeit küssen!*

Seine gute Laune verschwand schlagartig, als er Marla erblickte. Die junge Dämonin trat hinter einem Baum hervor auf den schwach beleuchteten Kiesweg. *Mit dir hab ich noch ein Hühnchen zu rupfen, Höllenbraut!*

Sofort zog er Vanessa so fest an sich, dass sie aufkeuchte. Arme Nessa, er musste sie ja ziemlich verwirren. Er spürte ihre intensiven Blicke auf seinem Gesicht, doch er traute sich nicht, sie anzusehen. Er musste Marla im Auge behalten. Vielleicht war sie gekommen, um Vanessa wieder etwas anzutun.

Ich glaube, Nessa ist auch ein wenig in mich verknallt, überlegte Daniel, als er an ihre Reaktion zurückdachte. *Sie hat Rebecca angesehen, als wollte sie sie gleich umbringen, als sie mir einen Kuss auf die Wange gegeben hat. Und am See … so, wie sie mich berührt hat … Das tut nur jemand, der mehr für einen empfindet. Außerdem beobachtet sie mich oft heimlich durch ihr Fenster.* Daniel seufzte leise, wobei er sanft ihren Arm streichelte. *Wie konnte ich bloß so blind sein! Ich glaube, Vanessa ist schon lange in mich verschossen. Und ich in sie …* Daniel erinnerte sich, wie er auf ihre Nähe und ihre Berührungen reagiert hatte. Es war ein schönes Gefühl.

Als sie in der Grayson Street Nummer 24 ankamen, gab Nessa ihm das Cape zurück und stellte sich unter das Dach der Veranda. Aus einem Blumentopf zog sie den Haustürschlüssel und starrte angestrengt auf eine Motte, die über ihren Köpfen um das Licht kreiste.

Sie weicht meinem Blick absichtlich aus. Verdammt, sie ist genauso verklemmt wie ich! Ganz toll …

»Das war ein aufregender Abend, was?«, sagte sie.

»Sehr aufregend« … und sehr erkenntnisreich. Daniel wusste nun, dass er weder verrückt war noch ein Tumor in seinem Kopf wuchs. Marla existierte wirklich, und gerade nervte ihre Anwesenheit total. Tief durchatmend machte er einen Schritt auf Nessa zu und berührte leicht ihre Schultern. »Ich wünsche dir schöne Träume.« *Oh, du Idiot!* Ein blöderer Satz konnte ihm nicht einfallen? Sie hatten eine Leiche gefunden, da würde Vanessa sicher keine ruhige Nacht haben. Er bemerkte ja, wie durcheinander sie deswegen war. Am liebsten wollte er die ganze Nacht bei ihr bleiben, sie im Arm halten und sie beruhigen.

Neben ihm wippte Marla mit einem Fuß, die Arme vor der Brust verschränkt. »Tu doch nicht so menschlich, Silvan, da kommt mir ja gleich das Kotzen!«

Neidisch?, schickte Daniel der Dämonin seine Gedanken. *Dann pass mal auf, es kommt noch besser.* Von Marla angestachelt, beugte er sich zu Nessa hinunter und gab ihr einen schnellen Kuss auf den Mundwinkel. Als er vor ihr zurückweichen wollte, schlossen sich ihre Arme fest um seinen Nacken. Sie zog ihn an sich und schon verschmolz sein Mund mit ihren weichen Lippen. Jetzt entkam Daniel ein überraschtes Keuchen. Das war … wow! Ihm wurde bewusst, dass er zum ersten Mal ein Mädchen richtig küsste. Nessa schmiegte sich an ihn und ihre Lippen öffneten sich leicht, woraufhin er mit der Zunge in ihren Mund schlüpfte. Zögerlich kam sie ihm entgegen. Ihr Kuss glich einem zärtlichen Tanz.

Zum Glück hab ich die künstlichen Eckzähne vorher rausgenommen. Sein Herz pochte heftig, während Marla neben ihm Geräusche von sich gab, als müsse sie sich übergeben. *Ich will jetzt nichts falsch machen. Ob meine Küsse gut genug sind? Ich hab doch keine Ahnung!*

Daniel wollte sie an sich pressen, ihren Körper mit seinen Händen erkunden, aber Vanessa drückte ihn plötzlich von sich. »Ich wünsche dir auch süße, äh, schöne Träume.« Sie klang atemlos. Schnell drehte sie sich um, schaffte es jedoch nicht, den Schlüssel ins Schloss zu stecken, so sehr zitterten ihre Finger.

»Lass mich das machen, darin hab ich ja Übung.« Er griff um sie herum und schon war die Tür offen, obwohl er bestimmt nicht weniger aufgeregt war als sie.

»Gute Nacht«, sagte Nessa. Sie schenkte ihm einen kurzen, aber so intensiven Blick, dass es Daniel ganz heiß wurde. Bevor sie im Haus verschwand, griff er in seine Hemdtasche und drückte ihr den MP3-Player in die Hand. »Du hast ihn mehr verdient als ich.«

Ihre Brauen hoben sich. »Wieso?«

»Einfach so«, murmelte er. *Weil du schlau bist, dich verletzt hast, furchtbare Angst hattest und doch so tapfer warst; weil du hübsch bist und einfach wunderbar; weil du schon immer meine beste Freundin warst und ich total in dich verschossen bin*, sprudelte es in seinem Gehirn. Aber es gehörte nicht zu seinen Stärken, ihr seine Gedanken und Gefühle mitzuteilen.

Als er sich umdrehte, war auch Marla verschwunden, was ihm mehr als recht war. Er konnte es kaum erwarten, unter seine Bettdecke zu schlüpfen, um sich seinen ganz privaten Fantasien hinzugeben …

Am nächsten Morgen rauschte Vanessa immer noch das Blut in den Ohren. *Wir haben uns tatsächlich geküsst, ich fasse es nicht! Schade, dass Coll bis heute Abend weg ist, ich muss es ihr unbedingt erzählen!* Die letzte Nacht hatte Vanessa in vielerlei Hinsicht verwirrt: erst die Leiche und dann der Kuss, weshalb sie kaum geschlafen hatte. Dennoch verspürte sie keine Müdigkeit; sie war viel zu aufgekratzt. Sie musste mit Danny darüber reden, wie sie es anstellen wollten, der Polizei Joes Aufenthaltsort mitzuteilen. Sie hatte also wenigstens einen Grund, zu ihm rüberzugehen. *Ich habe mir so oft vorgestellt, von ihm geküsst zu werden, und dann habe ich Panik bekommen*, überlegte sie, als sie an die innigen Berührungen zurückdachte.

Sie zog die Haustür hinter sich zu und ging durch den Vorgarten. Ihre Knie zitterten.

Es war ein schöner Morgen, leichter Nebel lag in der Luft, den die Sonnenstrahlen bald vertreiben würden. Aber Vanessa hatte keine Blicke für ihre Umgebung übrig, so sehr war sie in Gedanken versunken.

Warum stellte sie sich so an? War es mit Mike auch so aufregend gewesen? Sie konnte sich nicht mehr erinnern. Gehörte Danny jetzt tatsächlich zu ihr, waren sie richtig zusammen?

Bei seinem Haus angekommen, drückte sie mutig auf den Klingelknopf. Kurz darauf öffnete Dannys Mutter die Tür.

»Nessa, schön, dass du vorbeischaust.« Anne Taylor bedeutete ihr mit einem dicken Pinsel hereinzukommen und strich sich eine blonde Strähne hinters Ohr. »Pass auf, stolper nicht, ich bin gerade am Renovieren.«

Warum grinst sie mich so komisch an? Ob sie etwas vermutet?, fragte sich Nessa. *Kann man es mir ansehen?* Ihr wurde heiß und kalt. Sie hatte es sich zwar immer als sehr prickelnd vorgestellt, einen Jungen zu küssen, den sie wirklich liebte, aber das mit Danny übertraf alles. Beinahe hätte sie sich nicht getraut, bei ihm vorbeizusehen. Sie war sehr durcheinander. Zudem war es erst halb zehn, vielleicht schlief er ja noch. Sollte sie lieber wieder gehen?

Unsanft wurde Daniel aus dem Schlaf geholt. »Mom, es ist Sonntag«, murmelte er und versuchte nach der Decke zu greifen, die ihm weggezogen worden war.

»Mom?« Ein irres Kichern erklang.

Daniel riss die Augen auf. »Was…« Marla stand in seinem Zimmer und auf seinem Bett hockte eine junge Frau, deren rotes Haar in großen Wellen über ihre Schultern floss. Offensichtlich hatte sie ihm die Laken bis zu seinen Shorts heruntergezogen. »Hallo, Liebster!« Sie trug ein seltsames grünes Hosenkleid und fuhr mit einem langen Fingernagel über seine nackte Brust, sodass er eine Gänsehaut bekam. »Ich bin Sirina, deine zuk…«

»Hör auf damit!« Marla schlug die Hand der Rothaarigen zur Seite.

Daniel angelte nach seiner Decke, klemmte sie sich unter die Arme und setzte sich im Bett auf. Sein Herz raste. »So, jetzt gibt es also schon zwei von euch Nervensägen. Könnt ihr mich nicht endlich in Ruhe lassen?«

»Nein!«, sagten beide gleichzeitig und kicherten.

Daniel fuhr sich durch sein verstrubbeltes Haar. »Das hatte ich befürchtet.« Seine Blase drückte unangenehm, doch er vermutete, dass ihn die Weiber nicht einmal beim Pinkeln allein lassen würden.

»Dir steht Großes bevor, Silvan«, erklärte ihm Marla und setzte sich ebenfalls auf die Matratze.

Daniel würde sich wohl auf eine längere Rede einstellen müssen. »Darf ich mal für kleine Jungs, bevor du mit deiner Tirade loslegst?« Er rutschte vom Bett, wobei er sich zwischen den zwei Mädchen hindurchdrücken musste, hielt sich aber immer noch die Decke vor den Körper. Zu seinem Erstaunen ließen ihn die beiden gehen. Sirina warf ihm allerdings Blicke zu, unter denen er sich vollkommen entblößt vorkam.

Daniel schloss sich im Badezimmer ein, erleichterte sich und spritzte sich Wasser ins Gesicht. Als er in den Spiegel sah, schüttelte er den Kopf. Noch vor ein paar Wochen war sein Leben normal gewesen, und jetzt unterhielt er sich mit Dämonen. *Dämoninnen*, verbesserte er sich, denn die Männer dieser Spezies hatte er bisher nicht angetroffen. *Würde mich auch nicht wundern, wenn die Unterwelt von Frauen regiert wird.* Bei diesem Gedanken musste er lächeln, da ihm sofort Nessa einfiel und ihn das ein wenig versöhnlich stimmte. *Sie ist so intelligent, sie hätte das Zeug zur Präsidentin.*

Nessa … Er hatte sie gestern geküsst! *Nein, eigentlich hat* sie *mich geküsst. Ob sie das schon öfter getan hat?* Spontan fiel ihm Mike, der Pharao, ein, ebenso alles, was sich in der Nacht zuvor ereignet hatte. Sie hatten Joe gefunden! Am liebsten wäre Daniel jetzt hinüber zu Vanessa gegangen. Er musste wissen, wie es ihr ging. Sie hatte ziemlich fertig ausgesehen, als sie den alten Adams entdeckt hatten.

Aber erst musste er Marla und diese Sirina loswerden.

Daniel putzte sich kurz die Zähne und kämmte sich, bevor er wieder in sein Zimmer zurückkehrte.

Sirina stand bei seiner Stereoanlage und legte eine CD von

den Beasty Boys auf. Abermals kam sich Daniel in seiner Unterhose nackt vor, weshalb er schnell wieder ins Bett schlüpfte. Er verschränkte die Arme hinter dem Kopf und fragte möglichst cool: »So, Mädels, was gibt es denn so Wichtiges, dass ihr mich am frühen Sonntagmorgen aus meinem Schönheitsschlaf reißt?« Meine Güte, wie konnte er nur so locker sein? Daniel wunderte sich über sich selbst. Er war wohl mittlerweile total durchgeknallt.

Als Marla ihn glauben machen wollte, dass er der zukünftige Herrscher der Unterwelt sei – durch Geburtsrecht –, konnte er seine Gelassenheit nicht länger vortäuschen. »Was?!«

Aber es kam noch besser: Sirina, diese rothaarige Hexe, die ihn mit ihrem durchdringenden Blick beinahe verschlang, säuselte: »Und ich werde deine Frau.«

Daniel richtete sich im Bett auf. »Das kann doch nicht euer Ernst sein!« Er hielt das für einen schlechten Scherz, obwohl er sich vage an gewisse Dinge erinnerte, die ihm Marla ständig einbläuen wollte. »Wieso kommt ihr jetzt erst daher? Wenn ich angeblich ein Dämon bin, warum lebe ich dann nicht in der Unterwelt? Sind meine Eltern auch Dämonen? Lächerlich, ich glaube euch kein Wort!« Daniel drängte das Wissen, dass er seit Neuestem nachts besonders gut sah, in die hintersten Winkel seines Gehirns. Seine schnellen Reflexe und die telepathischen Eigenschaften versuchte er ebenfalls von sich zu weisen, aber da war noch mehr, und das machte ihm Angst.

Das Erdbeben ihm Klassenzimmer und Tobys plötzlicher Husten … Nein, nur Zufälle! Er war kein Dämon und schon gar kein Herrscher. *Die Weiber spinnen, Marla will mich bloß mit dieser rothaarigen Schreckschraube verkuppeln!*

Aber tief in seinem Inneren wusste er, dass es stimmte. Daniel hatte immer gefühlt, dass er anders war.

Nachdem er tief durchgeatmet hatte, deutete er mit dem Finger auf Sirina. »*Die* da werde ich bestimmt nicht heiraten!«

»Das werden wir ja sehen«, erwiderte Sirina schnippisch, verschränkte die Arme vor ihrer üppigen Brust und wippte zum Takt der Musik.

Marla setzte gerade zu einer Erklärung an, als er wieder von diesen furchtbaren Kopfschmerzen heimgesucht wurde. Er riss die Arme nach oben und presste seine Handflächen an die Schläfen.

Marla zog seine Hände weg, während die andere Dämonin die Musik lauter drehte. »Sie suchen nach dir, Silvan. Lass sie in deinen Kopf hinein, damit sie dich an das Netzwerk anschließen können.«

»Ich bin keine Maschine!« Entschieden wehrte er sich dagegen. Es fühlte sich an, als würde ihm jemand mit einem Bohrer den Schädel öffnen, und die harten Töne aus seiner Stereoanlage steigerten die Qual.

»Das war ja auch nur im übertragenen Sinn gemeint, damit du dir besser vorstellen kannst, was ich meine. Normalerweise sind wir von Geburt an mental miteinander verbunden, oder besser gesagt: wenn das Hirn reif dazu ist, was ein paar Jahre dauern kann. Bei dir hingegen wurde diese Leitung gekappt, nachdem deine dämonische Seite unterdrückt wurde. Lass es zu, heiße sie willkommen und es wird nicht wehtun!«

»Du musst deinen Geist öffnen, damit die Verwandlung stattfinden kann, Liebster.« Sirina drückte ihn zurück, bis er mit dem Rücken auf der Matratze lag. »Unser aller Bewusstsein ist miteinander verbunden, es ist so ähnlich wie bei eurem Internet. So können wir andere unserer Art herbeirufen oder ihnen Nachrichten übermitteln. Sobald du dich für uns öffnest, können wir dir beibringen, was du als zukünftiger Dämon wissen musst und wie du deine Fähigkeiten einsetzt.«

»Aber wenn ich das gar nicht will?« Und von welchen Fähigkeiten sprach sie? Das machte ihn immerhin ein klein wenig neugierig.

Sirinas Augen funkelten und ein listiges Lächeln lag auf ihren Lippen. »Du musst, es ist deine Bestimmung.«

Nein, das ist ein Albtraum! Daniel versuchte sich gegen die Eindringlinge abzuschotten, obwohl der Schmerz überwältigend war. Er hatte große Angst, was die Dämonen mit ihm anstellen könnten, wenn sie Zugang zu seinem Gehirn hatten.

Vanessa folgte Daniels Mutter in den Flur, in dem überall Pappkartons herumstanden. Wenn sie es nicht besser wüsste, würde Vanessa glauben, die Taylors zögen aus.

Sie gingen in die Küche, dessen Boden mit Malerplane abgedeckt war. Alles war leer geräumt bis auf die Küchenzeile, und eine Wand war bereits in einem freundlichen Sonnenblumengelb gestrichen.

»Wundere dich nicht, ich kremple gerade mein Leben um. Ich brauche das jetzt einfach«, erklärte Anne, als sie ein Glas aus dem Schrank holte und Vanessa Limonade einschenkte. Mehr musste Anne auch nicht sagen. Nessa wusste genau, was sie meinte. Anne Taylor brauchte einen Tapetenwechsel, nachdem ihr Mann mit einer wesentlich jüngeren Frau durchgebrannt war. Das war in Little Peak kein Geheimnis. Peter und Anne Taylor hatten als das Traumpaar schlechthin gegolten, weshalb die Scheidung für alle sehr überraschend gekommen war.

Anne war eine Frau Mitte vierzig, nicht besonders groß – Daniel überragte seine Mutter um eine Haupteslänge –, aber sie besaß für ihr Alter eine ansehnliche Figur. Ihr honiggelbes Haar trug sie im Nacken zusammengebunden und sie hatte ein weites Hemd an, das voller Farbspritzer war. Annes blaue Augen funkelten nicht mehr so fröhlich wie früher. Nessa vermutete, dass Daniels Mom immer noch unter der Trennung litt. Sie hatte in diesem Jahr einige Kilo abgenommen, das war nicht zu übersehen.

»Ich mache mir Sorgen um Danny«, sagte Anne plötzlich.

Das mochte Vanessa an Mrs. Taylor, sie kam gleich auf den Punkt.

Ich mache mir auch Sorgen, dachte Nessa, bevor sie fragte: »Ist es wegen der Schule? Daniel hat gesagt, er bräuchte Nachhilfe. Ich würde sie ihm gern geben.«

Annes Miene hellte sich sofort auf. »Würde das klappen? Das wäre prima!« Dann verdüsterte sich ihr Gesicht wieder. »Ich denke, es liegt nicht nur an der Schule. Seine Probleme liegen viel tiefer. Er verhält sich in letzter Zeit sehr seltsam. Er ist so … finster geworden.« Sie seufzte. »Danny leidet bestimmt furchtbar darunter, dass sein Dad nichts mehr von ihm wissen möchte. Peter ist mit seiner Neuen praktisch über Nacht auf und davon. Wenn es für mich schon so hart ist, wie schlimm muss es erst für Danny sein?« Anne zog leicht die Nase hoch und fuhr mit bitterer Stimme fort: »Wenigstens bei seinem Sohn könnte sich Peter ab und zu melden, aber er interessiert sich anscheinend überhaupt nicht mehr für ihn.« Mit dem Handrücken wischte sich Anne eine Träne aus dem Augenwinkel. »Kannst du nicht mal mit Danny reden? Mich lässt er nicht an sich heran. Den ganzen Tag verkriecht er sich in seinem Zimmer oder schleicht irgendwo in der Gegend rum.«

Vanessa wusste überhaupt nicht, wie sie sich Anne gegenüber verhalten sollte. Es war für sie schrecklich, Dannys Mutter so traurig zu sehen. »Natürlich rede ich mit ihm«, erwiderte sie hastig.

Geräuschvoll schnäuzte sich Anne in ein zerknittertes Taschentuch. »Es tut mir so leid, ich möchte dich nicht mit Erwachsenenkram belasten, doch ich weiß nicht mehr, was ich machen soll.«

»Ist okay.« Vanessa lächelte schief. Irgendwie war es ihr peinlich, solche Details aus Annes Leben zu erfahren. »Ist Daniel überhaupt schon wach?«, wechselte sie das Thema. Vanessa hatte zuvor angestrengt durch ihr Fenster gestarrt, ihn aber nicht entdecken können. Entweder lag er in seinem Bett, das sie nicht einsehen konnte, oder er war nicht zu Hause. Wahrscheinlicher war jedoch, dass er noch schlief. Sonntags kam er normalerweise erst mittags aus den Federn, weil er bis spät in der Nacht vor seinem Computer saß. Ob er nach der Party – nach ihrem Kuss – auch nicht zur Ruhe gekommen war?

Anne sah zur Decke. »Danny hat sich heute noch nicht hier unten blicken lassen. Scheuch ihn ruhig auf, falls du ihm die fröhliche Nachricht gleich überbringen möchtest.«

»Oh, er hat mir die schlimmsten Dinge angedroht, falls ich dich auf die Nachhilfe anspreche.« Vanessa schmunzelte verschwörerisch, worauf auch Anne lächelte.

Als Vanessa die schmalen Stufen nach oben schritt, hörte sie schon vom ersten Stock aus, dass in Daniels Zimmer Musik lief. Er war also wach! Ihr Herz klopfte schneller als die durchdringenden Bassklänge.

Wie verhielt sie sich jetzt? Sollte sie ihn zur Begrüßung küssen oder küsste er sie? Aber vielleicht wollte er sie so früh am Morgen nicht küssen, weil er sich noch nicht die Zähne geputzt hatte? Wie machten das andere Paare, hatten die eine Flasche Mundwasser am Bett stehen? Was, wenn der Kuss gestern nur eine einmalige Sache gewesen war und Danny gar nicht richtig mit ihr zusammen sein wollte?

Vanessa beschloss, sich nicht verrückt zu machen, sondern es einfach auf sich zukommen zu lassen, und öffnete die Tür.

Als Erstes sah sie wie immer den hellblauen Teppichboden, der seit Daniels Kindheit den Raum zierte und dementsprechend abgenutzt war, und das Fenster, durch das sie hinüber in ihr Zimmer blicken konnte. Rechts unter der Dachschräge stand ein Sideboard, auf dem sich neben einem Monitor und der Stereoanlage CDs und Computerspiele türmten. Erst als sie die Tür hinter sich geschlossen hatte, wurde die Sicht frei auf die andere Dachschräge und das französische Polsterbett, in dem Daniel lag und sich krümmte. *O nein, er hat wieder einen Anfall!* Vanessa machte sich sofort daran, diese nervtötende Musik abzustellen, bevor sie zu ihm ans Bett eilte.

»Danny!« Er lag auf dem Rücken, mit nichts weiter am Leib als seinen Shorts. Sein Gesicht war schweißüberströmt, sein Körper zitterte, als würde er unter Strom stehen. Daniels Augen waren weit aufgerissen und wirkten beinahe schwarz.

»Nessa«, kam es krächzend aus seinem Mund. Er streckte eine Hand nach ihr aus, die ihm aber sofort schwer in den Schoß fiel.

»Ich bin hier, halte durch!« Sie drückte ihn fest an sich, doch er bäumte sich immer wieder auf und stöhnte gequält. Sein Atem ging stoßweise, jeder Muskel schien angespannt.

Vanessa geriet in Panik. Was hatte er nur? »O Gott, ich hole deine Mom!«, rief sie und wollte ihn gerade loslassen, aber das hatte Danny sicher nicht mehr gehört. Plötzlich erschlaffte sein Körper in ihren Armen und er blieb reglos liegen.

»Daniel?« Vorsichtig schüttelte Nessa ihn an der Schulter. *O Gott, o Gott, was mach ich denn jetzt?* Hastig überprüfte sie den Puls und seine Atmung, so, wie sie es im Erste-Hilfe-Kurs gelernt hatte, und war froh, dass beides zwar schwach, aber gleichmäßig vorhanden war, bevor sie zur Tür lief, diese aufriss und hysterisch nach Mrs. Taylor rief.

Fast ununterbrochen starrte James auf Daniel, der wie eine Statue im Krankenbett lag. Das hier war *sein* Sohn, sein Ein und Alles, ohnmächtig und blass. Er war alles, was ihm von Kitana geblieben war.

Anne hatte ihn angerufen und auch Peter benachrichtigt, der immer noch im Little Peak Hospital arbeitete, zu James' Glück. Peter wusste über alles Bescheid, wer – oder besser gesagt: *was* – Daniel genau war. Ebenso der Oberarzt Dr. Graham, der der Wächtergilde angehörte. Ansonsten hätte das alles nie funktioniert. Die Mitglieder der Gilde saßen überall: in den verschiedensten Einrichtungen, Behörden und sogar der Regierung. Nur auf diese Weise konnten die Wächter unentdeckt bleiben.

James sah kurz zu Anne, die in einiger Entfernung zum Krankenbett neben ihm stand, während Peter und Dr. Graham – ein Oberarzt mit schütterem grauen Haar – Daniel untersuchten. James hatte gehört, dass sich Peter und Anne getrennt hatten, schließlich lebten seine Eltern in Little Peak und die hielten ihn über alles auf dem Laufenden. Anne sah wirklich schlecht aus, dennoch konnte James unter all den Kummerfalten nach wie vor ihre Schönheit ausmachen. Anne war reifer geworden, und sein Herz pochte schneller, wenn er sie nur ansah. Sie war immer noch ein blonder Engel. Wie gerne hätte er jetzt ihre zitternde Hand in seine genommen, um ihr zu zeigen, dass er für sie da war.

Dr. Graham nahm Daniel Blut ab und verließ anschließend das Zimmer, um das Serum sofort eigenhändig im Labor zu untersuchen. James wusste, dass nichts aus diesem Raum nach draußen dringen durfte. Peter und Dr. Graham würden die Akten fälschen.

»Würdest du bitte auf dem Flur warten, Anne«, sagte Peter, ohne seine Exfrau anzusehen. Dabei fuhr er sich durch sein hellbraunes Haar, seine Wangen waren gerötet. James konnte die Spannung direkt greifen, die zwischen ihnen herrschte.

»Wann kann ich wieder zu Daniel?«, fragte sie mit erstickter Stimme.

»Bald«, versprach Peter. »Ich muss eine Bluttransfusion vorbereiten. Ich brauche Ruhe und …«

James wusste, dass Peter nur einen Vorwand suchte, um mit

ihm allein zu sein. Anne hatte keine Ahnung, was hier gespielt wurde. James hätte ihr so gern alles erzählt, aber je mehr von ihnen wussten, desto schlechter war das für ihre Organisation. Für Anne musste es allerdings so klingen, als wolle ihr Exmann sie nicht in der Nähe haben. James sah den Schmerz in ihren Augen.

»Verstehe«, wisperte sie und ging mit hängendem Kopf davon.

Als Anne die Tür hinter sich geschlossen hatte, legte Peter auch sofort los: »Was ist mit ihm, James?«

»Ich weiß es nicht genau«, gestand er ehrlich und konnte kaum den Blick von seinem Sohn wenden. Wie groß er geworden war und wie ähnlich er ihm selbst sah. Bis auf die schwarzen Haare, die hatte er von seiner Mutter. In den letzten Jahren hatte James Daniel einige Male heimlich beobachtet, um zu sehen, wie es ihm ging. Er war glücklich bei Anne, ganz bestimmt.

James' Herz verkrampfte sich. Wie wäre sein Leben verlaufen, wenn Kitana noch bei ihm wäre? Sie hätten eine richtige Familie sein können. Wie sehr er Kitana vermisste. Wie sehr er ein normales Leben vermisste!

James setzte sich in einen Stuhl neben Daniels Bett und bemerkte kaum, wie Peter die Kanüle in seine Armbeuge stach, weil James ununterbrochen versuchte, seinen Sohn auf mentaler Ebene zu erreichen. *Ich bin hier, dir wird nichts geschehen*, dachte er, in der Hoffnung, es könne Daniel irgendwie helfen.

James' Wächterblut enthielt Antikörper, die dämonische Eigenschaften bekämpfen konnten. Da Daniel und er dieselbe Blutgruppe hatten, gab es bei der Transfusion keine Probleme.

»Du hast ihn nie richtig akzeptiert, oder?«, fragte James leise, während Peter das Krankenbett ganz nach unten fuhr, damit James höher saß und die Blutübertragung funktionierte.

Peter nickte. »Es tut mir leid, ich konnte einfach nicht. Zu wissen, dass ein Mensch in meinem Haus lebte, der eigentlich kein richtiger Mensch ist …«

James hob den Kopf. »Das ist er schon, Peter. Genau wie du und ich. Wir Wächter sind nur … ein *wenig* anders.«

»Ein wenig?« Peter fuhr sich durch sein braunes Haar, das eine Nuance heller war als James'. Ansonsten hatten sie rein äußerlich nicht viel gemeinsam. Peter war kleiner als er und auch stämmiger.

Routiniert verrichtete Peter seine Arbeit. »Was hier passiert, richtet sich gegen alles, woran ich glaube!« Er seufzte laut. »Ich hab die Lügen nicht mehr ausgehalten und nie richtig verstanden, wer Daniel wirklich war. Aber ich hab mein Versprechen gehalten, Anne nichts zu sagen.«

James senkte die Stimme und konnte Peter kaum in die Augen sehen. »Ich mache mir Vorwürfe. Es tut mir leid, dass ich an eurer Trennung schuld bin.«

Entschieden schüttelte Peter den Kopf. »Wir haben nie richtig zusammengepasst. Es gab immer eine kleine Kluft zwischen uns. Gewisse Dinge erkennt man nicht, wenn man jung ist.« Peter atmete tief durch und überprüfte, ob das Blut richtig floss. »Ich will nicht, dass Anne leidet. Nicht wegen uns und schon gar nicht wegen Daniel. Einerseits wünsche ich mir, ich dürfte ihr die Wahrheit sagen, andererseits würde sie das noch mehr belasten. Die Wahrheit könnte ihr Leben zerstören, und sie hat im Moment niemanden, der sie auffangen kann. Daniel ist das Einzige, was ihr wichtig ist, er kam immer vor mir. Sie liebt ihn mehr als alles andere. Ich kann ihr das nicht auch noch nehmen. Deswegen halte ich mich, so gut es geht, raus aus ihrem und Daniels Leben. Vielleicht kann sie noch einmal von vorn anfangen. So wie ich.« Peter kratzte sich am Kopf und schaute James in die Augen. »Hast du eine Vermutung, was mit Daniel los ist? Er liegt hier wie tot, aber eigentlich scheint ihm nichts zu fehlen.«

»Ich glaube, jetzt, wo sein Körper fast ausgewachsen ist und die dämonischen Fähigkeiten sowie die Wächtereigenschaften langsam zum Vorschein kommen, nimmt ihn die Umstellung sehr mit. Sein Körper muss sich entscheiden, was er sein will: Wächter oder Dämon.«

Peter starrte James an. »Willst du damit sagen, er könnte ein richtiger Dämon werden?«

»Das weiß ich nicht sicher«, gestand James ihm leise. »Wenn es so ist, werde ich alles tun, um ihn auf unsere Seite zu bringen. Daniel ist ein guter Mensch. Er wird nicht so schnell der dunklen Seite verfallen.« Er dachte einen Moment nach. »Es könnte auch sein, dass die Dämonen ihn aufgespürt haben und in seinen Geist vorgedrungen sind. Ich habe immer gehofft, sie würden ihn nicht finden, doch wenn er genug von ihren Eigenschaften besitzt …« Dann würde auch die Bluttransfusion nichts mehr ausrichten können.

Peter setzte sich auf die Bettkante, verschränkte die Arme vor der Brust und sah abwechselnd von James zu Daniel. »Was sollten sie von ihm wollen?«

James zuckte mit den Schultern, obwohl er die Antwort genau kannte: Die Dämonen wollten das Zepter der Macht, und nur jemand, dessen Blut dasselbe war wie das in dem Artefakt, war dazu fähig, die ganze Kraft des Zepters auszuschöpfen. Sie konnten Daniel ebenso gut entführen, um ihn als Druckmittel zu missbrauchen. Ob die Dämonen wussten, dass er, James, das Versteck des Zepters kannte und sonst niemand?

Natürlich hatte er der Gilde davon berichtet. Weil er sich weigerte, das Versteck preiszugeben, hatten sie ihn daraufhin verstoßen, ihn als Verräter angesehen. Nur gut, dass Dr. Graham ein persönlicher Freund der Familie war. Er riskierte viel, um James zu helfen. Der Arzt gehörte genau wie James einer geheimen Wächteruntergruppe an. Es gab viele Wächter, die sich aus verschiedenen Gründen von der Gilde losgesagt hatten oder verstoßen worden waren. Dr. Graham war einer ihrer Spione. Die Gilde wusste nicht, dass er übergelaufen war.

»Können diese … Wesen … Anne und Daniel gefährlich werden?«, fragte Peter.

Kurz schloss James die Augen. Er wollte sich nicht ausmalen, *was* sie alles könnten. »Wäre möglich.«

»Verdammt«, fluchte Peter, was überhaupt nicht zu ihm passte. Für gewöhnlich war er, James, der Unbeherrschte.

»Die Gilde wird sie im Auge behalten und eingreifen, sollten sie in Gefahr geraten.« Auch wenn er nicht mehr der Gemeinschaft angehörte, stand sein Sohn dennoch unter ihrem Schutz. James Herz klopfte schneller. Er betete, dass die Dämonen Daniel nicht gefunden hatten. Hoffentlich irrte er sich. »Ich werde sie mit meinem Leben schützen, falls es sein muss.« Er fasste das Amulett an, das er unter seinem Shirt versteckt trug. Kitana hatte ihm das Horusauge einst gegeben. Es machte James für dämonische Augen unsichtbar und bewahrte ihn davor, dunklen Versuchungen zu erliegen.

Peter zog die Brauen zusammen. »Du wirst sie aufklären müssen.«

»Wenn es dazu kommt, werde ich das tun.«

Hörbar holte Peter Luft. »Vielleicht … Nein, vergiss es.« Geschäftig überprüfte er die Transfusion und vermied es, James anzusehen.

Ein Lächeln huschte über James' Lippen, als er in seinem ehemaligen Sandkastenfreund den blassen und etwas dicklichen Jungen von damals sah, der vor alles und jedem Angst gehabt hatte. »Ich werde Anne alles erklären und ein gutes Wort für dich einlegen.«

»Danke«, sagte Peter.

»Nein, Peter, ich muss dir danken.« James warf einen langen Blick auf Daniel, der immer noch unbewegt neben ihm lag. »Du hast so viel für mich getan. Ich weiß nicht, wie ich das je gutmachen kann.«

Nicht nur die sterile Umgebung und die nach Desinfektionsmitteln riechende Luft schnürten Vanessa die Kehle zu, sondern auch

Daniels Anblick. Er lag seit vier Stunden im Krankenhaus und hatte das Bewusstsein noch nicht wiedererlangt. Links von seinem mit weißen Laken überzogenen Bett saß Anne, rechts Vanessa. Sie hielt Daniels eiskalte Hand, die an einem Tropf hing, und bemühte sich, stark zu bleiben, während Anne ungeniert weinte.

Der Monitor über dem Bett piepste.

Vanessa hatte nicht viel für Krankenhäuser übrig. Die Atmosphäre war ihr zu kühl und erinnerte sie jedes Mal an ihre Blinddarmoperation vor vielen Jahren, als sie ein kleines Mädchen gewesen war. Sie hatte sich in der kurzen Zeit sehr allein gefühlt, obwohl Mom oder Dad so oft vorbeigesehen hatten, wie sie konnten. Jetzt fühlte sie sich auch allein. Ihr kam es vor, als wäre Daniel meilenweit weg, obwohl er direkt neben ihr lag.

»Wenn mich Danny nicht so ausgeschlossen hätte, wäre es nie so weit gekommen.« Anne tupfte sich schniefend mit einem Taschentuch die rot geränderten Lider ab. »Was bin ich nur für eine Mutter, dass ich nicht erkannt habe, was mit ihm los ist?«

»Wie meinst du das?« Nessa fühlte sich unendlich schuldig, weil sie Anne das mit den Kopfschmerzen nicht erzählt hatte. Aber Danny hätte ihr das sicher nie verziehen. Angestrengt starrte sie auf sein Gesicht, das so aussah, als würde er schlafen. Seine Lippen waren blass und leicht geöffnet, seine Brust hob und senkte sich langsam, aber regelmäßig. Auf seinen Oberkörper hatte eine Schwester mehrere Elektroden aufgeklebt, die seine Herztöne überwachten. Lange, dünne Kabel führten unter der Decke hervor zu dem nervig piepsenden Gerät, das Vanessa am liebsten ausschalten wollte. Der Ton machte sie noch ganz verrückt! Ab und zu klopfte Daniels Herz wild und ließ Anne und sie besorgt aufsehen, im Moment schlug es jedoch wieder regelmäßig. Der Blutdruck und der Sauerstoffgehalt des Blutes wurden ebenfalls gemessen, doch Dr. Graham, der ab und zu vorbeisah, konnte ihnen nicht sagen, was ihm fehlte. Außerdem bekam Danny eine

Infusion: Ein Beutel, gefüllt mit einer klaren Flüssigkeit, befand sich an einem Ständer neben Anne. Vanessa konnte den Tropf kaum ansehen, es drehte ihr ohnehin schon den Magen um.

»Anne?«, fragte Vanessa erneut, weil sie keine Antwort erhielt.

Mrs. Taylor schien sie nicht gehört zu haben, sie war in Gedanken versunken. »Ich wollte es Danny letztes Jahr sagen, doch dann ist Peter fort und ich wollte ihn nicht zusätzlich belasten.«

»Anne, wovon sprichst du?« Vanessa beobachtete Daniels Mutter, die ihrem Sohn liebevoll eine dunkle Strähne aus der Stirn strich.

»Er ist so ein hübscher Junge, das war er schon als Baby.« Anne seufzte. »Damals war ich hier bereits Krankenschwester. Als ich diesen kleinen Kerl mit den großen runden Augen und dem schwarzen Haarflaum zum ersten Mal sah, hab ich mich sofort in ihn verliebt.«

»Ich habe gehört, das geht jeder Mutter so.« Vanessa wusste immer noch nicht, worauf Anne hinauswollte.

Anne hob den Kopf und blickte Vanessa in die Augen. »Daniel ist nicht mein leiblicher Sohn. Peter und ich haben ihn adoptiert, als er ein Jahr alt war. Wir haben uns damals so sehr ein Baby gewünscht, doch es sollte nicht sein. Ich kann keine Kinder bekommen.«

»Was?!« Vanessa glaubte, sich verhört zu haben. Er war nicht ihr Kind? Aber … das konnte nicht sein! Dann fiel ihr ein, dass sie sich schon oft gefragt hatte, von wem Daniel sein Aussehen geerbt hatte, vor allem das rabenschwarze Haar. Anne war blond und viel kleiner als Danny, und auch Peter war nicht besonders groß, hatte braunes Haar. Da Nessa Daniels Großeltern nicht kannte, hatte sie immer vermutet, er hätte seine Gene von ihnen.

»Danny lag nach seiner Geburt über ein halbes Jahr auf der Intensivstation«, fuhr Anne fort und wandte sich wieder Daniel zu. »Peter, der hier gerade für sein Studium ein Praktikum gemacht hat, und Dr. Graham haben um sein Leben gekämpft. Danny hatte eine Blutkrankheit, von der noch niemand etwas gehört hatte, und sie können sich bis heute keinen Reim drauf machen. Es sah so aus, als hätte sich das Blut der Mutter mit dem seinen vermischt. Das kommt gegen Ende der Schwangerschaft manchmal vor, hauptsächlich ab dem zweiten Kind, doch seine leibliche Mutter hat Antikörper gebildet, die Dr. Graham nicht kannte. Die haben Daniels Blut angegriffen. Normalerweise spritzt man bei einer Rhesusfaktor-Unverträglichkeit ein Immunglobulin, aber das half nichts, die genetische Distanz war einfach zu sehr ausgeprägt. Die Ärzte haben sehr viel ausprobiert. Das Einzige, was schließlich half, war eine Blutspende von seinem leiblichen Vater.«

»Und wessen Blut hat er vorhin bekommen?« Vanessa hielt die Luft an. Mit einer Hand krallte sie sich in das steife Bettlaken, mit der anderen Hand drückte sie Daniel fester. *Wird Danny sterben? Lieber Gott, das darf er nicht!*

Ein sanftes Lächeln auf den Lippen, sagte Anne: »Das von James.«

»James?« Vanessa kannte niemand aus ihrem Umfeld, der so hieß.

Anne schnäuzte sich. »James Carpenter. Sein leiblicher Vater.«

Bei dieser Nachricht fiel Vanessa ein Stein vom Herzen. »Gott sei Dank!« Sofort schossen ihr viele Fragen in den Sinn. »Warum haben ihn seine Eltern zur Adoption freigegeben und was ist mit seiner richtigen Mutter? Hattest du all die Jahre Kontakt zu James, oder wie sind die Ärzte so schnell an sein Blut gekomm…?«

»Nessa!« Anne lächelte sie an. »Ich wollte dir das gerade alles erzählen. Weißt du, es tut gut, dass ich es endlich jemandem sagen kann.«

Vanessa rutschte unruhig auf ihrem Stuhl hin und her, ohne Dannys Hand loszulassen. Sie fühlte sich plötzlich mehr für ihn verantwortlich denn je.

»Peter und ich kennen James seit unserer Kindheit. Er war mein Nachbar und ich habe mich mit ihm so gut verstanden wie du mit Danny. Wir haben uns etwas aus den Augen verloren, als James auf ein Internat gegangen ist, aber sobald er wieder in der Stadt war, war es zwischen uns wie früher. Wir waren schon immer sehr gute Freunde. Der Kontakt ist auch nicht abgebrochen, als er in Kairo Archäologie studiert hat. Dann hab ich Peter geheiratet, obwohl ich lange für James geschwärmt habe.«

Annes Geständnis überraschte Vanessa.

Anne lächelte sie weiterhin an, als hätte sie sehr schöne Erinnerungen. »James war ein verwöhntes Millionärssöhnchen. Er war für mich der unerreichbare Traumprinz. Ich war wirklich schwer in ihn verliebt.«

Das war ja fast so wie bei Daniel und ihr, nur dass die Taylors jeden Cent umdrehen mussten.

»Wow, Dannys richtiger Vater ist also reich.« Das war ja wie im Märchen.

»Eigentlich weiß ich nicht wirklich, womit James jetzt sein Geld verdient, vielleicht arbeitet er noch als Archäologe. Aber seine Eltern haben sehr viel Geld, zumindest hat mir James das mal erzählt.«

»Wieso zahlt Peter dir nichts, wo er doch Arzt ist.« Sofort biss sich Vanessa auf die Lippe. »Tut mir leid, das geht mich nichts an.«

»Schon gut.« Anne schnäuzte sich erneut. »Peter überweist uns monatlich Geld, aber das lege ich alles zurück. Für Danny. Er weiß davon nichts, und ich möchte, dass es so bleibt.«

Vanessa legte den Kopf schief. »Warum sagst du es ihm nicht?«

»Das werde ich. Sobald er die Schule abgeschlossen hat.«

Jetzt verstand Vanessa. Anne wollte, dass Danny einen Abschluss machte und einen ordentlichen Beruf lernte, um auf eigenen Beinen stehen zu können.

»Niemand weiß etwas über Daniels Mutter«, berichtete sie weiter. »James erzählte, sie stand eines Tages mit einem Neugeborenem im Arm auf seiner Schwelle und behauptete, es sei von ihm. Die Blutuntersuchung bestätigte das, aber die Mutter war wieder spurlos verschwunden. James gab an, er hätte eine kurze Beziehung mit ihr gehabt, bevor sie sich aus den Augen verloren.«

Vanessa konnte nur den Kopf schütteln. Nie hätte sie gedacht, dass Daniel eine derart traurige Vergangenheit besaß, die er selbst nicht einmal kannte. »Und James wollte das Kind nicht?«

Anne seufzte. »Er ist ein seltsamer Typ. Gut aussehend, groß, athletisch – so wie Danny –, aber einfach seltsam. Er sagte damals, er sei sehr viel auf Reisen, beruflich im Ausland unterwegs, und er habe niemanden, der sich in der Zeit um das Baby kümmern könnte. Er hat gewusst, wie sehr ich mir ein Kind wünschte. Doch ich habe gespürt, wie schwer ihm diese Entscheidung gefallen ist, Nessa.« Anne lehnte sich vor und sagte in einem leiseren Tonfall: »Ich habe ihn beobachtet, als er sich von Danny verabschiedet hat. Er hat fürchterlich geweint.«

Auch Vanessa liefen nun Tränen über die Wangen. »Warum kennt Danny ihn nicht?« Er hatte ein Recht, seinen richtigen Vater kennenzulernen.

Anne holte tief Luft und zuckte mit den Schultern. »James wollte nicht, dass er erfährt, dass er adoptiert ist.«

»Warum?« Nessa verstand nicht, wie jemand sein Kind einfach hergeben konnte.

»Er meinte, es wäre für alle Beteiligten das Beste. Ich spürte, dass er mir etwas verschwieg, aber ich wollte nicht nachbohren. Damals war ich so glücklich, endlich ein Kind zu haben, da war mir alles andere egal. Ich habe nicht mal nachgefragt, woher er die Adoptionspapiere hatte. So einfach funktioniert das nämlich nicht, es gibt gesetzliche Bestimmungen.«

»Mit viel Geld geht alles«, warf Vanessa ein.

Anne nickte. »Ja, das war auch meine Erklärung. Vielleicht haben seine Eltern ihm das Geld gegeben. Sie leben übrigens immer noch in Little Peak, am anderen Ende der Stadt, in meiner früheren Wohngegend.«

»Daniels Großeltern«, murmelte Vanessa.

»Danny weiß nichts davon. Er denkt, es sind Freunde der Familie. Sie haben uns ab und zu besucht.«

Ein Lächeln huschte über Annes Gesicht. Sie putzte sich geräuschvoll die Nase und erzählte weiter: »James gab mir eine Handynummer, unter der ich ihn im Notfall erreichen konnte, sollte Danny noch einmal sein Blut benötigen. Also habe ich ihn angerufen, bevor der Krankenwagen gekommen ist.«

Vanessa richtete sich auf ihrem Sitz auf. »Hast du ihn gesehen? Ist er noch hier?« Gespannt hielt sie die Luft an.

»Wir haben uns nur kurz begrüßt. Es war seltsam, ihn nach all den Jahren wiederzusehen. Fast so, als wäre er nie weg gewesen.« Anne blickte über das Krankenbett auf die Tür. »So schnell, wie er hier war, glaube ich, er lebt irgendwo in der Nähe«, sagte sie mehr zu sich.

Zu gern hätte Vanessa Daniels richtigen Vater auch kennengelernt, aber sie war erst ein wenig später ins Krankenhaus gekommen. Sie hatte nicht mit dem Krankenwagen mitfahren können und den ganzen Weg mit dem Fahrrad zurückgelegt.

Anne seufzte. »Als James ging, habe ich kurz mit ihm gesprochen und ihm gesagt, dass ich Danny bald aufklären werde. James hielt es für keine gute Idee, aber ich werde es so schnell wie möglich nachholen. Danny hat ein Recht zu erfahren, wem er sein Leben verdankt.«

Vanessa nickte zustimmend, doch sie musste die Neuigkeiten

erst mal verdauen. Sie wollte sich nicht ausmalen, wie Daniel sich fühlte, wenn Anne ihm die Wahrheit erzählte.

»Jetzt kannst du dir auch vorstellen, warum Peter sich nicht bei Danny meldet. Wie ich über meinen Anwalt gehört habe, bekommt er mit seiner neuen Frau ein Baby. Und da Danny nie sein leiblicher …« Anne wurde von tiefen Schluchzern geschüttelt, woraufhin Nessa sofort an ihre Seite kam und sie umarmte.

Mit tränenüberströmtem Gesicht blickte Anne zu Vanessa auf und hielt sie fest. »Ach, Nessa, Danny ist alles, was ich noch habe, er ist mein Leben!«

»Es wird alles gut werden«, beruhigte Vanessa die zitternde Anne, wobei sie ihre Tränen aus den Augen blinzelte. »Danny ist stark, er wird es schaffen.« *Er muss es einfach schaffen, denn er ist auch mein Leben.*

Marla saß mit ihrer dämonischen Freundin Sirina am Fuß des Krankenbettes, wo sich die beiden jungen Frauen an Vanessas und Annes Leid ergötzten.

»Tja, verabschiedet euch schon mal von eurem Danny-Boy. Wir werden ihn bald holen, und da werdet ihr zwei Heulsusen nichts gegen unternehmen können.« Sirina lachte laut auf und wedelte sich mit ihrem Fächer Luft zu. Hätten Anne und Vanessa die zwei Frauen sehen können, hätten sie bestimmt geglaubt, sie kämen von einer Kostümparty … oder wären aus einem Irrenhaus ausgebrochen. Während Marla wie immer in ihrem Punk-Outfit mit den zerrissenen Netzstrumpfhosen steckte, sah Sirina wie eine Lady aus dem 18. Jahrhundert aus. Sie trug ein dunkelgrünes Kostüm aus fließendem Stoff, das eng an der Taille anlag, aber es handelte sich dabei nicht um ein Kleid, sondern um einen Hosenrock. Als Dämonin brauchte sie schließlich ihre Bewegungsfreiheit, denn Kämpfe waren ein natürlicher Bestandteil ihres Lebens. Die Rangordnung in der Unterwelt wurde täglich aufs Neue ausgelotet. Jeder strebte nach mehr Macht und Anerkennung, und nur die Besten und Stärksten unter ihnen durften neben dem Herrscher Xandros die Unterwelt regieren. Der Rest lebte zusammengepfercht in den untersten Ebenen, und wer sich nicht dem Willen des Herrschers unterwarf, war so gut wie tot.

Die smaragdgrüne Farbe des Stoffes bildete einen schönen Kontrast zu Sirinas feuerrotem Haar, das ihr in einer wilden Mähne über die Schultern fiel. Sie klappte ihren schwarzen Spitzenfächer zusammen, in dem gefährlich scharfe Klingen steckten, glitt geschmeidig vom Bett und stellte sich neben das Kopfende, wobei sie Vanessa und Anne argwöhnisch betrachtete.

»Nun haut endlich ab, ihr Schlampen!« Sirina hatte Großes mit ihrem »Daniel« vor. »Bald kommt Silvan zu mir in die Unterwelt.« Endlich würde er ihr Gemahl werden. Es war ihnen vorherbestimmt.

Auch Marla hüpfte vom Krankenbett, um sich neben Sirina zu stellen. »Hat der Rat schon zugestimmt? Immerhin ist Silvans Verwandlung nicht abgeschlossen. Solange er noch einen Teil Menschlichkeit in sich trägt, werden sie einer Vereinigung sicher nicht zustimmen.«

»Noch nicht«, zischte Sirina und klappte erneut ihren Fächer auf, um sich hektisch Luft zuzufächeln. »Aber das wird er. Ich konnte Antheus schon fast davon überzeugen. Bald frisst er mir aus der Hand.«

»Das kann ich mir gut vorstellen«, murmelte Marla. »Du würdest viel besser zu Antheus passen.« Antheus, ein mächtiger, groß gewachsener Dämon, war ebenso listig und machtbesessen wie Sirina. Jeder wusste, dass er es auf den Thron abgesehen und sich bereits als zukünftiger Herrscher gesehen hatte. Er war Xandros' Zweitgeborener, weshalb ihm nach dem Tod seiner älteren Schwester Kitana dieses Recht als Nächstem zustand. Doch dann war die Nachricht eingetroffen, dass Marla ihren Halbbruder gefunden hatte. Die Prophezeiung des Orakels machte ihm einen

Strich durch die Rechnung. Jetzt war Antheus natürlich stinksauer, und ein wütender Dämon sollte nie unterschätzt werden.

»Ich will Antheus nicht!« Sirina stampfte mit dem Fuß auf und verschränkte die Arme. »Ich will Silvan, denn *er* ist unser zukünftiger Anführer!«

Und ich will diesen James Carpenter, ging es Marla durch den Kopf. Dieser Mann war daran schuld, dass sie ihre Mutter umgebracht hatten. Verflucht noch mal, sie musste ihn knapp verpasst haben! Es war zum Verrücktwerden! Er war hier gewesen, in diesem Haus! Das wäre ihre Chance gewesen, doch anscheinend war sie wirklich zu nichts zu gebrauchen, wie Metistakles ihr immer eintrichterte. *Ich werde es ihnen schon zeigen, ihnen allen!* Über Silvan könnte sie an Carpenter herankommen. Wenn die Zeit dafür reif war …

Zu ihrer Erleichterung machten sich die Menschentussi und Silvans Ziehmutter auf den Nachhauseweg. »Wir können nichts weiter für ihn tun«, sagte Anne. »Das Krankenhaus ruft mich an, sobald sich sein Zustand ändert.«

»Gibst du mir sofort Bescheid?« Vanessa wirkte sehr niedergeschlagen, und man sah ihr an, dass sie nur ungern von Silvans Seite wich.

»Natürlich. Er wird dich sehen wollen, wenn er aufwacht.« Anne legte einen Arm um Vanessas Schultern und zog sie zur Tür. »Jetzt braucht er seine Ruhe. Die Ärzte vermuten, er könne vielleicht etwas von seiner Umgebung mitbekommen, und da tut es ihm bestimmt nicht gut, wenn wir beide ihm ständig ins Ohr heulen.«

»Meinst du, er möchte mich wirklich sehen?«

Anne spielte unter gesenkten Lidern an ihrem Taschentuch. »Ich muss gestehen, dass ich euch gestern beobachtet habe. Ihr beide habt sehr verliebt ausgesehen.«

Marla bemerkte verärgert, wie Vanessas Gesicht rot anlief. *Diese Menschentussi ist total verknallt in Silvan!*

»Du weißt doch, wie Mütter sind: Wir können nicht einschlafen, bevor unsere Kinder wohlbehalten zu Hause ankommen.« Anne schob Vanessa zur Tür hinaus.

Sirina zischte, denn Marla hatte ihr genau erzählt, was sich zwischen Silvan und dieser Menschentussi ereignet hatte. Als die Dämoninnen endlich unter sich waren, begann Marla, den Schlauch aus Silvans Arm zu entfernen, während ihm Sirina das Nachthemd aufknöpfte, um die Elektroden abzureißen. Das Gerät über Silvans Kopf schlug Alarm, aber Sirina brachte es mit einer Handbewegung zum Schweigen, bevor sie sich wieder Silvan zuwandte. Mit ihren langen, rot lackierten Fingernägeln fuhr sie ihm schnurrend wie eine Katze über die entblößte Brust.

Marla gab einen fauchenden Laut von sich. »Verdammt, Sirina, lass die Finger von meinem Bruder! Noch gehört er dir nicht!«

Sirina grinste überheblich. »Weiß steht ihm überhaupt nicht. Diese Krankenhauskleidung ist einfach scheußlich.« Ruckartig zog sie die Decke nach unten. »Als zukünftiger Herrscher der Unterwelt braucht er eine Frau an seiner Seite, die etwas von Mode versteht.«

»Es wird Zeit, ihn zurückzuholen, findest du nicht?« Marla trat ans Kopfende. »Sein Geist irrt schon seit Stunden in der Zwischenwelt umher, das könnte bleibende Schäden an seinem Körper hinterlassen.«

Laszivlächelnd erwiderte Sirina: »Das wäre wirklich schade.«

Daniel schwebte durch die Finsternis. Das Einzige, was er erkannte, waren wabernde Schleier. Flüsternde Stimmen flitzten wie Lichtblitze an ihm vorbei – manchmal verstand er, was sie sagten, ein anderes Mal hatte er Bilder vor Augen. Grausame Bilder, voller Leid und Gewalt. Er schnappte sogar Gefühle auf, doch es ging bloß um Täuschung, Macht oder Ansehen.

Gerade eben hatte er noch in seinem Zimmer gelegen und sich vor Schmerzen gekrümmt; eines wusste er daher mit Sicherheit: Nur Marla oder diese andere Hexe konnte dahinterstecken, dass er jetzt an diesem seltsamen Ort war. Er erinnerte sich: Marla hatte ihn unsanft aus dem Schlaf geholt, während eine andere junge Frau ihm die Decke bis zu seinen Shorts heruntergezogen hatte. Sie hatten ihn überreden wollen, sie in seinen Kopf zu lassen. Anscheinend war ihnen das gelungen.

Das Letzte, was er mitbekommen hatte, war, wie sich seine Zimmertür öffnete und er hoffte, seine Mutter würde ihn nicht in diesem Zustand vorfinden, aber es war Vanessa. Als sich ihre Arme um ihn legten, wusste er, dass ihm nichts passieren konnte. Sie war da, sie würde ihn beschützen. Seine Mauern waren eingestürzt, und sofort hatte er das Bewusstsein verloren.

Eine lange Zeit war Daniel wie schwerelos in diesem seltsamen Zwielicht aus Bildern, Gedanken und Empfindungen geschwebt und hatte gehofft, nur zu träumen, doch als er jetzt seine Augen aufschlug und einen feuerroten Schopf erblickte, wusste er gleich, dass die Dämonen schuld an seinem Zustand waren. Frustriert stöhnte er.

»Wo war ich?« Pfeilschnell richtete er sich auf, wobei sich der weiße Raum um ihn drehte. Verdammt, sein Schädel drohte gleich zu zerspringen! »Wo zur Hölle …« *Ich bin in einem Krankenhaus!*, erkannte er und rieb sich über eine juckende Stelle an seinem Arm. Als er hinsah, liefen ein paar Tropfen Blut aus einer kleinen Wunde. Dann bemerkte er die Infusion an einem Ständer neben sich.

Seine Wunden heilen schneller als bei einem gewöhnlichen Menschen, hörte er Sirina in seinem Kopf.

Marla nickte.

»Was habt ihr mit mir gemacht?« Daniels Herz raste.

»So viele Fragen, mein Süßer«, sagte Sirina.

Marla schob sie zur Seite. »Die Oberen haben deinen Geist vom Körper getrennt und ihn mit ins mentale Netzwerk genommen. Sie mussten es schließlich mit Gewalt tun, da du es nicht zugelassen hast. Jetzt bist du daran angeschlossen.«

»Was?!« Daniel hatte sich schon gefragt, was für Stimmen und Bilder das gerade in seinem Kopf gewesen waren. *O Gott, sie haben es also tatsächlich geschafft!* Er fühlte sich, als hätte jemand seine Psyche vergewaltigt. »Die Oberen?«, fragte er vorsichtig und schwang die Beine über den Rand des hohen Bettes. Dabei rutschte ihm das aufgeknöpfte Nachthemd über die Schultern, woraufhin er einen sehnsuchtsvollen Blick von Sirina erntete.

»Die Oberen sind mächtige Dämonen und die begabtesten Gedankenleser des Hohen Rates«, erklärte Marla. »Du musst versuchen, ihre Signaturen in einem Teil deines Gehirns abzulegen, so wie in einem Dateiordner eines Computers.«

»Aha«, machte er, weil er bloß mit halbem Ohr zuhörte und sowieso nichts von alldem verstand. Er wollte nur noch von diesen verrückten Weibern weg, die irgendwas Unheimliches mit ihm angestellt hatten. Daniel fühlte sich plötzlich so anders. In seinem Kopf drehte sich alles, und es kribbelte an den ungewöhnlichsten Körperstellen. Automatisch steuerte er auf einen schmalen Schrank zu, in dem tatsächlich seine Anziehsachen lagen. *Danke, Mom*, dachte er, als er das Hemd ablegte und schnell in seine Unterhose schlüpfte, wobei er penibel darauf achtete, dass er Sirinas lüsternen Blicken nicht zu lange ausgesetzt war. Anscheinend war er nicht schnell genug, denn er hörte, wie Marla hinter ihm fauchte: »Sirina, hör auf, seinen Arsch zu begaffen!«

Sirina kicherte. »Er hat den Körper eines künftigen Anführers.«

Daniel wäre ihr am liebsten an die Gurgel gesprungen. Er beherrschte sich, so gut es ging, und stieg in seine schwarzen Jeans. Dann entdeckte er den MP3-Player in seinem Spind.

Erleichtert atmete Daniel auf. Vanessa war hier gewesen. Es ging ihr gut. Schließlich traute er dieser Höllenbrut alles zu.

»Was hat es mit der Infusion auf sich?«, wollte er wissen und drehte sich um.

Marla hob die Brauen. »Wir glauben, da war etwas drin, das deine dämonischen Gene unterdrückt. Deshalb haben die Ärzte dir wohl zuvor auch das Blut deines Vaters gegeben.«

»Peter war hier, um mir sein Blut zu spenden?« Hoffnung keimte in Daniel auf. Dad hatte ihn also doch nicht vergessen!

»Peter?« Sirina lachte schallend. »Du Idiot, James Carpenter ist dein richtiger Vater, hat dich deine Pseudomama nie aufgeklärt?« Sie grinste immer noch hinterhältig, als Marla ihm die Wahrheit über seine Herkunft erzählte: »Du wurdest geboren als Silvan, erster Sohn von Kitana und James Carpenter.«

»James?« Daniel verstand überhaupt nichts mehr. In seinem Kopf wirbelte alles durcheinander.

»Er ist ein Wächter!« Das letzte Wort spuckte sie ihm geradezu verächtlich entgegen.

»Wächter?«

»Unterbrich mich nicht!«

»Marla!«, rief Sirina. »Wie sprichst du mit deinem zukünftigen Herrn?«

»Er ist immer noch mein Bruder, und mit dem rede ich so, wie ich will!« Marla raufte sich die Haare. »Außerdem hast du ihn gerade selbst einen Idioten genannt.«

Sirina plusterte sich auf. »Als seine zukünftige Frau …«

»Du bist meine Schwester?«, unterbrach Daniel ihr Gezeter. Fassungslos starrte er Marla an. *Gut möglich, immerhin ist sie eine Riesen-Nervensäge. Sind Geschwister das nicht automatisch?*

»Ich bin deine *Halb*schwester, zwei Jahre älter als du und *reinrassig*!«, betonte sie arrogant.

»Das wird ja immer besser. Ts, reinrassig, was für ein Schwachsinn.« Während Daniel seine Hose zuknöpfte, musterte er die beiden genauer. Er musste zugeben, dass Marla ihm tatsächlich ein wenig ähnlich sah, zumindest hatte sie dasselbe schwarze Haar wie er. Beinahe war er stolz, so eine hübsche Schwester zu haben. *Alles Quatsch. Dämonen … Halbschwester, pah!* Dann wanderten seine Augen zu Sirina. *Die hier hat 'ne geile Figur, aber sie nervt unheimlich. Ich kann ihre bestimmende Art einfach nicht ab!* Die Rothaarige redete Marla ständig dazwischen. Ihre Worte schienen in ein Ohr einzudringen und beim anderen sofort wieder herauszukommen, ohne dass die Informationen in seinem Gehirn hängen blieben. Daniel konnte es einfach nicht begreifen. In letzter Zeit war in seinem Leben zu viel passiert. Zu viel Verrücktes.

»Meine … *unsere* Mutter – Kitana – war die Tochter des jetzigen Herrschers Xandros«, sagte Marla.

»Hey, cool, mein Großvater scheint ja ein sehr berühmter Mann zu sein«, entfuhr es ihm sarkastisch.

»Hör auf zu spotten!« Marla funkelte ihn wütend an. »Kitanas erstgeborenem Sohn war es vorherbestimmt, dieses Amt eines Tages zu übernehmen, aber sie hat den Fehler gemacht, sich in einen Wächter zu verlieben.«

»Sie hat sich verliebt?« Danny sah sie erstaunt an. »Ich dachte, Dämonen lieben nicht?«

»Sie war eben nicht perfekt«, murmelte sie, ohne ihn anzublicken.

Tja, wer ist das schon, dachte Daniel und fragte Marla: »Wer ist eigentlich *dein* Vater?«

Marla wirkte überrascht. Sie hatte wohl nicht damit gerechnet, dass er sich für sie interessierte. »Er ist ein Mitglied des Rates.«

»Aha«, erwiderte Daniel, der immer noch auf der Leitung stand. »Und, wie ist er so als Dad?«

Mit offenem Mund starrte Marla ihn an. »Es geht jetzt nicht

um mich! Xandros wollte dich daraufhin töten lassen, da er großes Unheil für unsere Rasse vorhergesehen hat, sollte ein Hybride den Thron besteigen, aber Kitana hat dich gut versteckt. Als Strafe für ihr Versagen wurde sie getötet!« Plötzlich sah sie sehr wütend aus.

»Welche Logik«, spottete Daniel, auch wenn es ihn schockierte, dass Marlas Mutter angeblich umgebracht wurde. *Seine* Mutter. »Erst will Grandpa Dämon mich um die Ecke bringen und dann soll ich sein Nachfolger werden. Ts, ihr spinnt ja alle.«

»Es ist … kompliziert.« Marla sah selbst nicht ganz überzeugt aus, aber sie redete unbeirrt weiter. »Ich wollte es besser machen als meine Mutter. Ich habe dem Hohen Rat versprochen, dich zu finden, denn es besteht noch eine Chance, dich in einen richtigen Dämon zu verwandeln. Aber das muss bald geschehen, deswegen dürfen wir keine Sekunde mehr verlieren!«

»Wieso bald?«, fragte er.

»Du kannst nur zu *einer* Seite gehören und musst dich jetzt entscheiden, oder es wird dich zerstören. Dein Körper ist beinahe ausgereift. Deshalb veränderst du dich.«

Dieses seltsame Gespräch überforderte Daniel. Er wollte einfach sein Leben weiterleben, einen Abschluss machen … »Eine Seite?«

Marla atmete tief durch und verdrehte die Augen. »Wächter oder Dämon.«

»Was ist ein Wächter?«

»Du hast auch von nichts 'ne Ahnung!«, schrie sie ihm entgegen, was ihr erneut einen wütenden Blick von der anderen Dämonin einbrachte, die im Schneidersitz auf dem Bett hockte und das Schauspiel bis jetzt kommentarlos verfolgt hatte.

»Lass ihn«, zischte Sirina und rutschte von der Matratze. »Er muss das erst mal alles verdauen.«

»Danke«, sagte Daniel sarkastisch zu ihr. Dann zog er sich sein Shirt über, schlüpfte in seine Sneaker und öffnete die Zimmertür einen Spalt, um zu sehen, ob die Luft rein war. Bis auf ein paar Besucher und Patienten hielten sich keine Personen in dem langen Gang auf. Er wollte nur noch nach Hause, zu seiner Mom und Vanessa.

»Wenn du nach deinem leiblichen Vater Ausschau hältst, der ist schon wieder weg. Der will nämlich auch nichts mehr von dir wissen, genau wie Peter«, flüsterte ihm Sirina ins Ohr.

»Mein leiblicher Vater?« Plötzlich wurde Daniel bewusst, was ihre Worte bedeuteten. Er hatte es bist jetzt nicht verstanden gehabt, obwohl Marla es ihm zuvor erklärt hatte. *Dann ist Ma …*

»Nicht deine richtige Mutter, sondern Kitana«, unterbrach Sirina seine Überlegungen. »Und – noch mal zum Mitschreiben – dein richtiger Vater ist ein gewisser James Carpenter, endlich kapiert? Wenn wir den in die Finger bekommen …«

Marla atmete tief ein. »Sirina, du weichst vom Thema ab! Silvan muss sich bald entscheiden, alles andere kann er später erfahren.«

»Hab ich denn überhaupt eine Wahl?«, murmelte er, doch in Gedanken war er ganz woanders. *Mom ist nicht meine richtige Mutter? Aber … warum haben sie mir nie gesagt, dass ich adoptiert bin? Und was haben sie mit den Dämonen zu tun? Und warum wollte mich mein richtiger Dad auch nicht? Habe ich etwas an mir, was sie alle vertreibt?* Daniel war so wütend und frustriert, dass er glaubte, der Boden erzitterte unter seinen Füßen. *Sie alle haben mir etwas vorgespielt!*

»O ja, du hast durchaus eine Wahl, denn du musst aus freien Stücken mit uns kommen wollen. Nur du kannst entscheiden, wer du in Zukunft sein wirst. Aber ich denke, so ein Angebot wirst du nicht ausschlagen, was, Danny-Boy?« Sirina lächelte ihn lieblich an. »Du bekommst sämtliche Macht und … mich.«

Daniel fühlte sich, als hätte ihm jemand in den Magen getreten. *Meine Mutter war also eine richtige Dämonin?* Er erinnerte sich, was ihm Marla heute Morgen in seinem Zimmer erzählt hatte. Nun fügten sich die Teile zu einem Gesamtbild zusammen, obwohl er noch so viele Fragen hatte. *Meine Mom ist nicht meine Mom, und ich bin ein halber Dämon, und Marla ist meine Halbschwester.* Hatte er sich nicht immer eine große Schwester gewünscht? Oder hatte er tief in seinem Inneren gespürt, dass er längst eine hatte? *Mein Leben war eine Lüge!*

»Schmerzt dich die Wahrheit, Liebster?«, säuselte Sirina, wobei sie ihm mit ihren langen Krallen über eine Wange streichelte. »Ja, sie alle haben dir was vorgemacht und sogar deine Süße wusste es vor dir.«

Hastig blickte er die rothaarige Dämonin an. »Vanessa weiß, dass ich adoptiert bin?« Diese Nachricht übertraf alle vorherigen bei Weitem. *Sogar Nessa!* Von ihr hätte er das am wenigsten erwartet.

»So ist es. Nun hasst du sie sicher dafür.« Sirina hatte in ihrem Leben noch nie etwas so sehr gewollt wie diesen jungen Mann. Jetzt, wo er an ihr kognitives Netzwerk angeschlossen war, fühlte sie genau, was in ihm vorging, da er noch nicht gelernt hatte, diesen Bereich seines Denkens zu verschließen. *Deine Wut macht dich stark, Silvan. Lass sie raus!*, sendete Sirina ihm. *Sie haben dich alle betrogen. Du bist jetzt einer von uns. Ich weiß genau, dass du dich bald von deiner falschen Familie und der Menschentussi abwenden wirst und mit mir in die Unterwelt kommst.*

»Niemals«, flüsterte er mit zitternder Stimme und verließ das Zimmer.

Sirina kochte. »Was ist das bloß für eine Null? Der hat nie das Zeug zum Herrscher!« Aber sie wollte ihn haben, um jeden Preis. Der Posten war ihm sicher, wenn er ihn nur annahm. »Ich werde Silvan mitnehmen, jetzt gleich!«

»Lass ihn, Sirina. Er ist noch nicht so weit. Er muss mit uns kommen *wollen*.« Marla legte ihr eine Hand auf die Schulter. »Er wird schon bald wissen, wo er wirklich hingehört, und wenn ich selbst dafür sorgen muss.«

»Gott sei Dank!«, rief Vanessa aus, nachdem sie die Strickleiter erklommen hatte und Daniel im Baumhaus sah, das eigentlich nicht mehr als ein Holzverschlag war. Es besaß nicht einmal Fenster. Danny und sie hatten es als Kinder gebaut.

Vanessa drehte sich um und blickte in die Tiefe. »Er ist hier oben!«

»Danny-Schatz, ist alles in Ordnung?« Anne strich sich mit einer Hand über die Wange, dann erklomm sie die Leiter. Vanessa kletterte in die dunkle Öffnung, um ihr Platz zu machen.

Nessa konnte Daniel nicht sehen, weil sich ihre Augen noch nicht an die Finsternis gewöhnt hatten, und als seine Mutter vor dem Eingang erschien, wurde es noch dunkler.

»Danny?«, fragte Anne.

»Es geht mir gut, Mom«, murmelte er aus der dunklen Öffnung.

»Schön, mein Schatz, aber jag mir nie mehr so einen Schrecken ein und lauf nicht einfach davon, ohne jemandem Bescheid zu sagen.«

»Es ist wirklich alles in Ordnung«, sagte Daniel.

Hoffentlich stimmte das wirklich. Immerhin hatte er vor Kurzem noch im Koma gelegen. Sogar Anne verhielt sich seltsam. Sie war doch Krankenschwester! An ihrer Stelle würde Vanessa ihren Sohn sofort zurück zu einem Arzt schleifen.

Als ob Anne wusste, was in Vanessa vorging, sagte sie zu ihr: »Mach dir keine Sorgen, das hatte Danny schon einmal. Wir wissen nicht genau, was er hat. Und da wir nichts daran ändern können …« Sie seufzte und machte sich an den Abstieg. »Na gut, dann werde ich mal Dr. Graham anrufen und ein paar Muffins backen, falls ihr später Lust drauf habt!«

»Vielen Dank!« Vanessa lugte zur Öffnung heraus, nickte

Anne aufmunternd zu und formte mit ihren Lippen die Worte: *Ich werde mit ihm reden.*

»Deine Mutter ist wirklich klasse«, sagte Nessa, als sie tiefer in das Innere des fensterlosen Bretterverschlages kroch, doch Daniel schnaubte nur. Er lag auf einer Matratze, die Arme hinter dem Kopf verschränkt, und starrte vor sich hin. Vanessa erkannte, dass er die Augen geöffnet hatte.

»Ich bin so froh, dich gefunden zu haben.« Vorsichtig setzte sie sich neben ihn. Weil sie nicht wusste, wo sie ihre Hände lassen sollte, strich sie mit den Fingern über ihr Haar, das sie heute zu einem Zopf geflochten trug. »Wir haben uns solche Sorgen gemacht. Deine Mutter hat einen Anruf aus dem Krankenhaus bekommen, weil du plötzlich verschwunden warst. Da hat sie sich bei mir gemeldet, in der Hoffnung, ich wüsste, wo du bist, und da ist mir als Erstes unser Baumhaus eingefallen.«

Daniel sagte kein Wort, er schien sie nicht einmal wahrzunehmen. Es schmerzte Vanessa, dass er sie so aus seinen Gedanken ausschloss. Was war denn nur mit ihm?

»Soll ich dich allein lassen?«, flüsterte sie. »Daniel?« Sanft berührte sie ihn am Arm, woraufhin er die Augen schloss. »Okay, ich gehe, aber lauf nicht wieder weg, hörst du?«

Gerade als sie aufstehen wollte, schoss seine Hand hervor und umklammerte ihren Unterarm. »Bitte, bleib.« Er zog sie einfach auf sich und umarmte sie fest. »Ich gehe nicht mehr ins Krankenhaus.«

Überrascht keuchte Nessa auf, doch er drückte sie nur noch fester an sich. »Bitte, hilf mir.«

Die plötzliche Nähe verwirrte Vanessa. »Was ist denn los?« Sein großer Körper zitterte unter ihr.

Daniel seufzte. Nessas Geruch, ihre warme Gestalt … Das alles beruhigte ihn schlagartig. »Mein ganzes Leben bricht gerade unter mir weg, und ich weiß nicht, was ich machen soll«, flüsterte er. Es war ihm peinlich, ihr seine Schwäche einzugestehen, aber er wusste nicht mehr weiter.

»Wovon redest du? Geht's dir wirklich gut? Du siehst so blass aus.« Vanessa fuhr ihm sanft durchs Haar, und das tat verdammt gut. Früher hatte das seine Mutter übernommen, doch nun kam er sich zu alt vor, um zu ihr zu gehen, wenn er einfach nur im Arm gehalten werden wollte.

»Stimmt es, dass du gewusst hast, dass ich adoptiert bin?«, wisperte er. Daniel klammerte sich an Nessa fest wie an einem Rettungsring. Er wollte sie nie wieder loslassen.

»Woher weißt du das?« Auf die Ellbogen gestützt blickte sie ihn an, wobei sich ihre Nasen fast berührten. Er spürte ihr Herz aufgeregt gegen seine Brust schlagen. »Du warst nicht bei Bewusstsein, als mir deine Mutter das erzählt hat.«

Daniel stutzte. »Du hast es also eben erst erfahren?«

»Ja, deine Mom wollte es dir aber schon ewig sagen. Dann kam das mit Peter dazwischen und sie wollte dich nicht zusätzlich belasten.«

Erleichtert stieß er die Luft aus. *Sirina wollte uns nur gegeneinander ausspielen. Das wird sie niemals schaffen!*, dachte er zornig.

Vanessa schmiegte sich wieder an seine Brust. »Sag mal, woher weißt *du* es denn? Hast du uns sprechen gehört?«

»Ich weiß es von Marla«, sagte er und war froh, als es endlich raus war. Er würde Vanessa jetzt alles erzählen, auch wenn sie ihn danach für verrückt hielt. Aber das Risiko musste er eingehen. Daniel musste endlich loswerden, was ihn schon seit Wochen belastete. Vanessa war schlau, vielleicht konnte sie ihm helfen.

Vanessas Atem stieß gegen seinen Hals. »Marla? Ist das eine Krankenschwester? Woher sollte die das wissen? Anne hat es anscheinend niemandem anvertraut.«

»Kannst du dich daran erinnern, dass ich dir in Ednas Garten etwas über mich erzählen wollte?«, fragte Daniel leise. Er griff nach Nessas Zopf, den er sich um die Hand wickelte, so als wolle er demonstrieren, dass sie nun ihm gehörte. Vielleicht wollte er sie aber auch nur daran hindern, vor ihm wegzulaufen.

Schief lächelnd hob Nessa den Kopf. »Natürlich. Das war ziemlich gemein, mich so auf die Folter zu spannen und dann nichts zu sagen.«

»Mit mir stimmt etwas nicht, Vanessa. Und Marla ist keine Krankenschwester. Sie ist meine Halbschwester und eine … Dämonin.« Danny erzählte ihr alles. Angefangen von seinen seltsamen Kopfschmerzen bis zu der Tatsache, dass er der zukünftige Herrscher der Unterwelt war und eine Dämonin heiraten sollte. »Jetzt hältst du mich sicher für verrückt.«

Mit einem Seufzer schloss er die Augen. Erleichterung durchflutete ihn. Endlich hatte er sich alles von der Seele geredet, doch da war noch die Angst davor, wie Nessa reagieren würde. Sein Herz schlug wie wild. Sie hatte die ganze Zeit schweigend zugehört, hatte nur unbeweglich auf seiner Brust gelegen.

»Du bist nicht verrückt«, sagte sie leise. Sanft streichelte sie über sein Gesicht. »Danny, ich denke, es ist eine völlig normale Reaktion, diese Frauen zu sehen. Ich sehe ständig Joes Gesicht vor mir. Vielleicht sollten wir endlich zur Polizei gehen, bevor wir noch total durchdrehen.«

Stöhnend riss er die Augen auf. *Nein, sie hat mich nicht verstanden!* Verzweifelt schüttelte er den Kopf, ohne sie loszulassen. »Vanessa, das hat nichts mit Joe zu tun! Du weißt genau, dass ich diese Anfälle schon am See hatte.«

Vanessa sah ihn an, als wäre ihm eine lange Nase gewachsen. Verdammt, es war ja klar gewesen, dass es darauf hinauslaufen würde. Was sollte er jetzt tun?

Eine Bewegung in einer Ecke des Baumhauses ließ ihn aufmerken. Es war seine angebliche Schwester, die sich gerade sichtbar gemacht hatte und neben der Tür hockte, die Arme vor der Brust verschränkt. Obwohl sie finster dreinschaute, war Daniel überglücklich, sie zu sehen.

»Marla!« Abrupt setzte er sich auf, sodass er Nessa beinahe mit seinem Kinn die Nase eingeschlagen hätte. »Tut mir leid!«

Hastig rückte sie ein Stück von ihm ab. »Danny, was ist denn?« Sie zog die Brauen hoch und blickte sich um, doch da war natürlich niemand. Nicht für sie. Für Vanessa musste es so aussehen, als starrte er in einen düsteren Winkel des Baumhauses, wo es außer Spinnweben nichts zu sehen gab.

»Gut, dass du da bist!«

»Dann hast du dich also entschieden?«, fragte Marla ihn.

»Was?« Erst verstand er nicht, was sie wollte, doch schlagartig fiel es ihm wieder ein. »Ich komme mit dir in die Unterwelt und höre mir an, was mir euer Rat zu berichten hat, aber nur unter gewissen Bedingungen.«

»Danny, mit wem sprichst du?«, hörte er Nessa.

Er gab ihr mit einer Handbewegung zu verstehen, still zu sein. Jetzt bekam er eine Chance, seiner Freundin zu beweisen, dass er nicht verrückt war, und die wollte er sich um nichts auf der Welt entgehen lassen.

»Bedingungen?« Marla wollte offensichtlich protestieren – das Missfallen stand ihr deutlich ins Gesicht geschrieben –, schließlich sagte sie: »Na gut, als zukünftigem Herrscher gestatte ich dir dieses Privileg.«

»Zu gnädig.« Vor Aufregung verschlug es ihm beinahe die Sprache. So wie Vanessa ihn gerade ansah, rief sie wohl bald nach den Männern mit der Zwangsjacke. »Eigentlich stelle ich sogar drei Bedingungen, damit ich mir die Herren Dämonen mal ansehe.«

»Was, drei!?« Marla riss die Augen auf. »Okay«, knurrte sie schließlich.

»Zuerst machst du dich sichtbar, damit Nessa endlich weiß, dass ich nicht spinne.«

Geräuschvoll atmete Marla auf. Anscheinend hatte sie Schlimmeres von ihm erwartet. Daniel bemerkte keinen Unterschied, aber als Vanessa plötzlich zurückzuckte und sich auf seinen Schoß flüchtete, wusste er sofort, dass sie Marla nun sah.

»Das gibt's doch nicht!« Vanessa blinzelte mehrmals. So wie Daniel Vanessa kannte, arbeitete ihr logisch denkendes Hirn wahrscheinlich mit voller Leistung und wollte einfach nicht akzeptieren, was sie sah. »Hast du mich mit deinen Wahnvorstellungen angesteckt?« Fassungslos sah Vanessa zwischen ihm und Marla hin und her.

Daniel lächelte schief. »Darf ich dir vorstellen: Marla, meine Schwester.«

»*Halb*schwester«, korrigierte diese.

Nur langsam beruhigte sich Vanessa. »Ist die tatsächlich echt?«

»Marla ist so echt, dass sie dir letztens im Park ein Bein gestellt hat«, sagte Daniel.

»Was?« Plötzlich schien ihr die Szene wieder einzufallen. »Ich dachte, ich wäre mit voller Wucht irgendwo gegengerannt.« Vanessa atmete hektisch aus. »Das stellt jetzt allerdings mein Weltbild auf den Kopf.« Daniel wusste, dass sie nicht an übernatürliche Dinge glaubte.

»Mein Freund ist also ein Dämon. Das ist total krass!« Sie zitterte. Daniel hätte sich so gern um sie gekümmert, aber zuerst musste er das Restliche mit Marla besprechen.

»Bedingung Nummer zwei«, sagte Daniel zu seiner Schwester und zog Nessa fest an sich. »Du wirst mich nicht mehr stören, wenn ich gerade *beschäftigt* bin.«

»Okay.« Den Kopf leicht schräg gelegt, sah Marla ihn durchdringend an. Sie erwartete wohl immer noch den Oberknüller.

»Meine wichtigste Bedingung kommt jetzt.«

Ihre Augen wurden wieder groß, während ihr Unterkiefer aufklappte. »Ich wusste es!«

»Du wirst Mike eine Botschaft überbringen.«

Marlas Hautfarbe wechselte von Weiß zu Rot. »W-was? Welchem Mike? Ich kenne keinen Mike.«

Zähneknirschend wandte sich Daniel an Vanessa. »Du weißt, wo er wohnt, oder?«

Sie nickte. »Was hast du vor?«

»Marla wird ihm eine Nachricht übermitteln. Von Joe Adams.«

»Genial«, murmelte Vanessa, ihr Gesicht eine reglose Maske. Sie schien immer noch nicht ganz zu begreifen, was sich hier abspielte.

»Also«, fragte er Marla. »Wirst du Mike eine Botschaft überbringen?«

»Das ist alles?« Marla hatte von einem zukünftigen Herrscher anscheinend mehr erwartet, doch da musste er sie leider enttäuschen. Er spürte, wie die Dämonen dachten und fühlten, schließlich war er jetzt mental mit ihnen verbunden. Zum Glück hatte er recht schnell herausgefunden, wie er die fremden Gedanken abblocken konnte – ansonsten würde er ja durchdrehen. Wenn er das nur mit seinen auch schaffen könnte! Daniel gefiel nicht, dass sie in seinem Gehirn rumschnüffeln konnten, wann immer sie wollten.

So wie diese Unterweltler wollte er niemals werden. *Die sind ja vollkommen krank in der Birne.*

»Wo finde ich ihn?« Marla klang plötzlich sehr interessiert, tat jedoch so, als würde sie die dicke Spinne faszinieren, die in der Ecke des Baumhauses in ihrem Netz hockte.

Nessa, die die ganze Zeit zitternd auf Daniels Schoß gesessen hatte, meldete sich unerwartet zu Wort: »Du wirst ihm aber nichts tun, oder?«

Überraschenderweise lächelte Marla. Daniel spürte, dass es ein ehrliches Lächeln war, was ihn verblüffte. »Keine Sorge, Kleine, ich werde mich von meiner besten Seite zeigen.«

Nickend warf Vanessa einen flüchtigen Blick auf ihre Armbanduhr. »Er arbeitet in der Bank am Governor Place. Wenn du dich beeilst, erwischst du ihn noch, er müsste bald Schluss haben. Oder du wartest in seiner Wohnung auf ihn. Willow Street Nummer fünf, erster Stock links.«

Abermals fühlte Daniel dieses seltsame Zwicken in der Brust, das ihm schon auf Rebeccas Halloween-Party aufgefallen war. *Ich bin doch tatsächlich eifersüchtig auf diesen Blondschopf, nur weil Vanessa so viel über ihn weiß!* Ob ihn das so mitnahm, weil er Vanessa liebte? *Was ist Liebe überhaupt?* Dieses Gefühl war neu für ihn. Klar, er liebte Mom, doch das war eine andere Art von Liebe. Vanessa musste er nur ansehen, und schon schien sein Körper zu vibrieren.

»Was ist das für eine Nachricht?« Marla wippte von einem Bein aufs andere. Sie hatte es wohl eilig, ihn mit nach unten zu nehmen. »Was genau soll ich Mike sagen?«

»Dass der alte Joe in seiner eigenen Tiefkühltruhe im Keller liegt.«

»Okay, dann bin ich mal weg, aber du musst auch dein Versprechen halten!«

»Dämonenehrenwort«, sagte Daniel grinsend, bevor seine Schwester mit der Hand einen Kreis auf die Wand zog. Ein leuchtend blauer Ring erschien, in dessen Mitte sich eine Öffnung bildete. Daniel erkannte den Springbrunnen am Governor Place vor der Bank.

Vanessas Mund klappte auf. »Zwick mich mal.«

Er tat ihr den Gefallen.

»Au, doch nicht so fest!« Sie rieb sich über ihren Oberarm, ohne den Blick von Marla zu nehmen. Die Dämonin stieg durch den Ring, der sich sofort hinter ihr schloss, und war verschwunden. Zurück blieb nur ein leichter Ozongeruch.

Lange sahen sich Vanessa und Daniel an, und er spürte dieses Knistern zwischen ihnen, bevor Nessa hauchte: »Krass.«

Daniel atmete auf. »Dann glaubst du mir jetzt?«

»Ja, falls das nicht alles doch nur ein verrückter Traum ist.« Seufzend schloss sie die Lider und rieb sich über die Nasenwurzel.

»Wem hast du es sonst erzählt?«

»Keinem.«

Kopfschüttelnd drängte sie sich an ihn. »Ich kann das alles nicht richtig begreifen.«

»Ich auch nicht.«

»Und deine Schwester ist noch unheimlicher als du.«

»Ich bin unheimlich?«, fragte Daniel leise.

»Unheimlich süß!«, erwiderte sie schnell und legte ihre Arme um seinen Nacken.

»Magst du noch mit mir zusammen sein, auch wenn ich kein richtiger Mensch bin?« Danny warf ihr einen so mitleidheischenden Blick zu, dass es Vanessa warm ums Herz wurde.

Tatsächlich grinste sie. »Natürlich, was denkst du denn, Dummkopf. Ich liebe dich, und da ist es egal, *was* du bist, solange ich weiß, *wer* du bist: Daniel Taylor, der süßeste Dämon auf der ganzen Little Peak High mit dem Herzen am rechten Fleck.«

»Halbdämon«, flüsterte er und küsste Nessa, dass es schon an Verzweiflung grenzte. Sein Mund wollte ihre Lippen nicht mehr loslassen, wobei er Vanessa beinahe den Atem raubte, so sehr drängte er sich an sie. Daniel war unsagbar erleichtert, weil er sich ihr endlich anvertraut hatte und sie ihm glaubte.

Vanessa griff in sein Haar, um seinen Kopf fester an sich zu ziehen. *Ich liebe dich so sehr, Danny*, dachte sie und Daniel konnte es hören. Er fühlte, was sie fühlte, und war in diesem Augenblick so glücklich wie nie zuvor.

Zur selben Zeit materialisierte sich Marla in Mikes Apartment, da sie beschlossen hatte, doch nicht vor der Bank auf ihn zu warten. Sie war zu neugierig darauf, zu sehen, wie er lebte. Die Zweizimmerwohnung verbreitete ein behagliches Flair, sodass sie sich in dieser Umgebung sofort wohlfühlte. An den Wänden hingen gerahmte Poster von längst verstorbenen Sängern; eine dunkle Ledergarnitur und ein antiker Tisch zierten den Wohnraum. Das meiste Aufsehen erregte das kleine Schlafzimmer. Es war in einem kräftigen Rot gestrichen, und in der Mitte stand ein kreisrundes Bett, das mit schwarzer Satinwäsche bezogen war.

»Wow, der Blondschopf hat Geschmack!«

Mike hatte sie bereits auf der Party fasziniert. Es war ein großer Fehler gewesen, mit ihm zu sprechen. Seitdem bekam sie ihn nicht mehr aus dem Kopf.

Marla streifte noch ein wenig im Apartment umher und begab sich dann wieder ins Wohnzimmer, wo sie sich in einen Ledersessel plumpsen ließ. Da hörte sie, wie die Haustür aufgesperrt wurde und Mike hereinkam. Sein kurzes blondes Haar hatte er mit Gel zu einer Igelfrisur aufgestylt, und mit Anzug und Krawatte sah er ganz anders aus als in seinem Pharao-Kostüm. Attraktiv, erwachsen, einfach sexy!

Marla sog scharf die Luft ein, doch sofort zwang sie sich, woanders hinzuschauen. *Ich werde nicht wegen Äußerlichkeiten einem Menschen verfallen*, ermahnte sie sich. *Mit Sicherheit mache ich nicht denselben Fehler wie meine Mutter!* Marla erinnerte sich an die Gespräche, die sie am Halloween-Abend mit Mike geführt hatte. Er war ihr gegenüber so freundlich gewesen! Das kannte sie nicht, denn Freundlichkeit war in der Unterwelt ein Fremdwort. Mike hatte ihr ein Glas Limonade gebracht, und sie waren irgendwie auf einer Wellenlänge gewesen. Mike besaß sogar denselben Musikgeschmack wie sie. *Er ist so süß … verdammt, Marla, reiß dich zusammen!*

Sie beobachtete, wie er die Schuhe auszog und das Jackett am Garderobenhaken befestigte, bevor er zu seiner Stereoanlage ging, um dort eine Schallplatte aus dem Regal zu ziehen. Auch Marla besaß eine beachtliche Plattensammlung, auf die sie mächtig stolz war, denn es war verdammt schwer gewesen, diese beinahe antiken Relikte auf Flohmärkten zusammenzusuchen. Leider durfte sie in der Unterwelt keine Musik hören, zumindest offiziell. In ihrem »Zuhause« gab es nicht mal Strom. Daher hatte sie ihre Platten bei Ilaria versteckt. Marla hörte sie manchmal an, wenn sie das Orakel besuchte. Dann tanzte sie ausgelassen, und sogar Ilaria wiegte ihren Körper ab und an im Takt. Marla war sehr gern bei der Priesterin.

Metistakles und die meisten anderen hassten alles Materielle, was mit den Menschen zusammenhing. Ihre Ausflüge in diese Welt genoss Marla daher umso mehr und ertrug es sogar, wenn Sirina bei ihr war.

Marla war schon immer anders gewesen, eine »Ausnahme« oder wohl eher eine Ausgestoßene, und das nur wegen ihrer Mutter.

Als Mike leise Musik auflegte, durchfuhr es sie: *Warum ausgerechnet Sinatras »Teach Me Tonight«?* Es kribbelte ihr von den Zehen bis zu den Haarwurzeln. *Ich liebe diesen Song!*

»The sky is a blackboard high above you, and if a shooting star goes by, I'll use that star to write ›I love you‹, a thousand times across the sky…«, sang Sinatra, und Marla seufzte. Sie konnte ihre Augen nicht von Mike abwenden. Er hatte sich ein Glas Wasser geholt und saß, die Lider geschlossen, ihr gegenüber, wobei er zur Melodie summte.

»I've played loves scenes in a flick or two, and I've also met a chick or two, but I still can learn a trick or two, hey teach me tonight…«, trällerte der alte Frank.

Marla geriet ins Träumen. *Wie überbringe ich ihm nun diese Botschaft? Der Kerl erschrickt sich ja zu Tode, wenn ich mich plötzlich vor ihm sichtbar mache.* Sie kicherte in sich hinein; zugleich schluckte sie, denn Mike begann, sich vor ihren Augen auszuziehen. Er öffnete einen Hemdknopf nach dem anderen und streifte sich den Stoff von den Schultern, als Sinatra gerade meinte:

»The midnight hours come slowly creeping, when there's no one there but you. There must be more to life than sleeping single in a bed for two.«

Marla starrte auf Mikes flachen Bauch, auf dem eine Spur goldener Härchen wuchs, die im Bund seiner Hose verschwand. Wie gerne wollte sie jetzt über die sanften Wölbungen seiner Muskeln streicheln oder sein ausgeprägtes Kinn küssen. *Oh, warum müssen die verbotenen Versuchungen immer die verlockendsten sein?* Sie ärgerte sich. Die Gefühle, die sie plötzlich für Mike hatte, waren tabu!

»What I need most is post graduate, what I feel is hard to articulate, if you want me to matriculate, you'd better teach me tonight.«

Das war zu viel für Marla. Wie von der Tarantel gestochen sprang sie auf, um sich so lange in der Küche zu verstecken, bis Mike seinen Striptease beendet hatte.

»What do you get for lessons, teach me – come on and teach me – teach me tonight …« Marla hielt sich die Ohren zu. *Oh, Silvan, du hinterhältiger Kerl!* Marla hatte sich diese Aufgabe doch etwas zu einfach vorgestellt. *Wenn ich gewusst hätte, in welch große Versuchung ich geführt werde, hätte ich mir das hier noch mal überlegt.*

In ihrem Magen formte sich ein Klumpen. *Nein, ich werde nicht so enden wie Kitana! Ich bin stark!* Aber anscheinend besaß sie mehr Eigenschaften von ihrer Mutter, als ihr lieb war.

Sie wartete, bis auch der nächste Song auf der Schallplatte beendet war, bevor sie sich ins Wohnzimmer traute. Mikes Kleidung lag in einem Haufen vor der Couch, aber von ihm war weit und breit nichts zu sehen. *Puh!* Wie stellte sie es nun an? Ins Ohr flüstern wollte sie ihm nicht. *Was ist, wenn er meine Stimme erkennt?* Ihr Herz klopfte heftig. Das war kein gutes Zeichen. *Das bringt Unglück!* Also beschloss sie, ihm eine Nachricht auf einem Stück Papier zu hinterlassen. Sie ging zu seinem Schreibtisch, der nach ihrem Geschmack viel zu ordentlich aufgeräumt war, und fand sofort das, was sie brauchte. Auf einen Zettel kritzelte sie mit einem Bleistift: *Ihr findet mich in der Tiefkühltruhe meines Hauses. Joe.*

Als Mike plötzlich den Raum betrat, mit nur einem Handtuch um die Hüften, ließ Marla vor Schreck den Stift fallen. Schlagartig blickte Mike in ihre Richtung, aber er konnte sie natürlich nicht sehen. *Diesen Mann muss der Rat geschickt haben, um mich zu testen!* Er war einfach nur scharf: Mit den nassen, verstrubbelten Haaren wirkte er beinahe wie ein Schuljunge auf sie, doch seine breiten Schultern und die schmalen Hüften waren die eines richtigen Mannes. *Wie hält der Kerl seinen Körper bloß so fit, ich dachte, er sitzt den ganzen Tag hinter einem Bankschalter?*

Mike bückte sich nach dem Stift, wobei sich das Handtuch über seinen strammen Pobacken spannte. Marla entfuhr ein Keuchen. Als Mike den Gegenstand auf den Tisch zurücklegen wollte, erstarrte er in seinen Bewegungen. Gebannt verfolgte Marla, wie seine Augen über das Papier flogen, bis er sich abrupt umdrehte und rief: »Hallo! Ist hier jemand?«

Langsam, ohne der Tür den Rücken zuzudrehen, griff er in die obere Schublade, um einen silbernen Brieföffner herauszuholen, der wie ein Dolch aussah. Dann zog er sein Handy aus dem Kleiderstapel und wählte eine Nummer.

Marla betrachtete ihn eine Weile verträumt und lauschte seiner tiefen Stimme, als er erzählte, dass jemand in seine Wohnung eingedrungen sei. Widerwillig riss sie sich von ihm los. Sie hatte noch eine andere Aufgabe zu erfüllen.

Als Vanessa hinter sich ein Hüsteln vernahm, glaubte sie, Anne oder ihre Mom wären hinauf in das Baumhaus gekommen. Erst jetzt wurde ihr bewusst, dass sie auf Daniel lag und ihn schon seit einer Ewigkeit küsste. Ihr Kopf wirbelte herum, aber es war die

Dämonin, die mit in den Hüften gestemmten Händen in derselben düsteren Ecke stand wie zuvor. Vanessa hatte Marla beinahe vergessen gehabt – hatte vergessen, dass Danny ein halber Dämon war und mit seiner Halbschwester in die Unterwelt gehen musste, so vertieft war sie in die gemeinsamen Zärtlichkeiten gewesen.

»Es wird Zeit, Brüderchen, Auftrag erledigt«, sagte Marla. »Du musst mit mir kommen, um dem Rat deine Entscheidung vorzutragen.«

»Da gibt es nichts zu entscheiden.« Danny setzte sich auf. »Ich werde sicher kein bescheuerter Oberdämon.«

»Wir werden sehen. Der Rat kann zuweilen sehr überzeugend sein.«

Vanessa befürchtete das Schlimmste. *Sie werden ihn doch hoffentlich keiner Gehirnwäsche unterziehen!* »Kannst du ihnen nicht die Nachricht überbringen?«, fragte sie Marla, worauf sie von der Dämonin einen bösen Blick erntete.

Daniel stand auf und zog Vanessa nach oben. »Ich werde mein Versprechen halten und mit Marla gehen. Ich weiß nur nicht, wie lange ich weg sein werde. Ich muss mir was wegen Mom einfallen lassen, sie wartet schließlich mit den Muffins auf uns.«

»Ich werde Anne sagen, dass du schon in dein Zimmer gegangen bist, und nehme die Muffins mit rauf. Dann schließ ich deine Tür ab und verstecke den Schlüssel in eurem Garten neben der Vogeltränke. Morgen früh tu ich so, als würde ich dich abholen.«

Danny hielt sie immer noch fest. »Das brauchst du gar nicht, Mom hat Nachtschicht, da laufen wir uns nicht über den Weg.«

Vanessa atmete auf. »Gut.« Sie schmiegte sich an seinen Hals, sog tief den Geruch seines Aftershaves ein und wollte ihn am liebsten nie mehr loslassen. »Auch wenn ich deine Mom nicht gern belüge und dich noch viel weniger gern gehen lasse.« Tatsächlich stand Vanessa gerade Todesängste aus, Daniel zu verlieren. Sie konnte zwar immer noch nicht ganz glauben, dass es wirklich Dämonen gab, aber *falls* es sie gab, mussten sie unweigerlich böse sein. Oder? Was wusste sie schon von Dämonen? Sie hatte sich nie mit solchen Themen beschäftigt.

»Hoffentlich bin ich bald wieder da, und falls Mom merkt, dass ich nicht im Zimmer bin …«

»Dann lasse ich mir was einfallen.« Vanessa klammerte sich weiterhin an Daniel fest. Was war das heute nur für ein verrückter Tag! »Deine Mom liebt dich wirklich sehr, weißt du.«

»Sie ist nicht seine Mutter!«, zischte Marla, doch diesmal erntete die Dämonin böse Blicke von Daniel.

»Pass auf dich auf, ja?«, flüsterte Vanessa und strich sich eine Träne aus dem Auge.

Daniel versuchte zu lächeln, aber irgendwie wollte ihm das nicht gelingen. »Hey, ich bin immerhin ein halber Dämon, was soll mir schon passieren?« Er umarmte Vanessa noch einmal fest, um ihr einen langen Kuss zu geben, dann wandte er sich an Marla: »Okay, wir können.«

Mit den Armen beschrieb die junge Frau einen Kreis, und sofort materialisierte sich auf einer Wand des Baumhauses erneut ein Portal, dessen Ränder bläulich schimmerten. In der Erwartung, einen Blick in die Unterwelt werfen zu können, starrten Daniel und Vanessa durch es hindurch, doch sie sahen nur einen mit Fackeln erhellten Gang, der anscheinend in einen Felsen geschlagen worden war.

Marla nahm Daniel an der Hand und gemeinsam durchschritten sie den flimmernden Kreis. Bevor er sich hinter ihnen schloss, blickte sich Daniel um und hoffte, die Menschen, die er liebte, bald wiederzusehen …

TEIL 2

ZWISCHEN ZWEI WELTEN

Gänsehaut überzog seinen Körper, als Daniel mit Marla durch den Korridor schritt, tiefer und tiefer in die Unterwelt hinein, die Heimat der Dämonen, zu denen er angeblich auch gehörte, zu deren Oberhaupt er bestimmt sein sollte. Fühlte er sich deshalb so seltsam vertraut in dieser Umgebung? Die Felswände des Ganges, die Dunkelheit, in der nur die flackernden Flammen der Fackeln etwas Licht spendeten … Er schien diesen Ort zu kennen, und dabei konnte er ja nach allem, was Marla ihm erzählt hatte, noch nie hier gewesen sein. Angst hatte er trotzdem. *Was ist, wenn sie mich nicht mehr gehen lassen, wie komme ich dann von hier weg?* Wieso hatte er dem Ganzen überhaupt so leichtsinnig zugestimmt? Damit er Blondie Mike eins auswischen konnte? Den anderen beweisen konnte, dass er tatsächlich mit dem toten Joe Adams gesprochen hatte? Damit Vanessa ihm glaubte oder weil er einfach neugierig war?

Nein: Tief in ihm drin gab es eine dunkle Seite, die danach lechzte, mehr über die Unterwelt und seine Bewohner zu erfahren. Der Wächter in ihm rang mit dem Dämon. Noch besaß der Wächter die Oberhand. Hoffte er, denn Daniel wusste ja nicht einmal, was Wächter genau waren und welche Fähigkeiten sie besaßen. Also fragte er Marla.

»Wächter sind unsere Erzfeinde«, sagte sie, »daher wundert es mich nicht, dass dich eigentlich keiner hier haben will.«

Also waren Wächter so ähnlich wie Engel, vermutete Daniel.

Marla hatte seine Gedanken gehört. »Genau. Sie sind die Guten, wir die Bösen. In deiner Welt.«

Was war seine Welt?

Vor großen Flügeltüren blieben sie stehen. Es sah beinahe so aus, als bestünde das Tor aus einer lebenden Substanz. Beim genauen Hinsehen erkannte Daniel Tausende schwarzer Schlangen, die in wellenförmigen Bewegungen darüberglitten. Er wich zurück, wobei sein Herz heftig klopfte. Fasziniert beobachtete er, wie sich die Reptilien neu formierten und er plötzlich sein Gesicht als lebendiges Relief vor sich hatte.

»Hier musst du allein weiter«, sagte Marla.

»Allein?« Daniel fühlte sich immer weniger mutig. »Ich hab gedacht, du kommst mit?«

»Ich darf diese Hallen nicht betreten«, erwiderte sie, ohne ihn anzublicken.

Bevor Daniel sie nach dem Grund fragen konnte, öffneten sich die Flügel und gaben die Sicht frei auf eine große, von Fackeln erleuchtete Halle, die ganz aus schwarzem Marmor zu bestehen schien. Zögernd blieb Daniel stehen, aber Marla schubste ihn an und zwang ihn zum Weitergehen. Schwerfällig setzten sich seine Beine in Bewegung, wobei das Grummeln in seinem Magen heftiger wurde. Sogar sein Herz schien mit dem Pumpen nicht mehr hinterherzukommen, je tiefer er in die Halle schritt. Er war nun ganz allein in einer ihm völlig fremden Welt. Daniel hatte das Gefühl, dass er nie wieder das Tageslicht sehen würde. Ihn fröstelte.

Nachdem sich der Eingang hinter ihm beinahe geräuschlos geschlossen hatte, hörte er plötzlich Stimmen in seinem Kopf, die ihm Macht und Ansehen versprachen – andere Dämonen versuchten, sich seine Gunst durch angebotene Gefälligkeiten zu erschleimen. Und dann gab es noch einen, der ihm die ewige Verdammnis an den Hals wünschte.

»Da bist du ja endlich!«, hallte Metistakles‹ Stimme durch die Gewölbe.

Marla zuckte zusammen. Sie war so sehr in Gedanken versunken gewesen, dass sie den Oberen nicht gesehen hatte, der in ihrem Gemach auf dem Bett lag. Wie die anderen Mitglieder des

Hohen Rates hatte er seinen Schädel kahl rasiert und trug ein langes graues Gewand, das ihn beinahe wie einen wandelnden Leichnam aussehen ließ, wäre sein Gesicht nicht von teuflischer Schönheit gewesen.

Marla erschauderte und wunderte sich zugleich, warum er nicht bei den anderen war, die gerade ihren Bruder prüften. Sie hatte gehofft, ein wenig Zeit und Ruhe für sich zu haben, um einmal grundlegend über einige Dinge in ihrem Leben nachdenken zu können.

Metistakles winkte sie heran und Marla ging auf ihn zu, wie von einer unsichtbaren Schnur gezogen. Mittlerweile wusste sie, dass sie sich ihm nicht ohne Konsequenzen widersetzen konnte.

»Wie geht es mit Silvan voran?«, fragte er. Der Blick aus seinen eisblauen Augen brachte Marla zum Frösteln, obwohl es in ihrem Gemach angenehm warm war.

»Gut«, antwortete sie mechanisch, weil sie wusste, was jetzt kam. Sie sah es in seinen Iriden, die immer dunkler wurden, wenn er wütend war, und sich wie eine Spirale drehten.

»Gut? Das war eine glatte Lüge!«, knurrte er und versetzte ihr einen mentalen Schlag.

Ein heftiger Stich, der sie auf die Knie zwang, zuckte durch Marlas Gehirn. Sie unterdrückte einen Laut und versuchte, den beißenden Schmerz zu ignorieren, der langsam in ein dumpfes Pochen überging. Marla hatte nie gelernt, wie sie ihre Gedanken ganz vor den Oberen verschließen konnte. Die hatten dafür gesorgt, dass sich nicht alle dämonischen Fähigkeiten bei ihr entwickelten. Als Strafe für das Versagen ihrer Mutter Kitana. Daher hatte sie Metistakles nichts entgegenzusetzen.

»Silvan ist jetzt beim Hohen Rat. Warum seid Ihr nicht dort, Herr?«, wagte sie vorsichtig zu fragen. Vielleicht würde er gleich verschwinden.

Aber Marlas Hoffnungen erfüllten sich nicht.

»Ich bin hier derjenige, der die Fragen stellt!« Metistakles stand auf und zog sie zu sich, wie all die letzten Monate zuvor, seit er von ihrem Vater Obron die Erlaubnis bekommen hatte, ihre Erziehung weiterzuführen.

Marla hatte gedacht, sie dürfe von Metistakles lernen, denn außer den nötigsten Fähigkeiten, wie Portale zu erzeugen, beherrschte sie kaum dämonische Fertigkeiten. Stattdessen musste sie stillhalten, ihm Gehorsam leisten, wann immer er wollte. Er zeigte ihr, wo ihr Platz war, ließ sie lediglich niedere Arbeiten verrichten, Botengänge machen. Er hielt sie absichtlich dumm. Sie durfte nichts lernen außer Demut.

Marla kniete immer noch vor ihm, und Metistakles griff in ihr Haar, um sie grob an sich zu reißen. Sofort zog Marla sich mental ganz tief in sich zurück. Dort hatte sie sich schon vor Wochen einen Ort geschaffen, an dem sie Metistakles' Misshandlungen überstehen konnte. Denn sie konnte nirgendwohin fliehen. Metistakles würde sie überall finden, und seine Rache wäre grausam. Marla war seine Leibeigene, eine Sklavin seines Willens. Daher fügte sie sich in ihr Schicksal, in der Hoffnung, eines Tages wie versprochen aus seinen Diensten entlassen zu werden, wenn sie ihren Auftrag erledigt hatte. Falls sich ihr Bruder dafür entschied, in der Unterwelt zu bleiben, hätte sich der erste Teil der Abmachung erfüllt. Dann galt es nur noch mit Silvans Hilfe James Carpenter ausfindig zu machen und den Mann zu töten, der Marlas Mutter und daher auch ihr all das Leid eingebrockt hatte. Denn weil Silvan zur Hälfte ein Wächter war, konnte er James trotz des magischen Horus-Amulettes, das er immer bei sich trug und das ihn für dämonische Augen unsichtbar machte, sehen. Daher war Silvan für die Dämonen doppelt wertvoll.

Es war Kitana gewesen, die James das Horusauge gegeben hatte! Marla würde alles dafür tun, um den Fehler ihrer Mutter auszubügeln, damit sie endlich eine richtige Dämonin werden konnte, eine, die sich von Seelen ernähren durfte und somit viele Hundert Jahre leben konnte.

Ja, wenn das erledigt war, wäre sie endlich frei …

Nun befand sich Marla in ihrer geistigen Welt, ihrem ganz persönlichen Raum, der wie das Turmzimmer eines Märchenschlosses aussah, wo ihre Mutter, die Marla trotz ihrer Verachtung über alles liebte, wartete, um sie in die Arme zu schließen …

Vanessa war so glücklich, als sie Danny im Pausenhof erblickte, dass sie sofort auf ihn zulief. Er stand etwas abseits hinter einem Baum verborgen und sah noch genauso gut aus wie am Tag zuvor: groß gewachsen mit breiten Schultern, und durch das eng anliegende schwarze T-Shirt zeichneten sich die Konturen seiner Brust ab. *Ihm sind keine Hörner gewachsen, Gott sei Dank!*, dachte Vanessa. Obwohl Daniel seine verspiegelte Sonnenbrille trug, wusste sie, dass er sie ansah. Sie spürte seine Blicke überall auf ihrem Körper. Vanessas Herz klopfte wild. *Ich liebe ihn so sehr!*

»Danny!« Überschwänglich fiel sie ihm um den Hals. »Ich bin so froh, dass du wieder da bist!« Er hatte nur die Vormittagskurse verpasst, doch für Nessa waren die letzte Nacht und die Stunden danach die längsten ihres Lebens gewesen. »Ich dachte, du würdest nicht mehr kommen.«

»Ach, Süße …« Dannys Küsse waren stürmisch und feucht. Er legte seine Arme um sie und drehte sich einmal mit ihr im Kreis. Vanessa scherte sich nicht darum, ob andere sie sahen. Im Augenblick existierte außer ihnen niemand sonst auf der Welt.

»Der Unnahbare und meine Freundin, hab ich's mir doch gedacht!«, drang eine amüsierte Stimme an ihr Ohr, woraufhin sie sofort voneinander abließen.

»Colleen!« Vanessa freute sich, sie nach dem Wochenende

wiederzusehen, und begrüßte sie mit einem breiten Lächeln. Sie hatten heute noch keinen gemeinsamen Kurs besucht, und Nessa platzte geradezu vor Neuigkeiten, doch zuerst wollte sie mit Daniel reden. Sie musste ihn auch fragen, wie viel sie ihrer besten Freundin verraten durfte.

»Ich wollte nur kurz Hi sagen, bin schon wieder weg, denn Liebende soll man bekanntlich nicht stören.« Colleen grinste bis über beide Ohren. »Genießt die kurze Pause, wir sehen uns ja gleich in Kunst!«

Nachdem Colleen aus ihrem Blickfeld verschwunden war, sagte Vanessa: »Erzähl, wie ist es in der Unterwelt, wie sieht es dort aus?«

»Pst, nicht so laut!« Sie zogen sich tiefer in die Schatten der Bäume zurück, wo sie sich auf eine Bank setzten. Daniel ergriff Vanessas Hand und drückte sie leicht. »Wenn die anderen erfahren, dass ich ein halber Dämon bin, wird mir das echt zu viel mit dem Rampenlicht«, erklärte er mit einem schiefen Grinsen. »Und du weißt ja, wie schlecht ich helles Licht vertrage.«

Vanessa lachte. Sie war so glücklich, ihren Daniel wiederzuhaben. »Oh, da fällt mir ein, Mike stand heute Morgen vor meiner Tür.«

»Mike?« Daniels Gesicht verdüsterte sich sofort.

Ach, ist das süß, er ist eifersüchtig!, freute sie sich und erzählte weiter: »Die Sache mit Mike und der Botschaft hat sich wie ein Lauffeuer verbreitet. Marla hat wirklich ganze Arbeit geleistet. Du glaubst ja nicht, wer mich heute schon alles auf dich angesprochen hat, alle wollen mit dir reden, um noch mal die Geschichte von Joe zu hören.« Vanessa räusperte sich. »Mike ist felsenfest überzeugt, dass du bei ihm eingebrochen und den Zettel dort zurückgelassen hast.«

»So ein Quatsch!«

»Keine Sorge, ich habe gesagt, du hast ein wasserdichtes Alibi. Zuerst warst du ja im Krankenhaus und dann mit mir im Baumhaus. Ich hab ihm natürlich nicht erzählt, dass du zwischenzeitlich kurz verschollen warst, aber das ist unwichtig, du warst es ja nicht.«

Daniel strich behutsam mit dem Daumen über Vanessas Stirn, wo sie die Beule, die sie sich in Ednas Haus geholt hatte, mit Puder abgedeckt hatte. »Und was denkt die Polizei? Hat er ihnen seinen Verdacht mitgeteilt?«

»Nein, das hat er nicht«, sagte Vanessa, und Daniel atmete auf. »Er wollte wohl nicht für verrückt gehalten werden.«

Daniel gefiel nicht, dass Nessa mit diesem Schönling gesprochen hatte. *Ob sie mal was mit ihm hatte?* Er war zu feige, sie danach zu fragen. *Ich will es auch gar nicht wissen.* »Und, haben sie Joe entdeckt?«, fragte er stattdessen.

»Die Polizei war gestern Abend in Ednas Haus, und natürlich war die halbe Stadt anwesend. Als sie Joe herausgetragen haben, ist Edna weinend neben den Beamten hergelaufen. Sie hat ihnen erzählt, er hätte eines Morgens reglos neben ihr im Bett gelegen.«

»Na, dann hat der alte Joe ziemlich übertrieben, als er meinte, Edna hätte ihn in der Wanne ertränkt.« Danny grinste, aber Nessa blieb ernst.

»Edna hat ihn eingefroren, weil sie ihn so sehr geliebt hat und sich nicht von ihm trennen konnte. Und um weiterhin seine Rentenschecks einzukassieren. Ohne das Geld ist sie aufgeschmissen.« Vanessa seufzte. »Ich hab ein schlechtes Gewissen, Danny. Was ist, wenn die alte Frau in Zukunft nicht mehr über die Runden kommt? Außerdem hat sie jetzt ziemlich viel Ärger. Alles nur wegen uns. Edna wird eine Anzeige bekommen und alles zurückzahlen müssen. Hoffentlich muss sie nicht ins Gefängnis!«

»Hey, Süße, mach dir mal keine Vorwürfe.« Sanft zog Daniel sie in die Arme und legte sein Kinn auf ihren Kopf.

»Kannst du etwa auch *meine* Gedanken lesen?«, fragte sie. »Ich bin nämlich kein Dämon, ganz sicher nicht!«

Daniel schmunzelte. »Nein, das bist du nicht.« *Und ich bin sehr froh darüber.* »Aber ich habe manchmal das Gefühl, etwas von dir zu empfangen. Vor ein paar Tagen, als du mir vorgesagt hast, kam es mir so vor, als würdest du mir in den Kopf schreien, und als wir uns im Baumhaus geküsst haben, da konnte ich sogar spüren, was du gefühlt hast. Meine Sinne sind viel schärfer als früher.«

»Und am See dachte ich, du würdest mich um Hilfe rufen!« Vanessa riss die Augen auf. »Das ist seltsam. Vielleicht kannst du ja manchmal menschliche Gedanken aufnehmen, weil du ein Mensch mit dämonischen Fähigkeiten bist.«

»Schon möglich.«

»Und jetzt spann mich nicht länger auf die Folter, erzähl endlich!«

»Was soll ich groß erzählen?« *Dass ich mir vor Angst fast in die Hosen gemacht habe?*, überlegte er. *Nee, total uncool.* »Es war unspektakulär. Als ich durch Marlas Portal gegangen bin, kam es mir so vor, als wäre ich nur durch einen Ring gestiegen. Ohne Druckunterschied oder so. Sehr seltsam. Wir sind erst einen endlos langen Gang entlanggelaufen und dann zu einer großen Halle mit Marmorsäulen gekommen; die ganze Halle war aus schwarzem Marmor. Zuerst dachte ich, ich wäre in irgendeinem historischen Museum gelandet. Wir waren wohl unter der Erde, zumindest hatte der Raum keine Fenster, nur so ein Kuppeldach, und überall standen Gefäße mit brennenden Flüssigkeiten rum, auch Fackeln und Kerzen.«

»Dann haben die da unten wohl keine Elektrizität?«, fragte Nessa.

»Keine Ahnung, dieser Raum auf jeden Fall nicht.«

Vanessa umklammerte seine Hand so fest, dass es beinahe unangenehm war. Er spürte, wie sie mit ihm litt. *Ich hatte einen Mordsschiss, war zugleich aber neugierig*, dachte er und erzählte weiter: »Dort gab es so eine Art Podest, auf dem die Oberen hockten. In der Mitte Xandros, auf seinem schwarzen Herrscherthron, und an einer Seite zwei, an der anderen ein kahlköpfiges Mitglied des Hohen Rates. Xandros – das ist praktisch deren Boss – war ganz in Schwarz gekleidet, in so ein Kapuzencape. Darum konnte ich sein Gesicht nicht sehen. Er hat mich an den Imperator aus Star Wars erinnert.«

»Igitt, ich glaube, ich wäre vor Angst gestorben.«

Meine Rede, ging es Daniel durch den Kopf, wobei er sich schüttelte. »Xandros saß die ganze Zeit bewegungslos auf seinem Thron und hat kein Wort gesprochen. Ich konnte allerdings spüren, wie er gedanklich mit den Oberen kommunizierte.«

»Konntest du etwas abfangen?«

»Nein, keine Chance, dafür hab ich bemerkt, wie Xandros in meinem Kopf rumgestöbert hat wie auf einem Wühltisch.«

»Was hat er sich für Informationen geholt?«

Daniel zuckte mit den Schultern. *Ich befürchte, alles, was er sich holen konnte.* Aber er wollte Vanessa keine Angst machen. Sie hatte in letzter Zeit genug mitgemacht. Der tote Joe würde ihr wohl noch länger nachhängen.

»Ich glaube nicht, dass er gefunden hat, wonach er sucht.« Daniel hatte Xandros' Wut fühlen können. »Auf jeden Fall haben sich mir die drei Oberen der Reihe nach vorgestellt, nur konnte ich ihre Namen nicht behalten. Einer klang wie Ypsilon, ein anderer wie Antheus. Sie haben mir unendliche Macht angeboten, doch zuvor sollte ich mich beweisen. Ich hätte so 'ne Art Probezeit durchlaufen müssen.« Daniel erzählte Vanessa nicht, was er von irgendeinem der Dämonen empfangen hatte. Die hasserfüllten Gedanken waren bis in den kleinsten Winkel seines Gehirns eingedrungen: »Silvan ist ein Verräter an unserer Rasse. Er ist unwürdig, den Titel zu tragen, dieses Schmutzblut! Ich werde diese Made zerquetschen!«

Daniel befürchtete, dass er sich vor diesem Dämon am meisten in Acht nehmen musste. Leider wusste er nicht, wer das gedacht hatte. »Ich hatte ständig das Wort Zepter im Kopf.«

»Zepter?« Vanessa hob die Brauen. »Das ist ein Herrschersymbol.«

Daniel nickte. »Egal – ich habe ihnen gesagt, dass ich ablehne.«

Er hörte Vanessa aufatmen. »Und dann haben sie dich einfach gehen lassen?«

»Na ja, Sirina hat einen Aufstand gemacht.«

»Deine zukünftige Frau ist also ein Biest?«

»Ja.« Daniel lachte befreit. Es tat gut, langsam von diesem düsteren Thema wegzukommen. Das würde ihn sicher bis in die Träume verfolgen. »Nur gut, dass ich das schon vorher herausgefunden habe, findest du nicht?«

»Warum bist du nicht bei ihnen geblieben? Immerhin haben sie dir ein Wahnsinnsangebot gemacht. Nicht jeder wird von heute auf morgen Herrscher über ein ganzes Reich.«

Ja, Daniel hatte wirklich einen Moment gezögert, aber eine innere Stimme hatte ihn eindringlich gewarnt, keinen Fehler zu begehen. Außerdem konnte er das Flüstern der Oberen in seinem Kopf hören: *Er ist noch nicht so weit, er hat sich noch nicht wirklich entschieden …*

»Ich glaube, hier in Little Peak ist es doch nicht so schlecht, wie ich letzte Woche noch dachte.«

»Nur deswegen? Das ist echt alles?« Die Blicke aus Nessas mandelbraunen Augen bohrten sich in ihn.

»Na ja, die Sonne würde mir fehlen, auch wenn ich sie nicht mehr so gut vertrage.«

Sie runzelte die Stirn. »Du bist aber anspruchslos.«

»Meinen Computer würde ich natürlich wahnsinnig vermissen«, sagte er, wobei er sich um einen ernsten Gesichtsausdruck bemühte, »aber ich hatte mir schon vorgestellt, da unten ein paar Dinge neu zu regeln, wenn ich Herr …«

»D a n n y!«

Er lachte laut auf und schloss Vanessa fest in die Arme. »Nur *deinetwegen* verzichte ich auf den Herrscheranspruch, du süße Streberin, weil ich ohne dich nicht mehr leben kann. Was hast du denn gedacht?«

»O Daniel, das ist das Schönste, was je einer zu mir gesagt hat.« Freudestrahlend küsste sie ihn. »Ich hab dich so lieb, Danny Dämon.«

»*Du* bist das Schönste, und ich hab dich viel lieber!« Er grinste breit.

Nessa konnte ihm nur noch »Schleimer« entgegenhauchen, bevor sich ihre Lippen abermals trafen. Diese Küsse hätten ihm auch gefehlt. Bestimmt schmeckte keine Dämonin so gut wie Vanessa.

»Meinst du, sie lassen dich jetzt in Ruhe?«, fragte sie atemlos, nachdem sie wieder Luft bekam.

»Nein, ich glaub nicht.« Durch die mentale Verknüpfung hatte er seltsame Schwingungen aufgefangen, die ihn vermuten ließen, dass in dieser Angelegenheit das letzte Wort noch nicht gesprochen war. Daniel erschauderte.

Der Rat hatte ihm zugesagt, seine dämonischen Fähigkeiten komplett zu aktivieren und ihn im Umgang damit zu schulen. Das hätte ihn schon sehr gereizt, doch der Preis war es ihm nicht wert. Außerdem müsste er dafür die zwei wichtigsten Menschen aufgeben: Vanessa und Mom, die zwar nicht seine richtige Mutter war, es aber in seinem Herzen immer sein würde. *Ich habe Mom viel zu selten gesagt, wie sehr ich sie liebe. Das sollte ich nachholen.* Daniel konnte ihr seine Gefühle nicht so gut zeigen, doch er war sich sicher, dass sie wusste, wie viel sie ihm bedeutete. Er durfte sie jetzt nicht allein lassen, nachdem Pa sie gerade verlassen hatte, nur dass Peter Taylor gar nicht sein richtiger Vater war. Es würde wohl demnächst hitzige Diskussionen darüber geben, warum er nicht schon viel eher etwas über seine Adoption erfahren hatte. *Ich werde meinen richtigen Dad finden*, nahm er sich vor und küsste

Vanessa auf ihre entzückende Nasenspitze. Irgendwie fühlte er, dass das jetzt seine Aufgabe war: alles über James Carpenter herauszufinden.

Da gab es viel mehr, was ihm erst bewusst geworden war, als er in die finsteren Gesichter der Unterweltler geblickt hatte: Er wollte kein Leben voller Hass, Gewalt und Intrigen. Aber es war sicher noch nicht zu Ende. Die Dämonen hatten äußerst ungehalten reagiert, als er den Thron abgelehnt hatte, bis auf Antheus. Dem griesgrämigen Mann war für den Bruchteil einer Sekunde sogar ein Lächeln über das Gesicht gehuscht.

Daniel nahm sich vor, in nächster Zeit seine Fähigkeiten selbst zu trainieren, auch wenn er keine Ahnung hatte, wie er das anstellen sollte. Er musste jedoch gut vorbereitet sein, falls sie ihn holen kamen.

»Haben wir ihn verloren, Herr?«, fragte Antheus unterwürfig, aber Xandros spürte sein Triumphgefühl.

Xandros saß auf seinem Thron in der großen Halle und schaute auf seinen Sohn hinab, der vor ihm kniete. Antheus war kein bisschen anders als die anderen. Alle wollten an die Macht, jeder wollte ihn überlisten.

»Silvan muss es wirklich wollen. Er ist noch nicht so weit. Wenn er sich nicht ganz für uns öffnet, können wir ihn nicht manipulieren.«

»Kann wirklich nur das Halbblut Euch geben, was Ihr verlangt?«

Xandros nickte. Allein aus diesem Grund war Silvan noch am Leben. Er war neben Marla ihr einziges Druckmittel. Die junge Dämonin war es damals gewesen, aus der er die zahlreichen Informationen geholt hatte: dass Kitana ein Kind mit einem Menschen gezeugt hatte, mit einem gewissen James Carpenter, der auch wusste, wo das Zepter verborgen war. Leider war Marla nicht dabei gewesen, als Kitana und Carpenter das Zepter versteckten, sonst wüsste Xandros längst, wo sich das Artefakt befand, das er so dringend brauchte. Immer häufiger kam es unter den niederen Dämonen, die ihnen Seelennahrung beschafften, zu Aufständen.

Außerdem hatte Marla Silvan gefunden. Xandros schuldete ihr in gewisser Weise einen Gefallen.

Er lächelte in sich hinein. Dumm wäre er, die Kleine selbst zu töten, wo ihre Mutter sie mit einem Schutzzauber belegt hatte. Jeder, der versuchte, Marla umzubringen, würde sterben. Deshalb hatte Xandros dafür gesorgt, dass die Kräfte des Mädchens sich nie richtig entwickelt hatten. Sie war ungefährlich und vielleicht noch nützlich.

Seine ganze Konzentration galt nun Silvan. Carpenter würde, da er ein Wächter war, seinem Sohn wohl nie schaden. Silvan könnte lernen, in das Gehirn seines Vaters einzudringen. Dann endlich wüsste er, Xandros, wo sich das Zepter befand.

»Mein Sohn«, sagte Xandros in einem schmeichelnden Tonfall. »Ich weiß, du wirst mich nicht enttäuschen. Dir fällt bestimmt etwas ein, um Silvans Meinung zu ändern.«

Antheus lächelte listig. »Ich habe Sirina auf ihn angesetzt, Herr. Es ist nur eine Frage der Zeit, bis er zu Euch zurückkehrt.«

»Beeile dich, Sohn. Ich bin alt, meine Herrschaft ist bald vorüber.« Xandros grinste in sich hinein, als er in Antheus' funkelnde Augen blickte. Sein Sohn würde ihm nützlich sein, und der Trottel bemerkte nichts. Sie alle würden sich umsehen, wenn sich Xandros' Macht um weitere tausend Jahre verlängerte!

Aber ein anderer Gedanke beschäftigte ihn seit geraumer Zeit, nämlich der *wahre* Grund, warum er Silvans Leben bisher verschont hatte. Silvan war ein Hybride, eine Mischung aus Wächter und Dämon. Falls Silvan – natürlich unter seiner Führung! – an die Macht käme, hätte er womöglich die Fähigkeit, mithilfe des Zepters nicht nur über die Unterwelt zu herrschen, sondern auch die Menschen zu unterwerfen. Alles könnte wieder so werden wie früher, als mächtige Pharaonen unter der Leitung der Dämonen Menschen für sich schuften ließen und immer ausreichend Seelenenergie zur Verfügung stand. Xandros konnte sich gut vorstellen, in einem prächtigen Palast zu leben, den menschliche Sklaven für ihn errichteten. Silvans Fähigkeiten könnten sich noch als viel nützlicher als gedacht erweisen …

WENIGE WOCHEN SPÄTER...

Endlich Ferien!, dachte Daniel, als ihn die Sonnenstrahlen weckten, die durch sein Dachfenster fielen. Zu Thanksgiving hatten sie nur eine Woche schulfrei, aber das war besser als nichts.

Daniel streckte die müden Glieder und kuschelte sich in sein Kissen. *Keine Eile, du kannst ausschlafen*, sagte er sich, während ihm die Ereignisse der letzten Wochen durch den Kopf gingen. Daniel konnte immer noch nicht begreifen, dass er ein halber Dämon sein sollte. Er hatte versucht, seine dämonischen Kräfte zu trainieren; leider war es ihm nicht wirklich gelungen. Dazu war er auch viel zu abgelenkt gewesen. Der Unterricht forderte seine ganze Aufmerksamkeit, da er keine Lust hatte, eine weitere Ehrenrunde zu drehen. Immerhin hatte sich seine Einstellung zur Schule leicht geändert – er hasste sie nicht mehr *so* sehr. Die Kuwalski hatte ihn weiterhin auf dem Kieker, doch bei vielen Mitschülern stand er plötzlich im Mittelpunkt. Sie bewunderten jetzt noch seinen Mut, weil er an Halloween in Ednas Gruselhaus gegangen war.

Daniel war so glücklich wie schon lange nicht mehr. Er war mit Vanessa zusammen, und die Dämonen ließen ihn ebenfalls in Ruhe. Nur Marla sah ab und zu vorbei, um ihm einen »schwesterlichen« Besuch abzustatten, wie sie es nannte.

Gähnend warf er einen Blick auf den Wecker. »Was, schon so spät?« Schlagartig war er hellwach und schlug die Decke zur Seite. Er hatte eine Verabredung mit Vanessa oder besser gesagt: Sie wollte ihm heute Morgen Nachhilfe in Geschichte geben, das hatte er ja beinahe vergessen!

Daniel ging durch sein Zimmer und zog an der Jalousie über seinem Schreibtisch, worauf die Sonnenstrahlen ungebremst den Raum fluteten. Mit zusammengekniffenen Augenlidern tastete er nach seiner Sonnenbrille, ohne die er nicht mehr das Haus verlassen konnte. Dann blinzelte er durch die Scheibe hinüber zum Haus der Barkleys. Ein großes rosa Herz klebte an Vanessas Fenster, auf dem in verschnörkelten Buchstaben D & V stand. Seit drei Wochen waren sie ein Paar, und Daniels Herzschlag beschleunigte sich, wenn er an Nessa dachte.

Er eilte ins Bad, um sich hastig zu duschen und die Haare zu waschen. Anschließend zog er sich seine Lieblingsklamotten an – eine schwarze Jeans und einen Kapuzenpullover –, bevor er nach unten in die Küche eilte. Seine Mom war zeitig zur Arbeit gefahren; sie hatte Frühschicht im Krankenhaus, aber wie immer war der Frühstückstisch schon für ihn gedeckt. Seitdem Mom die Wohnung in freundlichen Farben gestrichen und viele Dinge ausgemistet hatte, vor allem die Erinnerungen an seinen Adoptivvater Peter, fühlte sich Daniel richtig wohl in seinem Zuhause. Am vorigen Tag hatte er allerdings einen Riesenkrach mit seiner Mutter gehabt, weil sie einfach nicht herausrücken wollte, wie er seinen richtigen Dad erreichte. Daniel wollte James Carpenter endlich kennenlernen, er hatte ein Recht darauf! Sogar Marla interessierte sich für James, was Daniel ihr nicht verdenken konnte, immerhin war er mit ihrer Mutter zusammen gewesen. Ihrer *gemeinsamen* Mutter – Kitana.

Seine Mom hatte gesagt: »Alles zu seiner Zeit, Danny«, aber wie viel Zeit blieb ihm denn noch?

Er spürte es in seinen Eingeweiden, dass irgendein Unheil bevorstand, das von den Dämonen ausging. Auf dieses Gefühl konnte er sich verlassen, schließlich war er nun mental mit ihnen verbunden, auch wenn sie ihn aus ihren Köpfen ausschlossen. Aber Daniel war ebenfalls bereits ganz gut darin, die Unterweltler auszusperren. Bisher gelang ihm das aber nur, wenn er sich konzentrierte und sich eine Art unsichtbaren Schutzschild vorstellte, so wie Daniel es aus einigen Computerspielen kannte. Wenn die Dämonen in seinen Kopf wollten, hörte er ein leises »Plopp« und fühlte ein dumpfes Klopfen in seinem Schädel.

Eine halbe Stunde später läutete er bei den Barkleys. Noch bevor er den Finger von der Klingel nahm, hatte Vanessa die Tür geöffnet. »Hi, Danny!« Nach einem Blick über ihre Schulter fiel sie ihm um den Hals und küsste ihn stürmisch. Daniel versenkte seine Finger in ihrem langen Haar und erwiderte ihre Zärtlichkeiten. *Wenn es nicht bald passiert, drehe ich durch!*, ging ihm durch den Kopf, während seine Hände an ihrem schlanken Körper hinabwanderten. Seit Tagen konnte er an nichts anderes mehr denken, als mit Vanessa zu schlafen. Aber wie sollte er ihr das sagen? Über derartige Dinge zu reden, gehörte nicht zu seinen Stärken.

Schwungvoll zog sie ihn in den Flur. Das Haus der Barkleys war genauso aufgebaut wie das seiner Mutter, nur die Einrichtung sah anders aus. In den letzten siebzehn Jahren hatte sich hier kaum etwas verändert. Dunkle Möbel, Teppichboden. Vanessas Eltern waren sehr konservativ, aber Daniel mochte sie.

»Hallo Brenda, hallo Richard!« Daniel winkte im Vorbeigehen in die kleine Küche zu Nessas Eltern. Der Vater schlürfte an seinem Kaffee, während die Mutter bereits den Tisch abräumte. Daniel kannte die beiden schon sein ganzes Leben. Es wunderte Daniel allerdings, dass sie ihrer Tochter noch keinen Keuschheitsgürtel angelegt hatten, nachdem sie ihr verboten hatten, die Pille zu nehmen. Die Barkleys vertraten mittelalterliche Ansichten, fand er: kein Sex vor der Ehe.

Die beiden nickten ihm zu, und Mr. Barkley, der mit seiner Brille über den Rand der Tasse lugte, murmelte »Sauber bleiben«, bevor Vanessa ihn die Stufen nach oben zog.

»Danny ist zum Lernen hier!«, rief sie ihrem Vater zu, wobei ihre Ohren rot wurden.

Kaum waren sie in ihrem Zimmer, sperrte Daniel die Tür hinter ihnen ab, da er jetzt etwas ganz anderes wollte, als in Geschichte abgefragt zu werden.

»Was tust du?«, fragte Vanessa, wobei ihr Mund vor Verblüffung leicht geöffnet war.

Dieser süße Mund muss geküsst werden. Daniel zog Nessa in seine Arme.

»Danny!«, rief sie gespielt empört, aber seine Zärtlichkeiten wurden bedingungslos erwidert. »Wir wollten doch was für die Schule tun.«

»Napoleon kann warten, das hier nicht.« Drängelnd eroberte er Vanessas Mund und legte seine Hände an ihren Rücken, um sie fester an sich zu drücken. Am liebsten wollte er mit ihr verschmelzen. Sie roch himmlisch; ihr Körper war perfekt.

»Wenn jemand raufkommt«, nuschelte sie und fuhr mit ihrer Zungenspitze die Konturen seiner Lippen nach. Daniel musste lachen, weil sie ihn kitzelte.

»Darum habe ich ja abgesperrt.« Ohne von ihren Lippen abzulassen, schickte er einen mentalen Befehl durch den Raum, worauf sich der Schlüssel ein weiteres Mal im Schloss drehte.

Vanessa wich ein Stück zurück. »Hör auf damit!« Sie gab ihm einen spielerischen Klaps auf den Arm. »Es ist unheimlich, wenn du so was tust.«

Daniel zog sie wieder näher und vergrub seine Nase in ihrem weichen Haar. »Ich kann jetzt nicht an einen toten Franzosen denken, wenn ich nur dich im Kopf habe.« Er grinste verschmitzt und fuhr mit einer Hand unter ihr Shirt.

»Napoleon war Korse.« Vanessa seufzte in seinen Mund. Diese harmlose Geste drang so tief in Daniels Unterleib vor, dass er sich kaum noch zurückhalten konnte. Das passierte Daniel in Nessas

Nähe ständig. Ob das normal war? Aber was war schon normal? Hey, er war ein halber Dämon!

Vanessa versuchte, sich erneut abzudrücken, doch Daniel ließ sie nicht los. »Siehst du«, sagte sie, »du hast ein wenig Nachhilfe dringend nötig.«

»In Anatomie habe ich auch enorme Lücken, vielleicht fangen wir damit an.« Seine Finger hatten den Verschluss ihres BHs gefunden und ihn im Handumdrehen geöffnet. Als er seine Handfläche auf ihre Brust legte, wich Vanessa allerdings vor ihm zurück. »Danny, ich kann das nicht. Meine Eltern sind im Haus! Wenn sie raufkommen und vor einer verschlossenen Tür stehen, wissen die sofort, was wir hier machen.«

Normalerweise zogen sie sich in ihr Baumhaus aus Kindertagen zurück. Vanessa hatte es gemütlich eingerichtet und ein Liebesnest daraus gemacht. Aber das war nicht der passende Ort, um mit seiner Freundin das erste Mal zu erleben.

Widerstrebend zog Daniel die Hände aus ihrem Shirt. Er ging zum Fenster, beugte sich über den davorstehenden Schreibtisch und blickte hinaus. »Deine Mom fängt gerade mit Unkrautjäten an, wie jeden Samstagmorgen, was bedeutet, dass dein Dad mit hoher Wahrscheinlichkeit auf der Veranda sitzt, seine Pfeife raucht und Zeitung liest.«

Vanessa gesellte sich neben ihn, um ebenfalls nach unten zu blicken, sagte aber nichts. Als Daniel ihr das Shirt über den Kopf zog, ließ sie es geschehen.

»Du bist unverbesserlich«, beschwerte sie sich und zog ihn zum Bett. Nebeneinander setzten sie sich auf die Kante.

Am liebsten möchte ich jeden Millimeter ihres Körpers erforschen. Daniel beugte sich zu ihr hinüber. Seine Lippen wanderten über die weiche Haut an ihrer Schulter. Danny wusste, dass sich Nessa dafür schämte, dass sie so dünn war, aber ihm machte das nichts aus. Er fand Vanessa wunderschön, so wie sie war.

Als sein Haar ihren Nacken kitzelte, kicherte Vanessa und ließ sich rückwärts ins Bett fallen. Lang ausgestreckt lag sie auf der Matratze und lachte noch mehr, als Daniel mit seinen Haaren ihre Achseln streifte. Es hatte ewig gedauert, bis sie sich ihm nackt gezeigt hatte – ganze drei Wochen! –, und Daniel fand, dass es langsam an der Zeit war, weiterzugehen. Eine halbe Packung Kondome hatte er verbraucht, bis er den Dreh rausgehabt hatte – schließlich wollte er sich keine Blöße geben, wenn es so weit war –, und jetzt steckte immer eines in seiner Hosentasche. *Allzeit bereit, Mann kann ja nie wissen!* Daniels Herz klopfte ungestüm gegen seine Brust. *Ob ich sie fragen soll?*

Seit er mit Vanessa zusammen war, konnte er nur noch an Sex denken. Wie sollte er sich da aufs Lernen konzentrieren? Vanessa war wie eine Droge für ihn, von der er immer mehr konsumieren musste. Sie roch so gut und ihre Küsse schmeckten superlecker. Noch vor Kurzem hatte er die anderen Jungs nicht verstanden, weil sich bei ihnen oft alles nur um Mädchen drehte. Jetzt konnte er das nachvollziehen.

»Wir sollten lieber aufhören.« Sie protestierte halbherzig, als er ihren Reißverschluss öffnete und die Jeans nach unten zog. Lange Beine kamen zum Vorschein, an denen Daniel mit seinen Händen sanft auf und ab fuhr.

Vanessa zitterte wohlig, und Daniel hoffte, dass sich ihre Bedenken auflösten wie ein Stück Zucker in heißem Tee. »Du magst es doch, wenn ich das mache, oder?« Provozierend versenkte er seine Zunge in ihrem Bauchnabel und beobachtete ihre Reaktion.

Vanessas Körper bebte. »Klar, aber da sind wir im Baumhaus, dort habe ich keine Angst, erwischt zu werden.«

»Sie wissen doch, dass wir miteinander gehen.« Besonders Daniels Mutter hatte es gefreut, dass die beiden endlich zusammen waren – sie hatte es sich anscheinend schon lange gewünscht.

Vanessa versenkte ihre Finger in Daniels Haar, als er eine ihrer

Brüste anhauchte. »Es ist mir unangenehm, Danny, du kennst doch ihre Einstellung.«

Es ist ihr unangenehm?, durchfuhr es ihn. *Bin* ich *ihr vielleicht auch unangenehm?* Daniel fühlte sich leicht gekränkt. Die Erinnerungen an sein Außenseitertum waren noch zu frisch, auch wenn Nessa immer zu ihm gestanden hatte. Aber der Streit mit seiner Mutter hing ihm nach, weshalb seine Laune heute nicht die beste war. Dass er seine dämonischen Fähigkeiten nicht richtig in den Griff bekam, strapazierte sein Ego zusätzlich.

Seine Gedanken schweiften jedoch ab, denn Vanessa schien seine Zärtlichkeiten heute sehr zu genießen. Vielleicht war sie ebenso hungrig wie er, das sollte er ausnutzen. Schnell zog er sich seinen Pullover und die Jeans aus und legte sich auf Vanessa, die Arme rechts und links von ihrem Kopf abgestützt. Als sie sich berührten, Haut an Haut, wusste Daniel, dass es nichts Schöneres auf der Welt gab. Er genoss ihre Wärme, das Kribbeln von sich aneinanderreibender Haut, fühlte ihrer beiden Herzschläge und senkte seine Lippen wieder auf ihren leicht geöffneten Mund. Ihre Zungen umschlangen sich, vollführten einen zärtlichen Tanz, um sich schließlich wilder zu bewegen.

Du bist wunderschön, dachte er konzentriert und versuchte, Vanessa diesen Gedanken zu schicken. Als Vanessa lächelte, wusste er, sie hatte ihn gehört.

Wow, seine Fähigkeiten gefielen ihm. Vielleicht sollte er ihr mehr davon »senden« und Vanessa würde unter ihm schmelzen. *Ich liebe den Leberfleck neben deinem Busen …* Daniel rutschte tiefer, küsste ihren Bauch und fuhr mit den Lippen weiter nach unten. *Am liebsten möchte ich dir deinen Slip mit den Zähnen herunterreißen!*

Vanessa kicherte und sagte: »Lass es uns doch etwas langsamer angehen«, wobei sie ihn von sich herunterdrückte und die Decke bis zur Nase hochzog.

Mist, was war denn nun wieder?

Daniel atmete einmal tief durch. »Ich werde bald achtzehn und habe noch nie mit einem Mädchen geschlafen.« Wieso empfand sie nicht ebenso wie er?

Vanessa setzte sich im Bett auf, die Decke gegen ihren Busen gepresst, und griff nach seiner Hand. »Es geht nicht darum, wie *alt* man ist, sondern wann man sich wirklich *bereit* dazu fühlt. Und ich bin es eben noch nicht, Danny.«

Daniel rutschte näher und setzte seinen Hundeblick auf. »Ich möchte so gern mehr.«

»Sieh mal, wir sind keinen Monat zusammen, wir haben noch so viel Zeit. Außerdem haben wir bereits eine Menge ausprobiert.« Leise fügte sie hinzu: »Mike habe ich erst nach drei Wochen überhaupt mal geküsst.«

»Was?!« Daniel erstarrte. Es reichte ihm schon, wenn er nur Blondies Namen hörte, aber als sich seine Vermutungen bestätigten, fühlte es sich an, als hätte Nessa ihm die Eingeweide herausgerissen. »Du warst mit Mike zusammen? Das hast du mir nie erzählt!«

»Du hast mich ja auch nie danach gefragt.« Vanessa verschränkte die Arme. »Außerdem ist das kaum der Rede wert, denn nach dem Küssen war Schluss.«

»Ich will nicht, dass du ihn weiterhin siehst!« Daniel sprang auf. In seinen Schläfen pochte es, in den Fingerspitzen kribbelte es gefährlich. Wenn er sich nicht schnell in den Griff bekam, bestand die Gefahr, dass etwas Unvorhersehbares passierte, so wie damals im Klassenzimmer, als der ganze Raum gebebt hatte. Allein dieser Gedanke machte ihn wütender. Daniel hasste es, seine Fähigkeiten nicht richtig zu beherrschen.

Vanessa rutschte nach vorne an die Bettkante. »Aber wir sind Tanzpartner, wie stellst du dir das vor? Es gibt wirklich keinen Grund, eifersüchtig zu sein. Wir sind nur Freunde.«

»Ja, sicher!« Zutiefst gekränkt stieg Daniel in seine Hose. Sein Herz pochte so laut, dass sein Trommelfell regelrecht vibrierte.

»Mike und ich passen überhaupt nicht zueinander, das haben wir bald festgestellt, da ist nichts mehr!« Auch Vanessa war aus dem Bett gesprungen, um sich anzuziehen. »Ich habe für ihn nie das empfunden, was ich bei dir spüre. Ich war mehr aus Neugier mit ihm zusammen, weil ich endlich einmal wissen wollte, wie es ist, einen Freund zu haben.«

»Du wirst ihn heute nicht treffen!« Daniel wusste, dass die beiden am Abend eine gemeinsame Tanzstunde besuchten.

Vanessas Augen blitzten. »Das kannst du mir nicht verbieten, Daniel!«

»Ach, dann mach doch, was du willst!« Seine Wut war so groß – Daniel glaubte zu zerspringen. Er lenkte seinen Blick auf eine Vase, die auf Vanessas Fensterbrett stand, und mit einem ohrenbetäubenden Knall zerplatzte sie in unzählige Teile.

Augenblicklich erstarrten alle beide.

»Wieso hast du das getan?«, flüsterte Nessa. Tränen füllten langsam ihre Augen.

Daniels Herz zog sich zusammen. Er wollte ihr sagen, dass er es nicht mit Absicht gemacht hatte, aber er wollte nur noch hier raus. *Verdammt, ich hätte Nessa verletzen können!* Plötzlich fühlte er sich wie der allergrößte Versager. Er konnte einfach nichts richtig machen. Wortlos drehte er ihr den Rücken zu und stürmte aus dem Haus.

Marla verstand nichts von Wertpapieren und Aktienkursen – ihr genügte es, Mikes angenehmer Stimme zu lauschen. Sie saß auf der Kante von Mikes Bürotisch und beobachtete fasziniert, wie er mit einem älteren Mann ein Kundengespräch führte. Beinahe jeden Tag besuchte sie ihn in der Bank, so auch heute – unsichtbar, natürlich –, denn sie kam nicht von ihm los. So oft war sie kurz davor gewesen, sich für ihn sichtbar zu machen. Würde sie ihm dann noch widerstehen können?

Marla wusste: Das würde alles komplizierter machen. Sie hoffte inständig, dass ihre Schwärmerei bald von selbst aufhörte, aber … verdammt, sie war längst in ihn verliebt.

In seinem Anzug sieht er zum Anbeißen aus! Verträumt dachte sie daran, wie er halbnackt aus der Dusche gekommen und ihm das Wasser aus dem blonden Haar gelaufen war. Seit dem Tag hatte Marla ihn nicht mehr in seiner Wohnung aufgesucht. Das Risiko war zu groß, rettungslos von ihm abhängig zu werden. *Ob er sich überhaupt noch an mich erinnern kann?*, fragte sie sich oft. *Vielleicht hat er ja eine Freundin?* Sie sah ihn nie mit einem anderen Mädchen zusammen als Vanessa, wenn sie ihre Tanzstunden hatten, was Marla beruhigte. Marla mochte Vanessa mittlerweile sogar ein wenig, obwohl sie so langweilig, so normal war. Allein die Klamotten, die diese Streberin trug, waren viel zu brav. Überhaupt fragte sich Marla, was ihr Bruder an Nessa fand.

Aber Vanessa tat ihr nichts und gab auch keine dummen Sprüche von sich, weshalb sie Marla fast sympathisch war.

Ihr neuster Auftrag war es, über seine Freundin an Silvan heranzukommen. Ein Mitglied des Hohen Rates – kein anderer als ihr Vater Obron persönlich – hatte sie mit dieser Aufgabe betraut und er wollte nicht von ihr enttäuscht werden. Ansonsten hätte Metistakles freie Hand mit ihr, sie zu bestrafen, und was das bedeutete, wusste Marla. Sie erschauderte.

Auch wenn Silvan seinen Herrschaftsanspruch nicht geltend machen wollte, war er den Dämonen von großem Nutzen. Über ihn könnten sie an James Carpenter herankommen. Obron wollte diesen Menschen unbedingt. Warum, wusste Marla nicht genau. Sie wollte allerdings ihren Vater nicht verärgern. Wahrscheinlich wollte Obron sich an Carpenter rächen, weil der ihm seine Frau weggenommen hatte. Marla war das mehr als recht. Carpenter sollte genauso leiden wie sie!

Als sich Mike durchs Haar fuhr, lenkte das ihre Gedanken wieder auf ihn. Der Kunde war gegangen und Marla wollte sich ebenfalls auf den Weg machen, doch etwas an Mikes Verhalten hielt sie zurück. Er warf einen flüchtigen Blick über die Schulter, bevor er auf seinem Computer etwas in die Suchmaschine eintippte. »Marla, Little Peak, Kalifornien«. Ihr Herz schlug schneller. Er hatte sie nicht vergessen! Er suchte sogar nach ihr. *O Junge, mach es mir nicht noch schwerer!* Gebannt sah sie zu, wie er weitere Kombinationen ausprobierte, sie auf den sozialen Netzwerken ausfindig machen wollte. Natürlich ohne Erfolg, Dämonen fand man nicht im Internet. Seufzend tippte er etwas Neues in das Suchfeld, nur um es gleich darauf wieder zu löschen: »Marla, I miss you!!!«

Ihr blieb beinahe das Herz stehen. *Verdammt, er ist so süß und er will was von mir!* Nein, sie durfte nichts mit ihm anfangen, er war ein Mensch! Sie hatte sich geschworen, alle Menschen abgrundtief zu hassen! Aber vielleicht konnte sie sich mit ihm noch einmal so nett unterhalten wie auf der Party? *Das wird ja wohl erlaubt sein.* Doch dazu musste sie sich unbedingt menschlicher kleiden. Ihr Outfit schreckte ihn möglicherweise ab, denn wie immer trug sie ihre schweren Lederstiefel, die zerrissene Netzstrumpfhose und eine schwarze Lederjacke. Womöglich konnte sie ja Vanessa überreden, mit ihr shoppen zu gehen, und es für ihren Vater als Teil ihres Auftrages aussehen lassen.

Marla huschte ein Lächeln über das Gesicht. Was für eine ausgezeichnete Idee! Sie rutschte vom Schreibtisch und ging auf die Wand hinter Mike zu. Mit den Händen beschrieb sie dort einen Kreis. Sofort öffnete sich darauf ein bläulich schimmernder Durchgang, und falls Mike sich umdrehen würde, könnte er durch die Mauer in Vanessas Zimmer sehen. Aber er schien so vertieft in seinen Computer, dass er nichts bemerkte.

Marla betrachtete noch einmal seine breiten Schultern sowie sein blondes Haar und stieß einen unhörbaren Seufzer aus, bevor sie durch das Portal stieg.

»So, jetzt muss ich aber los«, sagte Vanessa, nachdem sie auf ihre Armbanduhr geblickt hatte. Gerade hatte sie einen erstaunlich schönen Nachmittag mit Marla verbracht und diesen Ausflug genutzt, um sich abzulenken.

Daniels Reaktion brannte immer noch schmerzhaft in ihrer Brust. Da war es ihr gerade recht gekommen, dass die Dämonin sie gebeten hatte, mit ihr einkaufen zu gehen. Obwohl Vanessa nicht sonderlich gut auf Marla zu sprechen gewesen war und sie sich vor ihr gefürchtet hatte, war sie aus reinem Frust mitgegangen. Und um ihre »Feindin« besser kennenzulernen. Das war zudem die einmalige Gelegenheit, sie über Daniel auszuquetschen, ob er sich wirklich in einen richtigen Dämon verwandelte und ob er immer noch Herrscher werden sollte. Leider hatte Vanessa aus Marla nichts herausbekommen. Trotzdem hatte sich schnell herausgestellt, dass Marla gar nicht so übel war. Hinter ihrer coolen Fassade steckte eine neugierige Frau, die für eine Dämonin erstaunlich nett war.

Jetzt trug Marla eine enge Jeans und einen dunklen Pullover mit weitem Rollkragen, was ihr ausgezeichnet stand. Beim Friseur waren sie ebenfalls gewesen, um ihr wildes schwarzes Haar zu bändigen. Es fiel nun glatt auf ihre Schultern, und Marla sah wie eine völlig normale junge Frau aus. Vanessas ganzes Taschengeld war dafür draufgegangen, aber Marla hatte ihr versprochen, es zurückzuzahlen. Vanessa mochte sich nicht ausmalen, wie die Dämonin an das Geld kommen wollte.

»Darf ich dich zum Tanzkurs begleiten?«, fragte sie.

Es überraschte Vanessa, dass Marla plötzlich so viel Interesse an menschlichen Dingen zeigte, doch sie hatte nichts dagegen. Ihr war eine freundliche Dämonin lieber als eine, die ständig einen Keil zwischen sie und Daniel treiben wollte.

»Bleibst du weiterhin für alle sichtbar?« Vanessa grinste. »Sonst denken die anderen, ich ticke nicht ganz richtig, wenn ich mit dir rede.«

Marla lachte. »Nein, ich werde mich unsichtbar machen, du wirst mich als Einzige sehen können.«

»Okay, gut zu wissen, denn da vorne steht Mike. Beinahe hätte ich dich ihm vorgestellt.« Vanessa winkte dem jungen Mann zu, der vor einem großen Gebäude auf sie wartete. Dabei entging ihr nicht Marlas Reaktion, als diese Mike ebenfalls erblickte: Sie kaute an ihren Fingernägeln, wobei sie Mike niemals aus den Augen ließ. Was hatte das zu bedeuten?

Mike winkte zurück, und als Nessa bei ihm angelangt war, gab er ihr einen Kuss auf die Wange. »Du bist spät, ich hab mir schon beinahe Sorgen gemacht.«

»Ich war shoppen«, sagte Vanessa zu ihrer Verteidigung und hielt ihm die Tüten vor die Nase, die jetzt Marlas alte Kleidung enthielten. Sonst war Vanessa immer überpünktlich, aber der heutige Tag war ziemlich untypisch verlaufen, was ihren Zeitplan durcheinandergebracht hatte.

»Seitdem du mit Taylor gehst, erkenne ich dich kaum wieder.« Mike grinste spitzbübisch.

Vanessa erschrak. *Kann er mir ansehen, dass sich mein Leben nur noch um Daniel dreht?* Sie fühlte sich, als wäre sie von einer Krankheit befallen, weil sie den ganzen Tag an ihn denken musste: an seine dunkelgrünen Augen, das pechschwarze Haar, das so wunderbar seidig durch ihre Finger glitt, seine große athletische Gestalt, sein unergründliches Lächeln und die schwindelerregenden Küsse. Das reichte ihr schon zum Glücklichsein; bei Danny hingegen schien sich fast alles um Sex zu drehen. *Aber das kann in einer Beziehung doch nicht das Einzige sein?*, fragte sie sich, auch wenn sie zugeben musste, dass sie gerne mit Daniel schmuste und jede Sekunde mit ihm zusammen sein wollte. Gerade vermisste sie ihn furchtbar. Ständig musste sie an dem silbernen Ring spielen, den er ihr in der vergangenen Woche geschenkt hatte. *Hoffentlich kriegt er sich bald wieder ein, ich hasse es, wenn wir uns streiten.* Es war schön mit ihm, aber weil sie sich ständig im Baumhaus verschanzten, bekam Vanessa Colleen kaum noch zu Gesicht. Deshalb war sie froh über die Tanzstunden. Und die wollte Daniel ihr nehmen. Da war nichts zwischen Mike und ihr, wieso konnte er das nicht verstehen? *Und warum ist er in meinem Zimmer so ausgerastet?* Sie hatte sich tatsächlich ein wenig vor ihm gefürchtet. Immerhin kam seine dämonische Seite gerade zum Vorschein, wer wusste schon, in was er sich verwandelte? *Nein, er würde mir niemals schaden*, dachte sie und hoffte, dass sie sich damit nicht verschätzte.

Mike führte sie wie immer meisterhaft über das Parkett, aber Vanessa war nicht bei der Sache. Das lag zum einen an Marla, der anscheinend nicht mehr bewusst war, dass Vanessa sie sah. Die Dämonin huschte neben ihnen dahin und versuchte, die komplizierte Schrittfolge nachzuahmen, doch ihre Unbeholfenheit konnte Vanessa auch nicht aufheitern. Zum anderen sah sie dauernd Daniels wütendes Gesicht vor sich.

»Was ist denn mit dir los?«, fragte Mike, als sie nach der Stunde ihre Sachen packten und sich auf den Weg zum Ausgang machten.

»Es ist nichts.« Sie wollte ihn nicht auf Daniel ansprechen, da ihn Mike weiterhin verdächtigte, bei ihm eingebrochen zu haben.

»Wirklich?« Vor der Glastür blieb er stehen und hielt sie an den Schultern fest. »Ist es wegen Taylor?«

Mike wusste natürlich nichts von Dannys dämonischer Seite, deshalb musste Vanessa aufpassen, was sie erzählte. »Na ja…«

»Hat er dir was getan? Dich zu irgendwas gezwungen?« Mikes Brauen zogen sich zusammen. »Du musst es mir nur sagen und ich werde ihn mir vorknöpfen.«

»Ach, es ist nichts, wir haben uns bloß gestritten«, erwiderte sie leise, konnte aber nicht verhindern, dass ihr Tränen in die Augen stiegen.

»Hey, komm her.« Mike zog sie in die Arme, und Vanessa schmiegte sich an seine Brust. »Das kommt in den besten Ehen vor.«

Vanessa schniefte. »Scherzkeks.«

Beruhigend streichelte Mike über ihren Rücken. »Das renkt sich bestimmt wieder ein.«

Daniel saß in der Nähe des Tanzstudios auf einer Parkbank und hielt den Blick starr auf den Eingang gerichtet. Vanessa würde bald herauskommen, weshalb er sich bereits zum hundertsten Mal die Sätze zurechtlegte, die er ihr gleich sagen wollte. Er hatte überreagiert, und jetzt plagte ihn das schlechte Gewissen. Aber er war so eifersüchtig gewesen! Vanessa hatte viel mehr Erfahrung im Küssen als er, und dann musste es ausgerechnet dieser Macho sein, mit dem sie schon einmal was hatte. Heute Morgen hatte Daniel tatsächlich mit dem Gedanken gespielt, die Schule hinzuschmeißen und sich einen Job zu suchen, damit er Vanessa auch etwas bieten konnte.

Ich lade sie gleich auf einen Snack ins LORENZO's ein, nahm er sich vor, da Vanessa nach dem Tanzen bestimmt hungrig war und ihre Eltern sicher schon zu Abend gegessen hatten. Er verwarf die Idee, als er Mike sah, der mit Nessa im Arm aus der Tür kam. *Ich wusste es!* Bevor Zorn in ihm hochsteigen konnte, stutzte er. Was machte Marla bei ihnen? Daniel wunderte sich, wie seine Halbschwester gekleidet war. Sie sah richtig super aus! *Supernormal.*

Jetzt war er neugierig. Er stand auf, um zu den dreien hinüberzugehen. Vanessa bemerkte ihn als Erste, obwohl die hereinbrechende Dämmerung seine dunkle Gestalt schluckte. Sofort löste sie sich aus Mikes Umarmung und lief auf ihn zu.

Ein paar Schritte vor ihm blieb sie stehen. »Hallo! Was machst du denn hier?« Sie wirkte überrascht.

Seine Stimme klang ungewohnt kalt, als er sagte: »Eigentlich wollte ich dich ins LORENZO's einladen, aber wie ich sehe, amüsierst du dich anderweitig.«

»Was?« Nessa runzelte die Stirn.

Mittlerweile waren auch Marla und Mike bei ihm angekommen. »Hi, Taylor«, sagte Blondie.

Daniel ignorierte ihn. Nur Marla warf er einen unauffälligen Blick zu, aber die schien zu spüren, dass die Luft dicker geworden war, und schlenderte ein Stück davon.

»Ich habe euch gerade gesehen«, knurrte Daniel Vanessa an. »Er hatte einen Arm um dich gelegt.« Am liebsten hätte er jetzt Marla ausgefragt, was er natürlich nicht konnte, solange Blondie hier war. Daniel könnte zwar auf mentaler Ebene mit ihr kommunizieren, doch das Risiko wollte er nicht eingehen. Er beherrschte es noch nicht ganz, nur Marla in seinen Kopf zu lassen und die anderen Dämonen auszusperren. Die hatten schließlich nichts in seinem Bewusstsein zu suchen. Daniel spürte ständig, wie sie versuchten, sein Hirn anzuzapfen. *Vielleicht hat sich Marla jetzt auf Nessas Seite geschlagen?*, überlegte er, bevor er zu Mike sagte: »Ihr scheint ja sehr eng miteinander befreundet zu sein.«

»Ja, wir sind Freunde, was dagegen?« Mike machte noch einen Schritt auf Daniel zu, die Arme vor der Brust verschränkt. Da sie beide in etwa gleich groß waren, funkelten sie sich auf Augenhöhe an.

»Das sah aber gerade anders aus!«, zischte Daniel.

»Das ist doch lächerlich, Taylor!«

»Wohl weniger lächerlich als deine Verdächtigungen. Ich war nicht in deiner Wohnung!« Daniel wusste von Vanessa, dass Mike immer noch ihn für den Einbrecher hielt, der einen Zettel auf Mikes Schreibtisch zurückgelassen hatte.

Aus den Augenwinkeln sah Daniel, wie Marla etwas auf dem Fußweg begutachtete. Was war nur mit ihr los? Warum verhielt sie sich so seltsam? Ob sie ein schlechtes Gewissen hatte, weil *sie* Mike die Nachricht über den Aufenthaltsort von Joe Adams' Leiche überbracht hatte? Lächerlich, sie war eine Dämonin! Die hatten keine Gewissensbisse. Manchmal wünschte sich Daniel, er hätte ebenfalls keine und auch keine Gefühle. Ihm war, als hätte sich die ganze Welt gegen ihn verschworen. Daniel musste aufpassen, dass nicht gleich wieder was in die Luft flog. Er ballte die Hände zu Fäusten, in denen es gefährlich kribbelte, und trat so nah an Mike heran, dass sich ihre Nasenspitzen beinahe berührten.

»Hey!« Vanessa ging zwischen sie. Tränen schimmerten in ihren Augen. »Warum könnt ihr euch nicht vertragen? Ich hasse es, so zwischen euch zu stehen.«

»Du brauchst dich bloß für einen von uns zu entscheiden!«, fuhr Daniel sie an.

Sofort bereute er seine Worte. Verflucht, er versaute es sich noch endgültig bei ihr! Sie war verletzt genug. Er wollte sie eigentlich nur in seine Arme ziehen und die Welt um sich herum vergessen. Vanessa war die Einzige, bei der er das Gefühl hatte, sie würde ihn verstehen und ihn so nehmen, wie er war. Er hatte sich in Dämonendingen nicht einmal seiner Mutter anvertraut. Mit wem sollte er über diese Sachen sonst sprechen außer mit Vanessa?

»Beruhige dich erst mal, Taylor, du bringst sie ja ganz durcheinander.« Mike legte erneut einen Arm um Nessa und zog sie zu seinem Auto. Der rote Pontiac parkte vor der Tanzschule.

»Marla!«, zischte Daniel hilflos, doch seine Schwester zuckte lediglich mit den Schultern und dackelte Mike und Vanessa hinterher.

Das kann doch alles nicht wahr sein! Daniel verstand nicht, warum sich auf einmal wieder alles gegen ihn wendete. Es war gerade so gut gelaufen!

Frustriert blickte er den dreien hinterher, wie sie in Mikes Auto stiegen und davonfuhren. Dann machte auch Daniel sich auf den Nachhauseweg. Seine Wut war so groß, dass er kaum klar denken konnte. Ein riesengroßes Loch klaffte in seinem Herzen. Angestrengt versuchte er, seine Gefühle in den Griff zu bekommen, was ihm erst gelang, nachdem er eine Mülltonne in die Luft gesprengt hatte. In seinem Zimmer ließ er jedoch alles heraus. Er drehte die Stereoanlage auf volle Lautstärke, bevor das Miniaturmodell eines Trucks, der in seinem Regal über dem Bett stand, in unzählige Teile explodierte. Nun ging es ihm besser.

Auf einmal verstummte die Musik, und Daniel wirbelte herum. Seine Mutter stand im Raum und starrte ihn mit offenem Mund an. Sie trug noch ihre Jacke und war wohl gerade erst aus dem Krankenhaus zurückgekommen. »Danny, bist du von allen guten Geistern verlassen?«

Nur von meiner Freundin, dachte er frustriert. »Sorry, Mom, ich hab nicht gewusst, dass du da bist.«

»Was ist denn hier passiert?« Seine Mutter runzelte die Stirn, als sie die Plastikteilchen auf seinem Bett sah. Sie wirkte erschöpft. Schatten hingen unter ihren Augen, die rot und geschwollen waren. Beinahe hätte Daniel ein schlechtes Gewissen bekommen, doch auf seine Mutter war er ebenfalls sauer. »Wann sagst du mir endlich, wo ich meinen Dad finde?«

»Bald. Du musst noch ein wenig Geduld haben.« Sie verließ sein Dachzimmer und zog die Tür hinter sich zu.

»Geduld«, murmelte er und wanderte durch den Raum. »Verständnis, Zeit … Ich kann es nicht mehr hören!«

Er stützte sich auf seinem Schreibtisch ab und ließ den Kopf sinken. Alle waren gegen ihn. *Dann muss es wohl an mir liegen, ich bin eben nicht normal.*

»Ja, wie auch!« Frustriert schlug er auf die Platte.

Was wäre gewesen, wenn er sich entschieden hätte, in der Unterwelt zu bleiben? *Dort hätte man mich geachtet und respektiert. Ich hätte über alle herrschen können …* Aber er hätte nicht mehr mit Vanessa zusammen sein können. Nessa … Er vermisste sie. Beinahe jeden Tag in den letzten Wochen hatten sie von morgens bis abends gemeinsam verbracht. Sie waren im Kino und beim Schwimmen gewesen, viel Rad gefahren, hatten ausgedehnte Spaziergänge im Park gemacht, geknutscht, geredet, gelacht und wieder geknutscht … *Vielleicht habe ich überreagiert? Ich sollte mich bei ihr entschuldigen. Am besten sofort. Bestimmt hat Mike sie nach Hause gefahren.* Er warf einen Blick aus dem Fenster, aber in Vanessas Zimmer brannte kein Licht. Es war alles dunkel, sogar im unteren Stockwerk. Daniel wusste, dass die Barkleys ihren Bowlingabend hatten. Wo war Vanessa? Langsam machte er sich Sorgen.

Plötzlich fühlte der dämonische Teil in ihm, dass er nicht mehr allein war. Er wirbelte herum und sah Marla, die bäuchlings auf seinem Bett lag, ihren Kopf in seinem Kissen vergraben.

»Was ist los?« Daniel setzte sich zu ihr an die Bettkante. Irgendwie war er froh, dass Marla da war.

»Du willst wirklich wissen, was los ist?« Sie fuhr mit solch einem zornigen Gesicht hoch, dass Daniel glaubte, ihre Augen würden glühen.

»*Das* ist los!« Mit den Armen beschrieb sie einen kleinen Kreis, worauf sich ein Portal in der Wand materialisierte. Wie ein Bullauge, durch das Daniel hindurchsehen konnte, klaffte es in der Mauer. Natürlich zeigte es nicht das Wäldchen, das hinter dem Haus lag. Daniel konnte direkt in Mikes – nahm er zumindest an – Wohnzimmer schauen, wo dieser mit Vanessa auf einer schwarzen Ledercouch saß, Arm in Arm.

Jetzt flippte auch Daniel aus. »Was regst *du* dich da so auf? Schließlich gehe *ich* mit Nessa!« … *bin gegangen*, dachte er und sprang auf. Jeder Nerv in seinem Körper vibrierte gefährlich. Daniel fühlte einen nie zuvor gekannten Schmerz in seiner Brust, als Marla das Tor wieder schloss. *Ich hätte nie von ihr gedacht, dass sie mich hintergeht.*

»Verdammte Weiber«, knurrte er und erntete von seiner Schwester einen bösen Blick.

Wie aufs Stichwort tauchte zu allem Überfluss Sirina auf. Sie kam durch ein Portal über seinem Bett, sprang geschmeidig über Marla hinweg und landete elegant vor ihm.

»Silvan, Liebster, ich habe gespürt, dass es dir nicht gut geht und bin sofort gekommen, um dich aufzumuntern. Was ist denn passiert?«, sagte sie zuckersüß, während sie vor ihm herumstrich wie eine Katze. Dabei raschelte der Stoff ihres grünen Hosenkleides leise.

Daniel konnte förmlich sehen, wie Sirina mit Marla Gedanken austauschte, irgendwie lag ein Flirren in der Luft. Als Sirina plötzlich bis über beide Ohren grinste, wusste Daniel, dass sie nun im Bilde war.

»Ich habe dir ja gleich gesagt, dass diese Menschentussi dich nicht glücklich machen wird, Liebster.« Sie drückte ihn an den Schultern zurück, bis er mit den Kniekehlen gegen das Bett stieß. Daniel war wie erstarrt. Er konnte nur in Sirinas Augen blicken, die ständig ihre Farbe wechselten. In einem Moment waren sie strahlend blau, im nächsten giftgrün.

»Lass ihn, Sirina!« Marla sprang vom Bett. Diese Gelegenheit nutzte Sirina, um Daniel ganz auf die Matratze zu schmeißen.

Wieso wehre ich mich nicht?, ging es ihm träge durch den Kopf. *Ich kann Sirina nicht ausstehen!* Er fühlte sich auf einmal seltsam müde, wie betäubt.

Sirina legte sich auf ihn, wobei sich ihre Brüste gegen seinen Oberkörper drückten. *In Silvan schlummert so viel Potenzial*, hörte Daniel schwach ihre Stimme. *Aber er weiß einfach nicht, wie er seine Kräfte bündeln soll, das muss ich ausnutzen!*

Daniel begriff, dass Sirina mental mit Marla kommunizierte, denn er konnte auch ihre Stimme in seinem Kopf vernehmen: *Hör auf, seinen Verstand zu manipulieren. So bekommst du ihn bestimmt nicht rum.*

»Wir werden sehen«, sagte Sirina und beugte sich über Daniels Gesicht. Ihr Unterkörper drückte sich schwer gegen seinen, und Daniel fühlte, dass ihn diese Berührungen nicht kaltließen.

»Was soll das, du Hexe?« Seine Stimme glich einem Krächzen. Immer noch konnte er sich kaum bewegen. Verzweifelt versuchte er, sich gegen den Bann zu wehren. *Verdammt, wie kann ich meine Kräfte steuern?* Er wusste, dass er das Zeug dazu hatte, Sirina auf der Stelle gegen die Wand zu schleudern!

»Komm mit mir in die Unterwelt, und ich bringe dir bei, wie du deine dämonischen Fähigkeiten benutzt.« Sie knabberte an seinem Hals und kam dabei Daniels Mund gefährlich nah …

Vanessa fühlte sich in Mikes Armen geborgen, aber er war eben nicht Daniel. Das war auch gut so, denn sie brauchte jetzt einen Freund, der ihr einfach nur zuhörte und bei dem sie sich ausheulen konnte. »Ist es bei euch Jungs immer so, dass ihr ständig das eine wollt?«, fragte sie zögerlich, wobei ihr Gesicht warm wurde. Verlegen drehte sie den silbernen Ring, den ihr Danny geschenkt hatte.

»Na ja«, sagte Mike, und zog sie näher zu sich, »bei den meisten wohl schon. Es ist ja auch ein schönes Gefühl, wenn man der Frau, die man liebt, ganz nahe ist.«

Seufzend holte Vanessa Luft. »Daniel glaubt, was zu verpassen.«

»Das tut ihr alle beide!« Mike grinste, woraufhin Vanessa ihn leicht in den Magen boxte.

»Bleib doch mal ernst.«

Mikes Lächeln wurde nachdenklich. »Nein, du hast natürlich recht. Man braucht den richtigen Partner und beide müssen dazu bereit sein, sonst macht es keinen Spaß.« Er ließ ebenfalls ein tiefes Seufzen hören, das Vanessa sofort aufrüttelte.

»Was hast du?«, fragte sie. Es war ja nicht nur so, dass *sie* sich verändert hatte, seit sie mit Daniel zusammen war, auch Mike war irgendwie stiller geworden. »Sag bloß, du hast ebenfalls Liebeskummer.«

Mike räusperte sich. »Ach, was heißt Liebeskummer, ich kenne das Mädchen ja kaum.«

Da wurde sie hellhörig. »Wer ist sie? Kenne ich sie vielleicht?« Sie rückte ein Stück von Mike ab, dem dieses Verhör anscheinend peinlich war, denn er blickte vehement an ihr vorbei und kratzte sich am Kopf.

»Mag sein, sie war auf Rebeccas Halloween-Party. Ihr Name ist Marla.«

»Marla?!« Vanessa fuhr hoch und blieb kerzengerade auf der Couch sitzen. Ihr Puls legte drastisch an Tempo zu.

»Dann kennst du sie?« Hoffnung leuchtete in Mikes blauen Augen auf.

»Äh, flüchtig.« Das war bloß ein kleines bisschen geschwindelt. Mike war ihr Freund, sie wollte ihn nicht anlügen, aber Vanessa konnte ihm unmöglich sagen, dass sie Marla hin und wieder sah. Er hätte sie sofort besser kennenlernen wollen, doch was sollte Vanessa ihm sagen? Dass Marla eine Dämonin war, die ihn vielleicht zum Frühstück vernaschte, um ihm anschließend das Herz aus der Brust zu reißen? Vanessa wusste von Danny, dass Dämonen keinen Sinn für romantische Gefühle besaßen. War Daniel vielleicht deswegen nur auf das Eine aus? Wollte er lediglich seine Triebe befriedigen?

Nein – da war mehr. Vanessa merkte das an der Art, wie er sie ansah. Seine grünen Augen waren voller Wärme. Genauso schnell konnte der Ausdruck in ihnen aber auch kalt werden. Dämonisch, listig. *Das bilde ich mir ein, weil wir uns gestritten haben.*

»Ist sie hier aus der Gegend?« Mike starrte sie gebannt an. Offensichtlich wollte er mehr Informationen.

»Nein, ich glaube nicht. Soweit ich weiß, kommt sie aus einem anderen … Land«, erwiderte Vanessa schulterzuckend. »Wahrscheinlich wirst du sie nicht wiedersehen.«

»Aus einem anderen Land? So was hat sie erwähnt, und sie hat so eine besondere Aussprache.«

Vanessa musste aufpassen, was sie sagte. »Ich … äh … ja, aus einem anderen Land, aber ich weiß wirklich nicht viel über sie und woher sie genau kommt.« Was stimmte. Sie hatte Marla ja ausfragen wollen, doch die Dämonin hatte abgeblockt.

Mike schmunzelte. »Schön, dass nicht nur ich gerade durch den Wind bin.« Seufzend ließ er sich gegen die Lehne fallen, die Lider halb geschlossen. »Schade, dass du mir nicht mehr über sie erzählen kannst. Ich habe mich so gut mit ihr verstanden.« Er kratzte sich an einer Braue und sah Vanessa von unten herauf an. »Das hört sich vielleicht lächerlich an, aber … Es war, als würden wir uns schon ewig kennen, als ob irgendein unsichtbares Band uns verbindet. Ich hab sie nur einmal gesehen und mich total in sie verknallt.«

»Das ist nicht lächerlich, Mike. Ich weiß, was du meinst.« Vanessa atmete tief ein und aus. Sie sah Mike an, wie verliebt er in Marla war. *Lass besser die Finger von einer Dämonin*, dachte sie. *Du verbrennst dich nur. Es ist schon schwer genug, einen Halbdämon zu lieben.*

Schnell erhob sie sich, bevor sie sich verplapperte. »Es wird Zeit, ich muss gehen.« Sie bekam Daniel einfach nicht aus dem Kopf. Auch wenn es schon spät war, musste sie unbedingt noch mit ihm reden, sonst würde sie sicher keinen Schlaf finden.

»Ich bringe dich nach Hause«, sagte Mike und erhob sich ebenfalls.

Unentschlossen stand Vanessa bei den Taylors vor der Tür. In der Küche brannte noch Licht, daher drückte sie mutig auf die Klingel. *Anne ist wohl gerade von ihrer Schicht zurückgekommen*, vermutete sie.

Es dauerte nicht lange, da öffnete Daniels Mutter. Ein überraschter Ausdruck lag auf ihrem Gesicht. »Nessa? Es ist schon spät.«

»Ja, ich weiß. Darf ich kurz mit Danny reden? Es ist wichtig.« Sie versuchte, sich ihre Nervosität nicht anmerken zu lassen. Anne hätte sonst vielleicht neugierige Fragen gestellt.

»Natürlich, komm rein.« Hinter ihr schloss Anne die Tür und deutete auf die Treppe, die nach oben führte. »Ich war auch mal jung und verliebt«, sagte sie lächelnd. »Ich kann dich verstehen. Daniel ist oben.«

Als sich Vanessa an den Aufstieg machte, klopfte ihr Herz heftig vor Aufregung. Vor der Zimmertür blieb sie stehen. Es war ruhig dahinter. *Ob Danny schon schläft?*, fragte sie sich, bis sie das Licht bemerkte, das an der Schwelle durchschimmerte. Also trat sie ein.

Wie immer sah sie zuerst das Fenster und davor Daniels

Schreibtisch und auf der rechten Seite das Bord mit der Stereoanlage. Nachdem Nessa die Tür hinter sich geschlossen hatte, stockte ihr der Atem. Auf dem Bett lag Daniel, lang ausgestreckt und das Hemd bis zur Brust hochgeschoben, sodass sie seinen flachen Bauch sehen konnte. Er atmete schnell und schien sie nicht zu bemerken. Im ersten Augenblick dachte Vanessa, dass er wieder einen Anfall hatte, doch als sich plötzlich eine junge Frau auf ihm materialisierte, deren feuerrotes Haar wie ein Vorhang vor Daniels Gesicht fiel, erschrak sie.

»Sirina …« Vanessa wusste sofort, wer die Dämonin war, obwohl sie diese nie persönlich gesehen hatte. *Sie sollte seine zukünftige Frau werden.* So wie es aussah, war sie gerade auf dem besten Weg dazu.

Sirina hob den Kopf, warf die Haare zurück und lächelte Vanessa falsch an. »Verzieh dich, Menschentussi, jetzt gehört er mir!« Wie um das zu beweisen, senkte sie ihre Lippen auf Daniels Mund und küsste ihn. Vanessa fühlte sich einer Ohnmacht nah, aber im nächsten Moment stieg Wut in ihr hoch.

Daniel schien den Kuss kurz zu erwidern, allerdings sah er Vanessa dabei seltsam an, beinahe abwesend. *Kein Wunder*, durchfuhr es sie, *er ist ganz hin und weg! Sirina weiß bestimmt, wie man gut küsst.*

Plötzlich schubste er die Dämonin von sich und setzte sich auf. »Nessa!«

»Daniel … ich«, stotterte Vanessa verwirrt. »Wieso?«

Hastig zog er sich sein Shirt nach unten. »Es ist nicht so, wie du denkst!«

»Ach ja? Das war es bei Mike auch nicht, und du hast mir nicht geglaubt. Allerdings hat er mich *nicht* geküsst!«

Daniels Brauen zogen sich zusammen. »Lügnerin! Ich habe dich gesehen, ihr habt was miteinander!«

»Was?!« Vanessa verstand nicht, was er meinte. Gerade war sie so zornig und verletzt zur selben Zeit, dass sie den silbernen

Ring abstreifte und ihm vor die Füße warf. Wortlos drehte sie sich um. Vanessa hörte, wie er ihr hinterherschrie: »So, das war es dann, oder wie? Dann bist du ja jetzt frei für Blondie!«

Sie hätte ihm gerne noch so viel gesagt, aber es kam nichts über ihre Lippen. Stattdessen liefen ihr Tränen über die Wangen. *Nur weil ich noch nicht so weit bin, holt er es sich von Sirina?*

Blind vor Zorn und Schmerz stolperte sie die schmalen Treppen nach unten.

»Das ging ja wirklich schnell!«, rief Anne aus der Küche, als Vanessa an der Tür vorbeirannte. Sie flüchtete aus dem Haus, ohne ihr eine Antwort zu geben.

»Danny, was war denn mit Vanessa los?« Seine Mom stand an der Tür und hob fragend die Brauen

»Wir haben Schluss gemacht, glaube ich«, sagte er so ruhig wie möglich, wobei er den zierlichen Ring zwischen Daumen und Zeigefinger drehte, bevor er ihn in seine Hosentasche steckte.

»Was?« Anne sah ihn entgeistert an. »Warum?«

Daniel zuckte mit den Schultern. Was sollte er seiner Mutter auch sagen? Dass sein Leben ein absolutes Chaos war, seit er erfahren hatte, dass er ein halber Dämon war? Vielleicht sollte er seine Mutter endlich aufklären, aber zuvor wollte er mit seinem Vater reden. Mit seinem *richtigen* Vater: James Carpenter.

Natürlich hatte Daniel seine Mutter wegen der Adoption genau ausgefragt, doch über James und seine Herkunft und was ihn dazu gebracht hatte, Daniel herzugeben … darüber redete sie nicht viel.

»Hast du Vanessa irgendwie bedrängt?«, fragte Mom.

Die sorgsam unterdrückte Wut kochte erneut in Daniel hoch. »Warum bin immer *ich* dran schuld, wenn was los ist?« Jetzt wollte er seine Ruhe und hatte keinen Bock auf dieses Kreuzverhör. Er machte sich genug Vorwürfe, weil er bei Vanessa anscheinend alles falsch gemacht hatte, was man als Freund falsch machen konnte. Daniel wollte nicht begreifen, dass Nessa gerade ihre Beziehung beendet hatte.

Sirina stand etwas abseits und grinste vor sich hin. Seine Mutter konnte die Dämonin nicht sehen, und Marla war schon verschwunden, als Sirina ihn auf das Bett gedrängt hatte. *Dieses Miststück hat mir alles verdorben!*, dachte er aufgebracht. Zugleich erinnerte er sich an ihre Worte: »Komm mit mir in die Unterwelt und ich bringe dir bei, wie du deine dämonischen Fähigkeiten benutzt.«

Was hielt ihn denn hier oben? Seine Mutter konnte oder wollte ihm nichts über seinen richtigen Vater verraten, und somit würde er nie mehr über sich erfahren. Jetzt hatte sie sich auch noch auf Vanessas Seite geschlagen. *Nessa … ob sie wohl gleich zu Mike geht?* Danny schob den Gedanken weit von sich. Es wurde Zeit, sein Leben selbst in die Hand zu nehmen. Vielleicht gehörte er tatsächlich nicht in diese Welt.

Daniel wartete, bis seine Mutter das Zimmer verlassen hatte, dann wandte er sich an Sirina: »Okay, ich komme mit dir.«

Ich muss es mir einfach vorstellen? Das ist alles?, hatte Daniel vor vielen Stunden gedacht, als er in der großen schwarzen Halle mit seinem Training begonnen hatte. Daniel hatte immer geglaubt, er müsse besondere Handbewegungen oder Sprüche einstudieren. Er erinnerte sich an den Geschichtsunterricht vor ein paar Wochen, als er Toby, dem Arschkriecher, nur mit Gedankenkraft die Luft abgeschnürt hatte. Die Fähigkeiten lagen in ihm verborgen. Er musste lediglich einen Weg finden, sie kontrolliert herauszulassen.

Es war düster in der Halle und der Ruß der brennenden Fackeln kratzte in seiner Lunge. Wieso gab es hier unten denn keinen Strom? Daniel überlegte scharf. Wie tief sie sich wohl unter der Erde befanden? Wie sollte hier auch Energie gewonnen werden können? Durch Geothermie vielleicht oder Gase! Warm genug war es ja. Daniel schwitzte höllisch.

Zack! Ein geistiger Schlag jagte durch sein Bewusstsein und Daniel krümmte sich zusammen.

Metistakles tippte sich an den kahlen Schädel. »Zerbrich dir den Kopf nicht über Dinge, die dich nichts angehen.«

Daniel fand, dass das Thema ihn sehr wohl etwas anging, wenn er hier einmal den Haufen Unterweltler anführen sollte. Doch er wollte dem dämonischen Unterricht mit mehr Aufmerksamkeit folgen als den Geschichtsstunden bei der Kuwalski. Daniel versuchte, in seiner Hand eine Energiekugel zu erzeugen. Es kribbelte und winzige Lichtblitze zuckten auf seiner Handfläche. Eine Kugel wollte ihm jedoch nicht gelingen, egal wie sehr er sich anstrengte.

Metistakles stand grinsend neben ihm und schaute auf ihn herab. »So einfach ist es auch wieder nicht. Es erfordert eine gewisse Beherrschung und höchste Konzentration, seine Kräfte zu bündeln. Je mehr du übst, desto routinierter wirst du mit deinen Fähigkeiten umgehen können, Silvan.«

Silvan! Wann würde er sich an seinen Dämonennamen gewöhnen?

Metistakles drang in seinen Geist ein und zeigte ihm, wie er ein Energiegeschoss auf seiner Handfläche erzeugen konnte. Leider erinnerte es Daniel daran, wie seine Mom ihn damals gehalten hatte, als er Fahrrad fahren gelernt hatte. So ähnlich war Metistakles' Hilfe nun auch. Nur nicht so fürsorglich, eher demütigend. Erneut fing sich Daniel von ihm einen mentalen Schlag ein, der wie ein Schwerthieb durch sein Gehirn fuhr.

»Du musst endlich diese menschlichen Gefühle beherrschen!« Metistakles' verärgerte Stimme hallte durch das Gewölbe, und er hob eine pechschwarze Augenbraue. »Sie machen dich schwach und lenken dich ab!«

Daniel nickte. Er schwitzte und jeder Muskel zitterte, als er sich erneut konzentrierte, seine Erinnerungen ausblendete und es diesmal wirklich schaffte, einen Energieball von der Größe einer Murmel auf seiner Handfläche zu materialisieren. Stolz erfüllte ihn. Er hatte es geschafft! Grinsend hielt er die Hand unter die Nase seines Lehrmeisters.

Metistakles' nickte milde lächelnd. »Gut. Ich habe gewusst, dass du es kannst. Je dunkler deine Gedanken sind, desto leichter wird dir Magie fallen, desto großartiger wird sie sein.«

Obron betrat den Saal. Mit ihren rasierten Köpfen und den grauen Umhängen glichen sich die Dämonenoberen alle wie ein Ei dem anderen. Doch nachdem sich Daniel gefühlt schon seit Tagen hier unten befand, konnte er sie unterscheiden. Durch Metistakles' rechte Augenbraue zog sich eine Narbe, Antheus war der Größte von allen und Obron hatte die längste Nase von den dreien.

Obron war Marlas Vater, und er war Kitanas Mann gewesen. Das Orakel von Memnost hatte Obron am Tag, als er ein Oberer wurde, vorhergesagt, dass Kitanas Kind einmal dazu bestimmt sei, der neue Herrscher zu werden. So viel hatte Metistakles ihm verraten, aber Daniel hatte keine Ahnung, wer oder was dieses Orakel war und wo es sich befand. Überhaupt hielten sich die anderen sehr bedeckt und hatten ihm verboten, Fragen zu stellen. Alles würde sich mit der Zeit ergeben, hatten sie gemeint.

Obron nickte ihnen zu und stellte sich neben den Herrscher. Xandros – der Star-Wars-Imperator-Verschnitt – war mittlerweile tausend Jahre an der Macht, und länger als diese Periode durfte ein Dämon nicht herrschen. Das war Dämonengesetz, denn ab einem gewissen »Alter« konnte ein Dämon nicht mehr seine vollen Kräfte ausschöpfen – und nur ein starker Herrscher war ein mächtiger Herrscher.

Xandros saß stocksteif auf seinem Thron und überwachte Daniels Fortschritte, ohne ein Wort zu sagen. Daniel fühlte, dass Xandros seine Untergebenen wie Marionetten lenkte, damit diese seine Befehle ausführten.

Cool, wenn er das auch einmal beherrschte, würde er zuerst der Kuwalski … Nein, diese Zeiten waren ja vorbei. Er würde hier unten leben. In ewiger Dunkelheit.

Ein Sehnen breitete sich in seiner Brust aus. Daniel kannte das Gefühl: Heimweh …

Stopp! Nicht an Mom denken, ermahnte er sich. Metistakles' mentale Schläge taten höllisch weh, und Daniel wollte sich nicht schon wieder einen einfangen. Das hier würde sein neues Zuhause werden. Hier akzeptierte man ihn. Plötzlich fühlte sich Daniel ungeheuer wichtig und einer Gemeinschaft zugehörig, auch wenn er den Oberen nicht über den Weg traute. Sie strahlten ihm zu viel negative Energie ab. Wenn er selbst einmal zu ihnen gehörte, würde ihm das wahrscheinlich nicht mehr auffallen oder ihn stören. Und wie Metistakles so schön gesagt hatte: Je dunkler seine Gedanken, desto stärker würde er werden. Es gefiel ihm, mittels Gedankenkraft Magie ausüben zu können. Endlich war er wirklich wie einer der Helden aus seinen Videospielen.

Er wollte mehr erfahren, über sich, seine richtige Mutter und seine dämonischen Wurzeln, aber vor allem, wie der Hohe Rat es bewerkstelligen wollte, ihn in einen reinrassigen Dämon zu verwandeln, denn nur dann würde er endgültig als Herrscher zugelassen werden.

»Eins nach dem anderen«, erwiderte Obron scharf, der wohl schon wieder in seinem Kopf herumgeschnüffelt hatte.

Daniel fand, dass das zuerst kommen sollte, aber okay, anscheinend galten hier andere Regeln als in der Schule: erst die Praxis, dann die Theorie.

Er hatte Obron angesprochen, als Daniel gewisse Schwingungen im kognitiven Netzwerk aufgefangen hatte, ja, richtiggehende Hasstiraden, weil er eben ein »Halbling« war und daher nicht würdig, den Thron zu besteigen. Doch er würde allen zeigen, *wie* würdig er war, Herrscher zu werden.

Er sammelte erneut seine Konzentration, legte all seinen Hass und andere negative Gefühle in die Aufgabe und versuchte, seine magische Energie in der Handfläche zu bündeln. Ein grellblauer Ball aus Elektrizität materialisierte sich in seiner Hand. Er knisterte und roch nach Ozon. Der Ball waberte, schwoll an und fiel wieder ein wenig in sich zusammen, aber er verpuffte nicht wie seine letzten Versuche.

Er hatte es geschafft!

»Und jetzt schleudere ihn gegen diesen Menschen«, sagte Metistakles mit einem hinterhältigen Grinsen und deutete auf eine junge Frau, die aus einem dunklen Winkel der Höhle trat. Sie starrte ängstlich zu ihnen herüber.

»Vanessa!«, rief Daniel.

Augenblicklich löste sich sein Geschoss auf. Schon wollte er zu ihr laufen, doch da erkannte er dank seiner außergewöhnlichen Sehkraft, dass sie es nicht war. Vanessa hatte ein winziges Muttermal auf der Wange. Das Mädchen sah ihr allerdings verdammt ähnlich.

Metistakles lachte leise. »Deine Reaktion verrät deine wahren Gefühle. Du bist einfach keiner von uns.«

In Daniel braute sich Wut zusammen. Er wollte endlich Teil von »etwas« sein, irgendwo dazugehören. Metistakles' Worte trafen ihn zutiefst. Aber er konnte doch keinen Menschen töten!

Plötzlich flackerte das Mädchen.

Moment – das war kein Mensch, es war eine Illusion!

Ich werde euch zeigen, wozu ich fähig bin, dachte Daniel und hatte im Nu ein neues Geschoss erzeugt. Er atmete tief durch und warf die tödliche Kugel auf das Mädchen …

Marla ließ sich nur aus einem einzigen Grund nicht mehr an der Oberfläche blicken: Sie musste auf Silvan aufpassen. Immerhin war er ihr Bruder, und sie fühlte sich ihm tatsächlich irgendwie nah. Unglaublich, aber wahr. Sie schob es auf ihre Blutsverwandtschaft. In der Unterwelt hatte Marla keine Verbündeten, nicht einmal Sirina. Die war eine Schreckschraube, die Marla nur herumkommandierte.

Marla fühlte sich weniger einsam, seit Silvan in ihr Leben getreten war. Irgendwie waren sie sich sehr ähnlich. Silvan war auf der Oberwelt ebenso allein gewesen wie sie hier unten. Marla saß auf ihrem Bett und schüttelte bei dem Gedanken den Kopf. Wieso war sie plötzlich so sentimental? Was war nur mit ihr los? Seit sie Mike begegnet war, purzelte alles in ihrem Kopf durcheinander. Obwohl sie den jungen Mann schon seit Ewigkeiten – so kam es ihr zumindest vor, denn die Zeit tickte hier unten anders – nicht mehr gesehen hatte, bekam sie ihn nicht aus dem Kopf. Eigentlich war Mike Grund Nummer zwei, warum sie lieber in ihrem dunklen Loch in der Unterwelt blieb. Sonst würde sie nur noch mehr an ihm hängen. Sogar Metistakles hatte bemerkt, dass mit ihr etwas nicht stimmte. Zum Glück schien er auf andere Informationen aus zu sein und sich sonst nicht für sie zu interessieren, denn sie konnte Mike kaum aus ihrem Kopf aussperren. Die Erinnerungen an ihn hatte sie allerdings in ihrem »Märchenzimmer« eingeschlossen, dorthin konnte selbst Metistakles nicht vordringen.

Allerdings verstand sie nicht, warum sie Silvan nicht beim

Training beobachten durfte. Gut, ihr war es verboten, die große Halle zu betreten, aber auch sonst bekam sie ihn kaum zu Gesicht. Die Oberen hielten sie absichtlich von ihm fern. Das war nicht gerecht – immerhin war *sie* es gewesen, die Silvan aufgespürt hatte. Wahrscheinlich hatte der Hohe Rat Angst, Marla könnte noch etwas dazulernen.

Marla fiel bald die Höhlendecke auf den Kopf! Ob sie doch noch einmal nach oben gehen sollte?

Vanessa trat so kräftig in die Pedale, dass sich ihre Oberschenkel verkrampften. So schnell sie konnte, radelte sie nach Hause. Jedoch nicht, weil es leicht regnete. Die Tropfen bemerkte sie kaum, weil sie in Gedanken bei Daniel war. Vanessa war bei Colleen gewesen, aber lange hatte sie es bei ihrer Freundin nicht ausgehalten. Anne hatte ihr am Morgen erzählt, dass Danny nicht in seinem Bett gelegen hatte, als sie vor Schichtbeginn in sein Zimmer gesehen hatte. Daraufhin hatte sie Peter angerufen, um zu fragen, ob Daniel vielleicht bei ihm wäre. Dieser hatte gemeint, sie solle sich mit James Carpenter aussprechen.

Aussprechen … Vanessa grübelte über Annes Worte bereits die ganze Zeit. Sie wollte gleich zu ihr gehen, um zu erfahren, ob es Neuigkeiten gab. Daniel fehlte vielleicht schon seit gestern, wo Vanessa ihn … Nicht drüber nachdenken. Vanessas Magen verkrampfte sich, als sie in die Garage fuhr, ihr Rad abstellte und von innen das Tor schloss. Sie musste endlich wissen, woran sie bei Danny war!

Das Auto ihrer Eltern stand nicht da, weil die beiden Freunde besuchten. Vanessa hätte ohnehin nicht mit ihnen über Daniels »Zustand« sprechen können. Sie fühlte sich allein. Hoffentlich war Anne zu Hause. Aber Anne kannte nicht die Wahrheit über ihren Sohn … Wenn Vanessa doch jemanden zum Reden hätte. Selbst Marla ließ sich heute nicht blicken.

Daniel und Sirina – sie brachte das Bild nicht aus dem Kopf, worauf ihr noch schlechter wurde. Warum musste ausgerechnet ein Dämon ihre große Liebe sein? Vanessa konnte kaum glauben, was in letzter Zeit geschehen war. Ihr Weltbild stand kopf. *Vielleicht ist das alles nur ein verrückter Traum …*

Vanessas Augen hatten sich noch nicht an die Dunkelheit in der Garage gewöhnt. Da es draußen bewölkt war, drang durch das kleine Garagenfenster kaum Licht. Die Lampe war kaputt, und Vanessa versuchte, über nichts zu stolpern, als sie sich langsam auf die Tür zubewegte, die ins Haus führte. Sie war bisher im Dunkeln nicht wirklich ängstlich gewesen, aber seitdem sie Bekanntschaft mit Joe Adams und Dämoninnen gemacht hatte, war ihr doch etwas unbehaglich zumute.

Ein leises Scharren hinter ihr ließ sie aufhorchen. Plötzlich hatte sie das Gefühl, nicht mehr allein zu sein. Ob sich ein Tier verirrt hatte? *Bitte, bitte!*

Wie angewurzelt blieb sie mitten im Raum stehen. Ihr Herz begann zu rasen.

»Danny?«, flüsterte sie, wagte jedoch nicht, sich umzudrehen.

»Nein.«

O Gott! Vanessa wollte schreien, aber der Laut blieb in ihrer Kehle stecken. Diese Stimme gehörte auf keinen Fall zu Daniel. Sie war viel tiefer und rauer.

Vanessa vernahm das Prasseln des stärker werdenden Regens auf dem Dach und ein leises Rascheln. Sie wirbelte auf dem Absatz herum, auf jeden noch so schrecklichen Anblick gefasst und bereit, sofort davonzulaufen.

Im hintersten Winkel der Garage stand eine große Gestalt, von der Vanessa nur die Umrisse erkennen konnte. O nein! War ein Dämon gekommen, um sie mit in die Unterwelt zu nehmen?

»W-was wollen Sie hier?«, fragte sie mit zitternder Stimme. »Wer sind Sie?«

Die Gestalt kam einen Schritt auf sie zu. »Bitte hab keine Angst. Ich bin Daniels Vater.«

Was? Vanessa hatte mit allem gerechnet, nur nicht mit … »J-James Carpenter?«

Der große Mann nickte und kam einen weiteren Schritt auf sie zu. Nun fiel das matte Licht genau auf ihn. Vanessa erkannte sein Gesicht: hohe Wangenknochen, ein markantes Kinn und braunes Haar, das an den Schläfen graue Strähnchen besaß. Die Ähnlichkeit mit Daniel war verblüffend.

Sofort entspannte sie sich. »Ich dachte schon, Sie wären ein Dämon!«, rief sie erleichtert aus, biss sich jedoch gleich auf die Lippe. Der Mann würde denken, sie hätte einen Sprung in der Schüssel.

»Dämon?« James' Augen wurden groß. »Was weißt du über sie?«

»Sagen Sie mir lieber, was Sie in der Garage meiner Eltern zu suchen haben!« Vanessa war die ganze Situation nicht geheuer. Langsam ging sie rückwärts auf die Tür zu. Aus den Augenwinkeln suchte sie nach einem Gegenstand, den sie zu ihrer Verteidigung benutzen konnte. Gartenwerkzeuge hingen an der Wand, eine Schaufel, Harken und Rankstangen.

»Die Dämonen dürfen mich nicht finden, und ich wollte unter vier Augen mit dir sprechen«, sagte Carpenter. »Hör zu, Vanessa …«

Sie erschrak, weil er ihren Namen kannte, aber Daniels Vater sprach einfach weiter, als hätte er Angst, sie könne gleich davonlaufen. »Ich weiß, dass du mit Daniel zusammen bist. Anne hat es mir am Telefon erzählt, auch dass er verschwunden ist. Kannst du mir irgendetwas sagen? Was weißt du über die Dämonen?«

»N-nicht viel«, stammelte sie.

»Weißt du, wo Daniel jetzt ist?«

Vanessa hörte die Sorge aus seiner Stimme. Die ganze Situation war absurd. Daniels echter Vater wusste über Dämonen Bescheid. Ihr Weltbild ging vollständig in die Brüche.

Moment – natürlich wusste er über Dämonen Bescheid! Daniel war ein Halbdämon! Vanessa versuchte sich zu sammeln. Vielleicht steckte Danny in Schwierigkeiten oder sogar in ernsthafter Gefahr?

»Da war eine rothaarige Dämonin, sie heißt Sirina. Sie wollte Daniel mit in die Unterwelt nehmen.« Tränen trübten ihre Sicht und die Stimme wollte ihr versagen. »Sie sollte seine Frau werden. Ich glaube, Daniel ist mit ihr gegangen.«

»Verflucht!« Carpenter fuhr sich hektisch durchs Haar. »Ich hätte es wissen müssen.«

Wissen müssen? Vanessa stockte der Atem. Das klang, als wüsste Dannys Vater über alles Bescheid. Alles und noch viel mehr. Seiner Reaktion nach zu urteilen, steckte Daniel verdammt tief in der Klemme.

Ein Leben als Dämon ist nicht so schlecht, wie ich erst gedacht habe. Entspannt lehnte sich Daniel gegen die weichen Kissen. Er lag auf einem breiten Bett, das mit schwarzen Laken bezogen war und das er sein Eigen nennen durfte, genau wie das prunkvolle Gemach drumherum. Als zukünftiger Anführer genoss er jetzt schon besondere Privilegien, doch am besten gefiel ihm, dass er seine dämonischen Fähigkeiten immer besser beherrschte. Seit wann war er in der Unterwelt? Er hatte jegliches Zeitgefühl verloren. Manchmal kam es ihm wie Tage vor, dann wieder wie Wochen.

Mittlerweile konnte er nicht nur Geschosse aus seiner Handfläche abfeuern, sondern auch Portale erschaffen – nur wohin sich das Tor öffnete, damit tat er sich noch schwer.

Er hatte unwahrscheinlich schnelle Reflexe, konnte wie ein Schatten an anderen vorbeihuschen. Daniel fühlte sich stark, unbesiegbar und endlich einer Gemeinschaft zugehörig.

Sirina lag neben ihm, streichelte seine Brust durch das Hemd und fütterte ihn mit Weintrauben. Wie Daniel – Silvan, so hieß er jetzt! – soeben erfahren hatte, würde er keine menschliche Nahrung mehr benötigen, sobald er ein richtiger Dämon war. Essen war dann lediglich Lustgewinn. Dafür musste er lernen, Energie aus negativen Gefühlen zu gewinnen oder sich sogar von Seelen zu ernähren. So weit war er jedoch längst nicht.

»Kann ich dir einen weiteren Wunsch erfüllen, mein Gebieter?«, säuselte Sirina und leckte ihm den Fruchtsaft von den Lippen. Silvan ließ es zu, um sich daran zu gewöhnen, mit dieser Furie den Rest seiner Tage zu verbringen. Sein Magen verkrampfte sich.

Er kam sich zwar wie ein König vor, aber irgendwie war ihm nicht ganz wohl bei dem Gedanken, diese Höllenbrut eines Tages anzuführen. *Das würde praktisch bedeuten, dass ich gegen Mom und Vanessa in den Krieg ziehe.* Noch befand er sich in »Probezeit«. Er musste sich erst als würdig erweisen, der zukünftige Herrscher zu werden, und dazu wollte ihm der Rat eine Aufgabe stellen. Daniel hatte keine Ahnung, wie die aussehen sollte, aber noch war es nicht so weit. Zuerst musste er an seinen Fähigkeiten feilen.

Daniel dachte an Antheus. Dieser äußerst starke Dämon gönnte Silvan nicht den Anspruch auf den Thron. Antheus wäre in der Rangfolge der Nächste und hatte sich schon auf eine zukünftige Herrschaft eingestellt, als die Oberen mit Marlas Hilfe Daniel aufgespürt hatten.

Marla sah er leider selten, die Oberen ließen ihn kaum zu Atem kommen. Daniel hätte so gern mit ihr gesprochen. Marla war plötzlich ungewöhnlich still. Daniel erinnerte sich noch zu gut an ihre Reaktion, als Vanessa in Mikes Armen gelegen hatte.

Ob Marla etwas für ihn empfand? Besaß seine dämonische Schwester tatsächlich romantische Gefühle? Für Blondie?

Nessa … Er dachte oft an sie, und jedes Mal durchfuhr ihn dabei ein dumpfer Schmerz. Das war der Nachteil, nur ein halber Dämon zu sein. Seine menschlichen Gefühle konnte er nicht abstellen. Sirina, dieses berechnende Luder, gab alles, um ihn auf andere Gedanken zu bringen, denn natürlich schnüffelte sie in seinem Kopf herum, wenn er zu müde war, seinen geistigen Schutz aufzubauen. Sie wusste, was ihn beschäftigte. Leider kam er nicht drumherum, sie in seinen Kopf zu lassen, damit sie ihm zeigen konnte, wie er seine Fähigkeiten benutzte. Aber Daniel konnte Vanessa einfach nicht vergessen. Die Art, wie sie auseinandergegangen waren, hatte ihm überhaupt nicht gefallen. *Ich vermisse sie.*

Sirina, die halb auf ihm lag, fuhr ihm plötzlich unter das Hemd. Noch trug er seine normale Kleidung, doch auch das würde sich bald ändern. Ein höhergestellter Dämon musste diese seltsamen Fetzen tragen, die wie halbe Kleider aussahen. Diese grauen Umhänge, als wären sie Mönche. Vielleicht könnte er wenigstens einen schwarzen beantragen, so wie Xandros einen hatte.

»Liebster«, flüsterte Sirina.

Die Augen geschlossen, stellte sich Daniel vor, es wären Nessas Hände, die über seinen Bauch glitten, aber die langen Fingernägel der Dämonin erschwerten das.

»Hm, das gefällt dir, Silvan, nicht wahr?«

Leider ließen ihn ihre Berührungen nicht kalt. *Verflixt, ich bin auch nur ein Mann!*, dachte er verzweifelt, als sie in seine Hose fuhr. Vanessa hatte ihn dort schon berührt, allerdings viel unbeholfener, als Sirina es tat. Die Dämonin wusste genau, wie sie zupacken musste. Dennoch hatte es ihm mit Nessa einfach besser gefallen. *Weil ich sie liebe und Sirina nicht.*

Sirina setzte sich auf seinen Schoß und zog ihm das Hemd über den Kopf. Daniel ließ es geschehen. Für einen echten Dämon war Sex eben nur eines der zahlreichen Vergnügen, mit denen er sich den Tag versüßte, wenn er nicht gerade unschuldige Seelen verdarb. Damit musste er sich abfinden. Hier waren keine romantischen Gefühle im Spiel, Sex diente nur der Triebbefriedigung. Und Sirina tat es, um sich seine Gunst zu erschleichen. Sie wollte an seiner Seite an die Macht kommen, als seine Frau, und daher musste sie alles unternehmen, um ihn auf den richtigen Weg zu führen.

Aber verdammt – es war einfach nicht richtig!

Ein Klopfen an der Tür erlöste ihn davor, mehr als nur Sirinas üppige Brust zu sehen, die sie gerade aus ihrem Korsett hob.

»Verflucht!« Sofort richtete sie ihr Hosenkleid. Auch Daniel zog sich schnell sein Shirt über. Wenn ihn jemand in seinen privaten Gemächern aufsuchte, konnte es nur einer der Oberen sein. Diesmal war Daniel mehr als glücklich über diese Unterbrechung. In Zukunft musste er sich etwas einfallen lassen, wie er sich Sirina vom Hals halten konnte. Wenn er dann einmal Herrscher war, bestimmte er selbst, ob er sie noch zur Frau wollte …

»Herein!«, rief Daniel, als sie beide vollständig bekleidet waren.

Marla saß mit übereinandergeschlagenen Beinen auf dem Rand eines großen Springbrunnens, der sich am Governor Place befand, und starrte auf das Bankgebäude, in dem Mike arbeitete. Sie hatte beschlossen, ein wenig frische Luft zu schnappen, weil sie das Gefühl hatte, in der Unterwelt zu ersticken. Im Moment hatte sowieso niemand für sie Zeit oder einen Auftrag. Also hatte sie ein Portal erschaffen, ohne sich ein bestimmtes Ziel vorzustellen, und wohin hatte es sie verschlagen? Natürlich in Mikes Nähe.

Und wenn sie schon da war, konnte sie auch einen Blick auf den Mann riskieren, der ihre Sinne durcheinanderwirbelte. Sie redete sich ein, dass es ihr danach bestimmt besser ginge, wenn sie sah, dass er doch nicht so toll war wie in ihrer Fantasie.

Bloß – warum war sie dazu in die menschlich-gewöhnlichen Klamotten geschlüpft, die sie mit Vanessa ausgesucht hatte? Selbst die Haare hatte sie sorgsam gekämmt. Sie fielen ihr lang und glatt über die Schultern.

Am allermeisten faszinierten Marla ihre Schuhe, denn sie war es nur gewohnt, sich in ihren schweren Stiefeln zu bewegen. Stattdessen trug sie federleichte Sneaker. Belustigt schaute sie auf ihre Füße und erschrak, als sie plötzlich auf ein glänzendes Paar schwarzer Schuhe sah und Mikes überraschte Stimme hörte: »Marla?«

Verdammt, hatte sie tatsächlich vergessen, sich unsichtbar zu machen? Marla sprang auf ihre Füße und stand Mike gegenüber. Sie roch sein Aftershave sowie seinen eigenen, unwiderstehlichen Mike-Duft und fühlte die Wärme, die sein Körper ausstrahlte.

Ihre Knie wollten nachgeben. »Äh … Mike, hallo!« Warum krächzte sie wie eine Hexe, wenn sie vor ihm den Mund aufmachte?

Mike sah sie ebenso erstaunt an, wie sie sich gerade fühlte.

Endlos lange Sekunden später klappte er den Mund als Erster zu. »Was machst du denn hier?«

Tja, gute Frage. Was sollte sie ihm antworten? »Ich schaue mir die Sehenswürdigkeiten von Little Peak an, solange ich eine Freundin besuche.«

»Klar«, erwiderte Mike über das ganze Gesicht strahlend. »Du hast auf mich gewartet, stimmt's?«

Ihr Gesicht erhitzte sich abrupt, was ebenfalls unbekannt für sie war. Ihr Körper schien ein völlig neues Eigenleben entwickelt zu haben.

»Ich hab gedacht, ich sage dir mal kurz Hallo. Und das hab ich ja jetzt gemacht, also …«

»Hast du Lust, mit mir essen zu gehen?«, fragte Mike hastig. Es war offensichtlich, dass er sie nicht so schnell entkommen lassen würde. »Gleich zwei Straßen weiter ist ein Diner, da gibt's hervorragende Burger.«

»Burger?« Die hatte sie schon ewig nicht mehr gegessen.

»Die haben auch andere Sachen.« Mike errötete.

Ach, er sah einfach süß aus! »Burger sind okay.« Verdammt, das war jetzt praktisch ein Ja gewesen! Marla biss sich auf die Zunge. Sie würde nur eben mit Mike da hingehen, einen Burger essen und danach sofort verschwinden.

»Cool«, sagte Mike und grinste breit. Dadurch kamen leider seine Grübchen zum Vorschein, was ihn noch attraktiver aussehen ließ.

Ich bin verloren, dachte Marla, als sie sich bei Mike unterhakte.

Antheus war gekommen, um ihn wieder einmal mit in die Halle zu nehmen, wo sein nächstes Training stattfand. Der große Dämon, der den anderen Oberen fast bis aufs Haar glich – nein, er hatte ja gar keine Haare, wie all die anderen des Hohen Rates auch –, schleuderte Daniel mental eine Eiseskälte entgegen, die ihn frösteln ließ.

Obron und Metistakles erwarteten ihn bereits. Sie standen neben dem Thron des Noch-Herrschers Xandros, der sein »Opa« war, wie sich Daniel … Silvan mit leichtem Unbehagen immer wieder ins Gedächtnis rief. Daniel hatte versucht, nach äußerlichen Ähnlichkeiten zu suchen, aber noch nie hatte er Xandros' Gesicht gesehen. Ob Marla ihn je ohne Kapuze erblickt hatte? Sie war auch seine Enkelin.

Xandros, dessen knochige Finger die Lehnen des Stuhls umklammerten, war unter seiner weiten Kapuze kaum auszumachen. Daniel bildete sich ein, dass dessen Augen dunkelrot glommen. Er konnte die Hitze fast auf seiner Haut spüren. So gerne würde er ihn anschauen, doch sobald Daniel den Kopf hob, schoss ein stechender Schmerz durch sein Gehirn, sodass er ihn sofort wieder senkte.

Daniel hätte sich jetzt sogar Sirina an seine Seite gewünscht, nur um mit diesen unheimlichen Unterweltlern nicht allein zu sein. Würde er, wenn er Herrscher war, nicht nur diese hässlichen, grauen Gewänder tragen müssen, sondern auch eine Glatze haben? Daniel liebte sein schwarzes Haar und wollte es nicht missen.

Aber einen entschiedenen Vorteil hatte es, ein Dämon zu sein: Sobald man eine gewisse körperliche und magische »Reife« erlangt hatte – also meistens zwischen dem achtzehnten und einundzwanzigsten Lebensjahr –, liefen die biologischen Prozesse im Körper in Zeitlupe ab. Ein Dämon alterte unendlich langsam und wurde praktisch unsterblich. Jedoch nur, wenn man die »Ernährung« umstellte und fortan bloß Seelen oder negative Energien auf dem Speiseplan standen. Daniel würde weiterhin normal essen können, wenn er wollte, danach hatte er sich erkundigt. Ein Leben ohne Nudelauflauf, Hot Dogs und Käsekuchen wäre nicht zu ertragen.

Unsterblich … und an der Macht.

Das hatte was.

Eines wusste Daniel: Sobald er hier den Laden schmiss, würde sich einiges ändern.

Vanessa saß wie jeden Nachmittag in den letzten Tagen mit James und Dannys Mutter am Küchentisch der Taylors. Anne hatte ihr

Gesicht in einem Taschentuch vergraben. Sie machte sich immer noch große Vorwürfe darüber, nicht nur als Ehefrau, sondern auch als Mutter versagt zu haben. James hatte einen Arm um sie gelegt und versuchte, sie zu beruhigen. »Anne, es ist sicher nicht deine Schuld, dass er weggelaufen ist.«

Weggelaufen … das glaubte Anne.

James hatte Vanessa gebeten, Anne erst einmal nicht die Wahrheit zu erzählen, um sie nicht unnötig aufzuregen und vor allem, um sie nicht in Gefahr zu bringen. »Wenn Daniel in der Unterwelt ist, und davon gehe ich aus, dann können wir nichts dagegen unternehmen«, hatte ihr James in einem unbeobachteten Moment gesagt. »Ich kann ihn dort nicht herausholen.« Und dass es so war, davon ging auch Vanessa aus, weil sich seit dem Tag seines Verschwindens nicht einmal mehr Marla bei ihr hatte blicken lassen. James und Vanessa hofften, dass er bald zurückkommen würde. Aber je mehr Tage vergingen, desto weniger glaubten sie daran.

Die Ferien waren vorüber, und Anne hatte Daniel in der Schule krankgemeldet. Sie selbst war nicht mehr zur Arbeit gefahren. Vanessa hatte Mike erzählt, dass sie im Moment nicht über Daniel reden wollte, da sie sich eine Zeit lang nicht sehen wollten, um sich über ihre Gefühle füreinander klar zu werden. Wenn das Thema auf Daniel fiel, musste sie nur weinen.

Vanessa konnte gar nicht beschreiben, wie weh es tat, dass Daniel einfach gegangen war, ohne sich zu verabschieden. Sobald sie nachts die Augen schloss und versuchte, in den Schlaf zu finden, sah sie Sirina, die auf Danny lag und ihn küsste. *Er hat da unten sicher seinen Spaß!*, dachte sie wütend. Aber sie versuchte, ihre Emotionen im Zaum zu halten. Anne ging es wesentlich schlechter als ihr. Immerhin war sie erst von ihrem Mann und jetzt von ihrem Kind verlassen worden. Trotzdem – für Vanessa fühlte es sich ebenfalls an, als hätte man ihr das Herz aus der Brust gerissen. Sie vermisste Danny, sie machte sich Vorwürfe, weil sie sich gestritten hatten, und sie hatte Angst um ihn. Sie hatte in den letzten Tagen viel im Internet recherchiert, James ausgefragt und alles in sich aufgesogen, was sich um Dämonen oder die Unterwelt drehte. Das meiste davon war erschreckend. Immer wieder wachte Vanessa nachts weinend auf, weil sie von Danny geträumt hatte. Aber es waren keine schönen Träume gewesen. Danny hatte schrecklich ausgesehen, mit verzerrtem Gesicht, glühenden Augen und Hörnern auf dem Kopf. Sie wollte nicht, dass er zu so einem bösen Wesen wurde, das anderen die Seele aussaugte.

Er fehlte ihr unendlich …

Anne schnäuzte sich in ihr Taschentuch, bevor sie zu James sagte: »Er wollte dich unbedingt kennenlernen, und ich habe ihn ständig hingehalten. Warum durfte ich ihm denn nicht sagen, dass ihr euch bald getroffen hättet?« Eindringlich schaute sie ihn an. »Und jetzt will ich keine Ausreden mehr hören!«

James fuhr sich durchs Haar. Da er das an diesem Abend schon mehrmals gemacht hatte, sah es ganz verstrubbelt aus. Er war ein wirklich attraktiver Mann und wies so starke Ähnlichkeit mit Daniel auf, dass das Ziehen hinter Vanessas Brustbein fast unerträglich wurde, wenn sie ihn zu lange anblickte. Zumindest hatte Danny James' große schlanke Gestalt und die grünen Augen geerbt. Das pechschwarze Haar musste er von seiner dämonischen Mutter haben.

Als James nicht antwortete, stand Anne auf, um zum Telefon zu gehen, das neben der Küchenzeile an der Wand hing. »Ich muss noch mal mit Mrs. Thompson reden. Wir müssen doch was tun können, James! Ich kann einfach nicht länger untätig herumsitzen, und du bist mir überhaupt keine Hilfe.«

Vanessa wusste, dass Rhea Thompson eine Bekannte von James war, die wie er für eine Untergrundorganisation arbeitete. Sie hatte sich keine vierundzwanzig Stunden nach Daniels Verschwinden als Polizistin ausgegeben, die angeblich von James benachrichtigt worden war.

Anne griff zum Telefon und wollte die Nummer wählen, da trat James neben sie und nahm ihr den Hörer aus der Hand.

»Anne, die Polizei kann uns nicht helfen.«

»Aber *warum* denn nicht?« Anne sah abwechselnd von James zu Vanessa. »Ich spüre doch, dass ihr mir etwas verschweigt!«, rief sie. »Was ist denn los? Was ist mit Danny, hat man ihn gefunden? Ist er tot?« Schluchzend brach sie vor James zusammen, der sie gerade noch auffangen konnte. Er hob sie auf seine Arme und trug sie ins Wohnzimmer, wo er sie auf die Couch legte.

Vanessa folgte ihnen und bemerkte erst jetzt, dass sie selbst weinte. Sie hatte solche Angst um Danny! Vielleicht hatten die Dämonen ihm ja etwas angetan und er war wirklich tot!

Nein – daran durfte sie nicht denken.

»Er ist nicht tot, Anne, denk nicht so etwas.« James deckte sie mit einer karierten Wolldecke zu und setzte sich daneben. Kurz fuhr er durch ihr blondes Haar, dann zog er schnell die Hand zurück. »Es ist … kompliziert und ich weiß nicht, wie ich dir alles erklären soll. Aber es ist wohl an der Zeit, dass du es erfährst.«

»Er ist also doch tot?«, flüsterte sie und sah James mit verheulten Augen an.

»Nein!« James stützte die Ellbogen auf seine Knie und legte den Kopf in die Hände. »Also, ich weiß nicht einmal, wo ich anfangen soll … am besten ganz von vorn.« Seufzend schaute er Anne an. »Vor vielen Jahrtausenden gab es eine Gruppe von Druiden, die Magie wirken konnten. Sie waren mächtige Zauberer mit ungewöhnlichen Fähigkeiten. Während die einen ihre Kräfte nutzten, um Gutes zu bewirken, verfielen andere der dunklen Seite und missbrauchten ihre Macht, um die restlichen Menschen zu verderben. Die Magier wurden immer böser und skrupelloser, sodass ein Krieg entbrannte. Um in Ruhe weiterhin die Menschen verderben zu können, woraus sie ihre Energie zogen, schufen sie ihr eigenes Reich tief unter der Erde. Von da an gab es zwei Parteien, die gegeneinander kämpften: Dämonen und Wächter. Die Dämonen sind also eine abgespaltene Rasse der Menschheit.«

Anne starrte ihn an, als wäre er nicht ganz richtig im Kopf. »Warum erzählst du mir das, James? Ich möchte jetzt keine Märchen hören, ich will wissen, wo mein Kind ist!«

»Dazu wollte ich gleich kommen«, murmelte James, die Lider gesenkt. Er wandte sich Anne zu, ohne sie anzusehen. »Ich habe dich damals belogen, als ich gesagt habe, Daniels Mutter wäre spurlos verschwunden und ich könne mich nicht um Daniel kümmern, weil ich ständig beruflich unterwegs sei.«

Annes Brauen hoben sich. »Ja?«

»Na ja, Daniels Mutter … sie wurde … umgebracht.«

Anne riss die Augen auf. »James! Das ist ja furchtbar!« Sie setzte sich auf und rutschte neben ihn, um seine Hand zu ergreifen. »Hat die Polizei den Mörder gefasst?«

»Nein, ich … Die Polizei hätte mich wohl für verrückt gehalten, wenn ich ihnen die Wahrheit erzählt hätte, so wie du mir auch nicht glauben wirst.«

Vanessa hatte sich mittlerweile in einen Sessel gehockt und lauschte gebannt James' Geschichte, von der sie noch nicht alle Details kannte.

»Nun erzähl doch schon!« Ungeduldig rutschte Anne auf ihrem Platz hin und her.

»Daniels Mutter … Kitana war ihr Name, nun, sie war …« Er atmete tief durch. »… eine Dämonin.«

Anne stieß ein irres Lachen aus. »Ja, natürlich!« Ihre Brauen zogen sich zusammen. »Jetzt ist Schluss, ich rufe Mrs. Thompson an!«

Diesmal fühlte sich Vanessa dazu gedrängt, etwas zu sagen. Sie sprang aus dem Sessel und hielt Anne am Arm fest, bevor diese ganz aufgestanden war. »James hat recht. Danny ist ein halber Dämon, ich kann das bestätigen!«

Anne sackte auf die Couch zurück. »Ihr nehmt mich doch auf den Arm, alle beide.«

»Leider nein.« Sanft legte James Anne eine Hand auf die Schulter. »Hör mir einfach nur zu. Weißt du noch, dass ich auf eine andere Schule gegangen bin als du und Peter?«

»Klar«, flüsterte Anne. »Du warst auf einem Internat.«

»Ja, aber es war kein gewöhnliches Internat. Ich wurde zum Wächter ausgebildet.«

»Wächter?«

»Ich bin kein gewöhnlicher Mensch, Anne. Genau wie dein Sohn. Sieh her.« James streckte die Hand aus und ein Stab aus grellem Licht formte sich darin.

Vanessa stockte der Atem. Auch Anne blinzelte, den Mund geöffnet, bis James eine Faust machte und der Leuchtstab verpuffte.

»Wow, das war ein toller Trick!« Anne lächelte und James schüttelte verzweifelt den Kopf.

»Dann etwas anderes«, murmelte er und stand auf. »Gib mir deine Hand.«

»Ein neuer Trick?« Anne erhob sich und reichte James die Hand, während Vanessa gebannt zuschaute. Kaum hatten sie die Finger miteinander verschränkt, verschwanden die beiden mit einem leisen »Plopp«.

»Was?!« Vanessa schoss erneut aus ihrem Sessel hoch. »Wo seid ihr?« Sie tastete die Luft ab, aber da war niemand.

Wenige Sekunden später hörte sie wieder dieses »Plopp«. Vanessa wirbelte herum. Anne und James standen in inniger Umarmung hinter ihr.

Sofort lief Vanessa auf sie zu. »Was ist passiert?«

»W-ir waren … standen mitten … in einer Wüste!« Anne ließ

sich von James zur Couch führen. Mit geschlossenen Augen lehnte sich Anne gegen die Lehne. »Träume ich?«

James zog sie in seine Arme und ihr Kopf sackte auf seine Schulter. »Du träumst nicht. Wir waren gerade in der Mojave-Wüste. Ich kann mich translozieren, das ist so ähnlich wie beamen. Weil ich ein Wächter bin.«

Beamen? »Wow«, entfuhr es Vanessa.

James richtete das Wort an sie. »Kannst du mir bitte eben etwas zu essen holen? Die Translokation erfordert schrecklich viel Energie.«

James sah tatsächlich erschöpft aus. Unter seinen Augen hingen dunklere Ringe als zuvor.

Vanessa eilte in die Küche, um ihm einen Toast mit Käse und Schinken zu machen, hörte jedoch mit einem Ohr zu, was James zu Anne sagte: »Was meinst du, wie gerne ich dir, als wir Kinder waren, die Wahrheit gesagt hätte. Aber ich durfte nicht. Ich hatte einen Eid geschworen.«

Vanessa lugte kurz ins Wohnzimmer. Ein Lächeln huschte über Annes Lippen. »Du warst für mich immer der unerreichbare Märchenprinz.«

James lächelte ebenfalls. »Nicht das verwöhnte Millionärssöhnchen?«

»Das auch.« Annes Wangen röteten sich, als sie zu James aufblickte.

Vanessa hätte die beiden jetzt am liebsten allein gelassen. Es war offensichtlich, dass sie sich zueinander hingezogen fühlten. Dennoch beeilte sie sich mit dem Toast, da sie kein Detail der Geschichte verpassen wollte, legte das Brot auf einen Teller, schnappte sich eine Dose Bier und eilte damit zurück ins Zimmer.

Dankend nahm James alles entgegen und verschlang den Toast mit wenigen Bissen.

Anne seufzte. »Ich habe noch nie gesehen, dass Daniel zaubern kann.«

»Seine Kräfte haben sich jetzt erst entwickelt«, sagte James, der den leeren Teller auf den Tisch stellte und das Bier öffnete. »Deswegen bin ich mit dir über Handy in Kontakt geblieben. Ich musste wissen, wenn etwas ungewöhnlich an ihm war.«

»Er war so still in letzter Zeit«, wisperte Anne und schloss die Augen. »Ich dachte, es wäre wegen Peter und mir.«

»Er wollte dich nicht belasten«, warf Vanessa ein. »Nach allem, was du durchgemacht hast.«

Anne räusperte sich und wandte sich wieder an James. »Wovon hast du die letzten Jahre gelebt, was hast du gearbeitet?« Die Worte sprudelten nur so aus ihr heraus. »Und wo hast du gesteckt? Ich habe versucht, deine Adresse herauszubekommen, aber du warst nirgendwo gemeldet. Deine Eltern konnten mir auch nicht sagen, wo du steckst. Wenn es einen Notfall gab, wenn Danny krank war, warst du sofort da. Hast du heimlich bei deinen Eltern gele… Nein, du hast dich gebeamt, nicht wahr?«

James nickte. »Ja, dann habe ich mich hierher transloziert, auch um heimlich meine Eltern zu besuchen. Sie mussten schwören, dir meine Aufenthaltsorte nicht zu verraten. Die meisten kannten meine Eltern selbst nicht. Ich war immer auf der Flucht, vor den Dämonen und sogar vor der Gilde.«

»Wieso vor der Gilde?«, fragte Vanessa nach.

»Ich traue niemandem.« James senkte den Blick. Er leerte das Bier und erzählte weiter. »Ich habe mal hier, mal dort gelebt. Europa, Australien, sogar in Afrika. Mein Geld verdiene ich mit Übersetzungen. Ich habe während meiner Wächterausbildung viele alte Sprachen gelernt. Das kommt mir zugute. Ich biete vor allem Museen meine Dienste unter einem Decknamen über das Internet an und verdiene ganz gut damit.«

»Was hast du gemacht, als du in Kairo warst?«, fragte Anne. »Oder warst du nicht da?«

»Doch.« James nickte. »Ich war Student im letzten Jahr. Ich

habe in einer kleinen Gruppe gemeinsam mit unserem Professor in einer Pyramide gearbeitet. Wir haben magische Artefakte gesucht. Besonders nach einem …« Er zögerte kurz, als wollte er ihnen nicht alles erzählen. »Wir hielten nach einem Zepter Ausschau.«

Anne kuschelte sich enger an ihn. »Warum?«

»Es soll ein sehr mächtiges Artefakt sein, mit dem man die Welt beherrschen kann.« Er seufzte. »Ich habe es gefunden.«

Vanessa versteifte sich. Auch Anne setzte sich wieder gerade hin und blickte James an. »Und dann?«

»Ich war jung und dumm, wie man so schön sagt, und hab es heimlich aktiviert. So erfuhren die Dämonen, dass das Zepter aufgetaucht war. Eine Dämonin ist gekommen, eine wunderschöne junge Frau mit einem Baby auf dem Arm. Sie warnte mich. Wir sind gemeinsam geflohen und haben das Zepter versteckt. Das war vor neunzehn Jahren. Die Wächtergilde hat mich verstoßen, aber das war mir zu der Zeit egal. Ich war damals so verliebt in Kitana, dass ich kaum noch etwas anderes um mich herum wahrnahm.«

Vanessa bemerkte, wie sich Anne versteifte. »Kitana. Daniels Mutter?«

James nickte. Sanft streichelte er Annes Arm. »Ich könnte dir so viel erzählen; es würde Stunden dauern, bis du alles weißt. Zum Beispiel gibt es eine Prophezeiung eines dämonischen Orakels. Kitana sagte, dass das Zepter eines Tages ihr Kind retten wird, deshalb hat sie es nicht zerstört. Und ich auch nicht.«

Anne setzte sich kerzengerade auf. »Dieses Zepter wird Daniel retten?«

James nickte. »Ich denke schon. Kitana hat das von einem Orakel erfahren, kurz bevor sie vor den anderen Dämonen geflohen ist. Zu der Zeit hatte sie gerade ein Mädchen geboren, das ihr Mann töten wollte, weil er nicht wollte, dass die Kleine eines Tages den Thron bestieg: Marla.«

»Marla?« Vanessa horchte auf. »Ich kenne sie!«

James blieb der Mund offen stehen. Sein Gesicht wurde schneeweiß. »Was?«

Vanessas Herz raste. »Ja!«

»Marla … Sie lebt?!«, brachte er mühsam hervor.

»Sie lebt.« Vanessa nickte.

»Bist du dir sicher?«

»Ganz sicher. Wir sind … waren ja fast … also nicht unbedingt Freundinnen, aber ich kenne sie. Wenn ich das eher gewusst hätte … Sie war diejenige, die Danny aufgespürt hat, um ihn mit in die Unterwelt zu nehmen. Warum hab ich dir das nicht eher erzählt?! Daniel hat mir ja gesagt, dass sie seine Halbschwester ist!« Vanessa war dermaßen auf Daniel fixiert gewesen, dass sie alles andere vergessen hatte.

James sprang auf. »Marla lebt!« Er lief wie ein eingesperrtes Tier durchs Zimmer, wobei er sich ständig durchs Haar fuhr. »Ich habe immer gedacht, die hätten sie längst …« Er atmete geräuschvoll auf. »Daher habe ich angenommen, Marla wäre …« James' Stimme brach und seine Augen schimmerten, als er Vanessa ansah. »Ich bin so froh, dass sie lebt. Weißt du, wo sie ist?«

Vanessa seufzte. »Leider nein. Seit Danny weg ist, ist sie auch verschwunden.«

Kurze Zeit herrschte Schweigen, bis Anne sich räusperte. Sie starrte James an, und er erzählte unbeirrt weiter, dass sich Kitanas dämonischer Mann Obron einen Jungen als Thronfolger gewünscht habe und deswegen Marla verschwinden musste.

»Der eigene Vater wollte Marla töten?«, warf Vanessa dazwischen. »Wieso lebt sie dann noch?« Irgendetwas stimmte an der Geschichte nicht.

»Der wahre Grund war ein anderer. Es hat mit dem Zepter zu tun und mit Kitanas Vergangenheit.«

Aber anstatt auf das Artefakt einzugehen, holte James eine

silberne Kette aus dem Ausschnitt seines Hemdes und zeigte Anne und Vanessa den kleinen Anhänger, der die Form eines Ovals hatte. In der Mitte war ein leuchtend roter Stein angebracht, der wie ein Auge aussah. »Sobald ich ihn abnehme«, erklärte James ihnen, »werde ich für die Dämonen sichtbar. Solange ich das Horusauge trage, nehme ich diese Kreaturen anders wahr. Sie strahlen eine rote Aura ab. Als ich Daniel im Krankenhaus besuchte, um ihm mein Blut zu geben, war seine Aura ein helles Orange. Er ist noch kein ganzer Dämon…« James wandte sich an Anne: »Du durftest Daniel nicht erzählen, wann ich mich mit ihm treffen wollte, weil alle Unterweltler mental miteinander verbunden sind. Sie hätten mich trotz des Amuletts finden können, und dann würden sie das Versteck des Zepters aus mir herausfoltern. Aber das Artefakt darf niemals in ihre Hände fallen.«

»Foltern?«, wisperte Anne und drückte James' Hand.

Vanessa hätte gerne mehr über dieses magische Amulett und das Zepter erfahren und was es so besonders für die Dämonen machte, doch James erzählte schon weiter.

»Kitana hat mir zuliebe ein Portal erschaffen, um meinen Computer zu holen, den ich in dem Hotelzimmer vergaß, wo wir zuletzt lebten. Das zumindest behauptete sie, doch es hat ihr nur als Vorwand gedient, wie mir später klar wurde, denn der Laptop befand sich ganz unten in meiner Reisetasche. Kitana gab das Amulett mir und Danny, den sie bei mir ließ, damit die Dämonen unseren neuen Aufenthaltsort nicht entdecken konnten.

Aber Marla, die auch bei uns bleiben sollte, lief ihr hinterher, da die Kleine sehr an ihrer Mutter hing. Ich habe mich damals verflucht, dass ich es noch nicht gut genug beherrschte, mich zu translozieren.« James ließ den Kopf sinken. »Gerade als sie zurückkommen wollte – sie hatte schon ein Portal geschaffen –, standen hinter ihr und Marla mehrere Dämonen in langen grauen Umhängen. Einer von ihnen riss Marla vom Tor weg. Dann … dann habe ich gesehen, wie einer der Dämonen zu Kitana trat und sie in einem blauen Feuerschein verbrannte. Das Portal hat sich augenblicklich geschlossen. Daher dachte ich immer, Marla wäre ebenfalls nicht mehr am Leben.«

Anne starrte James an. Es war offensichtlich, dass sie nicht begriff, was ihr soeben mitgeteilt worden war.

James hingegen blickte auf den Boden. Seine Hände zu Fäusten geballt, saß er neben Anne und räusperte sich. Er wirkte sehr traurig. Anne drückte lange seine Hand und streichelte sie, bevor sie zitternd aufstand. »Ich brauch erst mal einen Drink.«

Als Anne in der Küche verschwand, beugte sich Vanessa zu James und flüsterte: »Was meinst du, was wollen die Dämonen von Danny?«

James sagte leise: »Laut Erbfolge ist er der zukünftige Herrscher.«

»Ja, das hat er mir erzählt, aber er hat abgelehnt.«

»Ich denke auch nicht, dass sie ihn wirklich als Herrscher akzeptiert hätten, daher vermute ich, wollen sie etwas anderes von ihm.«

»Das Zepter.« Ihr Herz klopfte wild.

James nickte. »Erst dachte ich, sie wollen Daniel sicher töten, weil er nicht von reinem Blut ist, aber als du mir erzählt hast, dass er unversehrt aus der Unterwelt zurückgekehrt ist … Kitana meinte einmal zu mir, dass das Zepter niemals in ihre Hände fallen dürfte. In keine Hände, nicht einmal in die eines Wächters. Die Versuchung ist für jeden zu groß, selbst für jene, die reinen Herzens sind. Das Zepter steckt voll dunkler Magie, die jeden Charakter verdirbt. Außerdem erlangt der Träger dadurch unendliche Macht, seine eigenen Kräfte potenzieren sich um ein Vielfaches.«

Jetzt wurde Vanessa so vieles klar, und ihre Angst um Daniel wuchs.

Plötzlich drang ein klirrendes Geräusch an ihre Ohren, als wäre ein Glas auf den Boden gefallen.

»Ich sehe mal nach Anne«, sagte James hastig und stand auf.

Vanessa beschloss, die beiden für einen Moment allein zu lassen. Sie musste ohnehin über so vieles nachdenken.

Als James in die Küche kam, stand Anne an der Theke, ihm den Rücken zugewandt. Ihre Hände hatte sie an der Arbeitsplatte abgestützt; neben ihr, auf dem Boden, lag das Glas. Ein Stück vom Rand war abgebrochen. Vorsichtig hob James die beiden Teile auf und warf sie in den Mülleimer. Dann stellte er sich hinter Anne und legte die Arme um sie.

Anne lehnte sich zitternd gegen ihn. »Ich … kann das alles kaum glauben«, sagte sie leise.

James zog sie fest in seine Umarmung und küsste ihre Schläfe. »Es tut mir so leid. Ich wollte dich niemals da hineinziehen, aber ich wusste damals einfach nicht weiter. Du warst die Einzige, die mir in den Sinn kam, als ich für Daniel nach einem sicheren Platz gesucht habe.«

Anne drehte sich in seinen Armen um. »Warum ich, James?«

»Du warst meine beste Freundin außerhalb der Gilde«, wisperte er, ohne den Blick von ihr zu lassen. »Du hattest nichts mit alldem zu tun. Bei euch war mein Sohn in Sicherheit. Ich hätte ihm nie ein Zuhause geben können. Ich war ständig auf der Flucht.«

Anne öffnete den Mund, als wollte sie etwas erwidern, schloss ihn jedoch wieder. Vielleicht war es jetzt an James, *ihr* zu erklären, wie viel ihm ihre Freundschaft bedeutet hatte. »Wäre ich kein Wächter gewesen …« Er schluckte seine Furcht vor ihrer Reaktion hinunter und sagte Anne direkt: »… dann hätte ich um deine Hand angehalten.«

Anne erwiderte nichts.

James hoffte, nicht voreilig gehandelt zu haben, indem er sich ihr offenbart hatte. Sie schaute ihn an, ihre blauen Augen glänzten feucht und sie zitterte. James wusste nicht, was er tun sollte. Er hätte Anne so gern geküsst. Sein Puls klopfte dermaßen heftig in seinen Schläfen, dass er davon Kopfweh bekam. Seit Kitana war er keiner Frau mehr so nahegekommen. Er war es einfach nicht mehr gewohnt. Dennoch vermisste er diese Nähe. Er vermisste Kitana, die Liebe und alles, was dazugehörte. Er war zu lang allein gewesen.

Erst nach einer Ewigkeit fragte sie leise: »Was sagst du da?«

James räusperte sich. »Deine Briefe haben mir so viel bedeutet und mir ständig gezeigt, was ich nicht haben konnte. Ich war so eifersüchtig auf Peter. Als ich in Kairo war, wäre ich am liebsten ins nächste Flugzeug gestiegen, um dich wachzurütteln. Ich hab dich so vermisst.«

Ein Lächeln stahl sich auf Annes Lippen. »O James, du glaubst nicht, wie verliebt ich in dich war.«

Sein Herz machte einen Satz. »Wirklich?«, wisperte er und zog sie enger an sich. Anne fühlte sich gut an. Er liebte sie noch immer. Konnte ein Mann zwei Frauen lieben? Sein Herz hatte Kitana gehört, doch ein Teil war immer bei Anne gewesen.

»Wirklich«, hauchte sie zurück. Ihr Mund war seinem so nah …

»Ich hätte dir damals so gern alles gesagt, aber ich durfte nicht. Ich unterstehe zwar nicht mehr der Gilde, doch ich bin Mitglied in einer Wächter-Untergrundorganisation.«

Ihr Mund kam noch näher. Auch wenn James sich nichts sehnlicher wünschte, als Anne zu küssen, wollte er erst alles zwischen ihnen klarstellen. »Das ist noch nicht alles«, sagte er mit rauer Stimme. Wie viel konnte sie ertragen? »Ich weiß nur nicht, ob du mehr hören willst.«

»Erzähl mir alles, James. Ich möchte nicht, dass noch etwas zwischen uns steht.«

Erleichtert atmete er auf. Sie dachte genau wie er.

»Du wirst mich hassen.«

Zärtlich streichelte sie seine Wange. »Ich könnte dich niemals hassen. Du hast mir das größte Geschenk gemacht: ein Kind.«

»Ich …« Er holte tief Luft und nahm all seinen Mut zusammen. »Es tut mir so unendlich leid, dass ich eure Ehe zerstört habe.«

Annes Stirn legte sich in Falten. »Wovon sprichst du?«

»Peter hat alles gewusst.« Jetzt war es endlich draußen. James war, als würde eine tonnenschwere Last von seinen Schultern fallen. Er musste Anne nicht mehr belügen. Nie wieder.

Anne versteifte sich. »Peter hat das mit Daniel gewusst? Dass er ein Dämon ist?«

James nickte. Hoffentlich würde sie ihn jetzt nicht aus dem Haus werfen! »Peter musste einen Eid schwören. Er und Dr. Graham sind als Einzige eingeweiht, ansonsten hätte das alles nie funktioniert: Daniels angebliche Krankheit, die Adoption … Unsere Organisation besitzt viel Macht, Geld und Einfluss. Wir müssen uns schützen. Peter hat seinen Job gut gemacht, aber das Geheimnis hat ihn sehr belastet. Dr. Graham, der ein Wächter ist, hielt es für besser, ihn einzuweihen, falls Daniel einen Rückfall bekam und wieder mein Blut brauchte.« James wusste nicht, ob er Anne erzählen sollte, was Peter ihm anvertraut hatte - dass Anne und er nie richtig zusammengepasst hatten. Jetzt, wo Anne die Wahrheit wusste, sollte sie sich mit Peter vielleicht einmal aussprechen.

Tränen schimmerten in ihren Augen. Anne sah unendlich verletzt aus, sagte jedoch nichts.

James lockerte den Griff und schloss kurz die Lider. »Ich könnte dir tausend Gründe nennen, warum ich dir nichts sagen durfte, aber ich weiß, dass dir das im Moment nicht hilft.« Er seufzte leise und ließ sie los. »Ich gehe, wenn du willst. Aber ich werde Daniel aus der Hölle holen, damit lasse ich dich nicht allein. Ich werde alles tun und wenn es mich mein Leben kostet. Ich wollte nur, dass du vorher die Wahrheit kennst.«

Annes Finger krallten sich in den Kragen seines Hemdes. Ihre Hände zitterten, ebenso ihre Stimme. »Wir werden Daniel nicht aufgeben. Er ist unser Kind.«

Als sie »unser« sagte, erhitzte sich etwas tief in James' Inneren.

»Wir werden das gemeinsam durchziehen, und danach sprechen wir über uns.«

»Okay«, erwiderte James. Er war erleichtert über Annes Reaktion, noch erleichterter war er allerdings, als sie sich an ihn schmiegte und ihn küsste. »Bitte halt mich fest«, sagte sie leise. »Halt mich einfach nur fest.«

James tat ihr den Gefallen. Nie mehr wollte er sie loslassen.

Als sie sich im Restaurant gegenübersaßen, zwei Teller mit dampfenden Burgern vor der Nase, fragte Mike: »Wen besuchst du hier in Little Peak?«

»Ähm, eine Bekannte«, sagte Marla schnell und lenkte die Aufmerksamkeit auf das Essen. »Riecht köstlich!« Das tat es wirklich. Eigentlich hungerte es Dämonen ja eher nach Seelen, aus denen sie ihre Energie bezogen, aber bei Marla war das anders; sie musste essen. Ihr hatte der Rat von Beginn an verboten, sich an Seelen zu nähren. Das würde sie stärker machen, und das wollten die Oberen nicht. Es war ihre Strafe – Obron bestrafte sie … für die Vergehen ihrer Mutter.

Das war nicht fair!

Deshalb wuchs ihr Hass auf James Carpenter ständig. Ihn allein machte sie für ihre Misere verantwortlich. Wenn er erst einmal erledigt war, wäre sie frei und dürfte endlich wie eine echte Dämonin leben. Sie würde so lange auf Seelenjagd gehen, bis sie auch den letzten Menschen verdorben hatte, damit sich nie wieder ein Sterblicher in ihre Welt einmischte.

Das bisschen Energie, das sie zum Existieren brauchte, bekam sie heimlich vom Orakel. Metistakles saugte Marla ja immer regelrecht leer, wenn er sich mit ihr »vergnügte«. Oder sie holte sich hier auf der Oberwelt etwas zu essen – was nur möglichst niemand mitbekommen sollte. Dämonische Magie oder die Erschaffung eines Portals verbrauchte viel Energie, deshalb war Marla richtig hungrig.

Sie schauderte. Sie wollte Metistakles jetzt nicht in ihren Kopf lassen. Das könnte ihn nur auf sie aufmerksam machen und somit auch auf Mike. Zum Glück schenkte ihr Metistakles außerhalb seiner Interessen selten Beachtung.

Erwartungsvoll schaute Mike sie an. »Der mit doppelt Käse ist der Beste. Probier, bevor er kalt ist, oder magst du doch keine Burger?«

»Schon«, sagte sie und hielt die Luft an. Mike hatte ein großes Stück abgebissen, und Soße klebte an seinem Mundwinkel, die Marla am liebsten weggeleckt hätte.

»Ich hätte dich vorhin am Brunnen fast nicht erkannt.« Mike nahm einen Schluck Cola light. »Als Punk sahst du so anders aus, aber nicht weniger hübsch.« Mikes blaue Augen strahlten und Marla schmolz dahin. *Verdammt, verdammt, verdammt! Verdammter Mensch, verdammte Schwäche!*

Als dann auch noch sein Knie unter dem Tisch das ihre berührte, wäre Marla fast aufgesprungen, da sie dachte, ein Schlag hätte sie getroffen. Schnell krallte sie sich an ihrem Burger fest und biss hinein. Sie hatte sich für einen Veggie-Burger entschieden – nicht wegen der Zutaten, sondern weil der Name so lustig klang. Zuerst glitten ihre Zähne durch das weiche Brötchen, dann erreichten sie den Bratling, der aus Getreide, Pilzen und Nüssen geformt war und zwischen Käse und Salat lag. Der Salat knackte, Soße strömte aus dem saftigen Bratling in ihren Mund. Genussvoll schloss Marla die Augen, seufzte, kaute hastig und schluckte schnell. Noch nie hatte sie so etwas Leckeres probiert.

Sie hörte Mike lachen. »Da hab ich dir ja nicht zu viel versprochen, was?«

»Köstlich«, murmelte sie, bevor sie ein weiteres Mal abbiss.

»Du tust ja gerade so, als hättest du schon ewig nichts mehr zu essen bekommen.«

Wie recht er hatte … Marla hatte jedoch Angst, er würde anfangen, sie auszufragen, und überlegte, worüber sich ganz normale Menschen jetzt unterhalten würden.

»Leben deine Eltern auch in Little Peak?«, fragte sie deshalb. Mikes Leben interessierte sie ohnehin. Marla wusste zwar, welchen Musikgeschmack er besaß und wie er seine Wohnung eingerichtet hatte, aber über seine Familie hatte er noch nie etwas erzählt. Marla erinnerte sich nicht, Bilder in seinem Apartment gesehen zu haben.

»Meine Eltern leben nicht hier«, antwortete Mike, »und ich bin froh, dass mehrere Hundert Meilen zwischen uns liegen.«

Marla horchte auf. »Verstehst du dich nicht mit ihnen?«

Er zuckte mit den Schultern und murmelte: »Ich habe ihren Ansprüchen nie genügt, konnte ihnen nichts recht machen.« Seine Augen strahlten jedoch, als er seinen Job erwähnte. »Ich bin froh, dass ich hier eine Aufgabe habe, die mich erfüllt. Der Job in der Bank gefällt mir.« Grinsend schaute er Marla an. »Wenn dich das Thema nicht langweilt, erzähle ich dir was über Kreditvergaben, Wertpapiere und Spareinlagen.«

Marla nickte eifrig. Solange Mike redete, konnte sie sich nicht verplappern. Außerdem liebte sie es, seiner Stimme zu lauschen. »Aber nur, wenn du mir noch einen Burger spendierst«, sagte sie lachend. Schon lange hatte sie sich nicht mehr so wohlgefühlt.

Nach einem ausgiebigen Stadtbummel, bei dem ihr Mike wirklich die wenigen Sehenswürdigkeiten von Little Peak gezeigt hatte –

die sich auf ein Monument des Stadtgründers, eine historische Bibliothek und ein Bergbaumuseum beschränkten –, bogen sie in eine Straße ein, die Marla bekannt vorkam. »Willow Street« stand auf einem Schild. Natürlich, hier …

»Hier wohne ich übrigens«, sagte Mike, als er vor dem Hauseingang mit der Nummer fünf stehen blieb.

Ich weiß … wäre Marla beinahe entschlüpft. Hastig sagte sie: »Okay, dann … gehe ich jetzt mal.«

Er hatte ihr seine Jacke umgelegt, in der seine Wärme und sein unwiderstehlicher Geruch hingen. Als Dämonin fror man nicht so schnell – dennoch genoss sie diese Zuwendungen. Marla seufzte leise, als sie die Jacke abnahm, um sie ihm zurückzugeben. Sie hätte sie gern als Souvenir behalten.

»Glaubst du wirklich, ich lasse dich im Dunkeln allein nach Hause gehen?« Mike blickte sie dermaßen eindringlich an, dass es Marla leicht schwindlig wurde.

Wenn du wüsstest … Da wo ich herkomme, herrscht ewige Dunkelheit. Sie grinste schief. »Ich bin schon ein großes Mädchen.«

»Ja, das bist du«, sagte Mike leise, warf sich seine Jacke über die Schulter und trat auf sie zu.

Automatisch machte Marla einen Schritt zurück, aber sie konnte nicht ausweichen; sie spürte die Mauer in ihrem Rücken und fühlte, wie sich Mikes Brustkorb leicht gegen sie drückte.

Marla schloss die Augen. Sie wusste genau, was Mike wollte, und sie wollte es auch, ja, und wie sie es wollte!

Nur war es falsch, so falsch … Er war ein Mensch! Marla wollte nicht denselben Fehler begehen wie ihre Mutter. Warum empfand sie bloß so viel für Mike?

»Marla …«, flüsterte er, wobei seine Lippen ihre Wange streiften. Seine Hände legten sich auf ihre Oberarme, sein warmer Körper presste sich an sie.

Mike atmete schneller, und Marla erging es ebenso. Sie wollte

Mike mit dämonischer Magie von sich schubsen, aber ihre mentalen Kräfte versagten ihr den Dienst. Allein seine Nähe, seine Wärme und sein Geruch reichten aus, sie wehrlos werden zu lassen.

»Tu das nicht«, wisperte sie gegen seine Wange, die Augen immer noch geschlossen. Seine Bartstoppeln kitzelten ihre Lippen, und Marla erinnerte sich, wie wunderbar sie in der Abendsonne geschimmert hatten … wie Gold.

»Ich tu nichts, was du nicht auch willst«, versprach er, und diese Worte reichten aus, um ihren Widerstand zu brechen. Sie drehte den Kopf ein kleines Stück – schon kostete sie von Mikes herrlichem Mund.

Marlas Herz setzte einen Schlag aus, nur um danach doppelt so schnell zu schlagen. Niemals zuvor hatten solche Gefühle sie durchströmt: Wie weich seine Lippen waren und wie sanft er sie, Marla, küsste! Sie glaubte vor Glück zu zerschmelzen.

Für Dämonen war Sex ein Zeitvertreib, eine zügellose Gier ohne romantische Gefühle. Normalerweise. Aber was war bei Marla jemals »normal« gewesen? Dennoch – wie konnte ein Kuss sie dermaßen aus der Fassung bringen?

Sie war als Kind wahrscheinlich zu lang anderen Menschen und deren Emotionen ausgesetzt gewesen, das musste abgefärbt haben. Wie Obron immer sagte: Kitana hatte sie total verweichlicht.

Marla *musste* gefühlskalt sein, sie war eine Dämonin, verdammt!

Instinktiv spürte sie, dass es mit Kitana zusammenhing. Mit ihr hatte etwas nicht gestimmt. Marla hatte Träume von ihrer Mutter, die so real waren, als würde sie, Marla, in Kitanas Körper stecken. Auch da empfand sie diese Gefühle, nur nicht für Mike, sondern für James, den Mann, den sie so sehr hasste.

Marla wollte jetzt nicht an Carpenter oder einen Unterweltler denken, auch nicht an den Auftrag, den sie ausführen musste. Im Moment wollte sie nur in Mikes Armen Vergessen finden.

Er drückte sie an sich, sodass Marla seinen durchtrainierten Körper spürte. Körperliche Nähe fiel ihr normalerweise schwer, doch bei Mike hatte sie keine Angst. Zum einen, weil sie wusste, dass sie dank ihrer Fähigkeiten stärker war als er, zum anderen, weil sie spürte, dass er ihr niemals schaden würde.

Schließlich ergriff sie ebenfalls die Initiative und fuhr unter Mikes Hemd, wo sie an seinem Rücken die glatte, warme Haut streichelte. Es war ein schönes Gefühl, jemandem nah zu sein, den sie … mochte.

Ihr Körper kribbelte und ihr Herz schlug so schnell, dass ihr schwindlig wurde.

»Kommst du mit rauf?«, fragte Mike. »Nicht dass wir wegen Erregung öffentlichen Ärgernisses angezeigt werden.«

Sie brachte nur ein Nicken zustande und wollte ein Portal öffnen, als sie sich gerade noch besann. Mike zog sie mit sich in den Hauseingang und die Treppen nach oben in den ersten Stock. Seine Hand zitterte so sehr, dass er kaum die Tür öffnen konnte und Marla ständig versucht war, ihm mittels Magie zu helfen.

Schließlich hatte er es geschafft, und sie landeten ziemlich schnell auf seinem großen runden Bett, ohne das Licht anzumachen.

Da Marla im Dunkeln ausgezeichnet sah, erkannte sie, dass sich in Mikes Schlafzimmer nichts geändert hatte, seit sie das letzte Mal hier gewesen war: Die Wände waren immer noch in einem kräftigen Rot gestrichen – davon ging Marla zumindest anhand der Grauschattierung aus, denn natürlich konnte sie im Finsteren keine Farben erkennen –, bloß die Bettwäsche war diesmal nicht aus schwarzem Satin, sondern aus weißem.

Weiß … wie die Unschuld.

Marla war alles andere als unschuldig, nicht nur was ihre sexuellen Erfahrungen betraf.

Sie war eine Dämonin! Verdorben, abgrundtief böse … Aber war sie das wirklich jemals gewesen?

Mike brachte ihr Weltbild durcheinander, zerlegte es in viele Teile, wie bei einem Puzzle. Doch Marla würde es nie wieder richtig zusammensetzen können, das wusste sie jetzt schon. War Mike ein Engel, der sie, wie in diesem menschlichen Sprichwort, aus der Hölle holte? War James der Engel gewesen, der ihre Mutter gerettet hatte? Gab es für einen Dämon überhaupt »Rettung«?

Aber auch diese Gedanken zerstoben, als Mike unter ihren Pullover fuhr, um ihn über ihren Kopf zu streifen. Zögerlich tat sie bei ihm dasselbe. Es ging einfacher, als sie dachte, denn einen anderen ausziehen – das war ebenfalls neu für sie.

So vieles war auf einmal neu und verwirrend … *Mike, was machst du nur mit mir?*

Sanft drückte er sie auf die Matratze und küsste ihren Hals. Der Spitzen-BH schien plötzlich ihren Brustkorb einzuengen, weshalb sie froh war, dass Mike ihn öffnete. Wie geschickt er das machte … Er war eindeutig ein Mann mit Erfahrung. Und so zärtlich … Marla fühlte sich bei ihm gut aufgehoben.

Ihre Hände huschten über seinen wunderschönen Oberkörper, die leicht ausgeprägten Brustmuskeln und den flachen Bauch. Marla streichelte seine schmalen Hüften und fuhr dann weiter zu seinem Rücken, um an ihm entlangzugleiten. Wahnsinn, wie glatt seine Haut war – so seidig wie die Satinlaken, auf denen sie lag.

Nachdem Mike ihr den BH – den Marla auch Vanessas Shopping-Tipps verdankte – abgestreift hatte, legte er sich auf sie. Als sie sich berührten, Haut an Haut, glaubte Marla zu schweben. Der Druck seines Körpers und die hungrigen Küsse brachten sie fast um den Verstand.

Ihre Zungen vollführten einen wilden Tanz, ihre Körper rieben und pressten sich aneinander. Konnte es immer so zwischen Mann und Frau, Mensch und Dämon sein?

Jetzt begriff Marla, warum ihre Mutter die Unterwelt verlassen hatte. Für diese Gefühle würde Marla ihr altes Leben sofort aufgeben … wenn sie nicht Metistakles' Sklavin wäre. An diesen Oberen war sie durch einen Eid ihres Vaters gebunden. Nur Metistakles' Tod oder Obron konnten ihn auflösen. Marla würde niemals frei sein für Mike, außer sie brachte James um.

Verflixt, was hatte sie für Gedanken? Aber plötzlich wollte sie Mike gehören, mit Haut und Haar und ihrer verdorbenen Seite, und dafür würde sie töten, obwohl sie noch nie ein anderes Wesen umgebracht hatte. »Was machst du mit mir?«, flüsterte sie.

»Dich verführen.« Mike lachte an ihre Wange, worauf eine wohlige Gänsehaut Marlas Körper überzog.

Warum musste der Kerl so verdammt sexy sein?

Plötzlich drehte er sich weg, und Marla fühlte sich seltsam verlassen. »Was ist los?«, fragte sie benebelt. Sie sah, wie Mike nach dem Nachttisch tastete.

»Ich möchte dich sehen«, erwiderte er und hatte schon fast den Schalter der Lampe gefunden.

Nein! Er durfte sie auf keinen Fall nackt sehen!

Sie rollte sich zu ihm hinüber, ergriff seinen Arm und zog ihn zurück, wobei sie in einem Anflug von Panik ein wenig Magie einsetzte. Mike wurde regelrecht in die Matratze gepresst.

»Was …« Er keuchte auf. »Wow, ich hab nicht gedacht, dass du so stark bist!«

Marla setzte sich auf seine Oberschenkel, damit er nicht noch mal auf diese blöde Idee mit dem Licht kam, und streichelte über seine Brust. Es gefiel ihr, dass er auf einmal wehrlos unter ihr lag, die Arme neben dem Kopf angewinkelt.

Stöhnend schloss Mike die Augen und drückte ihr seine Hüften entgegen.

»Warum darf ich kein Licht machen?«, fragte er zwischen ihren Küssen.

»Ich bin schüchtern«, antwortete Marla, die gerade dabei war, Mikes Hose zu öffnen.

Er lachte. »Ja, das merke ich!«

Mike half ihr beim Ausziehen, seine Shorts ließ er an – dann war Marla an der Reihe. Sie amüsierte sich, weil er im Dunkeln Schwierigkeiten hatte, die Knöpfe an ihrer Jeans zu öffnen, aber bald hatte sie ein Einsehen und half ihm, da sie es selbst kaum erwarten konnte, Mike wieder Haut an Haut zu spüren.

Marla lag nun nur mit ihrem Slip bekleidet auf dem Rücken und betrachtete fasziniert, wie Mike aus seinen engen Shorts schlüpfte. Er hatte den Körper eines Gottes – wenn sie als Dämonin das so sagen durfte.

Sie keuchte, als er sich nackt auf sie legte. Das Gefühl, ihn derart intensiv zu spüren, war unbeschreiblich! Sie streichelten sich gegenseitig; Mike küsste ihren Hals, ihre Brüste und ihren Bauch, bevor seine Finger in ihren Slip glitten.

Marla hielt die Luft an und erstarrte.

Sofort zog Mike die Hand zurück. »Geht es dir zu schnell?«

»Ein wenig«, flüsterte sie atemlos. »Aber das mit der Hand …« Ihre Wangen erhitzten sich. »… das ist okay.«

Vorsichtig bahnte sich Mike wieder seinen Weg, diesmal ganz langsam, und als er ihren empfindsamsten Punkt traf, bog Marla sich ihm entgegen.

Ein himmlisches Gefühl breitete sich von der Stelle aus, das Pochen zwischen ihren Beinen steigerte sich zu einem Ziehen und heftigen Klopfen – Marla konnte das Gefühl nicht genau fassen, sie wusste nur, dass es … überwältigend war.

Während Mike weiterhin an ihr rieb, raste etwas Gigantisches auf sie zu. »Mike … ich … hilf mir!« Stöhnend verdrehte sie die Augen und krallte sich an seinen Schultern fest.

»Was ist?!« Abrupt hielt er inne.

»Nicht aufhören!«, befahl sie, und er verstand.

Millionen Sterne explodierten vor ihren Augen, und jede Zelle ihres Körpers schien ebenfalls zu zerspringen. Auf einen Schlag entluden sich alle angestauten Empfindungen, sodass sie es kaum bemerkte, wie sich Mike an ihrem Oberschenkel rieb und ebenfalls Erfüllung fand. Für den Bruchteil einer Sekunde war sein in Ekstase verzerrtes Gesicht in gleißendes Licht getaucht, als die Glühbirne der Nachttischlampe hell aufleuchtete und zerbarst.

Mike zuckte über ihr zusammen. »Was zum …!«

Schnell umfasste Marla seine Wangen, um ihn zu küssen. Plötzlich schmeckte sie … Salz?

»Warum weinst du?« Mike klang schockiert.

Sie weinte? Ungläubig fuhr sie sich übers Gesicht. Tatsächlich, es war feucht. Wann hatte sie das letzte Mal vor anderen geweint? Es musste an dem Tag gewesen sein, als ihre Mutter vor ihren Augen gestorben war. Ansonsten vergoss sie nur Tränen, wenn sie aus diesem seltsamen Albtraum erwachte, den sie manchmal hatte.

»Habe ich etwas falsch gemacht?« Mike streichelte ihren Kopf und wirkte verzweifelt. »Marla?«

»Nein, nein«, sagte sie hastig. »Das kommt daher, weil es wunderschön war.« Und das stimmte. Mike war so zärtlich und rücksichtsvoll gewesen, und dann ihr erster Orgasmus – das hatte sie aus der Bahn geworfen.

Sie hörte Mike aufatmen, bevor er die Decke über sie beide zog. Glücklich schmiegte sich Marla an seine warme Brust und schloss müde die Augen.

Glücklich … Ja, das war sie. Glücklich und zufrieden.

Sie spürte, wie Mike einen Arm um sie legte – dann schlief sie ein.

Nein, nicht schon wieder, dachte Marla im Schlaf, weil sie sich im Traum in ihre Mutter verwandelte, wie so oft zuvor. Warum hatte sie ständig denselben Traum? Sie war nun … Kitana.

Kitana konnte nicht mehr. Sie war am Ende ihrer mentalen Kräfte angelangt und hatte das Versteckspiel satt. Früher oder später würde der Tag kommen, an dem der Hohe Rat sie entdeckte und ihr Silvan wegnahm. Zugleich bedeutete es den Tod für sie selbst, ihre Tochter Marla und James.

Seufzend blickte sie auf Silvan, der in James' Armen lag und selig schlief. Auch wenn der Kleine erst wenige Tage alt war, wusste Kitana, dass er einmal ebenso attraktiv wie sein Vater werden würde, der mit Silvan vor einem brennenden Kamin stand. Mit offensichtlichem Stolz musterte er das Bündel vor seiner Brust.

Kitana seufzte. Ihr Liebster hatte keine Ahnung, was sie gleich tun würde – was auch besser war, denn er würde es niemals zulassen.

Ihr Herz wurde schwer, als sie ihre Familie betrachtete, die sich in der Holzhütte um das Feuer versammelt hatte. Als sie zum Fenster schlenderte und die Eiskristalle auf der Scheibe berührte, spürte sie die Kälte an ihren Fingerspitzen. Wehmütig beobachtete sie einen Moment die Schneeflocken, die träge vom Himmel herabschwebten. Dieses Fleckchen Erde in den Rocky Mountains, das ihnen zurzeit als geheimer Zufluchtsort diente, war wunderschön, aber auf Dauer nicht sicher genug.

»Mama, nimmst du mich mit?« Ihre zweijährige Tochter Marla zog Kitana am Hosenbein. Mit ihren großen Augen konnte sie so mitleiderregend schauen, dass Kitanas Entschlossenheit für einen Moment wankte.

Sie strich dem Mädchen eine schwarze Strähne hinters Ohr und hob es auf den Arm. »Nein, Liebes. Du bleibst hier bei James und Silvan. Ich bin sofort wieder zurück.« Es tat weh, diejenigen zu belügen, die sie am meisten liebte, aber es ging nicht anders. Kitana konnte sie nicht länger beschützen. Da sie sich schon seit zwei Jahren nicht mehr von Seelenenergie nährte, die sie sich in der Unterwelt vom Orakel von Memnost geholt hatte, schwanden ihre magischen Kräfte stetig. Eine ordentliche Mahlzeit konnte ihre magischen Reserven nicht ganz auffüllen.

Das Orakel … Es hatte ihr das Ende prophezeit, als sie das letzte Mal ihre Kräfte aufgeladen hatte. Die Dämonen, die die Quelle um Rat fragten, mussten einen Teil von ihrer geraubten Seelenenergie als »Bezahlung« abgeben. Kitana hatte von Ilaria, der Ersten Orakelpriesterin, erfahren, wie sie diese Energien für sich nutzen konnte. Es steckte zu viel Gutes in ihr, als dass sie Menschen ihrer Seele berauben konnte – ihren Vorfahren sei Dank. Doch nun stand sie kurz davor, James seiner Seele zu berauben, so groß war ihr »Hunger«. Das durfte niemals geschehen!

Die mentale Verbindung zu den Dämonen hatte sie schon lange gekappt, um es ihren Häschern zu erschweren, sie aufzuspüren. Aber das kostete unheimlich viel Energie. Bald würde sie den Blockierzauber nicht mehr aufrechterhalten können und die Unterweltler direkt zu sich führen.

Kitana sah nur einen Ausweg: Sie musste ihre Familie verlassen. Silvan und Marla waren noch zu jung, als dass die anderen eine mentale Verbindung zu ihnen aufbauen konnten, um ihren Aufenthaltsort zu erspüren, und James schützte ein silbernes, ovales Amulett mit einem leuchtend roten Stein in der Mitte: das Horusauge. Es machte ihn für Dämonen unsichtbar, solange er es trug. Kitana selbst hatte es unterstützt, nicht von den Ihren gefunden zu werden.

»Mama, bitte«, flehte Marla und schlang ihre Ärmchen um Kitanas Hals.

Mach es mir nicht so schwer, Kleines, sendete sie Marla ihre Gedanken.

»Marla hat recht.« James trat zu ihnen. »Bleib hier, es ist zu gefährlich. Ich kann mir doch einen neuen Laptop kaufen.«

»Deine gesamte Arbeit ist darauf gespeichert, und ich mache

mir Vorwürfe, weil ich vergessen habe, ihn einzupacken«, sagte sie. Natürlich hatte sie James' Computer eingepackt; er befand sich ganz unten in der Reisetasche. James würde ihn finden. Er brauchte ihn, damit sie von den Einkünften, die er als Übersetzer verdiente, leben konnten. »Ich weiß, wie viel er dir bedeutet. Ich erschaffe ein Portal direkt ins Hotelzimmer, hole deinen Laptop und komme sofort zurück.« Kitana hätte weinen mögen, doch sie musste jetzt stark sein. Die Zukunft ihrer Kinder hing davon ab!

James murmelte einen Fluch. »Hätte ich mich während meiner Wächterausbildung ein wenig mehr angestrengt oder sie beendet, würde es mir leichter fallen, mich zu translozieren.« James zog die Brauen zusammen und schaute Kitana an. »Entschuldige, dich trifft keine Schuld, ich bin nur wütend auf mich selbst.«

»Ich weiß«, flüsterte Kitana. Sie setzte Marla auf ihre Hüfte, damit sie James mit einer Hand das Amulett um den Hals legen konnte, und genoss das Gewicht sowie die Wärme ihres Kindes, das sich an sie schmiegte. Dann küsste Kitana James, der die Zärtlichkeiten stürmisch erwiderte. Wie sehr sie diesen Mann liebte!

Kitana wusste, dass dies ihr letzter Kuss sein würde. Die anderen Dämonen waren kurz davor, sie aufzuspüren. Ohne das Amulett wirkte sie wie ein Peilsender. Sie musste sich beeilen!

Widerwillig löste sie sich von James, bevor sie Marla neben seinen Füßen absetzte. Dann streichelte sie ihrem Sohn über das Haar. Schwerfällig öffnete Silvan die Lider und blickte Kitana mit seinen grünen Kulleraugen an. In James' Armen lag die Zukunft der Unterwelt, und die durfte nicht in falsche Hände geraten.

Ein Holzscheit im Kamin knackte, Funken stoben auf und Kitana zuckte zusammen. Noch nie war sie von solcher Angst erfüllt gewesen. All ihre Sinne waren geschärft, ihr Herz pulsierte hektisch, doch sie ließ sich nichts anmerken. Sie gab ihrem Sohn einen sanften Kuss auf die Stupsnase und sog seinen Babyduft ein, wobei sie versuchte, ihre Tränen zurückzuhalten. Ihr schnürte es die Brust ein, als sie ein paar Schritte zurück machte, um die drei Personen, die sie am meisten liebte, ein letztes Mal anzusehen.

Mit den Armen beschrieb sie einen großen Kreis an der Wand der Holzhütte. Sofort materialisierte sich ein Tor. Kitana sah durch das Loch in der Wand das Hotelzimmer in Frankreich, das sie gestern verlassen hatten.

Kitana bedeutete James, sich das Amulett unter sein Hemd zu stecken, denn nur wenn der Anhänger auf der Haut auflag, entfaltete der Schutz seine volle Wirkung.

Sofort verschwanden James und Silvan aus ihrem Blickfeld, und auch Marla war nun unsichtbar, weil der Schutzkreis noch einen Meter über James hinausreichte. Es war gut, ihre Familie nicht mehr zu sehen, das machte den Abschied leichter. Zügig stieg sie durch das Portal, und als sie sich umdrehte, erblickte sie nur den brennenden Kamin in einer scheinbar verlassenen Hütte. Aber plötzlich, kurz bevor sich das Tor schloss, wurde Marla sichtbar, die auf das magische Portal zulief und hindurchsprang. Der Durchgang verschwand, und Marla stand mit Kitana im Hotelzimmer in der Provence, fünftausend Meilen von James und Silvan entfernt.

»Marla!« Starke Übelkeit stieg in Kitana auf. Sie spürte, dass die anderen nah waren, und ihre Kräfte reichten nicht mehr aus, ein neues Tor zu erschaffen. Sie hatte sich den letzten Rest Magie nur für diesen Moment aufgehoben. Ihre Familie in Sicherheit zu wissen war alles, was sie wollte.

»O nein, Marla!« Sie schloss ihre Tochter in die Arme und vergrub die Nase in deren schwarzen Locken. »Wärst du doch nur bei James geblieben …«

»Wo ist dein Sohn?!«, hallte plötzlich eine ihr bekannte Stimme durch den Raum. »Wir haben vom Orakel von seiner Geburt erfahren!«

Kitana wirbelte herum, wobei sie Marla fester an sich zog.

»Obron!« Es war erschreckend, ihn nach so langer Zeit wiederzusehen. Der große Dämon mit dem langen grauen Mantel ragte bedrohlich vor ihr auf. Hinter ihm entstiegen einem Portal zwei weitere seiner Art. *Der Hohe Rat …*

»Ganz recht, Kitana!« Obrons giftiger Blick bohrte sich in sie, und er zwang sie mit mentaler Kraft auf die Knie. »Du bist erbärmlich. Dich mit einem Menschen zusammenzutun!«

Obrons Aufmerksamkeit richtete sich auf Marla, die sich zitternd an Kitana presste. »Wo ist das Kind?«, fragte er noch einmal scharf.

Kitanas Stimme bebte, sie bekam kaum Luft. »Ihr werdet ihn niemals bekommen!«

»Es ist seine Bestimmung, Kitana! Er ist unser zukünftiger Herrscher, auch wenn er zur Hälfte Abschaum ist, so lautet das Gesetz!«

Niemals würden die Dämonen ein Halbblut auf dem Thron dulden. Obron wollte Silvan nur, damit er ihn manipulieren und für seine Zwecke missbrauchen konnte. Kitana kannte Obron lange genug, um seine wahren Absichten zu durchschauen.

Auf ein Kopfnicken hin traten die zwei anderen Dämonen auf sie zu, um ihr Marla aus den Armen zu reißen. Augenblicklich fing die Kleine zu weinen an. »Mama!« Marla streckte die Arme nach ihr aus.

Kitanas Blut rauschte in ihren Ohren, und ihr schnürte es den Hals zu, als sie Marla ansah, die vergeblich versuchte, den beiden Oberen zu entkommen, die ihre Finger in das schwarze Haar ihres Kindes gekrallt hatten.

»Mama?« Obron spuckte auf den Boden. »Mit deiner Menschlichkeit hast du unsere Tochter total verweichlicht! Es ist wohl besser, ich übernehme ihre Erziehung.«

»Bitte, nimm sie mir nicht weg!« In ihrer Verzweiflung warf sich Kitana vor Obrons Füße.

Der schnaubte verächtlich und trat ihr in den Bauch. »Schwach bist du geworden, Weib. Du bist eine Schande für uns alle! Ich hätte es vorhersehen müssen.«

Während sich Kitana unter Schmerzen krümmte und dabei Obrons Beine berührte, saugte sie so viel Energie von ihm ab, wie sie konnte. Auch wenn sie selbst verloren war, musste sie doch ihre Tochter von hier fortbringen.

»Wo ist das Horusauge?«, fragte Obron. »Ich weiß, dass du es hast!«

»Ich sag es dir, wenn du Marla gehen lässt«, flüsterte Kitana, schwer darauf bedacht, Obron und die anderen nicht in ihren Kopf zu lassen. Früher hatte das Horusauge sie vor mentalen Übergriffen geschützt. Obron musste eben in ihren Gedanken gelesen haben, wozu es gut war. Niemand hatte je erfahren, wer Kitana wirklich war, und niemand durfte herausfinden, wo sich das Zepter befand. Es war Kitanas Aufgabe, es zu schützen. Es war ihre Erbschuld.

»Das soll ich dir glauben, Verräterin?!«, rief Obron erzürnt. »Du hast es diesem Menschen gegeben, nicht wahr!«

»Lasst mich wenigstens noch von Marla verabschieden, Herr«, sagte sie unterwürfig. Ihr ganzer Körper bebte, ihr Herz raste, Schweiß brach ihr aus sämtlichen Poren, schwarze Flecken tanzten vor ihren Augen. Sie hatte panische Angst!

Obron zischte wie eine Schlange. »Wieso sollte ich dir diesen Gefallen tun, Verräterin?«

»Bitte, sie ist doch meine Tochter! Ich möchte ihr nur Lebewohl sagen.«

Überraschenderweise bedeutete Obron den anderen, die schreiende Marla loszulassen. Sofort kam ihr Kind auf sie zugerannt und warf sich in ihre Arme.

Sobald du ein Portal siehst, läufst du hindurch, schickte sie Marla ihre Gedanken. *Hast du verstanden?!*

Marla sah sie aus großen Augen an, die zu sagen schienen: *Ich werde dich nicht verlassen, Mama!*, denn Marla konnte zwar Gedanken empfangen, selbst aber keine schicken, da ihr Gehirn dafür noch nicht genügend ausgereift war.

Kitana fühlte die Liebe, die ihre Tochter für sie empfand. Die letzten zwei Jahre an James' Seite waren die schönsten ihres Lebens gewesen. Kitana hatte zum ersten Mal gespürt, was es bedeutete, geliebt zu werden und Liebe zu geben. Das konnte ihr niemand mehr nehmen, nicht einmal der Tod.

Ich komme sofort nach, ich verspreche es!, belog sie ihre Tochter. Kitana musste auf jeden Fall vermeiden, dass Marla Obron in die Hände fiel. Ihr Vater würde eine eiskalte Hülle aus ihr machen; eine Puppe, die seinem Willen unterworfen war.

Mit letzter Kraft zog Kitana mit ihrer Hand einen Kreis auf die Wand, der groß genug war, um ein Kind durchzulassen. Dabei murmelte sie einen Zauber, damit niemand den Durchgang vergrößern konnte – also würden die anderen nicht zu James und Silvan gelangen können. Es knisterte und roch nach Ozon, als sich das Tor materialisierte. Kitana blickte durch das Loch in denselben Raum, aus dem sie gerade gekommen war. Sie spürte, dass James und Silvan dort drüben waren, vor dem brennenden Kamin in der Berghütte, auch wenn Kitana sie nicht sah. Sie fühlte, wie sehr sich James danach sehnte, dass sie endlich zu ihm zurückkehrte …

Marla hasste diesen Traum. Sie würde gleich den Tod ihrer Mutter sehen, weshalb Marla jedes Mal versuchte, an dieser Stelle aufzuwachen. Aber heute war etwas anders. Sie hörte eine Stimme, die ihr zuflüsterte: »Hab keine Angst, ich bin bei dir. Es ist nur ein Traum …«

Mike – es war Mikes Stimme! Er musste mitbekommen haben, dass sie schlecht träumte. Marla befand sich immer noch im Traumgeschehen; sie hatte die Bilder vor sich, als wären sie eingefroren; zugleich fühlte sie Mikes Wärme und wie er über ihr Haar strich. Mike war bei ihr, dicht an ihrem Körper.

Schlagartig hatte sie keine Angst mehr. Zum ersten Mal war sie bereit, sich den folgenden Ereignissen zu stellen. Vielleicht würde sie dann endlich Ruhe finden? Irgendetwas drängte sie sogar dazu. Also ließ sie sich wieder fallen …

Hindurch mit dir!, befahl Kitana mental und schubste Marla auf das enge Portal zu, aber es war bereits zu spät. Zwei graue Gestalten schleuderten einen eisblauen Energiestrahl vor ihre Tochter, sodass diese ängstlich zurückzuckte.

»Du bist so leicht zu durchschauen.« Obron grinste teuflisch auf sie herab und drückte mit dem Fuß gegen ihre Schulter, sodass Kitana auf den Rücken rollte. Sie hatte keine Kraft mehr, um aufzustehen.

»Sollen wir das Kind töten?«, fragte ein Dämon, den Kitana als Metistakles kannte. Seine Finger krallten sich in Marlas Haar.

»Nein!« Obron hob die Hand. »Vielleicht brauche ich sie noch. Sie könnte uns verraten, wo der Junge ist.«

Kitana litt Todesängste, sie fühlte sich erschöpft und ausgelaugt. »Versprich mir, Marla am Leben zu lassen«, wisperte sie.

Obron ging in die Hocke und legte beide Hände an ihren Kopf. Sein Geist drang in sie ein, als würde ein Messer ihr Gehirn zerschneiden.

Versprich es mir, Obron. Lass deine Tochter am Leben.

Sie brauchte sein Wort, und zwar schnell. Kitana hatte ihr Amulett nicht dabei, keinen Schutz mehr. Obron würde bald die Wahrheit über sie erfahren.

Bitte, Obron, flehte sie und leitete noch einmal Energie von ihm ab. Sie floss durch ihre Finger in ihren Körper.

Seine Augen wurden groß. *Verdammt, was bist du?* Obron versuchte, tiefer in ihren Geist vorzudringen, der Schmerz wurde beinahe unerträglich. Bisher hatte das Amulett immer verhindert, dass die anderen Dämonen ihr Geheimnis herausfanden.

Ich bin genau wie du, dachte sie. *Gib mir dein Versprechen! Marla darf nichts passieren.*

Obron stieß ein knurrendes Geräusch aus. *Ja, ja, ich verspreche es, aber sei endlich still, damit ich …*

Sein Versprechen, sie hatte es! Kitana konnte zusätzlich einen Bannzauber auf Obron legen, damit der seinen Schwur niemals brach. Während sie in Gedanken die uralten Worte des Zaubers sprach, wusste sie, dass Obron herausgefunden hatte, wer sie war.

In deinen Adern fließt Wächterblut! Obron redete nicht laut, wohl damit die anderen nichts mitbekamen. *Meine Frau ist keine reine Dämonin?!*

Kitana schloss die Augen. *Meine Ururgroßmutter war eine Wächterin, ja.*

Anastissa? … Obron forschte tiefer. *Dann war sie es, die das Zepter der Macht erschaffen hat!*

So ist es, Obron.

Jetzt hatte er einen weiteren Grund, um Marla nicht zu töten. Kitana hörte ihn in ihrem Geiste lachen. *Deshalb hat mir das Orakel prophezeit, eine Ehe mit dir wäre eine mächtige Verbindung und unsere Kinder etwas ganz Besonderes! Marla wäre fähig, die volle Macht des Artefaktes auszuschöpfen, weil ihr Blut mit dem Zepter verbunden ist! Weißt du, dass ich dich nur deshalb zur Frau wollte,* PRIESTERIN? Er lachte wieder böse. *Du warst wunderschön, das hat es mir erleichtert. Ich habe schon immer gespürt, dass du schwach warst, einfach anders. Aber die letzten hundert Jahre an deiner Seite waren die Mühen wert. Was für ein wertvolles Geschenk du mir gemacht hast!«*

Da irrst du dich, schickte sie ihm zurück. *Denn das Orakel hat mir gesagt, dass ein Junge das Schicksal des Zepters besiegeln wird, derselbe Junge, der eine noch stärkere Macht in sich trägt. Silvan! Er ist dazu auserwählt, der nächste Herrscher zu sein.* Ihr Sohn würde dank dämonischer Gene und der Wächtereigenschaften von James die volle Kraft des Zepters ausschöpfen können, was selbst Kitana Angst machte. Sollte Silvan jemals das Zepter in die Hände bekommen ... Kitana wollte sich nicht ausmalen, wozu er fähig wäre. Silvans dämonische Fähigkeiten durften niemals die Oberhand gewinnen!

Obron sah ihre Gedanken und stieß einen Fluch aus. Schließlich lächelte er. *Ich werde deinen Jungen finden, verlass dich darauf, und dann mache ich ihn zu meinem Lakaien!*

Kitana wusste, dass er ihr nicht nur körperliche Schmerzen zufügen wollte, aber seine Aussage ließ sie kalt. Das Einzige, was ihr wirklich Angst machte, war, dass er Marla hatte und auch James und Silvan nicht mehr unter ihrem Schutz standen.

Du weißt, wo das Zepter ist, dachte er. *Ich kann es beinahe sehen ...*

Deshalb werde ich dafür sorgen, dass du es niemals findest, Obron! Mit ihren letzten Kräften und eisernem Willen gelang es Kitana, ihren gesamten Körper in Elektrizität zu hüllen. Ihre Haut leuchtete auf, es knisterte, als kleine Blitze über sie hinwegfegten.

Hastig wich Obron vor ihr zurück. »Verdammt, was soll das?«

Anstatt die Energie abzugeben, lenkte Kitana sie nach innen. Sie schrie auf, als sich das Feuer durch ihre Haut, Nerven und Muskeln fraß, und brachte gerade noch die Kraft auf, ihrer Tochter eine Botschaft zu schicken, bevor ihre eigene Energie sie von innen verbrannte: *Sei stark, mein Kind. Ich werde immer bei dir sein, das verspreche ich dir ...*

Marla riss die Lider auf. Ihr Atem ging hektisch. Sie brauchte einen Moment, um sich im Dunkeln zu orientieren. Als sie sich in Mikes Armen wiederfand, entspannte sie sich. Ihr Herz wollte allerdings nicht aufhören zu rasen, und Tränen liefen wie Sturzbäche aus ihren Augen. Kitana, ihre Mutter, stammte von den

Wächtern ab? Konnte das sein? Sie hatte doch all die Jahrhunderte unter den Dämonen gelebt! Sie war eine Orakelpriesterin gewesen!

Das Horusauge hatte ihre Identität verborgen …

Sie hatte sich geopfert, sich selbst getötet, um ein Artefakt zu schützen!

Marla wurde so vieles klar. Dieses Zepter musste unendlich mächtig sein, und die Oberen wollten Silvan, um durch ihn an diese Macht zu kommen!

Marla schnaubte in der Dunkelheit. Die Oberen hatten sie wieder einmal nur als Mittel zum Zweck missbraucht.

Schlagartig wusste sie auch, warum sie fähig war, zu fühlen. All die Jahre hatte sie geglaubt, eine reinrassige Dämonin zu sein, und jetzt musste sie feststellen, dass sie ihrem Bruder ähnlicher war, als sie dachte.

Silvan … sollte sie ihn warnen?

Xandros blickte Silvan missmutig hinterher, als dieser von Obron aus der großen Halle geführt wurde.

»Konntet Ihr etwas über den Aufenthaltsort des Zepters herausfinden, Herr?«, fragte Metistakles unterwürfig, wobei er zu Xandros' Füßen kniete.

Xandros knurrte. »Silvan hat tatsächlich keine Ahnung, wo sich sein Vater und damit das magische Artefakt befindet. Wir müssen anders vorgehen. Silvan muss einen Kontakt zu Carpenter herstellen.«

»Das heißt, er muss wieder an die Oberfläche?«

»In der Tat.« Xandros legte die Fingerspitzen aufeinander und genoss das Gefühl der mächtigen Energie, die in seinen Nerven pulsierte. Noch war er stark.

»Marla wird ihren Bruder bestimmt überreden können, Herr. Lasst mich nur machen, ich habe die Kleine im Griff.«

»Ja, das hast du, Metistakles. Enttäusche mich nicht!«, rief Xandros, sodass seine Stimme wie ein Echo von den schwarzen Wänden hin- und hergeworfen wurde. Er blickte Metistakles nach, der sich beinahe kriechend von ihm entfernte, diese Made. Aber er war nützlich. Sie alle waren nützlich, selbst sein Sohn Antheus, der vorhatte, ihn zu hintergehen. Alle wollten sie ihn hintergehen, sogar sein eigenes Weib hatte ihn betrogen, weshalb Xandros gezwungen war, sie zu töten. Er hatte diese Wächterin umgebracht, als ihre gemeinsame Tochter Kitana ein Mädchen geboren hatte. Aber seine Zeit war noch nicht zu Ende! Wenn er erst das Zepter besaß, würde er dank dessen Kraft ewig herrschen!

Xandros würde seinen Herrscheranspruch nicht so einfach abtreten, schon gar nicht an ein Halbblut. Auch eine Prophezeiung konnte sich irren oder anders ausgelegt werden. Oder er sorgte einfach dafür, dass sie sich nicht erfüllte. Das Artefakt würde nur ihm allein gehören!

Die vertraute Stimme des Radiomoderators Phil Newman holte Mike aus dem Schlaf, also musste es halb neun Uhr morgens sein, Zeit, um sich für die Arbeit fertig zu machen. Heute hatte Mike von zehn bis vierzehn Uhr Dienst.

Gerade war er mit Marla zusammen gewesen. Sie hatten gemeinsam einen fantastischen Abend verbracht, bevor sie in seinem Bett gelandet waren. Was für ein wundervoller Traum!

Die Augen immer noch geschlossen, tastete Mike nach seinem Radiowecker und verletzte sich prompt an etwas Spitzem.

»Au!« Sofort war er hellwach. Verwirrt blinzelte er die Glassplitter an, die unterhalb seiner Nachttischlampe verstreut lagen und auch sein Radio bedeckten. Sie glitzerten im Licht der Morgensonne, das durch die Lamellen der Jalousie fiel.

Schlagartig erinnerte Mike sich an die letzte Nacht und drehte sich um. Da lag sie: Marla. Nackt und wunderschön, wie das schlafende Schneewittchen. Ihr langes Haar kringelte sich an ihrem Hals hinab und lag vor ihrem Busen. Da ihr die Decke durch sein Aufsetzen bis zu den Hüften hinuntergerutscht war, sah er zum ersten Mal ihre lange, schlanke Gestalt sowie die bunten Tattoos auf ihrer Haut – und die Blutergüsse, die ihren ganzen Körper überzogen, als hätte sie jemand geschlagen. Mike erschrak zutiefst. O Gott, was war letzte Nacht passiert?

Schnell zog er das Laken bis zu ihrer Schulter hoch. War er daran schuld? Nein, nein, er hatte Marla das nicht angetan; er war bei vollem Verstand gewesen. Niemals könnte er Marla ein Leid zufügen!

Außerdem hatte er überall auf ihrem Körper Narben gesehen. Sie waren so fein und beinahe verblasst, dass er sie gestern nicht gespürt hatte.

Mikes Puls klopfte laut in seinen Ohren und übertönte sogar noch Phil, der gerade das Wetter ansagte. Vorsichtig schnippte Mike mit dem Fingernagel einen Splitter von der Off-Taste und stellte das Radio ab. Dabei wunderte er sich, wie es gestern dazu gekommen war, dass seine Glühbirne explodierte, obwohl die Lampe nicht eingeschaltet gewesen war. Eine Überlastung im Stromnetz, vermutete er, aber seine Gedanken wurden sofort wieder abgelenkt und ein mulmiges Gefühl breitete sich in seinem Magen aus. Entweder hatte Marla einen Unfall gehabt, wurde misshandelt oder hatte die Verletzungen sogar selbst verursacht. Mike hatte von solchen Menschen gehört, die sich ritzten oder Brandwunden zufügten, um sich zu bestrafen oder weil sie ein gestörtes Verhältnis zu ihrem Körper hatten. Das nannte sich Borderline-Störung.

Als Marla sich bewegte, hielt Mike die Luft an. Wie sollte er reagieren?

Sie drehte sich auf die Seite, sodass die Decke wieder verrutschte. Eine Brust kam zum Vorschein und ein Abdruck, der aussah, als hätte sie jemand gebissen.

Mike spürte einen Druck im Magen. *Das war nicht ich, ganz bestimmt nicht!* Er rieb sich über die Schläfen. Hatte Marla einen anderen? Jemanden, der rau mit ihr umging? Ob sie das vielleicht sogar mochte? Ihm wurde noch schlechter.

Ihre Lider flatterten und öffneten sich schließlich.

»Guten Morgen«, sagte Mike möglichst normal, um sich seine Unsicherheit nicht anmerken zu lassen.

Marla schaute genauso verwirrt drein wie er wohl gerade.

»Hast du gut geschlafen?«

»Hab lange nicht mehr so gut geschlafen.« Sie setzte sich auf, reckte sich und gähnte, wobei die Zudecke nach unten rutschte.

Hastig zog sie sie wieder über ihren Busen und starrte Mike mit aufgerissenen Augen an.

»Ich habe es schon gesehen«, sagte er leise. Marla blickte auf ihre Finger, die sie krampfhaft in den Stoff gekrallt hatte.

»Wer war das?«, fragte er, aber Marla schwieg. Sie sah ihn nicht an.

»Hast du einen anderen?« Mikes Puls raste. Er wollte dieses seltsame Mädchen, in das er total verschossen war, nicht verlieren.

Sie schüttelte den Kopf.

»Wer hat dich dann so zugerichtet?«

Tränen sammelten sich in ihren Augen. Ohne zu überlegen, zog Mike sie in seine Arme. »Okay, wir müssen nicht jetzt drüber reden, doch du sollst wissen, dass du mir alles erzählen kannst.« Er streichelte ihren Rücken, der mit zarten Striemen überzogen war, wie er sah, und schluckte. *Verdammt, wer hat ihr das angetan?*

Marla schmiegte sich seufzend an ihn. Sie zitterte leicht; ihr Atem stieß gegen seine Brust. Verflucht, er wollte jetzt nicht zur Arbeit, sondern bei ihr bleiben und sie vor wem auch immer beschützen. Und er wollte auf der Stelle wissen, was mit ihr los war, doch er biss sich auf die Lippe. Wenn er zu aufdringlich war, könnte das Marla vielleicht erschrecken.

Als sie nichts sagte, löste er sich widerwillig von ihr. »Nun … also, ich muss in die Bank.« Mike fühlte sich ohne Marlas Berührung seltsam leer. Dennoch drehte er sich zur Seite und steckte die Füße aus dem Bett. Er bückte sich nach seiner Unterhose, die in einem wilden Haufen mit der restlichen Kleidung auf dem Boden lag. Zügig schlüpfte er hinein, darauf bedacht, nicht auf einen Glassplitter zu treten, und holte seinen Ersatzschlüssel von der Garderobe.

Als er sein Schlafzimmer betrat, saß Marla wie zuvor da, die Decke an ihre Brust gepresst. Sie runzelte die Stirn und blickte auf den Schlüssel, den er ihr vor die Nase hielt.

Mike lächelte zaghaft. »Du tust ja gerade so, als hättest du noch nie einen Schlüssel gesehen.«

»Hm, Schlüssel, ja!«, sagte sie hastig und nahm ihn in die Hand. »Mit dem sperrt man Türen auf.«

Mike wunderte bei Marla nichts mehr. »Du hast schon einen seltsamen Humor.« Obwohl sie so seltsam war, war er total in sie verliebt. Sein Mysterious Girl …

Ihre schmalen Brauen hoben sich, als würde sie erst jetzt verstehen, was es bedeutete, dass er ihr seinen Schlüssel gab. »Du vertraust mir deinen Wohnungsschlüssel an?«

»Ich möchte dich einfach wiedersehen.« Mikes Herz machte einen Satz. Er hatte überhaupt nicht darüber nachgedacht, ob *sie* ihn wiedersehen wollte. Außerdem wollte er nicht, dass sie zu demjenigen zurückkehrte, der sie so übel zugerichtet hatte.

»Ich weiß nicht, ob das so eine gute Idee ist«, antwortete sie kaum hörbar und blickte wieder nach unten.

Sanft hob Mike ihr Kinn an. »Bitte«, sagte er leise. »Bleib hier.«

Sein Gesicht kam dem ihren immer näher. Er musste Marla küssen, ihr sinnlicher Mund lud ihn geradezu ein.

»Na gut«, hauchte sie, und als sich ihre Lippen trafen, wusste er, dass er nie wieder ein anderes Mädchen wollte als Marla.

Marla eilte ziellos durch die mit Fackeln beleuchteten Gänge. Eigentlich hatte sie gehofft, ihren Bruder vorzufinden, aber sie hatte nur Sirina angetroffen, die sich lasziv in Silvans Bett geräkelt und ihr gesagt hatte, dass ihr Liebster noch bei den Oberen sei, um seine Fähigkeiten zu trainieren. Marla hätte so gerne mit Silvan gesprochen, ihn gefragt, ob er etwas über dieses Zepter wusste, und ihm vor allem erzählt, was sie über ihre Mutter herausgefunden hatte. Silvan hatte ja keine Ahnung, wer ihre Mutter gewesen war. Die Nachfahrin einer Wächterin, die Hüterin des Zepters! Doch sollte sie ihm davon erzählen? Kitana hatte Angst gehabt, Silvan würde der Macht des Zepters verfallen … Besser, sie behielt das für sich. Marla würde ihn allerdings gerne über gewisse menschliche Dinge aushorchen, ohne natürlich zu verraten, dass sie mit Mike zusammen gewesen war. Plötzlich frustrierte es sie, dass Silvan, obwohl er ein Halbblut war, bald stärkere Magie würde wirken können als sie, die man immer an der kurzen Leine gehalten hatte. Diese Tatsache schürte ihren Unmut auf James Carpenter … obwohl – konnte sie ihn noch hassen? Dieser verdammte Traum! Wenn Marla nur wüsste, ob er der Wahrheit entsprach. Sollte sie Silvan warnen? Je mehr sie über ihren Traum nachdachte, desto unsicherer wurde Marla. Sie war hin- und hergerissen. Konnte sie Obron fragen, ob ihre Mutter tatsächlich eine Wächterin gewesen war? Aber Marla wusste, dass sie das Thema Kitana nicht anschneiden durfte.

Sie schlug die Richtung ein, in der ihr Gemach lag oder besser gesagt ihr »Wohnloch«, wie sie es immer nannte. Während ihr Brüderlein schon jetzt wie ein Herrscher residierte, hauste sie wie eine Sklavin. Nichts anderes war sie ja. Metistakles' Dienerin.

Einmal hatte Marla es gewagt, ihren Vater Obron zu fragen, ob sie ein größeres »Zimmer« haben könnte, keine derart beklemmende Höhle, in der man sich kaum umdrehen konnte und in der nicht mehr als ihre Pritsche und ein Tisch standen. Es erinnerte Marla an eine Gefängniszelle.

Obron hatte sie daraufhin am Kragen gepackt und ein Portal zu einem anderen Teil der Unterwelt erschaffen. Sie waren nicht hindurchgestiegen, sondern Obron hatte Marla lediglich demonstrieren wollen, wie gut es ihr ging. Mit Schrecken hatte Marla gesehen, wie die anderen Dämonen hausten: Zusammengepfercht in feuchten, dreckigen Höhlen, kämpften sie um den besten Platz in diesem Getto. Sie habe also keinen Grund, sich zu beschweren, und wenn sie es wieder täte, würde er sie zum gemeinen Volk stecken, hatte Obron ihr gedroht.

Marla hatte das dumpfe Gefühl, dass es nicht mehr lange dauern würde, bis sich die geknechteten Unterweltler gegen ihren Herrscher auflehnen würden. Sie waren, genau wie Marla, nichts anderes als Sklaven, die den Oberen und Xandros einen Teil ihrer Seelennahrung abgeben mussten …

Bevor Marla ihr Domizil erreichte, kam ihr Vanessa in den Sinn, die ihr bestimmt auch etwas über romantische Gefühle sagen konnte.

Gefühle … wenn es also doch stimmte, dann hatte sie Wächterblut in sich. *Ach, verdammt!*

Kurzerhand erzeugte Marla ein Portal an der Felswand und stieg durch das Tor in Vanessas Dachzimmer.

Enttäuscht bemerkte sie, dass niemand im Haus war. Vanessas Eltern arbeiteten vielleicht, und Vanessa selbst …

Schule!, fiel Marla ein und erzeugte ein weiteres Portal, aber auch da war Vanessa nicht – das Schulgelände war verlassen. Wahrscheinlich war gerade Wochenende oder es waren Ferien. Marla kannte sich ein wenig mit Schule aus, hatte sie doch heimlich des Öfteren den Unterricht besucht, um lesen zu lernen. In der Unterwelt hatte man ihr das verwehrt. Als Obron es herausfand, durfte Marla mehrere Monate lang die Unterwelt nicht verlassen. Dafür hatte sie Ilaria besucht und dort heimlich gelesen.

Ihre Schritte hallten von den Wänden, als sie durch die Gänge ging und ab und zu in ein Klassenzimmer spähte. Hier hätte sie vielleicht gesessen und alles über die Menschenwelt gelernt, wenn die Oberen Kitana nicht aufgespürt hätten.

Ein seltsames Gefühl der Leere befiel Marla. Da gab es einen Platz in ihrem Herzen, an dem etwas fehlte, und ihr pumpender Muskel zog sich zusammen, als würde er versuchen, diese Leere zu vertreiben.

Mike … Marla seufzte. Wo war nur Vanessa? Marla hätte sie jetzt dringend gebraucht!

Sie wurde immer unruhiger; ihre Gedanken überschlugen sich. Niemals zuvor war der Drang dermaßen stark gewesen, mit jemandem reden zu müssen. Sie könnte Vanessa fragen, was sie über ihren Traum dachte. Außerdem wollte Marla wissen, ob Vanessas Herz ebenfalls so schnell schlug, wenn sie an Silvan dachte. Ob sie seinen Geruch vermisste und die Finger auf ihrer Haut, sein Lächeln, seine Stimme, ach … einfach alles!

Sie wurde noch verrückt! Stand sie etwa unter einem Liebeszauber, oder war das, was sie fühlte, dasselbe, was ihre Mutter gespürt hatte? Waren diese neuen, wunderbaren Empfindungen der Grund gewesen, warum Kitana der Unterwelt den Rücken gekehrt hatte? Traf James etwa genauso wenig Schuld wie Mike?

Kitana war geflohen, weil man uns beide hatte töten wollen …

Humbug! Ich lebe noch!

Weil meine Mutter mich mit einem Schutzzauber belegt hat …

Verdammt, sie wusste nicht, was sie tun sollte! War ihr ganzes Leben eine Lüge gewesen?

Wenn auch nur ein Dämon bemerkte, dass sie nicht mehr loyal zu ihnen stand, würden ihr weitaus schlimmere Dinge bevorstehen und sie Mike bestimmt nie wiedersehen!

Auf jeden Fall hätte alles anders verlaufen können, wenn Kitana noch mit James zusammen wäre. Ob sie alle dann in so einem Häuschen wohnen würden, wie es ihr Bruder getan hatte und Vanessa?

Vanessa – vielleicht war sie ja bei Silvans Ziehmutter!

Marla erschuf ein neues Portal, das in Silvans ehemaliges Zimmer führte. Dort sah alles genauso aus wie beim letzten Mal, als sie hier gewesen war. Ihr dämonisches Gehör vernahm mehrere Stimmen aus der unteren Etage. Marla machte sich für menschliche Augen unsichtbar, stieg leise die Treppen hinab und betrat dann das Wohnzimmer der Taylors.

Ihr stockte der Atem. Was nicht daran lag, dass sie Vanessa hier tatsächlich vorfand – nein, es lag vielmehr an der Tatsache, dass sich Vanessa und Silvans Ziehmutter mit jemandem unterhielten, den Marla nicht sehen konnte!

Moment – wenn sie ganz genau hinschaute und sich scharf konzentrierte, konnte sie eine beinahe durchscheinende Gestalt auf dem Sessel ausmachen, zu der eine männliche Stimme gehörte.

James Carpenter!, schoss es Marla durch den Kopf. Er musste dieses Amulett besitzen, das ihn für Dämonen unsichtbar machte! Ob Marla ihn erahnen konnte, weil sie Wächterblut in sich hatte? Ihr Traum entsprach also der Wahrheit? Aber dieser Gedanke verschwamm, denn ihr Herz raste wild. Endlich … Nach so langer Zeit hatte sie Carpenter gefunden!

Am liebsten hätte sie ihn gleich zur Strecke gebracht, doch sie war zu schwach. Das ärgerte sie und schürte ihre Wut. Ihr bisschen Magie könnte am Horusauge abprallen und sich gegen sie richten. Mist!

Marla musste sich extrem beherrschen, nichts in die Luft zu

sprengen. Das hätte sie sofort verraten, und Carpenter wäre mit Sicherheit auf und davon.

Schnell wich Marla in Richtung Treppe zurück. Sie musste sich versteckt halten, denn wegen des Amulettes könnte Carpenter sie sehen, falls er in ihre Richtung schaute.

Marla konnte nur eins tun: die Oberen aufsuchen und ihnen mitteilen, dass Carpenter aufgetaucht war! Dann würde sich für sie vielleicht endlich alles zum Guten wenden. Die Oberen würden Marla in Ruhe lassen, und niemand würde herausfinden, dass sie einen Menschen begehrte! Obron würde sie zwar wegen des Schwurs ihrer Mutter nicht töten können, aber er hatte immer noch seine Lakaien.

Und was würde aus Silvan werden?

»Wo warst du?«, knurrte Metistakles, sobald Marla ihr Gemach betrat.

Sie zuckte zurück und sog die Luft ein, als sie den Oberen auf ihrem Bett liegen sah. Sie war so in Gedanken versunken gewesen, dass sie ihn nicht bemerkt hatte.

Bevor sie ihm von ihrer Entdeckung berichten konnte, stand Metistakles schon vor ihr und schnüffelte an ihr wie ein Tier. »Du warst bei einem anderen!« Er nahm einen tiefen Atemzug, dann spie er ihr angewidert entgegen: »Bei einem Menschen!«

Marla erstarrte vor Angst.

Mike! »I-ich sollte … wollte Euch nur gefallen, mein Herr, und Informationen über Carpenter einholen.«

»Du warst schon immer eine schlechte Lügnerin und so leicht durchschaubar«, sagte Metistakles ungewöhnlich sanft und fuhr ihr mit den Fingern über die Wange. Seine Nägel verlängerten sich, verwandelten sich in rasiermesserscharfe Krallen. Marla wusste, was nun folgen würde. Unvorstellbar große Angst überflutete sie. Er durfte nichts über Mike erfahren! Vielleicht würde er sie diesmal verschonen, wenn sie ihm sagte, dass sie Carpenter gefunden hatte. »I-ich habe ihn, Carpenter«, stammelte sie.

Metistakles' Augen nahmen plötzlich einen so grausamen Ausdruck an, dass sie sich automatisch an ihren geheimen Ort zurückzog, was in Metistakles' Gegenwart oft geschah. Dann befand sie sich auch schon in ihrem märchenhaften Turmzimmer, in dem diesmal nicht ihre Mutter, sondern Mike auf sie wartete, um sie in die Arme zu schließen.

Metistakles rüttelte Marla, die schlaff in seinen Armen hing, obwohl er wusste, dass es nicht helfen würde, sie aus ihrem Zustand zu erwecken.

Seine Wut kannte keine Grenzen. Endlich, nach so langer Zeit, war es dieser nichtsnutzigen Schlampe gelungen, etwas über Carpenters Aufenthaltsort herauszufinden, und da musste sie wieder ohnmächtig werden! Wenn Marla wüsste, wie extrem aggressiv ihn das machte, würde sie sich das wohl nicht erlauben. In Zukunft würde er sie erst in eine Wachstarre bannen, bevor er sich mit ihr vergnügte, damit sie seine Spielchen ebenso auskosten konnte wie er.

Carpenter … Dieses Wissen könnte ihn in Xandros' Gunst weiter aufsteigen lassen! Oder besser: Er nutzte diese Information gleich zum eigenen Vorteil!

Wütend schleuderte Metistakles sie auf das Bett und hockte sich neben sie. Marla war schön wie ihre Mutter Kitana, dieses Miststück, das sie alle hintergangen hatte. Kitana hatte ihnen eine falsche Identität vorgegaukelt! Marlas Gesicht und ihr Körper wirkten entspannt; sie war viel zu hübsch, sogar für eine Dämonin. Außer Sirina, die dazu bestimmt war, die Frau des zukünftigen Herrschers zu sein, hatte niemand besser auszusehen als die Königin, aber Metistakles tat schon seit Jahren sein Bestes, um Marlas Körper mit seinen Malen zu schmücken. Er liebte es, ihre Haut zu ritzen, sie zu verzieren und sie dabei bluten zu sehen – leider regenerierte sie sich dank des Dämonenanteils wieder. Viel zu schnell für seinen Geschmack, doch so ging ihm wenigstens nicht der »Platz« aus. Heute hatte er allerdings etwas anderes vor. Er fuhr mit einer klauenartigen Hand in Marlas Haar, um ihren Hinterkopf zu umschließen und seine Krallen in ihre Kopfhaut zu treiben.

Die andere Hand legte er auf ihren Brustkorb, und seine scharfen Nägel glitten mühelos durch den Stoff ihres Pullovers. Marla trug wieder diese menschliche Kleidung, und auch ihr Haar war so anders. Glatt und seidig lag es zwischen Metistakles' Fingern.

»Widerlich«, murmelte er und schloss die Augen, damit sein Geist tief in Marlas Bewusstsein eindringen konnte. Metistakles wusste, dass sie nicht so schnell erwachen würde, also musste er sich die Informationen über Carpenter selbst besorgen. Eventuell könnte er es so aussehen lassen, als wäre er fündig geworden, und Marla vernichten … obwohl … Sie war ein netter Zeitvertreib, außerdem würde ihm Obron den Kopf abreißen. Seine Tochter könnte sich noch als nützlich erweisen, wenn Silvan nicht mitspielte.

Metistakles lachte in sich hinein, als er daran dachte, wie Obron damals versucht hatte, sein Geheimnis für sich zu behalten. Aber als Obron vor Kurzem mit Silvan trainiert hatte und abgelenkt gewesen war, hatte Xandros alle Informationen aus ihm herausgeholt, und Metistakles hatte einige davon aufgefangen.

Auch nach längerem Suchen fand er keinen Anhaltspunkt, wo Marla diesen Carpenter aufgespürt hatte. Metistakles hatte große Mühe, sich in ihrem Gefühlschaos zurechtzufinden. Er fand es abstoßend, wie menschlich sie war.

»Ja, sie schlägt ganz nach ihrer Mutter«, zischte er, als er in der tiefsten Ebene von Marlas Bewusstsein angekommen war. Dort stieß er auf eine dunkle, glatte Kugel. Marlas Versteck!

Hier schloss sie sich also immer ein, und zu Metistakles' Leidwesen schien sie alle wichtigen Informationen in ihren »Schutzraum« hineingenommen zu haben. Vergeblich versuchte Metistakles, mit mentalen Kräften und Zaubersprüchen die Kugel aufzubrechen, er konnte ihr jedoch nicht einmal einen Riss zufügen.

Liebe …, wusste er. Gegen die größte Kraft des Universums war er machtlos und sein Zorn schwoll weiter an, weil er Marla unterschätzt hatte. Metistakles war sich absolut sicher gewesen, sie unter Kontrolle zu haben, aber die zwei Jahre in der Menschenwelt hatten anscheinend gereicht, um einen Großteil dämonischer Eigenschaften, wie Gefühlskälte, in ihr auszulöschen.

Plötzlich huschte ein heller Schleier an ihm vorbei. Es war eine von Marlas zahlreichen Erinnerungen, die etwas mit der Menschenwelt zu tun hatten. Das erkannte Metistakles an dem großen verglasten Gebäude, das er in der wabernden Gedankenblase sah. »Little Peak Dance« stand an der Eingangstür. Das Gesicht einer jungen Frau mit hellbraunem Haar tauchte auf. Es war dasselbe Mädchen, das Metistakles auch in Silvans Geist gesehen hatte. *Vanessa* … Interessant. Mal sehen, was er noch Nützliches in Marlas Geist aufstöberte …

»Marla! Geht's dir nicht gut?« Silvan setzte sich im Bett auf, als seine Schwester zur Tür hereinkam. »Ist was passiert?« Sie hatte nicht geklopft, und er hatte schon fast befürchtet, es wäre Sirina. Er hatte seine »Zukünftige« fortgeschickt, mit der Ausrede, dass er ungestört sein wolle, um sich ausreichend konzentrieren zu können, wenn er seine mentalen Kräfte trainierte. In Wahrheit wollte er seine Ruhe. Sein Kopf dröhnte von den geistigen Schlägen, die die Oberen ihm zufügten, wenn er sich bei einer Übung dumm anstellte.

»Hm? Was? Ja … alles okay«, erwiderte Marla und hockte sich neben ihn aufs Bett. Ihr Haar war zerzaust, ihre Kleidung an manchen Stellen zerrissen. Sie trug nicht ihr Punk-Outfit, sondern diese gewöhnlichen Klamotten. Mit wem hatte sie sich denn angelegt? Er würde sich später erkundigen, im Moment hatte er andere Fragen.

»Warst du oben?« Silvans Herzschlag beschleunigte sich. »Hast du Vanessa gesehen?«

Sie kaute, vor sich hinstarrend, an ihren Fingernägeln, wirkte abwesend, verwirrt und dann wieder nervös und aufgeregt.

»Marla?«, fragte er noch einmal.

Plötzlich sah sie ihn mit aufgerissenen Augen an. »Ich soll dir sagen, dass es nach oben geht. Wir beide werden gehen.«

»Was?« Wieso?

»Genaueres erfährst du später, du sollst dich nur schon mal drauf vorbereiten.«

Er hatte neben dem Training nichts zu tun, er könnte jederzeit gehen. Ihm war ohnehin langweilig. Er vermisste seinen Computer und … anderes.

Worauf musste er sich vorbereiten? »Nach oben?« Insgeheim freute er sich darauf, vielleicht Vanessa zu sehen. Er beherrschte langsam, sich unsichtbar zu machen. So könnte er ihr nah sein, sie beobachten …

»Eine Mission, Brüderchen.« Erneut knabberte Marla an ihren Nägeln. Warum war sie nur derart durch den Wind? Er hatte das Gefühl, sie wollte ihm etwas Bestimmtes mitteilen – Silvan spürte es geradezu. Stattdessen sagte sie: »Tut mir leid, ich bin nicht gut im Geschichtenerzählen und gerade nicht in der Stimmung dazu.« Sie stand auf und ging auf die Tür zu. »Ich komme wieder, wenn es losgeht.«

Kurz nachdem seine Schwester ihn verlassen hatte, kam Antheus vorbei, um ihn aufzuklären, welche Prüfungen er noch zu bestehen hatte, um Herrscher zu werden. »Ich gebe dir jetzt eine vertrauliche Information, also blockiere deinen Geist vor denen, die nicht zu Xandros' engstem Kreis gehören, und lass mich hinein.«

Als ob ich je schon mal andere außer Marla, Sirina, Xandros und den Hohen Rat gesehen hätte, dachte Silvan. Er fand es merkwürdig, dass sie ihn derart abschotteten. Sollte er als zukünftiger Herrscher nicht endlich mal »sein Volk« kennenlernen? Sich bei gewissen Leuten vorstellen, andere wichtige Persönlichkeiten der Dämonenhierarchie treffen?

Dennoch nickte er, da er es plötzlich kaum erwarten konnte, nach oben zu gehen.

Antheus schickte ihm ein deutliches Bild von einem Medaillon, das an einer silbernen Kette hing. Der Anhänger hatte die Form eines Ovals, in dessen Mitte ein leuchtend roter Stein angebracht war, der wie ein Auge aussah. Er machte James für dämonische Augen unsichtbar, aber Silvan müsste ihn sehen können, weil Carpenters Blut in ihm floss und Silvan ein halber Mensch war.

Silvan kam dieses Schmuckstück irgendwie bekannt vor. Er sollte dieses Amulett an sich bringen, damit sich Carpenter nicht mehr vor ihnen verstecken konnte. Besser wäre es allerdings, wenn Silvan ihnen gleich das Zepter beschaffen würde und wenn er dafür Carpenter töten musste. Den Oberen war alles recht, solange sie bekamen, was sie bereits so lange wollten.

»Das Zepter?«, fragte Silvan. »Was hat es damit auf sich?«

»Geduld«, zischte Antheus.

Geduld ... Das erinnerte ihn an seine Mutter. Ziehmutter. Warum ließen ihn immer alle im Ungewissen? »Ich weiß doch überhaupt nicht, wo mein Vater sich aufhält«, wandte Silvan ein, doch Antheus überraschte ihn: »Marla weiß es.«

»Was ...« Bevor Silvan weitere Fragen stellen konnte, fuhr

Antheus fort: »Das war die *eine* Aufgabe, nun zeige ich dir die andere, die uns einzig und allein zeigt, ob du wirklich würdig bist, Xandros' Nachfolger zu werden.«

Antheus grinste bösartig, als er den zweiten Auftrag mental und in grausigen Bildern übermittelte: Vanessa in ihrem Blut, Vanessa mit aufgerissenen Augen und einem Ausdruck des Entsetzens im Gesicht. Vanessa, wie sie erst gefesselt wurde und man ihr anschließend die Haut mit Dämonenkrallen vom Körper schälte … Es schien Antheus große Freude zu bereiten, Silvan damit zu quälen. Sein Herz verkrampfte sich, Silvan stand kurz davor, sich zu übergeben. Er wollte die Augen schließen, damit er die furchtbaren Bilder nicht sah, was natürlich nicht half, denn Antheus schickte ihm das Grauen direkt in den Kopf.

Antheus war ein übler Dämon und verglichen mit Marla und Sirina geradezu die personifizierte Boshaftigkeit – kein Wunder, dass er im Hohen Rat saß. Außerdem war er Xandros' Sohn. Silvan war also mit ihm verwandt, er war Antheus' Neffe! Ob dann diese abgrundtiefe Bösartigkeit auch in ihm, Silvan, steckte?

»Ja, das tut sie«, wisperte Antheus in seinem Verstand.

Silvan fragte sich zum wiederholten Mal, ob er mit seiner Entscheidung, Herrscher der Unterwelt zu werden, wirklich den richtigen Weg eingeschlagen hatte, als er plötzlich bemerkte, dass ihn die grausigen Bilder kaum mehr schockierten. Etwas ganz tief in seinem Inneren war tot, abgestumpft. Es war ein angenehmes Gefühl, eine Art Lethargie. Silvan lächelte.

»Wirst du das für mich tun?«, fragte Antheus leise, als er sich von Silvan löste.

Silvan fühlte zwar, dass sich sein Mund zu einem noch breiteren Grinsen verzog, aber dieses Grinsen war anders. Kalt, grausam. Alles war jetzt anders. Er war endlich er selbst, kein Zwiespalt tobte mehr in ihm. »Ja, Herr«, erwiderte er. »Ich werde alles für Euch tun.«

Ebenfalls lächelnd verließ Antheus Silvans Gemach. Er hatte diesem verweichlichten Menschlein mit seiner Vision so lange übel zugesetzt, bis es ihm gelungen war, seine stärkste Gabe einzusetzen: Er hatte Silvans Gewissen betäubt, indem er ihm einen mentalen Giftstachel eingepflanzt hatte. Silvan würde nun nach seiner Pfeife tanzen, ganz und gar! Das Menschenmädchen würde ihn nicht mehr von seiner Aufgabe abhalten!

Antheus lachte in sich hinein. Dieses Halbblut durfte niemals den Thron bekommen, dafür würde er sorgen. Schließlich wäre er, Antheus, laut Erbfolge als Nächster an der Macht, wenn ihm nicht diese blöde Prophezeiung dazwischengekommen wäre! Er war doch Xandros' Sohn, sein zweites Kind! Er stammte nicht von jener Schlampe ab, die Kitana geboren hatte, sondern von einer reinrassigen Dämonin, mit der sich sein Vater heute noch ab und zu vergnügte.

Erst hatte Antheus sich diese nette Zusatzaufgabe – Vanessa zu töten – für Silvan ausgedacht, weil er wusste, dass das Halbblut versagen würde. Aber dann war Antheus eine bessere Idee gekommen. Silvans Verstand war nun an den seinen gekoppelt. Das Halbblut würde ihm das Zepter besorgen!

»Silvan, warte«, sagte Marla leise und drehte sich im Felsengang um. Niemand sonst war zu sehen. »Ich kann dich nicht begleiten, aber nimm diese Kristalle.« Sie hatte sie vor einigen Jahren von Ilaria bekommen. Die Orakelpriesterin hatte gemeint, Marla würde einmal wissen, wozu sie diese Steine brauchte.

Silvan stand reglos vor ihr, und es kam Marla so vor, als würde er durch sie hindurchschauen. Er wirkte abwesend, apathisch. Keine Regung zeigte sich in seinem Gesicht, als Marla die vier faustgroßen Steine vor seine Nase hielt. Kein Wunder, die Oberen setzten ihm sehr zu und zogen ihn immer mehr auf ihre Seite. Konnte sie ihm überhaupt noch vertrauen? »Vielleicht solltest du dir überlegen, ob du wirklich Herrscher werden willst«, wisperte sie.

Silvan reagierte nicht auf ihren Wink. War er bereits verloren?

»Das sind magische Steine«, flüsterte sie. »Bitte nimm sie.«

Als Silvan keine Regung zeigte, steckte sie die Kristalle einfach in die Tasche seines Umhangs. Gut sah Silvan in seiner Dämonentracht aus, unheimlich und dunkel. Fast so wie damals auf dieser Kostümparty, auch wenn er seine menschliche Kleidung noch darunter trug. Marla sah seine Jeans hervorlugen. Bald würde Silvan einer von ihnen sein. Sie spürte kaum mehr Wächtereigenschaften in ihm. Hatte der Rat sie wirklich ausgelöscht oder lediglich unterdrückt? Sie empfing seltsame Schwingungen von Silvan, als versuchten seine guten Eigenschaften, nach außen zu dringen, würden aber zurückgehalten.

Während er sich kommentarlos umdrehte und einen Kreis auf die Wand zog, erklärte Marla ihm hastig, wie er die Kristalle benutzen sollte, um Vanessas Leben zu schützen. Vanessa sollte nichts geschehen. Sie hatte doch mit alldem nichts zu tun!

Ach, alles lief aus dem Ruder, und Marla wusste nicht mehr, was sie tun sollte. Sie fühlte sich müde und ausgebrannt, weshalb sie kaum klar denken konnte.

Als Silvan durch das Portal stieg und es sich hinter ihm schloss, konnte sie nur hoffen, dass ihre Worte zu ihm durchgedrungen waren. Sie hätte Silvan so gern begleitet, doch sie konnte kaum noch aufrecht gehen. Marla machte sich auf zum Orakel von Memnost. Sie brauchte Energie, und zwar schnell, oder sie würde zusammenklappen. Metistakles hatte nicht bloß Erinnerungen aus ihr geholt, für ihn war Marla wie eine Batterie, die er mit Vorliebe leer saugte.

Zum Glück kannte Marla die Abkürzung, die zur Orakelhöhle führte, denn den eigentlichen Weg könnte sie jetzt nicht mehr bewältigen. Normalerweise musste jeder Dämon, der zum Orakel wollte, um ihm eine Frage zu stellen, ein Labyrinth durchqueren. Wer das Orakel befragen wollte, musste sich erst als würdig erweisen, und wer den Weg nicht kannte, irrte schon einmal wochenlang durch die Felsgänge. Es konnte sogar vorkommen, dass sich das Labyrinth veränderte, sodass man niemals den Ausgang erreichte und wieder umkehren musste. Vielleicht, wenn das Orakel wusste, dass es eine Frage nicht beantworten konnte?

Ilaria, die letzte lebende Orakelpriesterin, hatte Marla eine Abkürzung verraten: Sie schritt einfach schnurstracks durch die Felswände. Dazu musste sie lediglich ein Symbol berühren, das in die Felswand geritzt worden war: ein Tor, so winzig klein, dass es keiner entdeckte, der nicht danach suchte. Marla drückte ihre Fingerkuppe auf das Symbol, und der Fels schien sich zu verflüssigen. Sie hielt die Luft an und trat durch die schimmernde Substanz in den dahinterliegenden Gang. Dort wiederholte sie die Prozedur an der vor ihr liegenden Wand, bis sie nach dem dreizehnten Mal vor einem großen Felsentor stand, das in eine riesengroße Tropfsteinhöhle führte.

Marla atmete auf. Jedes Mal, wenn sie sich vor dem Eingang befand, fühlte sie sich, als würde sie nach Hause kommen. Sie schritt in die Höhle, die in ein sanftes hellblaues Licht getaucht war, und lauschte dem Tropfen der Steine und dem sanften Fließen eines Baches, der sich neben ihr dahinschlängelte. Weiße, augenlose Fische schwammen in dem klaren Nass. Es entsprang der Orakelquelle, die mitten in der kuppelartigen Tropfsteinhöhle unter Nebel verborgen lag. Aus den wabernden Schleiern, die sich über viele Meter in alle Richtungen erstreckten, drang auch dieses blaue Leuchten.

Marla nahm einen tiefen Atemzug der feuchten Luft. Sie

besaß einen eigenen Geruch, urtümlich, leicht rauchig und doch auf ihre Weise frisch mit einer sanften Lavendelnote. Marla hatte gehört, dass es hier für jeden Dämon anders roch, manche sprachen sogar von einem bestialischen Gestank. Nur durfte keiner von ihnen die Höhle betreten ... oder konnte es. Die Dämonen mussten am Tor verharren. Zum Glück hatte Marla eine »Sondergenehmigung«.

Sie blieb vor der Nebelkuppel stehen und schaute in das Leuchten. Der Umriss einer Person, die auf sie zukam, wurde deutlich. Es war Ilaria, die Orakelwächterin. Sie trug ein langes weißes Gewand und besaß wallendes Haar, das ebenso weiß war wie ihr Kleid. Neben ihr trabte ein weißer Gepard, der sich neben Ilarias Füße hockte, als sie vor Marla stehen blieb. Das Tier grüßte Marla mit einem Nicken.

Marla nickte zurück. »Hallo, Fumar.«

»Willkommen, mein Kind«, sagte Ilaria mit einer Stimme, die so leise wie ein Windhauch war. Ihr Gesicht zeigte keine Falte, ihre Haut war makellos.

Ilaria streckte die Hand nach Marla aus, und sie ergriff sie.

»Komm ...« Dabei blickten Ilarias eisblaue Augen durch Marla hindurch. Ilaria war seit ihrer Geburt blind, hieß es, aber wie alt Ilaria war, wusste niemand. Vielleicht war sie so alt wie das Orakel selbst. Auch wenn Ilaria nicht mit den Augen sah, entging ihr nichts. Sie besaß einen anderen Sinn, ein inneres Auge.

Marla wusste nicht, ob Ilaria eine Dämonin war. Sie spürte Wärme in ihrem Herzen, wenn sie der Priesterin nah war.

Ilarias Hand jedoch war kalt, und sogar Ilaria selbst wirkte heute kühl. Marla fragte jedoch nicht, was die Priesterin bedrückte. Sie würde es ihr sagen oder nicht.

Fumar streifte an Marlas Bein entlang, und sie kraulte den Geparden hinter den Ohren. Ein sanftes Schnurren zeigte ihr, wie sehr es Fumar gefiel.

»Verwöhn ihn nicht so«, sagte Ilaria, und ein Lächeln huschte über ihr Gesicht.

Fumar schnurrte daraufhin lauter und drückte seinen pelzigen Kopf Marlas Hand entgegen. Wäre sie nicht so geschwächt, hätte sie Fumar gerne mehr Streicheleinheiten gegeben. Das Tier schien ihre Schwäche zu fühlen, denn es zog sich zurück und trabte neben Ilaria her.

Sie gingen tiefer in den Nebel, der Marla umschmeichelte, einhüllte und wieder losließ. Es waren Seelenfetzen von Menschen, Teile des Tributs, den jeder Dämon, der das Orakel nach seinem Schicksal befragen wollte, »zahlte«.

Vor der Quelle, die aus dem kargen Felsboden sprudelte, blieben sie stehen. Aus der Spalte drangen nicht nur Wasser und Nebel, sondern auch das blaue Leuchten. Es war hier so grell, dass Marla nicht direkt ins Licht sehen konnte. Das Wasser lief in eine natürliche Rinne und bahnte sich einen Weg aus dem Nebel. Wohin der Bach führte, wusste Marla nicht. Sie hatte gehört, dass das Wasser durch den Felsen floss, der die Unterwelt umgab, gleich Adern, die Nährstoffe transportierten, um Wesen am Leben zu erhalten.

Das Orakel war das Herz der Unterwelt und existierte von Anbeginn. Wie jedes Organ brauchte es Energie, um zu überleben. Es musste »ernährt« werden.

Hierher kehrte auch das Bewusstsein vernichteter Dämonen zurück und fütterte das Herz des Orakels mit seinem Wissen. Sämtliche Kenntnisse und Geschichten vergangener Tage waren an diesem Ort vereint. Wer hierherkam, konnte diesem gigantischen Bewusstsein eine Frage stellen. Natürlich war das Orakel nicht allwissend, aber es war nahe dran.

Da ja normalerweise kein Dämon ins Herz des Orakels gelangen konnte, nahm Ilaria die Fragen am Felsentor entgegen, führte einen Seelenteil mit, den der Dämon aus seinem geöffneten Mund strömen ließ, und übergab beides der Quelle. Nachdem sich Ilaria in den Wissensstrudel eingeklinkt und ihm gelauscht hatte, kam sie mit der Antwort zurück. So hatte Marla es gehört. Sie hatte nie das Orakel befragen können, weil sie selbst nie eine Seele ausgesaugt hatte. Ohne die Priesterin wäre Marla nicht mehr am Leben. Ilaria war es gewesen, die sich die ersten Jahre um Marla gekümmert hatte, und auch heute fand Marla hier immer noch so etwas wie Geborgenheit. Außerdem bewahrte Ilaria ihre heiß geliebte Plattensammlung und andere private Dinge auf.

»Du wirktest so verloren, hast dich immer mehr in dich zurückgezogen und nichts mehr gegessen. Ich war es Kitana schuldig, mich um dich zu kümmern«, sagte Ilaria plötzlich, als hätte sie Marlas Gedanken gehört.

Nein, *gesehen*. Das traf es besser.

Marla horchte auf, ihr müdes Herz schlug schneller. »Warum?«

Ilaria legte ihre kühle Hand auf Marlas Stirn. Sie sah die Priesterin und Fumar, der neben ihr stand. Plötzlich verwandelte sich der Gepard in einen Menschen, in einen ... jungen Mann mit schwarzem Haar! Nackt stand er neben Ilaria, die ihn in ihre Arme zog und küsste. Fumar war ein Gestaltwandler? Und Ilarias Geliebter?

»Eine Gruppe übermütiger Dämonen hatte ihn gejagt«, erklärte Ilaria. »Sie wollten ihn mir opfern, weil sie dachten, das Orakel könne ihnen allen die Zukunft vorhersagen, und brachten ihn halb tot zu mir.«

Marla sah die Bilder, wie die Dämonen den jungen Mann vor sich hertrieben. Er trug einfache Leinenkleider, es war dunkel und neben ihm brannte eine Holzhütte. Mit ihren Krallen hackten die Kreaturen auf den Mann ein, rissen ihm die Kleider samt Haut vom Leib.

Mittelalter ... so lange war das alles her. Die Dämonen besudelten damals die Orakelstätte, indem sie den Mann, der aus zahlreichen Wunden blutete, am Tor ablegten.

Marla fühlte Ilarias Mitleid, eine tiefe Sehnsucht, die sich die Priesterin nicht hatte erklären können, und ihren Hass auf die Dämonen.

Ilaria waren die Hände gebunden, sie musste ihre Pflicht erfüllen und das Orakel für die Dämonen befragen …

»Es war der einzige Weg, wie Fumar zu mir gelangen konnte. Nur als dargebrachtes Opfer konnte er eins mit dem Strudel werden. Er hatte die Dämonen so lange gereizt, bis sie wussten, was er für ein Wesen war. Sie wollten mir seine Seele bringen, um ihre Schicksale vorherzusagen. Die Seelen von Gestaltwandlern sind besonders kostbar, denn es heißt, sie besitzen zwei Seelen.«

Ilaria streichelte Fumars Fell. Der Gepard drückte sich schnurrend an ihre Beine. »Fumar hatte das in seinen Träumen vorhergesehen. Er ist die Wiedergeburt von Memnost. Jetzt ist er zu Hause.«

»Memnost?« Marla schaute Fumar an, der ihr daraufhin zuzwinkerte. »Ich verstehe das nicht.«

»Das musst du nicht, mein Kind. Du wirst ohnehin alles vergessen.«

Marla hatte gehört, Memnost Geist sei das Orakel. Der Ursprung, der erste Dämon der Unterwelt. Das würde bedeuten, dass Ilaria trotz ihrer Abneigung gegen Dämonen denjenigen liebte, der alles hier unten geschaffen hatte. Verrückt.

Marla hörte Ilarias glockenreines Lachen. »Verrückt, du sagst es.«

Nun war Memnost zurückgekehrt – als Gestaltwandler.

Andere Bilder zogen durch Marlas Kopf, wie Kitana Ilarias Geheimnis von der Rückkehr Memnosts und ihrer Liebe zu ihm bewahrt hatte.

Kitana war eine Orakelpriesterin gewesen!

Weitere Szenen überfluteten sie. Sie sah, wie sie, Marla, ein kleines Mädchen war und Obron sie zu Ilaria brachte. Aus Trauer um ihre Mutter hatte sie weder Essen noch Seelenenergie zu sich nehmen wollen und drohte zu verhungern. Da Obron sie brauchte, bat er Ilaria um Hilfe.

»Ich tat es erst nur für Kitana«, sagte sie, »doch bald wurdest du für mich wie eine eigene Tochter.« Ilaria seufzte. »Jetzt, wo du die Antworten kennst, muss ich sie dir leider wieder nehmen. Die Gefahr, dass der Hohe Rat davon erfährt, ist zu hoch. Wenn sie wüssten, dass Memnost zurückgekehrt ist …« Sie würden die Macht des Urdämons für sich missbrauchen wollen, aber Memnost hatte sich verändert. Ilarias Liebe hatte ihn verändert.

Liebe … war das der Schlüssel zu Glück und Frieden?

Marla nickte, obwohl sie kaum etwas von alldem verstand, und reichte Ilaria die Hand. Marla vertraute ihr vollkommen. »Danke, dass du dich um mich gekümmert hast.«

Ilarias blinde Augen schimmerten. Marla fühlte sich leicht, wie schwerelos, als die Erinnerungen sie verließen … und ihr Organismus mit Seelenmagie aufgeladen wurde. Nebelschwaden strömten ihr in Mund und Nase, drangen in ihre Lungen und tiefer in den Körper. Marla hatte kein schlechtes Gewissen dabei, denn die Seelen waren ohnehin verloren. Ihr wurde schwindlig, als würde ihr Alkohol zu Kopf steigen. Sie wankte, und als sie die Augen aufschlug, fand sie sich in Ilarias Armen wieder. Wie gut diese Nähe tat. Marla fühlte sich wohl. Doch mit Ilaria stimmte etwas nicht. Die Priesterin wollte sie nicht loslassen, stattdessen streichelte sie Marla übers Haar und wisperte: »Du wirst mir fehlen.«

Fumar streifte um ihre Beine herum und schaute traurig zu ihr auf.

Marla löste sich aus Ilarias Umarmung. Eine böse Vorahnung beschlich sie, und Gänsehaut breitete sich auf ihrem Körper aus. »Was hat dir das Orakel mitgeteilt?« Ihre Kehle war plötzlich ganz trocken.

Ilaria schaute sie direkt an, als könne sie mit ihren eisblauen

Augen Marla tatsächlich sehen. »Das Orakel hat prophezeit, dass du dieses Leben in Kürze verlassen wirst …«

Vanessa hielt den Zettel in ihren zitternden Fingern und musste ihn immer wieder lesen: »Komm heute Abend um neun zum Trimm-dich-Pfad, Station 5. Allein. Ich muss dich sehen. Daniel.«

Danny … Er lebte und er wollte sie treffen! Vor Aufregung, Erleichterung und Vorfreude hämmerte ihr Herz gegen ihren Brustkorb. Unruhig ging sie in ihrem Zimmer auf und ab. Sie wollte zu Anne und James hinüberlaufen, um ihnen mitzuteilen, dass sie ein Lebenszeichen von Daniel erhalten hatte. Der Zettel hatte plötzlich auf ihrem Schreibtisch gelegen. Ob Daniel ihn persönlich vorbeigebracht hatte? Aber warum kam er sie nicht hier besuchen, warum nachts im Wald, wo es dunkel war? Außerdem machte Vanessa stutzig, was er noch dazugeschrieben hatte: »P.S: Bitte sag niemandem, dass wir uns treffen.«

Ob es eine Falle war? Doch es war eindeutig Daniels krakelige Handschrift, die hätte Vanessa immer erkannt.

Was sollte sie also tun? Anne und James machten sich furchtbare Sorgen.

Es war nur noch eine Stunde bis zum vereinbarten Treffpunkt, und sie musste bald los. Vanessa beschloss, Anne einen Brief zu schreiben, dass es Daniel anscheinend gut ginge und sie ihn gleich träfe. Diesen würde sie bei den Taylors in den Briefkasten werfen, wenn sie sich aus dem Haus schlich und auf den Weg machte …

Vanessas Hände waren vor Aufregung so feucht, dass sie kaum den Lenker halten konnte, als sie auf ihrem Fahrrad durch den

Wald fuhr, der sich am Fuße des Peak Hill befand. Es waren bloß noch wenige Meter bis zur Station 5. Sie kannte den Trimm-dich-Pfad, doch jetzt, wo sie kaum die Hand vor Augen sah, wirkte die Umgebung anders. Fremd. Unheimlich. Es war still. Zu still. Sie hörte nur den Wind, der durch die Bäume rauschte, und das Knirschen des Kieses unter den Gummireifen.

Warum hatte Danny darauf bestanden, sich hier zu treffen? Vanessa war ungern nachts allein unterwegs, und dann auch noch im Wald! Zu dieser Zeit joggte hier niemand mehr, denn der Weg war nicht beleuchtet. Eher konnte es passieren, dass man auf Jugendliche stieß, die sich heimlich betranken.

Als die Stange für Klimmzüge in der Finsternis auftauchte, stieg Vanessa vom Rad und schob es das letzte Stück. Ihr batteriebetriebenes Licht spendete wenig Helligkeit. Irgendwo weit entfernt schuhute ein Käuzchen. Vanessa schüttelte sich und bekam eine Gänsehaut. Es war ziemlich gruselig hier im Wald, worauf ihr sofort das Bild des toten Mr. Adams vor Augen schoss, dessen Gesicht blau und mit Eiskristallen überzogen gewesen war.

Die hohen Bäume um sie herum schluckten das Mondlicht. Vanessa ging tapfer weiter, denn der Gedanke, Daniel gleich zu sehen, machte sie mutig.

Sie lehnte ihr Rad gegen die Stange des Trimm-dich-Geräts und blickte sich um. Die Stimmung hatte sich verändert, plötzlich herrschte Totenstille im Wald. Keine Grille zirpte, kein Nachtvogel sang. Nur der Wind, der durch die Baumkronen strich, machte weiterhin sein schauriges Geräusch.

Eiskalt lief es ihr den Rücken runter. Sie trat einen Schritt zurück, den Blick auf den Kiesweg gerichtet, der in der Finsternis als heller Streifen auszumachen war.

»Daniel, wo bist du?«, flüsterte sie und verfluchte sich für ihre Dummheit.

Ein Rascheln und das Knacken von Zweigen hinter ihr ließen

Vanessa erstarren. Sie fühlte, dass sie nicht mehr allein war, und ihr Herz setzte einen Schlag aus. *Flucht!* war ihr einziger Gedanke, doch noch bevor sie irgendetwas tun konnte, hatte sich ein Arm von hinten um ihren Brustkorb gelegt und eine Hand auf ihren Mund gepresst. Dann wurde sie rückwärts ins Gebüsch gezogen.

TEIL 3

DAS MAGISCHE ZEPTER

»Es ist eine Falle, garantiert!«, rief James aus und fuhr sich hektisch durchs Haar, bevor er Vanessas Brief wieder an Anne reichte. »Verdammt, wenn wir nur wüssten, wo sie hin ist!«
Anne hatte gesehen, wie Vanessa etwas in den Briefkasten geworfen hatte und mit dem Fahrrad weitergefahren war. Seit Daniels Verschwinden stand Anne oft stundenlang am Küchenfenster, um auf die Einfahrt zu starren in der Erwartung, Danny käme plötzlich die Straße entlang. Sie konnte immer noch nicht begreifen, dass ihr Ziehsohn in der Unterwelt und selbst ein halber Dämon sein sollte. Das klang alles verrückt. Hätte James ihr nicht gezeigt, dass er Energie auf seiner Handfläche erzeugen und sich translozieren konnte, hätte sie ihm kein Wort geglaubt.

»Ich gehe zu den Barkleys«, entschied Anne. Sie musste wissen, wohin Vanessa gefahren war, um sich mit Daniel zu treffen. »Ich halte diese Ungewissheit nicht mehr aus!«

Als sie zur Tür ging, lief James ihr hinterher und hielt sie an den Schultern fest. »Und was willst du Vanessas Eltern sagen?«

»Lass mich nur machen«, erwiderte Anne sanft und drückte seinen Arm. Sie war froh, dass James jetzt bei ihr war, denn er gab ihr in dieser schweren Zeit den Halt, den sie brauchte. James sorgte sich ebenso sehr um seinen Sohn wie sie. »Wir schaffen das«, sagte sie leise, den Tränen nah, und legte eine Hand an seine Wange. Wenn Anne in James' Augen sah, erblickte sie Daniel. Aber sie sah auch den Mann in James, einen Mann, zu dem sie sich schon immer hingezogen gefühlt hatte, und sie sah seinen eigenen Kummer. Sie waren sich in den letzten Tagen nahegekommen, obwohl Anne erst sehr verletzt gewesen war, als James ihr ziemlich spät die Wahrheit über sich gestanden hatte und auch, dass ihr Exmann Peter von Beginn an über Daniels Herkunft informiert war. James, ihr bester Freund aus Kindertagen, hatte ihr etwas vorgemacht. Nun verstand sie ihn jedoch: Er hatte das alles auf sich genommen, um seinen Sohn zu beschützen, um Anne zu schützen. Anne wollte sich nicht ausmalen, wie schwer es ihm gefallen sein musste, sein Kind zurückzulassen.

James umarmte sie und zog sie an sich. Er streichelte ihren Rücken und flüsterte nah an ihrem Gesicht: »Es tut mir leid. Das alles. Dich so traurig zu sehen, das …«

»Pst.« Sie legte einen Finger an seine Lippen. »Hör auf, dich zu entschuldigen. Du hast nichts falsch gemacht.«

Als ihr James einen zögerlichen Kuss auf den Mund drückte, stockte ihr Atem. Sein warmer Körper, sein Geruch – das alles wühlte Anne auf und machte sie zur selben Zeit glücklich. Wenn doch ihr Leben anders verlaufen wäre, wenn sie James' Frau geworden wäre … Du liebe Güte, was hatte sie nur für Gedanken!

Seine weichen Lippen streiften noch einmal über ihre – dann war der wundervolle Augenblick schon vorüber.

»Bitte beeil dich«, sagte er rau und ließ sie los.

Anne ging allein hinüber zum Nachbarhaus, mit weichen Knien und ganz benommen von dem Kuss, dennoch froh, dass James nicht mitgekommen war. Die Barkleys kannten ihn nicht, was vielleicht zu Tratsch geführt hätte, worauf Anne jetzt verzichten konnte. Auch wenn sie wusste, dass die Barkleys hinter ihrem Rücken nie schlecht über sie reden würden – dazu kannte Anne sie zu gut –, war es doch besser so. Falls andere Nachbarn sie zusammen mit James sahen, würden sie unweigerlich folgern, dass sie einen neuen Mann an ihrer Seite hatte.

Plötzlich stieg Wut in ihr auf. Ja, warum eigentlich nicht? Warum sollte sie keinen Freund haben dürfen, immerhin war *sie* verlassen worden!

Ihr Herz pochte wild. Sie und James … Daran wagte Anne nicht einmal zu denken, obwohl sie viele Jahre ihres Lebens pausenlos daran gedacht hatte. Ob er überhaupt mit ihr zusammen sein wollte? Was wusste sie schon von ihm, außer dass er einmal ein Wächter gewesen war und daher diese seltsamen Fähigkeiten hatte? Passte sie überhaupt zu ihm? Immerhin war sie eine gewöhnliche Frau. Außerdem war da die Angst, sich neu zu binden und abermals enttäuscht zu werden.

Der Kuss war sicherlich nicht nur freundschaftlicher Natur gewesen, denn ihre Lippen brannten immer noch. Und erst das Ziehen hinter ihrem Brustbein … O je, war sie etwa dabei, sich erneut in James zu verlieben?

Sie schüttelte den Kopf, als ob das helfen würde, ihre Verwirrtheit loszuwerden, und klingelte bei Vanessas Eltern.

Als Mr. Barkley öffnete, schob er seine Brille an der Nase hoch und hob die Brauen. »Anne?«

»Hallo Richard, entschuldige die späte Störung, aber darf ich kurz mit Vanessa sprechen? Daniel ist immer noch krank, und ich möchte nicht, dass er in der Schule so viel verpasst. Vielleicht kann mir Vanessa sagen, welchen Stoff sie gerade durchnehmen.« Das war eine sehr gute Notlüge, wie Anne fand. Sie hatte Daniel für unbestimmte Zeit krankgemeldet, und das war auch die Version, die Vanessa ihren Eltern erzählt hatte.

Sogar Anne hatte sich bei ihrer Arbeitsstelle im Peak Hill Medical Hospital krankgemeldet, da sie in ihrer jetzigen Verfassung unmöglich ihrem Job nachgehen konnte.

Richard trat zur Seite. »Natürlich, Anne, komm rein. Vanessa ist auf ihrem Zimmer.«

Die Barkleys hatten also keine Ahnung, dass ihre Tochter nicht im Haus war.

»Wie geht es Daniel denn?« Brenda war in den Flur getreten, um Anne zu begrüßen.

»Schon etwas besser, aber die Grippe hat ihn doch ziemlich mitgenommen.« Annes Herz wurde schwer. Es widerstrebte ihr, Brenda zu belügen. Im Laufe der letzten Jahre waren sie so etwas wie Freundinnen geworden.

»Vanessa!«, rief Richard ins Treppenhaus, sodass Anne zusammenzuckte. »Kommst du mal bitte runter? Anne ist da!«

»Lass nur, ich kann auch zu ihr hochgehen«, beeilte sie sich zu sagen.

Richard nickte und schon erklomm Anne die Stufen. Sie kannte sich hier gut aus, da sie immer die Blumen goss, wenn die Barkleys in den Urlaub fuhren.

Oben angekommen, lief sie schnurstracks in Vanessas Zimmer. Die Einrichtung im Haus der Barkleys hatte sich zwar in den letzten Jahren kaum verändert, aber zumindest Vanessa hatte dafür gesorgt, dass ihr Zimmer mit der Zeit ging. Anne erinnerte sich noch daran, wie die Wände mit Postern ihrer Idole geschmückt waren und Plüschtiere auf ihrem Bett gesessen hatten. Die Poster waren nun verschwunden, und anstatt Plüschtieren zierten Grünpflanzen den kleinen Raum. Während bei Daniel immer noch der hellblaue Teppichboden aus Kindertagen den Boden verschandelte, hatte es Nessa letztes Jahr durchsetzen können, dass sie einen Parkettboden gelegt bekam. Da Richard und Brenda in einer großen Firma arbeiteten, konnten sie sich das leisten, wenngleich sie selten zeigten, dass sie vermögender waren als ihre Nachbarn und auch Vanessa jedes Mal um ihr Taschengeld kämpfen und Sonderwünsche hieb- und stichfest begründen musste.

Anne seufzte und sah sich weiter im Zimmer um. Dort, auf dem Schreibtisch! Ihr Herz machte einen Freudensprung, als sie den Zettel mit der Botschaft las, die eindeutig von Daniel stammte. Vanessa musste sie auf dem Schreibtisch vergessen haben, oder aber sie hatte den Zettel absichtlich dort liegen gelassen, damit ihre Eltern wussten, wo sie nach ihr suchen mussten, falls sie nicht zurückkam.

»Warum bist du denn nicht zu mir gekommen?«, murmelte Anne, als sie aus dem Zimmer rannte, sich möglichst schnell und unauffällig von den Barkleys verabschiedete und zu James hinübereilte. Ihr Herz war voll Kummer und Sorge, weil Daniel nicht bei ihr vorbeigesehen hatte.

»Nessa, hör auf, nach mir zu treten!«, zischte jemand an ihrem Ohr.

Sofort blieb sie reglos stehen. Die Hand wurde von ihrem Mund genommen und der Griff um ihren Brustkorb lockerte sich, sodass sie sich umdrehen konnte.

»Danny!« Schluchzend warf sie sich Daniel um den Hals und drängte sich an ihn. »Du hast mich zu Tode erschreckt!« Weinend vergrub sie ihr Gesicht an seiner Schulter. Sie konnte einfach nicht damit aufhören. Die Erleichterung, ihn zu sehen, war riesig. Tief sog sie seinen Geruch ein, aber der hatte sich verändert. Nicht unangenehm … er roch nur anders. Dunkler.

Auch Daniel schien sich verändert zu haben. Anstatt sie ebenso herzlich zu begrüßen, stand er stocksteif da.

Vanessa hob den Kopf, um seine Wangen zu umfassen. Sie fühlten sich kalt an. Danny schien noch bleicher geworden zu sein, denn sein Gesicht stach aus der Dunkelheit hervor. Vanessa hatte so viele Fragen an ihn und wusste überhaupt nicht, mit welcher sie anfangen sollte. »Geht's dir gut?«

Daniel nickte bloß, seine Miene starr, allerdings schaute er ihr unverwandt in die Augen.

»Wo warst du so lange? In der Unterwelt?«

»Hmm«, brummte er und kratzte sich am Kopf. Dann kniff er die Lider zusammen, als hätte er Kopfschmerzen. »Wie lange war ich denn weg?«

»Schon über eine Woche!«

»So kurz?« Daniels Augen wurden groß. »Mir kam es viel länger vor.«

»Und mir erst«, hauchte Vanessa und schmiegte sich fest an

ihn. »Die Ferien sind vorüber, alle fragen nach dir, und du weißt doch, wie schlecht ich lügen kann.« Nie wieder wollte sie ihn loslassen. Alles, was zwischen ihnen gestanden hatte, war vergessen. Sie war einfach froh, dass er lebte und zurückgekommen war.

»Die Zeit in der Unterwelt muss anders ticken«, murmelte Daniel in ihr Haar.

Vanessa seufzte. Hatte er sie denn nicht vermisst? »Bleibst du jetzt hier?«, wagte sie zu fragen, auch wenn sie die Antwort längst kannte. Daniel hatte sich verändert, das spürte sie mit jeder Faser ihres Seins.

»Nein. Ich bin gekommen, weil ich eine Aufgabe zu erfüllen habe.«

Das Zepter … Die Dämonen hatten ihn also schon manipuliert? Sie hob den Kopf und blickte ihn an. »Was für eine Aufgabe?«, fragte sie, um sicherzugehen. Alles in ihr schrillte. Er verließ sie wieder? Und warum klang seine Stimme so kalt?

»Es ist ein Test, ob ich als Herrscher geeignet bin«, sagte er. »Und ich werde nicht versagen. Nie mehr.«

»Da steht ihr Fahrrad!«, rief Anne und deutete mit dem Strahl ihrer Taschenlampe auf Vanessas Mountainbike, das an einer Stange lehnte. »Vanessa? Daniel!«

James besah sich die Stelle hinter dem Trimm-dich-Gerät näher. »Hier sind Zweige abgebrochen. Vielleicht sind sie in den Wald gegangen?«

Annes Puls raste, das Blut rauschte in ihren Ohren. »Daniel?!«, schrie sie panisch und schreckte zwei Waldkäuzchen auf. Wenn sie ihr Kind nicht bald zurückbekam, würde sie noch durchdrehen! Sie stand kurz vor einem Nervenzusammenbruch.

Anne heftete sich an James' Fersen und kämpfte sich mit ihm durch die Sträucher.

»Hier verliert sich die Spur«, sagte er. »Sie müssen durch ein Portal verschwunden sein.«

Mittlerweile wusste Anne, wie sich Dämonen fortbewegten. Sie hatte James haargenau über alles ausgefragt, besonders über Daniel.

Ihr Magen zog sich schmerzhaft zusammen. »Heißt das jetzt, dass Daniel *und* Vanessa verschwunden sind?«

»Ich weiß es nicht.« James klang verzweifelt. Immer wieder fuhr er sich durchs Haar und ließ den Lichtstrahl der Lampe über den Waldboden gleiten.

»Ich kann nicht mehr«, flüsterte Anne und schloss die Augen. Die plötzliche Schwäche und Übelkeit, die sich in ihren Körper schlich, war übermächtig. Anne spürte gerade noch, wie James sie umarmte und fest an sich zog, bevor sie das Bewusstsein verlor.

»Danny, das kann nicht dein Ernst sein!« Schnaubend setzte sich Vanessa im Baumhaus auf die Matratze am Boden. Sie zitterte, doch Silvan beobachtete sie lediglich mit kühlem Interesse. Das war also das Mädchen, das ihn beinahe davon abgehalten hätte, seine Ausbildung zu vollenden? Die Oberen hatten ihn gewarnt, er solle nicht auf sie hören. Vanessa würde versuchen, ihn zu manipulieren. Die Oberen hatten recht behalten. Vanessa hatte tatsächlich versucht, ihm einzubläuen, dass die Dämonen lediglich an das Zepter wollten und ihn danach wohl töten würden. Als Silvan sich dazu nicht geäußert hatte, hatte sie über das Baumhaus zu meckern angefangen.

Sie runzelte die Stirn und blickte auf die Campingtoilette, die Wasserkanister und die Tasche mit Lebensmitteln. Er hatte das alles schon vor Tagen besorgt. Warum?

Kurz flackerte ein Bild in seinem Kopf auf: Vanessa, die nicht

Vanessa war und auf die er geschossen hatte … Sobald er es einigermaßen beherrscht hatte, Portale zu erzeugen, war er sofort hierhergekommen, hatte die Campingtoilette aus der Garage seiner Mutter geholt und den Vorratsschrank geplündert … Daran konnte er sich kaum noch erinnern!

Sein Gehirn schien jeden Moment zu explodieren. Es schmerzte höllisch. Er musste endlich seine Aufgabe erledigen! Der Griff um das Messer, das er in seiner Manteltasche versteckte, verstärkte sich.

Vanessas Nörgeln machte ihn wütend. Er ergötzte sich an ihrem Ärger und ihrer Furcht. Im Wald hatte er ihr einen gehörigen Schrecken eingejagt.

»Ich will nicht, dass dir etwas passiert!«, stieß er heftig hervor und setzte sich neben sie. Vielleicht beruhigten sie diese Worte. Menschen wollten so etwas hören, oder nicht?

Vanessa seufzte. »Du hast dich so verändert! Wo ist mein Daniel?«

»Dein Daniel ist nicht hier.« Er lachte düster. Ob er sich ein wenig mit ihr vergnügen sollte, bevor er sie tötete? Irgendwie gefiel ihm das Mädchen. Sie war süß, und ihre Angst schürte seine Lust.

Ihre Augen wurden groß, als er sie auf die Matratze schubste und sich auf sie legte.

»Daniel!«, rief sie und versuchte, ihn von sich zu drücken.

Dass sie sich wehrte, gefiel ihm ebenfalls. Er würde ihr zeigen, wie stark er geworden war, dass nichts und niemand ihn aufhalten konnte – zumindest kein Mensch. Er krallte seine Finger in ihr Haar und hielt sie so auf die Matratze gepresst. Vanessa atmete hektisch, Tränen sammelten sich in ihren Augen.

»Danny, was tust du?«, wisperte sie. »Bitte, nicht!«

Er war nicht mehr ihr Danny. Nie wieder. Sein Herz klopfte stürmisch, vor Aufregung und Lust. Dieses Mädchen roch nach

Angst und Vanille. Eine erregende Mischung. Silvan drückte seinen Unterleib hart gegen ihren.

Vanessa schluchzte und zitterte unter ihm, doch sie blieb ansonsten reglos liegen. »Ich will meinen Daniel zurück«, sagte sie leise. »Ich weiß, dass er da drin ist.«

Seine Finger in ihrem Haar lockerten sich. Er schloss die Augen, inhalierte weiterhin ihren Duft und fuhr mit der Nase über ihre feuchte Wange.

Vanessa wimmerte. »Was haben sie da unten mit dir gemacht?«

Sein Umhang verrutschte, und er spürte Gewichte in der Tasche: die Steine, die Marla ihm gegeben hatte. Zu Vanessas Schutz.

Ein weiterer Stich fuhr durch seinen Kopf. Vanessa ... beschützen ...

Er setzte sich auf und holte einen hühnereigroßen Stein aus der Tasche. Er sah aus wie ein farbloser Kristall.

Wohnen ... Vanessa ... Ja, Silvan erinnerte sich schwach daran, dass er Vanessa im Baumhaus verstecken wollte.

Silvan schaute sie an. Sie saß zusammengekauert in der Ecke, die Arme um die Knie geschlungen, und starrte zitternd zu ihm.

Der Kristall in seiner Hand machte den Schmerz in seinem Kopf erträglicher. Einer der Dämonen wollte Zugang zu seinem Kopf, doch das gelang ihm nicht. Ob es an dem Stein lag? Silvan hasste es, wenn jemand in seinen Verstand eindringen wollte!

Hastig stand er auf und verteilte die vier Kristalle in je einer Ecke des Baumhauses. Sie begannen hellblau zu leuchten, und plötzlich war der Druck in seinem Kopf verschwunden. Er zwinkerte, ihm war schwindlig.

»Daniel, was ist denn los?«

Er hörte Vanessa wie aus weiter Ferne und taumelte mit geschlossenen Augen zu ihr. »Ich weiß es nicht.« Er ließ sich neben sie auf die Matratze fallen und verfluchte sich, weil er Nessa so große Angst eingejagt hatte. Wieso hatte er sie dermaßen erschrecken müssen?

Daniel atmete tief ein. Irgendwie strengte ihn sein neues Dasein ganz schön an.

»Bitte bleib hier, bis ich eine bessere Lösung weiß«, murmelte er. Daniel hatte sich mächtig ins Zeug gelegt, hatte sich heimlich davongeschlichen, um Vanessa einen sicheren Unterschlupf bieten zu können.

Er erklärte ihr, wozu die magischen Kristalle gut waren. Sie schützten vor Eindringlingen jeder Art. Nur diejenigen konnten in das Baumhaus – egal ob Mensch, Tier oder Dämon –, die sich gerade im Inneren befanden, als die Kristalle ausgerichtet wurden.

Daniel war ein wenig enttäuscht von Vanessa – er hätte mehr Dankbarkeit erwartet. Oder begriff sie den Ernst der Lage nicht?

Natürlich nicht. Aber wie konnte er ihr sagen, dass die Dämonen sie tot sehen wollten?

Sie klammerte sich an seinem Arm fest. »Sag mir endlich, was los ist!«

Ja, er war ihr eine Antwort schuldig, auch wenn Nessa die wahrscheinlich nicht gern hörte. »Ich muss ... soll dich ... töten, um Herrscher zu werden.«

»Was?!« Aus ihrem Gesicht wich alle Farbe. »D-deswegen also d-das Messer?«

Mist, er hatte gar nicht bemerkt, dass es nicht mehr in der Tasche lag! Reumütig schaute er auf seine Hand, in der er nicht nur das Messer hielt, sondern eine braune Haarsträhne.

»Wo hab ich die her?«, fragte er, ehrlich verblüfft.

Vanessa zuckte zurück. »Du hast sie mir doch eben abgeschnitten, als du mich auf die Matratze geworfen hast!«

Was? Er hatte ihr eine Haarsträhne abgeschnitten? Als Beweis, dass er seinen Auftrag ausgeführt hatte? Das würde den Dämonen nicht genügen.

Vanessa fuhr sich durchs Haar und sprang auf, Furcht sprach aus ihren braunen Augen. »Danny, du darfst nicht mehr zurückgehen. Sie verändern dich und du merkst es nicht mal. Sie manipulieren dich!«

»Ich brauche noch Blut von dir«, erwiderte er leise, ohne sie anzublicken.

Er musste zurück, der Drang war beinahe übermächtig, doch um keinen Preis der Welt wollte er Vanessa verlieren. Sie war so süß und unschuldig. Wenn er Herrscher war, würde er sich Vanessa holen und sie zu seiner Braut machen.

Marla hatte ihm versichert, dass der Hohe Rat nicht in seine Gedanken eindringen konnte, solange er sich in dem magischen Schutz der Kristalle befand. Marla war es auch gewesen, die ihm genau erklärt hatte, wie die Steine funktionierten.

Die Erinnerung daran war so unwirklich wie ein Traum.

Nur noch ein paar Tage, dann wäre er Herrscher und er würde mit Vanessa an seiner Seite diesen Haufen Abschaum regieren.

Daniel feixte innerlich. Er würde ganz andere Seiten aufziehen; alles würde sich ändern. Alle würden tun, was er sagte!

»D-du brauchst mein B-blut?«, stammelte Vanessa, wobei sie so weit zurückwich, bis sie mit dem Rücken gegen die Wand stieß.

Daniel erhob sich ebenfalls, blieb aber stehen, um sie nicht noch mehr zu erschrecken. »Ein paar Tropfen würden reichen.« Verdammt, er wollte nicht, dass sie vor ihm Angst hatte! Daniel fühlte sich gerade sehr verwirrt. Tat er wirklich das Richtige? War es all das wert? Hey, er war ein Dämon! Wieso fühlte er sich erneut so zerrissen?

»Bloß ein paar Tropfen, nur ein kleiner Pieks.«

»Und dann?«, flüsterte sie.

»Werde ich verschwinden.«

»Du gehst tatsächlich wieder? Aber … Danny! Das kannst du nicht!« Vanessa schüttelte den Kopf, erneut liefen ihr Tränen über die Wangen. »Deine Mom macht sich furchtbare Sorgen!«

»Sie ist nicht mal meine richtige Mutter«, murmelte er, doch ein Knoten zog sich um seinen Magen zu, als er an sie dachte. Er vermisste sie … irgendwie.

Vanessas Angst schien wie weggeblasen, als sie ihm mit zusammengezogenen Brauen sagte: »Falls du es schon nicht für die Frau tun willst, die dich dein ganzes Leben lang geliebt hat wie ein eigenes Kind, dann wenigstens für deinen richtigen Vater!«

Sein Kopf fuhr hoch. »James? James Carpenter?«

»Ja, genau der! Wenn James nicht da wäre … Daniel, deine Mom ist fix und fertig!« Sie trat einen weiteren Schritt auf ihn zu.

»Besitzt er ein Amulett?«

Vanessa runzelte die Stirn. »Was?«

»Mein Vater, trägt er einen silbernen Anhänger mit einem roten Stein bei sich?« Sein Herz legte noch einmal an Tempo zu.

»Sag mal, hörst du mir überhaupt zu? Ich erzähle dir gerade, dass die Menschen, die dich über alles lieben, sich unendlich Sorgen machen und dich schrecklich vermissen, ja, beinahe sterben vor Kummer, und du kannst nur an ein blödes Schmuckstück denken?!«

»Vanessa, es ist wichtig, bitte!« Er versuchte, sich seine Ungeduld nicht anmerken zu lassen. Daniel brauchte dieses verdammte Zepter! Dann würden die anderen Nessa in Ruhe lassen. Sie wäre seine Braut! Aber dazu musste er erst wissen, ob er es wirklich mit James zu tun hatte. Er sollte ein Amulett besitzen, das ihn vor Dämonen schützte, ja sogar unsichtbar machte.

Vanessa runzelte die Stirn. »Warum interessiert dich das so brennend?«

»Vanessa, bitte. Es ist einfach sehr wichtig für mich. Für uns.«

»Uns?«

Daniel sah ihr an der Nasenspitze an: Sie wusste etwas darüber! Er kannte sie schon zu lange, als dass sie ihm etwas verheimlichen konnte.

Seine Nervosität nahm zu.

»Lass uns das schnell hinter uns bringen.« Sie streckte ihm ihre Hand hin.

Er nahm ihren Daumen zwischen zwei Finger. Vanessa zitterte stark.

»Schließe deine Augen«, flüsterte er. Sie tat es, wobei ihr eine frische Träne die Wange herunterlief.

»Du tust mir doch nichts?«, fragte sie kaum hörbar.

»Niemals«, wisperte Daniel, bevor er mit der Messerspitze in ihre Daumenkuppe pikste.

Vanessa zuckte und presste die Lider weiterhin aufeinander, während Daniel mit den Tropfen, die aus der Wunde perlten, die Haarsträhne benetzte. Dann konzentrierte er sich und machte eine wegwischende Handbewegung. Wie durch Zauberei verschloss sich die Wunde.

»Fertig«, erklärte er, ohne ihre Hand loszulassen.

»Wie hast du das gemacht?« Mit aufgerissenen Augen starrte sie auf ihren Daumen.

»Ich habe es mir einfach vorgestellt.«

Daniel hatte ernsthaft versucht, seine Gefühle für Vanessa zu unterdrücken, aber er schaffte es nicht. Sie brachen bereits wieder aus ihm hervor. Er brauchte Vanessa nur anzusehen und schon wollte er sie halten, streicheln und küssen; und dass er sie hatte verletzen müssen, würde er sich so schnell nicht verzeihen. Doch er tat das für ihre Sicherheit. Es ging nicht anders.

Bald würde sie ihm gehören.

»Komm, setz dich lieber hin«, sagte er.

Vanessa sagte schwach: »Es geht schon, ich bin nur etwas überwältigt von deinen … Fähigkeiten«, bevor sie sich trotzdem neben ihn auf die Matratze setzte.

Daniel handelte, ohne nachzudenken, als er seine Arme um Vanessa legte, sie an sich zog und küsste. Sein Vater war vergessen, das Zepter ebenfalls … fast.

Widerstandslos sank sie gegen ihn, die Hände auf seiner Brust abgestützt, um seine Zärtlichkeiten zu erwidern.

Wie gut sie duftete! Daniel wollte jeden Sinneseindruck in sich aufsaugen, Vanessa mit Haut und Haar genießen, weil er derartige Gefühle wohl nie wieder erleben würde, wenn er ein richtiger Dämon war. Gefühlskalt …

Ein Déjà-vu-Gefühl durchfuhr ihn. Antheus … Der Dämon hatte irgendwas mit ihm angestellt! Antheus würde als Erster dran glauben, wenn er Herrscher war!

Wenn er doch mit Vanessa schlafen könnte, nur einmal als Mensch erleben, wie es war, Vanessa ganz nah zu sein, mit Haut, Haaren und seiner verdorbenen Seele.

»Ich hab dich so vermisst, Danny«, wisperte sie in seinen Mund. Ihre Hände schienen plötzlich überall an seinem Körper zu sein. »Geh nicht!«

Ihre Bitte rüttelte arg an seinem Herzen. »Ich muss, oder sie werden dich suchen. Nur wenn ich ihnen Beweise bringe, bist du sicher.« Schwer atmend drückte er Vanessa zurück auf die Matratze, seine Hand glitt unter ihren Pulli. Durch die Körbchen ihres BHs streichelte er ihre Brüste und bemerkte, dass ihr Atem rascher ging, diesmal nicht aus Furcht. Ihr wild klopfendes Herz spürte er ebenfalls.

Es zog in seinen Lenden, als er sich auf sie legte. »Vielleicht sollte ich deinen BH mitnehmen«, sagte er keuchend, als er den Verschluss an ihrem Rücken öffnete.

Vanessa ließ es zu. Sie ergriff selbst die Initiative, um ihm das Hemd über den Kopf zu streifen, dann zog auch sie ihren Pullover aus. »Du kannst das alles haben, wenn du hierbleibst. Das und viel mehr.«

Er lächelte. »Ich werde das alles haben, versprochen.« Mit nackten Oberkörpern drängten sie sich aneinander, und für Daniel gab es nichts Schöneres, als Nessa Haut an Haut zu spüren. Er machte ihr den BH ab, um jede Stelle ihres Körpers zu küssen. Ihre Finger zerwühlten sein Haar, ihr Keuchen ging in ein leises Stöhnen über.

Wie wunderschön sie war, wenn sie derart losgelöst vor ihm lag und seine Berührungen genoss. Daniel wusste nicht, was er zuerst tun sollte: sie ansehen oder doch lieber berühren oder schmecken? Am liebsten alles auf einmal!

Er fühlte sich wie ausgehungert. Daniel wusste, dass er Vanessa jetzt brauchte, so innig, wie es nur möglich war. »Nessa, ich …«, wisperte er an ihre Lippen, traute sich aber nicht weiterzusprechen, als er an ihr letztes Mal dachte, wo sie im Streit auseinandergegangen waren.

»Ich will es auch«, sagte sie atemlos, wobei sie ihn unaufhörlich küsste und über seinen Rücken fuhr.

Ein Stöhnen löste sich aus seiner Kehle, das sich beinahe wie ein Knurren anhörte. Er streckte einen Arm nach dem kleinen blauen Kissen neben ihrem Kopf aus und öffnete den Reißverschluss. Hier hatte er Kondome versteckt, in der Hoffnung, dass sie irgendwann einmal zum Einsatz kämen.

In der Unterwelt würde er die Dinger nicht mehr brauchen. Er würde mit Vanessa viele Kinder zeugen und eine neue Rasse züchten.

Alles in ihm drehte sich. O Gott, was hatte er nur für Gedanken? Waren das wirklich seine eigenen?

Egal – jetzt war es endlich so weit, er würde mit Vanessa schlafen! Er wollte ihr sagen, wie sehr er sie begehrte und wie sehr er sie vermisste und dass sie bald für immer vereint wären – aber das könnte sie verschrecken. Daniel wusste, dass ihr sein Beschluss nicht gefallen würde.

Er küsste sie erneut voller Begehren und verzehrte sich nach ihr, nach etwas, das tief in ihr steckte. Es war so rein und stark … Daniel holte tief Luft – Vanessa verkrampfte sich. Eine prickelnde

Hitze drang in seine Lungen und strömte von dort in seine Adern. Silvan fühlte sich plötzlich stark und voller Energie. Ein Gefühl, als hätte er Hunger und Durst zugleich, ergriff von ihm Besitz, und es war so gewaltig, dass er immer weitersaugte, Vanessa … aussaugte!

Keuchend riss er sich von ihr los und presste sich die Hand auf den Mund.

Vanessa atmete hektisch und krabbelte unter ihm hervor. Ihre Augen waren vor Schreck aufgerissen. »Was hast du getan?«

»I-ich glaube, ich hätte dir beinahe die Seele ausgesaugt«, sagte Daniel leise. Ihm war übel, und gleichzeitig gierte er erneut nach diesem Gefühl.

»Was?« Vanessa wich weiter zurück. »O mein Gott!«

Plötzlich spürte Daniel ein dumpfes Pochen in seinem Schädel und wusste sofort, was das zu bedeuten hatte. Hastig richtete er seine Kleidung.

»Danny?« Vanessa stand auf. »Was ist mit dir?«

»Sie suchen mich!« Er wusste, dass die Oberen nicht mental zu ihm vordringen konnten, da die Kristalle ihre Verbindung blockierten. Sie würden misstrauisch werden, weil sie ihn nicht erreichten.

Nun zog sich auch Vanessa an, ihre Augen groß und glänzend. »Kommen sie hierher?«

»Nein, du bist hier sicher, doch ich muss jetzt gehen.« Ihre Sicherheit ging vor. »Ich muss los, aber du darfst das Baumhaus nicht verlassen!«

»Daniel, du kannst nicht ernsthaft denken, dass ich hier wohnen bleibe«, sagte sie noch einmal, diesmal sanfter. Erneut beäugte sie die Campingtoilette.

»Wenn dir dein Leben lieb ist … Wenigstens so lange, bis mir eine bessere Lösung eingefallen ist.« Eindringlich sah er sie an, hielt sie an den Schultern fest und flüsterte: »Bitte!«

»So hörst du dich wie mein Daniel an.« Seufzend kuschelte sie sich an seine Brust. »Und meine Eltern?«

»Hast du dein Handy dabei?«, fragte er.

»Ja.«

»Du kannst sie anrufen und sagen, du schläfst bei einer Freundin.«

»Was ist mit James? Kann er mich nicht beschützen?« Vanessa schaute fragend zu ihm auf.

Konnte sein Vater sie beschützen? Er war ein Wächter … Das erinnerte Daniel wieder daran, dass er doch nicht nur Dämonenblut in sich hatte. Was sein Vater wohl für Fähigkeiten hatte? Und welche hatte Daniel von ihm geerbt? »Bitte bleib einfach hier.«

»Okay.« Sie nickte. »Ich hoffe, dass dir schnell eine Lösung einfällt, denn morgen haben Mike und ich unseren Abschlussball in der Tanzschule. Da fällt es meinen Eltern sicher auf, dass ich weg bin!«

Als sie Blondie erwähnte, stach es heftig in seiner Magengegend. Aber er hatte keinen Grund mehr, eifersüchtig zu sein. Er würde Vanessa nicht haben können, wenn er sich für die Unterwelt entschied. Niemals. Sie war nur ein gewöhnlicher Mensch. Er würde ihr die Seele nehmen, früher oder später, und das konnte er nicht zulassen! Es war an der Zeit, dass sich ihre Wege trennten.

Daniel seufzte, während er Vanessa fest im Arm hielt. »Ich werde schnell machen. Versprochen.«

Als er ihr einen letzten Kuss gab, in den er all seine Gefühle für Vanessa legte, passte er höllisch auf, nicht wieder ihre Seele anzukratzen. Vanessa erwiderte nur zögerlich sein Begehren und wandte schließlich den Kopf ab. Leise sagte sie: »Kann sein, dass ich so einen Anhänger bei James gesehen habe.«

Nachdem Daniel durch den bläulich schimmernden Kreis verschwunden war, zog Vanessa ihr Handy aus der Hosentasche und wählte Annes Nummer. Sie berichtete ihr, dass es ihr und Daniel gut ginge, dass er nach James' Amulett gefragt habe … und sich verändert habe. Vanessa hatte Daniel das mit dem Amulett nur in der Hoffnung verraten, er würde zurückkommen. Hoffentlich hatte sie keinen Fehler gemacht …

Zurück in der Unterwelt, beschlich Daniel ein ungutes Gefühl, obwohl er eigentlich triumphieren müsste. Er hatte Vanessas Haar mit ihrem Blut darauf und wusste, dass sein Vater gerade bei seiner Mom … seiner Ziehmutter war.

Während er den mit Fackeln erhellten Gang entlangschritt, der zur Großen Halle führte, pochte sein Herz umso heftiger, je näher er der Tür kam. Angestrengt versuchte er, sich grausige Bilder auszumalen, und nahm jene zu Hilfe, die Antheus ihm geschickt hatte: wie Vanessa in ihrem Blut lag. Die Augen geschlossen, ging er weiter, seine Hand um Vanessas Haare verkrampft, bis er auf einmal Sirinas Stimme hinter sich hörte.

»Silvan, warte!«

Schweiß trat ihm aus jeder Pore. Sirina war jetzt die Letzte, die er sehen wollte. Dennoch drehte er sich um.

Als sie das Büschel in seiner Faust sah, strahlte sie bis über beide Ohren. »Du hast die Schlampe erledigt?! O Liebster!« Ohne Vorwarnung fiel sie ihm um den Hals und wollte ihn küssen, aber er drehte das Gesicht weg.

Plötzlich versteifte sie sich und stieß sich von ihm ab, als hätte sie sich an ihm verbrannt. »Sie lebt!«, kreischte Sirina. »Die Menschentussi ist nicht tot!«

Daniels Eingeweide ballten sich zusammen. Er hatte vor Aufregung und Abneigung vergessen, seine Gedanken abzuschirmen! Hatte er wirklich geglaubt, er könne einen waschechten Dämon einfach austricksen?

»Schrei nicht so!«, herrschte er Sirina an – doch zu spät. Die große Flügeltür hinter ihm öffnete sich, und die Oberen traten in den Gang.

Daniels Herz raste, der Puls dröhnte in seinen Ohren. Was sollte er jetzt tun?

»Sie ist nicht tot!«, schrie Sirina, wobei ihre Augen blitzten.

Marla musste wohl den Aufruhr bemerkt haben, denn plötzlich stand sie ebenfalls im Gang und blickte Daniel voll Mitgefühl an, wobei sie an ihren Fingernägeln kaute. Sie sah nicht mehr so müde aus wie zuvor in seinem Unterschlupf, dafür wirkte sie unendlich traurig.

Im Nu hatten Metistakles, Obron und Antheus ihn umzingelt.

Antheus kicherte. »Ich hab euch doch gesagt, dass er diese Aufgabe niemals lösen wird.« Dann schaute er Daniel mit einer Mischung aus Verachtung und Boshaftigkeit an. Daniel konnte seine Emotionen fühlen, die in dunklen Wellen in sein Gehirn schwappten. *Versager* … hörte Daniel Antheus in seinem Kopf und spürte dessen Zorn, weil seine Gehirnwäsche versagt hatte.

Gehirnwäsche? Daniel wusste nicht, was er meinte, doch Vanessas Worte kamen ihm in den Sinn: *Sie manipulieren dich* …

Als Obron auf Daniel zutrat, wich Antheus' Geist schlagartig aus ihm, dafür presste Obron beide Handflächen an seine Schläfen, bis er in Daniels Verstand eingedrungen war.

Daniel wusste, er hatte verloren.

Obron hatte vollen Zugriff auf seine Gedanken, während er ihn scannte; Daniel konnte ihm Vanessas Tod nicht vorgaukeln, auch wenn er sich noch so sehr eine fiktive Ermordung ausmalte. Zu seinem Leidwesen sah Obron genau, was sich gerade zwischen ihm und Nessa zugetragen hatte, woraufhin der Obere einen Fluch zischte.

Obron suchte weiter und schrie plötzlich erzürnt auf. »Wer wollte dich zu seinem Lakaien machen?« Der Druck auf Daniels Schläfen nahm zu, während der Dämon seine Mitstreiter ansah. »War das einer von euch?«

Daniel war erleichtert, weil er nicht mehr Zielobjekt Nummer eins war, doch die Freude währte nur kurz. Nachdem Antheus und Metistakles Obron lediglich mit unbewegten Mienen ansahen und in ihren Augen keinerlei Schuld zu lesen war, wandte Obron sich wieder zischend an Daniel.

Als würde er durch Obrons Blick gelähmt, starrte Daniel dessen schwarze Iriden an, bis sich auf die schmalen Lippen des Dämons plötzlich ein Lächeln stahl. »Sieh mal einer an.« Obron ließ ihn abrupt los. »Du weißt, wo Carpenter ist.«

»Carpenter!«, riefen Metistakles und Sirina wie aus einem Mund, und auch Marla sagte etwas, das Daniel nicht verstand. Seine Schwester wurde sofort von Metistakles davongescheucht, als er ihrer gewahr wurde. »*Du* hast hier nichts zu suchen!«, herrschte er sie an.

Was lief da zwischen Marla und Metistakles? Der ängstliche Ausdruck in den Augen seiner Schwester verstörte Daniel. Sie ging mit hängenden Schultern, und Daniel wäre ihr am liebsten hinterhergeeilt, aber seine Beine fühlten sich schwer wie Blei an. Er wollte jetzt nicht allein sein.

»Die Menschentussi lebt!«, keifte Sirina, wurde jedoch sofort still, als Obron sie mit einer Handbewegung zum Schweigen aufforderte.

»Geh, lass uns allein!«

»Ihr habt kein Recht dazu!« Schimpfend trottete Sirina hinter Marla her und maulte: »Ich bin seine zukünftige Frau!«

Obrons Brauen zogen sich zusammen, und er beugte sich zu Daniel herab. »Wo ist Carpenter gerade?«, fragte er scharf.

»Ich weiß es nicht«, erwiderte Daniel hastig, froh, dass die Oberen nicht alles herausgefunden hatten, was er wusste.

»Aber die kleine Hure weiß es, also wirst du zu ihr gehen und Carpenters Aufenthaltsort herausbekommen!«

Daniel schluckte. Er kochte innerlich, weil sie so über Vanessa sprachen, allerdings klapperten ihm auch vor Angst die Zähne.

»Du wirst uns das Zepter bringen, und wir vergessen den Vorfall mit der Kleinen.«

Für einen winzigen Moment spürte er den wahren Grund, warum er den Dämonen so wichtig war. Ihnen ging es wirklich nicht darum, ihn zum Herrscher zu machen. Sie wollten nur, dass er ihnen dieses Artefakt beschaffte. Aber wieso gerade er?

Obron nickte Metistakles und Antheus zu. Zu dritt drangen sie in seinen Verstand ein. Es war ein Gefühl, als würde sein Schädel von mehreren Blitzen getroffen und gespalten. Daniels Knie gaben nach und ihm wurde schwarz vor Augen; er sackte auf den harten Boden. Ihn überfiel ein seltsames Déjà-vu-Gefühl, als wäre er schon einmal in einer ähnlichen Situation gewesen. Die drei Dämonen krallten sich mental in seinem Gehirn fest und pflanzten etwas in ihm ein, etwas Düsteres und Böses. Und plötzlich erinnerte er sich. Antheus hatte vor Kurzem bei ihm dasselbe gemacht, weshalb Daniel Vanessa beinahe getötet hätte!

»Wir sprechen uns noch«, zischte Obron Antheus zu, und auch Metistakles murmelte einen Fluch. Ja, sollen sie sich gegenseitig zerfleischen, dachte Daniel und erntete dafür einen mentalen Schlag.

Wieso taten sie ihm das an? Was machten sie gerade mit ihm? Daniel spürte, wie er wieder zu Silvan wurde. Hier stimmte etwas ganz und gar nicht, er war doch der zukünftige Herrscher!

Die Ausbildung hat seine Fähigkeiten gestärkt, endlich ist er uns von Nutzen, hörte er Obron in seinem Kopf. *Er wird es mit Carpenter aufnehmen können, falls etwas schiefläuft.*

Zu dritt werden wir Xandros vom Thron stoßen und eine neue Ära einläuten, sagte Metistakles.

Die drei wollten die Herrschaft für sich, und Silvan würde ihnen lediglich als Instrument dienen. Sein Entsetzen verwandelte sich immer mehr in Gleichgültigkeit. Die rasenden Kopfschmerzen wurden nahezu unerträglich. Aber Silvan konnte nicht schreien, sich nicht wehren.

Wieso ich?, fragte er. *Warum erledigt ihr Carpenter nicht selbst?*

Er hörte ihr giftiges Kichern. *Wir würden, wenn wir könnten. Er ist uns bloß immer einen Schritt voraus. Wir können ihn nicht sehen, weil das Horusauge ihn für Dämonen unsichtbar macht. Aber du kannst ihn sehen, dein vermischtes Blut macht das möglich. Du bist sein Sohn, dir wird er vertrauen, dich wird er nicht gleich töten oder verschwinden, wenn er dich sieht.*

Verschwinden? Ihr meint: translozieren? Sein Vater war ein Wächter …

Ja, wir meinen translozieren, du Idiot.

In Silvan drehte sich alles, während die Dämonen ihm Anweisungen gaben und seinem Gehirn weiter zusetzten. Es war, als würden sie einige Bereiche einfach ausschalten. Außer Schmerz und Wut fühlte Silvan Gleichgültigkeit. Er wollte den dreien jeden Wunsch erfüllen, wenn sie nur endlich von ihm abließen.

Dieser Schwachkopf ist eine harte Nuss, er hat zu viel von seinen Eltern in sich, vernahm Silvan Metistakles' Stimme, bevor er vor Schmerzen das Bewusstsein verlor.

Silvan spürte, wie er durchgerüttelt wurde, und erwachte. Was war passiert? Warum hatte er geschlafen? Er lag in seinem Bett in der Unterwelt, und die drei Oberen standen um ihn herum.

Obron beugte sich zu ihm, sein Gesicht war nur Millimeter von seinem entfernt. Die schwarzen Iriden schienen sich zu drehen.

Silvan wurde es schwindlig.

»Hast du verstanden?«, fragte Obron. »Sobald du das Zepter hast, bringst du es her. Berühre es nicht direkt, wickle es in dieses Tuch ein.«

Das Zepter! Genau, er sollte es ihnen beschaffen. Natürlich

würde er das tun. Er würde alles für sie tun.

Silvan nickte und nahm von Obron ein schwarzes Stück Stoff entgegen, das er in seine Hosentasche stopfte.

Als er hörte, was ihm Obron noch zu sagen hatte, stolperte sein Herzschlag, aber dann nahm Silvan es gelassen hin: »Und du wirst Carpenter töten, sobald du uns das Zepter übergeben hast! Es ist nie gut, wenn Wächter mehr über uns erfahren.«

»Du Versagerin, warum hast du dich meinem Befehl widersetzt?«, fauchte Metistakles. »Antheus hat mir erzählt, dass du dem Halbblut sogar geholfen hast, das Mädchen zu schützen!«

Jetzt bist du baff, was?, dachte sie. *Lass mich doch einfach in Ruhe. Lasst mich alle in Ruhe!*

»Warum gehst du nicht endlich nach oben? Silvan ist in diesem Moment schon bei Carpenter!«

Metistakles hatte die anderen nicht an seinem Wissen teilhaben lassen. Marla lächelte. Hier spielte jeder nach eigenen Regeln. Sie auch.

»Na los!«, zischte er. »Oder ich schlag dir dein dämliches Grinsen aus dem Gesicht.«

Marla hatte es satt, ständig rumkommandiert zu werden, und sie war müde, so unendlich müde. Resigniert schloss sie die Augen und murmelte: »Geh doch selbst«, da sie begriffen hatte, dass die Oberen sie nie akzeptieren würden. Ihr ganzes Dasein hatte sie nur damit verbracht, ihnen zu gefallen, hatte alles für sie getan, was sie verlangt hatten, sogar auf einen Großteil ihrer Fähigkeiten verzichtet. Marla wusste plötzlich, dass Metistakles sie niemals freigeben würde, egal was sie für ihn tat, nicht einmal, wenn er sie eines Tages nicht mehr brauchte. Bald würde niemand sie mehr brauchen, was gut war und doch wieder nicht.

War das nicht egal? Sie würde ohnehin bald sterben. Als Ilaria ihr dieses Schicksal mitgeteilt hatte, hatte es Marla beinahe die Füße weggezogen. Alles war auf einmal ohne Bedeutung. Fast alles.

»Was hast du eben gesagt?«, fragte Metistakles gefährlich leise. »Wo bleibt dein Respekt?«

Marla spürte, wie er sich neben sie auf die Matratze hockte, auf ihre alte, harte Matte. Mikes Bett war himmlisch weich gewesen … »Du hast mich genau verstanden.«

Seit sie ein paar liebe Menschen kennengelernt hatte, konnte Marla immer mehr begreifen, was Kitana dazu getrieben hatte, die Unterwelt zu verlassen. Warum Kitana mit einem Menschen gegangen war.

Metistakles' Finger legten sich um ihren Hals und drückten zu, während er sie mental bombardierte und heftige Schmerzimpulse in sie sandte, sodass sich Marla schreiend unter ihm wand. »Du wirst mir sofort Silvans menschliche Geliebte bringen, oder du hast dein Leben verwirkt! Sie ist die Einzige, die mir jetzt noch nützlich sein kann!«

Marla blieb still, nur ihre Würgegeräusche hallten durch den trostlosen Raum. Metistakles brauchte Vanessa bestimmt, falls Silvan versagte. Niemals würde sie Metistakles den Gefallen tun. Das brachte ihr ein wenig Genugtuung.

Ihr Hals schien in Flammen zu stehen und Nadeln sich in ihren Kopf zu bohren, ihre Augen pulsierten und fühlten sich an, als würden sie aus ihren Höhlen gedrückt werden. Ihre Lungen schrien nach Atem, eisiger Schweiß überzog ihre Haut. *Luft, Luft, Luft!*, kreischte alles in ihr. Sollte Metistakles sie nur umbringen, dann hätte ihr Leiden endlich ein Ende. Marla hatte das Gefühl, innerlich zu zerreißen, weil sie nicht mehr wusste, wer sie wirklich war. Sie spürte, dass es ihrem Bruder ähnlich erging. Doch die Verbindung zu ihm wurde umso schwächer, je länger Metistakles zudrückte. Die Schmerzen verblassten.

»Wo ist die kleine Schlampe? Sag es!«, rief Metistakles zornig.

Drück noch ein wenig, dann ist es vorbei, dachte sie.

Marla wusste wirklich nicht, wo Vanessa jetzt war, sie konnte sie auch nicht aufspüren. Silvan hatte sie mithilfe ihrer Kristalle gut versteckt; sie wusste nicht, wo sich Vanessa aufhielt, weil sie seitdem nicht mehr miteinander gesprochen hatten. Das war gut so. Metistakles hätte es in ihrem geschwächten Zustand sicher herausbekommen. Vanessa konnte überall auf der Welt sein, denn Silvan beherrschte es mittlerweile, seine Portale zu koordinieren.

»Warum bist du plötzlich so stur?«, schrie Metistakles mit zunehmender Wut. »Ich spüre, wie dein Leben unter meinen Händen schwindet!«

Marlas Verbindung zu den anderen ihrer Art war bereits sehr schwach – sie sah einen Tunnel und Kitana, die dort am Ende auf sie wartete. Marla spürte keine Schmerzen mehr, nur einen wohltuenden Frieden, der sich wie ein schützender Mantel um sie legte. War jetzt der Zeitpunkt gekommen, den das Orakel vorhergesagt hatte? Das Orakel hatte immer recht.

Aber ihre Mutter schüttelte den Kopf. »Noch nicht, mein Kind«, sagte sie leise. »Du musst deinem Bruder helfen, er braucht dich!«

»Bist du ein Engel?«, fragte Marla, die weiter auf ihre Mutter zuschwebte. Kitana sah wunderschön aus, sie trug ein weißes Gewand und ihre schwarzen Haare wehten um ihre Schultern. Marla wollte so gern zu ihr.

Kitana nickte lächelnd. »Ja, ich bin ein Engel. Ich werde das nächste Mal wieder auf dich warten, aber deine Zeit ist noch nicht gekommen.« Und auf einmal schleuderte ihr Kitana eine mentale Welle entgegen. Der Druck warf Marla zurück an den Anfang des Tunnels, und sie hörte wieder Metistakles, der auf sie einredete. Ihre Mutter hatte jedoch Informationen mitgeschickt, die sich in einer heftigen Vision offenbarten: Silvan sollte niemals der Herrscher werden, auch wenn es prophezeit worden war, denn der Hohe Rat duldete kein Halbblut in seinen Reihen. Silvan und Marla sollten lediglich dazu dienen, an James und das Zepter zu kommen – eine andere Aufgabe war ihnen nicht zugedacht. Nur daher hatten sie Marla damals nicht getötet.

»Ich hab schon vermutet, dass es so ist«, sagte sie zu ihrer Mutter. »Was hat es mit diesem Zepter genau auf sich?«

»Meine Ururgroßmutter Anastissa war eine Wächterin mit außergewöhnlichen Fähigkeiten. Leider ist sie der dunklen Seite verfallen und hat das Zepter der Macht geschaffen. Sie wollte in einem Anflug von Größenwahn alle unterjochen. Das Zepter kann nur von einem Geschöpf wie uns aktiviert werden, aber da in dem Artefakt Anastissas Blut fließt, kann nur derjenige, der ihrer Linie entstammt, die volle Macht des Zepters ausschöpfen. Also Silvan oder du. Jedoch hat mir das Orakel verraten, dass Silvan das Potenzial hat, so ziemlich alles mithilfe des Zepters wirken zu können, jeden Zauber, den man sich vorstellen kann.«

»Weil sein Vater ein Wächter ist«, murmelte Marla.

Kitana nickte. »Deshalb darf Silvan das Zepter nie bekommen. Er könnte der Macht verfallen, denn die dämonische Seite ist stark in ihm. Das Orakel hat mir auch verraten, dass ein Junge das Schicksal des Zepters besiegeln wird. Es kann sich hierbei nur um Silvan handeln.«

»Wie geht die Geschichte weiter?«, fragte Marla, da sie noch länger bei ihrer Mutter sein wollte.

»Anastissas eigene Tochter hat sich gegen sie gestellt, sie getötet, das Zepter versteckt und ist als Dämonin in die Unterwelt gegangen, weil die Wächtergilde sie dort niemals finden würde. Denn auch auf deren Seite war man hinter dem Artefakt her. Anastissa hatte viele Artefakte geschaffen, darunter das Medaillon mit dem Horusauge, was nun ihre Tochter beschützte. Ilaria wacht über die meisten Dinge. Ich konnte sie nicht mehr an einen anderen Ort bringen.«

Kitana winkte und Marla wusste, dass sie zurückmusste. Ihre Mutter schickte ihr jedoch noch einen anderen Gedanken mit, der Marlas Herz erwärmte: Sie freute sich, dass ihre Tochter in

Mike einen Mann kennengelernt hatte, der sie vergötterte und so behandelte, wie sie es verdiente. »Halte ihn fest, mein Kind!«, rief Kitana, bevor sich der Tunnel auflöste.

Urplötzlich kam der Schmerz mit voller Wucht zurück. Marla sog heftig die Luft ein, bevor Metistakles erneut seine Finger an ihren Hals legte.

»Du liebst diesen Menschen?!«, kreischte er. »Genau wie deine verkommene Mutter!«

Er weiß jetzt von Mike!, durchfuhr es sie, als Metistakles nachsetzte: »Er wird sterben, wenn du mir nicht sofort sagst, wo ich dieses Mädchen finde!«

Nein, er durfte Mike nichts antun! Ihr Leben war ohnehin vorbei, aber Mike hatte seines noch vor sich. Doch Marla wollte auch nicht, dass Vanessa etwas geschah.

Und das Zepter … die Oberen durften es niemals bekommen! Wenn Xandros oder die anderen mit oder ohne Silvans Hilfe das Zepter für sich benutzten und die Menschen unterjochten, was würde dann aus Mike?

Zum ersten Mal seit langer Zeit weinte Marla wieder, weil sie sich unendlich hilflos fühlte.

Mike oder Vanessa … beides war unmöglich. Lieferte sie Vanessa aus, stieg die Wahrscheinlichkeit, dass die anderen an das Zepter kamen. Doch sie musste sich entscheiden, Metistakles zwang sie mental dazu.

»Ich will dein Versprechen«, flüsterte sie erstickt. »Versprich mir, Mike nichts zu tun, und ich sage dir, wo du Vanessa findest …«

* * *

Hier hatte er also mal gelebt … Silvan stand in seinem Dachzimmer, in das er gerade durch ein Portal gestiegen war. Kein Licht brannte, es war fast dunkel draußen.

Was tat er hier?

Er schaute durch das Fenster und erblickte gegenüber ein anderes Haus. Vanessa … Auch in ihrem Zimmer brannte kein Licht. Dort wohnte das Mädchen, das er geliebt hatte.

Sie war in Sicherheit …

Seufzend blickte sich Silvan in seinem ehemaligen Zuhause um. Er vermisste es, vermisste seine Computerspiele, den Platz an seinem Schreibtisch. Er vermisste sein Bett, sein Kuschelkissen, auf dem er schon schlief, seit er fünf Jahre alt war, und er vermisste seine Ma.

Silvan ging zu seinem Schreibtisch und zog die oberste Schublade auf. Darin lag ein Foto von Vanessa. Sie lag in ihrem Bikini am See. Wie schön sie war.

Silvan wurde sich bewusst, dass er mit einer Hand an seiner Jeanstasche spielte. In seiner Hose befand sich … Er hob den Umhang und zog einen silbernen Ring heraus.

Stiche zuckten durch seinen Kopf, als ihn die Erinnerung daran überflutete, wie Vanessa den Ring abgezogen und weggeschleudert hatte. Er könnte jetzt bei ihr sein!

Nein, konnte er nicht, das war seine eigene Schuld. Nur weil er Herrscher werden wollte, brach sein Leben unter ihm weg. Wieder einmal hatte er alles falsch gemacht!

Bring uns das Zepter, und alles wird, wie du es dir wünschst, flüsterten Stimmen in seinem Kopf.

Ja, er musste auf diese Stimmen hören.

Beschaffe das Zepter, und all deine Probleme sind auf einen Schlag gelöst … Die Menschen hassen dich. Sei nicht so nachsichtig mit ihnen.

Silvan schloss die Faust um den Ring, dann schob er ihn wieder in die Hosentasche. Bald würde nichts mehr von Bedeutung sein, was ihm jetzt noch wichtig war.

Gut so, Silvan …

James Carpenter war alles, was er dachte, bevor er nach unten ging.

Mike legte Vanessa einen Arm um die Schultern, als sie das Tanzstudio durch den Hinterausgang verließen, wo die Parkplätze lagen. Der Abschlussball war sehr schön gewesen, nur Vanessa war des Öfteren aus dem Takt gekommen.

»Was war denn los mit dir?«, fragte er vorsichtig, als er sie zu seinem Auto führte, das allein auf dem schlecht beleuchteten Parkplatz stand. Die meisten Besucher hatten das Gebäude bereits verlassen, und Vanessas Eltern waren gleich zu ihrem Bowlingabend weitergefahren, weshalb Mike Vanessa nach Hause brachte. »Geht es Daniel noch nicht besser? Ich hab gehört, er war nicht in der Schule.«

Vanessa nickte, wobei sie sich ständig umsah.

»Er wäre bestimmt gekommen, wenn er gekonnt hätte«, versuchte Mike sie aufzumuntern.

»Das ist es nicht«, sagte Vanessa leise und drückte sich so fest an ihn, dass Mike gegensteuern musste, um nicht vom Weg abzukommen. Vanessa zitterte.

»Ist dir kalt?« Mike war immer noch erhitzt, aber die Nächte kühlten langsam ab. Vanessa trug ihr Kleid, das ärmellos und tief ausgeschnitten war. Sie sah damit aus wie eine Prinzessin.

Vanessa verneinte.

»Was dann?« Mike ließ sie los, weil sie vor seinem Pontiac standen. Er suchte in seiner Sporttasche nach dem Autoschlüssel und fragte sich, ob Vanessas seltsames Verhalten auf ihn abfärbte. Er fühlte sich plötzlich beobachtet und warf einen Blick über die Schulter. Hinter dem Gebäude standen Mülltonnen, über denen eine Neonröhre das einzige Licht verbreitete. Die Lampe flackerte, ein kühler Hauch wehte ein Stück Zeitungspapier über den Teer.

»Kannst du nicht schneller machen?« Vanessa drückte ihre Handtasche gegen die Brust und holte einen Stein heraus, der aussah wie ein Amethyst. Sie schloss ihre Faust darum, bevor sie Mike aus furchtsamen Augen anschaute.

»Was hast du da?«, fragte er.

»Einen Glücksbringer.«

»Wofür?« Er hatte den Schlüssel gefunden und steckte ihn ins Schloss. Wenn er doch nur besser sehen könnte. »Wenn du mir jetzt nicht sofort sagst, was …«

Vanessas Aufschrei erschreckte Mike so sehr, dass er fast den Schlüssel abbrach. Mike wirbelte herum und erstarrte. Ein großer Mann hielt Vanessa von hinten den Mund zu. Die andere Hand hatte er um sie geschlungen. Die Tasche lag zu ihren Füßen, daneben der Kristall, in unzählige Teile zerbrochen.

Mike blinzelte, sein Herz raste. Nein, das war unmöglich! Diese Gestalten kannte er aus seinen Lehrbüchern: die grauen Umhänge, die kahl rasierten Schädel …

Vanessas Augen waren riesengroß. Ihr Blick schrie nach Hilfe, doch Mike wusste nicht, was er gegen einen Dämon ausrichten konnte. Er hatte nie die Gildenschule besucht, nur ein paar Bücher gewälzt. Obwohl seine Eltern beide Wächter waren, hatte er nicht eine einzige lächerliche Fähigkeit von ihnen vererbt bekommen. So etwas konnte passieren – aber fair war das nicht.

Mike schluckte. Er träumte doch sicher?

»Lass sie los!«, rief er, in der Hoffnung, der Dämon würde reagieren. Mike hob seine Hand. »Ich bin ein Wächter! Wenn du sie nicht sofort loslässt, töte ich dich!«

Der Dämon verzog die Lippen zu einem höhnischen Grinsen, während Vanessa wie gelähmt in seinem Griff hing. Plötzlich spürte Mike einen quälenden Stich in seinem Kopf. Er presste sich die Hände an die Schläfen und sackte auf die Knie.

Der Dämon lachte auf. »Du willst ein Wächter sein?« Ein

dunkelroter Feuerball materialisierte sich in der Hand des Unterweltlers, seine Augen blitzten.

»Hör auf!«, vernahm Mike eine weibliche Stimme, die ihm bekannt vorkam. Sie kam aus der Richtung der Mülltonnen. War das Marla? »Ich habe dein Versprechen!«

Mike drehte den Kopf; das Stechen hatte abrupt aufgehört. Dafür durchzuckte ein ganz anderer Stich sein Herz. Neben der Tonne stand tatsächlich Marla! Gott, wie sah sie aus? Ihr Pullover war zerrissen, und Blut befleckte den Stoff! Hatte der Dämon sie so übel zugerichtet?

Mikes Furcht wich grenzenloser Wut. Er stand auf und schnappte sich den erstbesten Gegenstand, den er in seiner geöffneten Sporttasche fand: eine Dose Haargel. Mike war immer gut im Werfen gewesen. Vanessa reichte dem Unterweltler nur bis zur Brust … Mike holte aus, während Marla zeitgleich schrie: »Tu das nicht!« Doch die Dose raste bereits auf den Schädel des Dämons zu. Mike war verblüfft, wie schnell die Kreatur reagierte: Aus ihren Augen schossen grelle Strahlen, die den Tiegel trafen und ihn zu Mike zurückschleuderten. Die Dose traf ihn mit voller Wucht an der Stirn.

»Mike!«, schrie Marla auf und rannte auf ihn zu, während er taumelnd gegen sein Auto sackte. Ihm wurde kurz schwarz vor Augen, aber er durfte jetzt nicht ohnmächtig werden. Er musste sofort die Gilde informieren! Doch was würden sie für Vanessa tun können? Warum hatte der Dämon ausgerechnet sie in seiner Gewalt?

In Mikes Kopf drehte sich alles, Schmerz pochte durch seinen Schädel. Ein warmes Rinnsal floss über seine Schläfe.

Marla war bei ihm und zog ein Handtuch aus seiner Tasche. »Du blutest!«

Vorsichtig tupfte sie die Stelle unterhalb seiner Wunde ab. »Warum hast du das getan? Er hätte dich umbringen können!«

Hastig schaute sie über ihre Schulter, und auch Mike hatte nur Augen für den Dämon, der Vanessa zur Hauswand zog, auf der sich ein leuchtend blauer Kreis bildete. Ein Dämonentor! Der Unterweltler musste sehr mächtig sein, wenn er das Portal allein durch Gedankenkraft aktivieren konnte. Er schleifte Vanessa durch den Ring – und war verschwunden.

Verschwunden … Mike hoffte, sich in einem Albtraum zu befinden, doch der Schmerz an seinem Kopf fühlte sich leider real an. Sein Herz hämmerte wie ein Pressluftbohrer, und er zitterte am ganzen Körper.

Erst jetzt sah Mike Marla genauer an. Ihr Gesicht war tränenüberströmt. »Es tut mir so leid«, stammelte sie. »Aber er wollte dich töten, wenn ich ihnen Vanessa nicht ausliefere.«

»Was?« Mike verstand kein Wort. Überglücklich, Marla gesund zu sehen, zog er sie halb auf seinen Schoß. Er war so traurig gewesen, als er nach der Arbeit nach Hause gekommen war und den Schlüssel, den er ihr gegeben hatte, auf seinem Nachttisch gefunden hatte.

Marla legte die Hand auf seine Stirn und schloss die Augen. »Ich weiß nicht, ob es klappt«, sagte sie. Mike fühlte, wie sich ihre Hand erwärmte. Seine Wunde kribbelte und juckte, dann hörte sie auf zu pochen.

»Was machst du?« Mikes Kopfschmerzen verflogen. Was geschah hier nur?

Lächelnd nahm Marla ihre Hand weg. »Ich hab's geschafft! Die Wunde hat sich geschlossen!«

»Bist du eine … Wächterin?« Manche Wächter besaßen die Gabe, Verletzungen schneller heilen zu können.

Marla senkte den Blick. »Ich bin eine Dämonin, aber …« Abrupt hob sie den Kopf und schaute Mike aus großen Augen an. »Meine Mutter war eine Wächterin, also … ihre Vorfahren.«

»Das ist mir alles zu … durcheinander«, murmelte Mike, dessen Schädel bereits wieder dumpf pochte. Das war zu viel Information auf einen Schlag. Marla sollte eine Dämonin sein und von Wächtern abstammen? War sie jetzt gut oder böse? Mike wollte so viele Antworten. »Warst du deswegen auf der Party? Um mich irgendwie einzunehmen? Was läuft hier?«

Sein Puls raste. Das Mädchen, das er so sehr begehrte, stammte aus der Unterwelt? Hatte sie ihn manipuliert? Mit ihm gespielt? Ihn ... missbraucht? O mein Gott, fast hätte er mit ihr geschlafen!

»Nein!« Sie legte ihre Hände auf seine Brust, wobei sich ihre Finger in sein Hemd krallten. »Unsere Begegnung war Zufall, eigentlich wollte ich Silvan davon überzeugen, mit mir in die Unterwelt zu kommen ...«

Mike folgte ihren Worten, so gut er konnte. Sie redete von Dämonen und einem magischen Artefakt und davon, dass Marla und Silvan nur Mittel zum Zweck waren.

»Silvan, wer?«, fragte Mike.

»D-Daniel«, stotterte Marla, »bei euch heißt er Daniel Taylor.«

»Taylor!« Er drückte Marla von seinem Schoß und sprang auf. »Und Vanessa hat gewusst, dass er ein Dämon ist?«

Marla erhob sich ebenfalls. »Ja.«

»Das erklärt so vieles«, murmelte Mike. Marlas wildes Aussehen hatte er auf Halloween geschoben, aber die explodierte Nachttischlampe und Vanessas seltsames Verhalten in letzter Zeit! »Und du bist Taylors Schwester?«

Sie nickte unter Tränen. »Magst du mich jetzt trotzdem noch?«

Mike konnte ihr darauf keine Antwort geben. Seine Gedanken überschlugen sich. Er fühlte sich irgendwie verletzt und ausgenutzt, weil sie nicht ehrlich zu ihm gewesen war. Aber konnte er Aufrichtigkeit von einer Dämonin erwarten? »Können wir Vanessa retten?«, fragte er stattdessen.

Marla senkte den Blick. »Ich hab mir schon gedacht, dass du mich nicht mehr willst.« Sie wirkte so traurig, dass sich sein Herz verkrampfte. Sanft hob er ihr Kinn an. »Lass uns später darüber reden, ja?« Er musste zuerst das Chaos in seinem Kopf ordnen.

Sie nickte. »Ich kann dir nur nicht versprechen, später noch da zu sein.«

Was sollte das nun? »Marla, bitte! Vanessa ist da unten und steht Todesängste aus.«

»Okay, dann später«, wisperte sie und ließ die Schultern hängen.

»Ich ruf die Gilde an.« Als Mike sein Mobiltelefon aus der Tasche holen wollte, hielt Marla seine Hand fest. »Wir müssen zu Carpenter, vielleicht ist er Vanessas einzige Rettung.«

»Carpenter!«, rief Mike. »James Carpenter?« Mehr Adrenalin mischte sich in sein Blut.

Marla bejahte und zog Mike am Ärmel zur Hauswand. »Vielleicht ist er bei Silvans Zieh…, äh, Daniels Mutter. Komm mit mir!«

Mike überlegte, ob sich hier eine Möglichkeit auftat, endlich aufzusteigen, nicht mehr länger nur ein Handlanger der Gilde zu sein. »Was ist das genau für ein Artefakt, das die Dämonen wollen?«

Schulterzuckend erwiderte sie: »Ein Zepter.«

Meine Güte … Vor Mikes Augen drehte sich der Parkplatz. Er konnte kaum glauben, was er hörte. Ein Zepter! Vielleicht *das* Zepter? Er hatte seine Eltern belauscht, als sie darüber sprachen.

Einerseits hatte er furchtbare Angst um Vanessa, die den Dämonen jetzt als Druckmittel diente, andererseits sah Mike seine ganz große Chance gekommen!

»Ich kenne den Weg, ich fahre!« Mike wollte Marla zum Auto bugsieren, aber sie bewegte sich nicht, stattdessen legte sie einen Finger an die Hauswand. »Wir können in einer Sekunde da sein.«

Sie wollte tatsächlich, dass er durch ein Dämonentor stieg? Sie könnten sonst wo herauskommen! Was, wenn es eine Falle war?

Marla schaute ihn traurig an. »Du kannst mir vertrauen, Mike.«

Konnte er das? Dämonen galten als Meister der Täuschung.

Marla begann, mit dem Zeigefinger einen großen Kreis an die Wand zu zeichnen, schaute dabei jedoch auf Mike. »Dass du ein Wächter bist, hast du nur so gesagt, oder?«

Mike schüttelte den Kopf. »Ich bin ein Wächter.«

»Du brauchst nicht zu lügen, Mike. Ich würde spüren, wenn es so wäre. Bei dir fühle ich … nichts.«

Sie fühlte *nichts* bei ihm? Wut ballte sich in seinem Magen zusammen. Natürlich fühlte sie nichts, sie war eine Dämonin! Ob sie ihm ihre Gefühle vorgeheuchelt hatte? »Ich lüge nicht, ich hab nur keine Fähigkeiten, verdammt! Ich bin ein Wächter dritten Grades, geboren ohne einen Funken Magie im Blut, aber ich arbeite trotzdem für die Gilde.« Er war wichtig, hatte seine Aufgaben!

»Oh«, machte Marla bloß. Ihre Augen schimmerten. Ihr Arm sackte nach unten, der Umriss des Tores löste sich knisternd auf.

Ich bin so ein Idiot! Marla hatte Gefühle, verdammt, und er hatte sie eben verletzt. »Es tut mir leid«, sagte er zerknirscht. Er hatte es nur so satt, immer wieder unter die Nase gerieben zu bekommen, dass er kein richtiger Wächter war. Er war zwar in die meisten Tätigkeiten der Gilde eingeweiht, aber im Grunde nutzlos. Früher hatte er sich deshalb als Versager gefühlt, bis er dank des Jobs in der Bank wieder sein Selbstbewusstsein zurückbekommen hatte. Eigentlich hatte er mit seinem alten Leben abgeschlossen gehabt, aber jetzt kam alles wieder hoch.

Was hatte er auch schon Großes geleistet? Er saß in der Bank und überwachte die Bewegungen auf dem Konto von Carpenters Eltern, falls sich eines Tages irgendein Hinweis ergab, wo sich der

Mann befand. Die Carpenters waren jedoch nicht so dumm gewesen, Geld zu transferieren. Zumindest hatte Mike nicht herausfinden können, ob sie ihrem Sohn Geld überwiesen. Aber jetzt könnte sich für ihn alles ändern!

»Schon gut.« Marla seufzte. »Wenn du wirklich ein Wächter bist, dann vertraue ich dir. Bitte vertraue auch mir. Ich stehe auf deiner Seite.«

Mike ergriff ihre Hand. »Dieser Dämon – wird er Vanessa etwas antun?«

»Er wird sie zumindest nicht töten, solange er sie braucht.«

Das hörte sich nicht gut an. Sie mussten sich beeilen!

Als Silvan die Stufen hinabschritt, machte er sich unsichtbar und versuchte, möglichst vorsichtig aufzutreten, damit das Knarren der alten Holztreppe ihn nicht verriet. Es war ungewöhnlich still im Haus. Beinahe glaubte er, es wäre niemand hier, bis er seine dämonischen Sinne konzentriert verstärkte und es ganz schwach hörte: zwei Herzen, die ruhig und gleichmäßig schlugen. Dass es sich bei einem nicht um sein eigenes Herz handeln konnte, zeigte ihm das hektische Klopfen in seinen Ohren.

Seine Mom war also nicht allein.

Lautlos betrat Silvan das Erdgeschoss und blieb wie angewurzelt stehen, als er zwei Personen erblickte, die eng umschlungen auf der Couch lagen und schliefen. Er sah den Mann und die Frau nicht richtig, nur halb durchscheinend. Die Frau war seine Ziehmutter!

Leise und immer noch unsichtbar trat Silvan dicht an die beiden heran. Der Mann war sehr groß und lag hinter seiner Mom, die Brust an ihren Rücken geschmiegt, sein Gesicht halb in ihrem Haar vergraben. Doch das wenige, was Silvan von ihm erblickte, reichte aus, um das Offensichtliche zu erkennen: Der Mann, der ihm bis auf das braune Haar verdammt ähnlich sah, war James Carpenter … sein Vater!

Silvan spürte die pure Reinheit, die James ausstrahlte, eine gute Kraft, die ihn verwirrte.

Er hielt die Luft an. Warum war Carpenter jetzt hier und nicht schon eher gekommen, als er sich das gewünscht hatte?

Zorn schwelte in Silvan. Weil er nie das bekam, was er sich wünschte.

Nimm das Amulett an dich!, drängten ihn innere Stimmen. *Berühre es nicht mit der Hand!*

Silvan zog das schwarze Tuch aus der Tasche. Um James' Nacken lag tatsächlich eine silberne Kette, die unter seinem Hemd verschwand. Silvan spürte eine uralte Macht, die von seinem Dad ausging. Magie …

Die Oberen hatten also recht gehabt, James Carpenter trug ein magisches Amulett, das ihn und die Menschen in der Nähe für Dämonenaugen unsichtbar machte, nicht aber gänzlich für Silvan, das Halbblut – wie die Dämonen ihn nannten.

Er zögerte, das Amulett an sich zu reißen. Wie er so dastand und die beiden betrachtete, befiel ihn ein plötzlicher Anflug von Eifersucht. Was hatte Vanessa gemeint? Die zwei kämen vor Angst und Sorge um?

Das sah aber ganz anders aus, wie sie so zusammengekuschelt beieinanderlagen.

Er streckte die Hand nach James' Kette aus, doch noch bevor er sie berührte, riss sein Dad die Augen auf.

Verdammt! Silvan wich zurück und versteckte sich hinter dem Sessel. Vorsichtig lugte er an der Lehne vorbei.

James setzte sich schlagartig auf, griff nach dem Amulett und holte es hervor. Der rote Stein leuchtete matt auf. Ja, das war er! Der rubinrote Anhänger!

Schnell steckte er das Auge wieder unter den Stoff.

»James?«, murmelte seine Mom. »Was ist?«

»Hier ist jemand, Anne. Bleib dicht bei mir!« James umarmte seine Mutter und sagte hastig: »Ich glaube, es ist Daniel, ich habe ihn gesehen. Seine Farbe … Er hat sich verändert!«

»Verändert?«, fragte Mom.

»Ich fühle das Böse, Anne«, wisperte James. »Wir müssen verschwinden!«

»Nein!« Anne wand sich aus seinem Griff und stand auf. »Danny? Bist du hier?«

Silvan spähte am Sitz vorbei und bemerkte die dunklen Schatten unter ihren Augen. Sie sah müde aus und viel älter als sonst. Ihre blauen Augen waren vom vielen Weinen gerötet.

Deine Menschlichkeit macht dich schwach, Silvan! Trotze ihr! Die Stimmen in ihm wurden lauter und redeten auf ihn ein. Er versuchte, sie zu verdrängen, weil er davon Kopfweh bekam.

»Bitte, Daniel, wenn du hier bist, zeige dich«, sagte Anne mit zitternder Stimme. Sie konnte ihn nicht sehen, aber sein Vater schaute ihn an. »Er ist hinter dem Sessel.«

James kam vom Sofa hoch, um sich dicht neben Anne zu stellen. Sie wirkte sehr traurig und verzweifelt, was Silvan einen Stich ins Herz versetzte. Er konnte sie in diesem Zustand kaum anschauen.

»Ich bringe uns sofort hier weg, sobald es brenzlig wird, ob du willst oder nicht«, flüsterte James ihr zu. »Daniel hat sich verändert; er ist nicht mehr der Alte, denk daran, was Vanessa uns erzählt hat!«

Vanessa? Silvan horchte auf. Was hatte sie ihnen erzählt?

Carpenter darf nicht verschwinden, spiel ihnen den braven Sohn vor! Du musst ihn auf deiner Seite wissen, nimm ihm das Amulett ab und dann übernehmen wir!

Stimmt, er hatte einen Auftrag. Um Vanessa konnte er sich

später kümmern. »Ich bin hier, Mom«, antwortete er leise, stand auf und machte sich sichtbar.

Anne zuckte zusammen. Den Mund halb geöffnet, starrte sie ihn an und wollte schon auf ihn zustürzen – da packte James sie am Arm.

»Anne, nicht, es könnte eine Falle sein!«

Sie riss sich von ihm los und fiel Silvan um den Hals. »Mein Baby!« Laut schluchzte sie auf, ihr Körper bebte. Da sie kleiner war als er, musste sie zu ihm aufsehen, als sie seine Wangen umschloss. »Wo warst du denn so lange, ich hab mir solche Sorgen gemacht! Bist du okay?«

Tränen liefen an ihrem Gesicht herab, und wieder umarmte sie ihn.

Tief in Silvan wallten Emotionen auf, die ihn verwirrten. Er wollte nicht, dass Anne weinte.

Trotze deinen Gefühlen! Sie war nur deine Ziehmutter; sie ist nichts!

James stand neben ihm. Ein Energieblitz funkelte in seiner Hand, allerdings so, dass Anne ihn nicht bemerkte.

Wiege Carpenter in Sicherheit!

Anne streichelte ihm über den Kopf. »Ich dachte, ich würde dich nie wiedersehen. Wenn Vanessa uns nicht angerufen und ausgerichtet hätte, dass sie dich getroffen hat … Ich glaube, ich wäre verrückt geworden.«

Silvan wurde hellhörig. »Vanessa … Wie geht es ihr?«

Anne ließ ihn los und schnäuzte sich. »Wir haben sie seit gestern nicht mehr gesehen, als sie sich mit dir getroffen hat.«

Dann ist sie in Sicherheit … Silvan atmete auf. Aus den Augenwinkeln beobachtete er James, dessen Blitz langsam kleiner wurde und schließlich verschwand. Gut, das klappte ja bisher bestens. Silvan versuchte, ein Gespräch zu beginnen, um die beiden zu besänftigen. »Vanessa hat euch erzählt, dass wir uns treffen?«

»Nein, es war purer Zufall. Wir haben mitbekommen, wie sie das Haus verließ. Sie hat uns erst später angerufen«, sagte Anne.

»Aber das kann ich dir nachher noch erklären.« Anne zog James zu sich. »Ich möchte dir deinen Vater vorstellen.«

»Hallo Daniel.« James Carpenter streckte ihm vorsichtig die Hand hin.

Automatisch ergriff Silvan sie, und just in dem Moment, als er in die grünen Augen seines Vaters blickte, traf ihn eine Erinnerung aus seiner Kindheit: Er hatte James schon früher gesehen!

Er zwinkerte. James' Gestalt war immer noch durchscheinend, wie bei einem Geist.

»Entschuldige«, sagte James, bevor er den Anhänger unter seinem Hemd hervorholte, sodass er jetzt auf dem Stoff lag. Sofort nahm Silvan seinen Vater und Anne richtig wahr.

Nimm das Amulett an dich!

»Du kannst mich also sehen.« James lächelte. »Dann bist du mein Sohn.« Schon wurde er an den großen Mann gezogen, der ihn drückte und ihm kameradschaftlich auf die Schulter klopfte. »Ich bin so froh, dass es dir gut geht!«

Silvan schloss die Augen, inhalierte James' Geruch und spürte das Kratzen der Bartstoppeln. All das kam ihm vertraut vor … »Du warst mein imaginärer Freund, stimmt's?«, murmelte er an der Schulter seines Vaters.

Sein Vater … sein richtiger, echter Vater! In Silvan tobte ein Sturm der Gefühle. Er versuchte angestrengt, die Stimmen in seinem Kopf zu ignorieren, schickte den Oberen den Befehl, still zu sein, oder er könne sich nicht konzentrieren. Er brauchte Zeit, musste überlegen.

James nickte und ließ ihn los. »Ich hoffe, ich habe dich dadurch nicht zu sehr verwirrt, aber ich musste doch wissen, wie es meinem Sohn geht.«

Sein Vater war also sein imaginärer Freund gewesen. Viele Kinder bildeten sich einen Spielkameraden ein, vor allem wenn sie, wie Silvan, kaum Freunde hatten. James hatte sich Zefir genannt, hatte viel mit ihm im Wald gespielt und ihn an allen Geburtstagen besucht. Natürlich hatte Zefir gesagt, Danny dürfe niemandem von ihm erzählen. Er hatte gedacht, sein imaginärer Kumpel wäre ein Geist.

An seinem zwölften Geburtstag war ihm Zefir das letzte Mal erschienen und hatte gemeint, dass es nun Zeit wäre, Abschied zu nehmen, Daniel wäre jetzt zu alt für einen Freund wie ihn. Daniel war sehr traurig gewesen.

»Es wurde umso gefährlicher, je älter du wurdest«, erklärte James, »aber ich war trotzdem immer da.«

Erstaunt schaute Anne ihn an. »Die Geschenke ohne Absender, die plötzlich unter dem Weihnachtsbaum lagen oder auf dem Geburtstagstisch standen … die waren von dir, stimmt's?«

James nickte. »Ich musste jedes Mal höllisch aufpassen, dass mich niemand sah, wenn ich mich zu euch transportierte. Für Menschen bin ich ja auch mit Amulett sichtbar.«

»Und ich dachte immer, die wären von Peter gewesen.« Anne wirkte erneut bedrückt. »Er hatte immer so seltsame Ausflüchte, wenn ich ihn darauf ansprach.«

Sofort legte James einen Arm um sie. Lief da etwas zwischen seiner Mom und James?

Als ob sein Vater diesen Gedanken gehört hätte, nahm er den Arm weg und wandte sich erneut an ihn: »Aus dir ist ein richtiger Mann geworden, Silvan.«

James' Worte ließen ihn aufhorchen. »Du kennst meinen dämonischen Namen?«

»Natürlich. Deine Mutter, also Kitana, hat ihn dir bei deiner Geburt gegeben.«

Lass dich nicht einlullen, sondern frag ihn nach dem Amulett.

»Hat dir Kitana auch diesen Anhänger geschenkt?« Silvan deutete auf die Kette an James' Hals.

James nickte. »Magst du ihn sehen?«

»Gern«, sagte Silvan, wobei er versuchte, seine Stimme ruhig klingen zu lassen. Er hielt immer noch das Tuch in seiner Faust. Sobald er das Horusauge besaß, würde er damit in die Unterwelt verschwinden. Silvan war schnell, er würde es James blitzartig entreißen.

Berühre es nicht direkt!, warnten ihn die Oberen.

Was würden sie mit seinem Vater anstellen?

Wir wollen nur ein paar Informationen von ihm, sagten sie. *Danach gehört er dir und du kannst mit ihm machen, was du willst.*

Okay … Silvan versuchte, ruhig zu bleiben, als James die Kette über den Kopf zog, obwohl jeder Nerv in ihm kribbelte. Doch als sein Dad fragte: »Schau mal, da am Fenster, ist da nicht Vanessa?«, und Silvan den Kopf drehte, wusste er, dass James ihn ausgetrickst hatte. Ehe Silvan sichs versah, hatte sein Vater ihm das Horusauge auf die Stirn gepresst.

Carpenter hat diesen Vollidioten reingelegt!

Silvan schrie. Der Schmerz war beinahe unerträglich. Er fühlte sich an, als würde ihm jemand eine glühende Eisenstange in den Schädel rammen und damit in seinem Gehirn herumrühren.

Wehre dich! Benutze deine Kräfte!

Silvan wollte ja, aber er konnte nicht. Sein Körper gehorchte ihm nicht mehr. Der Schmerz nahm ihm sogar die Luft.

»James, hör auf!«, schrie Anne. »Du bringst ihn um!« Silvan bekam mit, wie sie versuchte, seinen Vater von ihm wegzuziehen.

»Ich befreie ihn. Er ist besessen! Sein Geist wurde vergiftet.«

Silvan sackte auf den Boden. Er war wie gelähmt, und sein Schädel schien jede Sekunde zu explodieren. Die Stimmen in ihm kreischten auf und verstummten schließlich. Sofort ließ der Schmerz nach.

Daniel schnappte nach Luft und hielt sich am Arm seines Vaters fest, der über ihm kniete und immer noch das Symbol auf seine Stirn drückte.

»Dad!« Heiße Tränen liefen über sein Gesicht, die sich wie Säure in die Haut brannten.

James wischte sie hastig mit dem Ärmel seines Hemds weg. »Ist gut, die Verbindung ist unterbrochen! Solange du das Amulett berührst, können sie nicht so einfach in deinen Kopf!«

Weinend vor Schmerzen und Angst, krallte sich Daniel in James' Schulter. Er blinzelte, und als seine Sicht klar wurde, erkannte er, dass auch seinem Vater Tränen über die Wangen liefen.

Daniel schaute zu seiner Mutter und streckte den Arm nach ihr aus. »Mom.«

»Danny!« Schluchzend zog sie ihn an sich. »Ich hatte solche Angst um dich!«

James umarmte sie alle beide kurz und blieb dicht bei ihnen hocken. Als seine Mom fertig war, ihn mit Küssen zu bedecken, fragte Daniel: »Dad, wieso bist du jetzt hier und nicht schon früher, als ich mir so sehr gewünscht habe, dich zu sehen?« Dabei rieb er sich über die Stirn. Er fühlte den Abdruck des Horusauges.

»Die Gefahr war zu groß, dass die Dämonen mich finden und bekommen, wonach sie schon lange suchen.«

»Das Zepter«, wisperte Daniel.

James nickte. »Vanessa sagte, du hast nach dem Anhänger und dem Zepter gefragt. Haben sie dich damit beauftragt, es ihnen zu bringen?«

»Ja, und sie haben irgendwas in meinem Kopf angestellt, aber jetzt sind ihre Stimmen verschwunden.« Sie hatten ihn angelogen und es mit vereinten Kräften geschafft, seinen Willen zu brechen und ihn zu zwingen, das Amulett zu stehlen.

Frustriert riss er sich den Umhang herunter. Seine menschliche Kleidung hatte er nie abgelegt, als ob er tief in seinem Inneren geahnt hätte, dass er nie richtig zu den Dämonen gehören würde.

Erneut rieb er sich über die Stirn. Die Stelle brannte nur noch leicht.

James legte die Kette um Daniels Nacken und versteckte den Anhänger unter seinem Pullover, sodass er auf seiner Haut auflag. Er fühlte sich warm an. »Es ist besser, du nimmst ihn, dann können sie dich nicht mehr manipulieren.«

»Jetzt bist du nicht mehr geschützt!« Daniel wollte nicht, dass seinem Vater etwas passierte. Niemandem sollte etwas zustoßen. Aber wie sollte es nun weitergehen? Die Dämonen würden sicher nicht aufgeben.

»Noch bin ich im Magiekreis, wir alle«, sagte James und zog Anne zu sich.

Daniel schluckte. »Sie wissen, wo du bist«, wisperte er.

»Und deshalb müssen wir von hier weg. Die Gefahr, dass sie an das Zepter kommen, ist größer denn je!« James hob abrupt den Kopf. »Schnell, Anne, halt dich an mir fest. Ich spüre, dass wir nicht mehr allein sind!«

Seine Mom umarmte James, sein Dad umarmte ihn.

Da fühlte es Daniel auch. Mittlerweile konnte er die dämonischen Schwingungen unterscheiden. »Es ist Marla!«

James versteifte sich. »Marla?«

Daniel drehte den Kopf und sah seine Schwester an der Wohnzimmertür stehen, neben ihr … »Mike?«

»Der Dämon, er hat Vanessa mitgenommen!«, rief er.

»Was?« Daniel glaubte sich verhört zu haben, doch dann dachte er zu ersticken. Vanessa? Warum Vanessa? Sie war doch in Sicherheit!

»Kommt, haltet euch an mir fest!« James winkte sie herbei, und Mike folgte, ohne zu zögern. Er zerrte Marla an der Hand hinter sich her, denn als reine Dämonin konnte Marla sie alle nicht sehen, solange sie sich nicht selbst im Schutzkreis des Amuletts befand. Daniel hörte Marlas Stimme in seinem Kopf, aber sie klang verzerrt. Er tippte sich an die Stirn. »Ich kann dich nicht verstehen!« Das Amulett musste die Gedankenübertragung blockieren.

»Was Mike sagt, stimmt«, sagte sie laut und blickte Daniel dabei an. Anscheinend nahm sie ihn doch wahr. »Ich dachte, du hast Vanessa versteckt?«

»Das habe ich!« Er wollte so schnell wie möglich in die Unterwelt.

»Sie kommen, haltet euch gut fest!«, schrie James.

Daniel sah gerade noch, dass sich ein Lichtkreis – ein Portal! – auf der Wand bildete, dann fühlte er ein Reißen, als würden sich alle Zellen seines Körpers trennen. Bunte Lichter zuckten auf, und plötzlich lag er wieder auf dem Boden. Um ihn herum war alles dunkel und still. Daniel hörte sich atmen und jemanden, der ihm ins Gesicht schnaufte.

»Was ist passiert?«, wisperte seine Mutter.

Der Druck auf seinem Brustkorb ließ nach, und langsam durchschnitt Daniels scharfer Blick die Finsternis. James war aufgestanden und deutete auf einen Tisch, der in der Mitte eines Raumes stand.

»Ich mache Licht«, sagte er und ließ eine weiße Kugel aus Energie in seiner Hand erstrahlen. »Kommt, bleibt alle dicht bei mir, wie dürfen uns nicht trennen. Solange das Amulett uns verbirgt, können die Dämonen uns nicht aufspüren.«

Daniel wusste überhaupt nicht mehr, was los war. Er tat einfach, was man ihm sagte. In seinem Kopf gab es ohnehin nur Platz für einen Gedanken: Vanessa.

»Wir sind in einem meiner Unterschlüpfe, einer Hütte in Kanada. Leider gibt es hier keinen Strom, bloß einen Generator hinter dem Haus.« James kam in ihre Mitte, und sie gingen ein Stück, bis Daniel einen Holztisch erkannte, um den vier einfache Stühle standen.

James griff sich die Öllampe, die sich darauf befand, und entzündete sie mit einem Funken Energie.

Anstatt sich an den Tisch zu hocken, führte er sie zu einem Schrank.

»Wow«, sagte Daniel. »Ich hab mir ja gedacht, dass du dich beamen kannst, aber gleich so viele von uns auf einmal?«

James öffnete die Schranktür und holte einen in silberner Folie verpackten Riegel heraus. »Ich kann mich an jeden Ort bringen, den ich mir vorstelle. So konnte ich oft in deiner Nähe sein, obwohl ich in Kanada lebe und auch sonst viel in der Welt herumreise.« Er riss das Papier auf und biss hinein. Es war ein Powerriegel, wie Sportler sie aßen. »Aber die Teleportation verbraucht sehr viel Energie. Mehrmals hintereinander klappt das daher nicht.«

Sie ließen sich auf dem Boden nieder, dicht aneinandergedrängt.

»Der Schutzkreis des Amuletts reicht nicht so weit«, erklärte James.

Daniel saß zwischen seinem Dad und seiner Mutter, vor ihm hockte Marla halb auf Mikes Schoß. Sie starrte mit aufgerissenen Augen auf James. Jetzt, wo sie sich mit ihnen im magischen Wirkungskreis befand, konnte sie ihn natürlich richtig sehen.

»Marla, ich bin so glücklich, dass du lebst!« James ergriff ihre Hand. Seine Augen schimmerten. »Ich dachte immer, sie hätten dich getötet.«

Marla starrte ihn weiterhin an, ohne etwas zu sagen.

»Du siehst deiner Mutter so unglaublich ähnlich.« James zog Marla zu sich und umarmte sie. Marla hing erst steif in seinem Griff, doch dann legte auch sie die Arme um James und schloss die Augen.

James fuhr über ihren Rücken. Marlas Pullover war regelrecht zerfetzt! Daniels Atem stockte.

»Wer hat dir das angetan?«, fragte James, als er Marla losließ und sie sich wieder auf Mikes Schoß hockte.

»Metistakles«, wisperte sie.

»Metistakles …« James' Brauen zogen sich zusammen. »Deine Mutter hat mir von ihm und den Mitgliedern des Rates erzählt. Ich werde nicht zulassen, dass er dir je wieder wehtut. Keiner von ihnen!«

»Ich auch nicht«, sagte Mike und drückte Marla an sich.

Ein Lächeln huschte über ihre Lippen.

Marla und Blondie – Daniel konnte es kaum glauben. Immerhin bedeutete das, Mike wollte nichts von Vanessa.

James wandte sich an Mike. »Wer bist du?«

»Ich bin Michael Standon, Vanessas Tanzpartner. Wir sind gerade aus der Tanzschule gekommen, als ein Dämon sie mitgenommen hat!«

»Vanessa war mit dir auf dem Abschlussball!?« Daniel fühlte schlagartig wieder diese alte, unbegründete Eifersucht auf Mike. Daniel empfing von Blondie Schwingungen, die ihm nicht gefielen. »Ich hatte ihr ausdrücklich verboten, sich irgendwo blicken zu lassen!«

»Du kennst doch Vanessa.« Mike sah sehr zerknirscht aus.

Daniel knurrte und beugte sich zu Marla hinüber. »Ich kann deinen Freund aus irgendeinem Grund nicht leiden«, flüsterte er ihr zu, da er sich im Moment nicht gedanklich mit ihr unterhalten konnte. »Irgendwas an ihm stört mich.« Natürlich hatte Blondie verstanden, was er gesagt hatte, und zog die Brauen zusammen.

»Mike ist ein Wächter«, sagte Marla leise zu Daniel, aber alle hatten es gehört, denn ein Raunen ging durch die Runde.

Ein Wächter? Das war Dad auch, doch bei ihm fühlte er sich nicht so … seltsam. Dann lag es wohl an der Eifersucht.

»Ein Wächter?« James wandte sich an Mike. »Welcher Rang?«

»Drei«, stieß Mike durch zusammengebissene Zähne hervor.

Daniel fühlte ein wenig Schadenfreude. Drei war wohl der Loser-Rang, das stand Blondie direkt ins Gesicht geschrieben.

James hob die Stimme. »Dann kommst du auf keinen Fall mit! Du wirst mit Marla hierbleiben.«

Marla riss die Augen auf. »Aber …«

»Keine Widerrede!«, rief James. »Ich habe schon einmal geglaubt, ich hätte dich verloren. Noch einmal stehe ich das nicht durch.«

Ihr Mund klappte zu. Daniel sah ihr an, dass sie sich James' Worten auf keinen Fall beugen würde.

»Leider haben wir keine Zeit für längere Unterhaltungen. Wir müssen zu Vanessa.« James wandte sich an Daniel. »Kannst du uns runterbringen?«

Marla räusperte sich. »Ich mache das. Die Oberen suchen nach Silvan, vielleicht können sie spüren, wenn er ein Tor öffnet.«

»Gut. Du bringst uns runter und zeigst uns den Weg, dann verschwindest du sofort wieder nach oben.«

James sah Anne an und umarmte sie. »Du bist hier in Sicherheit. Alles, was du zum Leben brauchst, findest du in der Hütte. Ein Auto steht auch vor der Tür. Bis in die nächste Stadt sind es drei Meilen. Nur für denn Fall, dass …«

»Bring unseren Jungen ja wieder mit, versprich mir das«, wisperte Anne. »Und wehe, du kommst nicht mehr zu mir zurück.«

Daniel drehte ihnen den Rücken zu, während sich die beiden unter vielen Küssen verabschiedeten. Seine Mutter weinte, und sein Vater kämpfte ebenfalls um Beherrschung.

Plötzlich riss seine Mom ihn in die Arme und flüsterte ihm ins Ohr: »Und du wirst auf deinen Vater aufpassen, hörst du?«

Daniel küsste sie auf die Wange. »Das werde ich, Mom.« James war den Dämonen hilflos ausgeliefert, jetzt, wo er das Amulett nicht mehr trug. Und die Oberen wollten ihn. Um jeden Preis.

Sie durften niemals erfahren, wo das Zepter versteckt war! Daniel begriff plötzlich das Ausmaß ihrer Mission. James riskierte alles, um Vanessa zu retten. Ihre Aufgabe durfte nicht fehlschlagen! Leider sah alles zum Scheitern aus. Wie sollten sie denn gegen den Hohen Rat antreten? Sie waren nur zu zweit, und da unten lauerten die gefährlichsten Wesen auf eine Gelegenheit, James zu überwältigen!

Seine Mom wollte ihn nicht loslassen, daher wand sich Daniel aus ihrem Griff. Sie schaute so verloren aus, wie er sich fühlte. Sein Herz verkrampfte sich. Wie hatte er jemals glauben können, ein richtiger Dämon zu werden? Dazu war er viel zu weich, zu menschlich. Die Oberen hatten das längst erkannt.

Daniel wandte sich an Marla, die dicht bei Mike stand, und zwinkerte sich schnell eine Träne weg. »Wo hat Metistakles Vanessa hingebracht?« Vielleicht könnten sie sich einfach reinschleichen und Vanessa durch ein Portal nach oben bringen.

»Vermutlich in die große Halle.«

Daniel ballte die Hände zu Fäusten. »Verdammt, da sind dann noch Antheus, Obron und Xandros.«

Seine Schwester seufzte. »Wir haben keine Chance.« Marla wusste es, Daniel wusste es und James auch. Die Mission war ein Todeskommando! Aber ohne Vanessa wollte Daniel nicht mehr leben, lieber starb er in einem Kampf. Er würde alles geben, um sein Mädchen aus der Hölle zu holen. Alles!

»Vielleicht können wir sie irgendwie trennen.« Der bloße Gedanke, dass sie jetzt da unten war, reichte aus, um ihn fast durchdrehen zu lassen.

Marla schüttelte den Kopf. »Allein Xandros ist so stark wie die anderen drei zusammen, und der verlässt die Halle so gut wie nie.«

Daniel überlegte. Wen könnten sie noch als Verbündeten gewinnen? »Was ist mit Sirina? Wird sie auf unserer Seite stehen?«

Marla schnaubte. »Vergiss es. Sie würde uns nur helfen, wenn ihr daraus ein Vorteil entstünde. Ein sehr großer Vorteil.«

Plötzlich meldete sich Mike zu Wort. »Ich kann euch helfen. Ich muss mit!«

Marla drehte sich zu Blondie um. »Auf keinen Fall! Du hast nicht die geringste Chance gegen die Oberen.«

»Ich habe eine Waffe bei mir zu Hause. Wenn du mich schnell dorthin bringst, komme ich mit.«

»Eine Waffe?« James' Brauen hoben sich. »Alles, was uns im Kampf gegen die Dämonen nützlich ist, nehmen wir mit.«

»Okay.« Marla nickte, aber ein seltsames Lächeln umspielte ihre Lippen. Irgendetwas heckte sie aus, da war sich Daniel sicher.

»Wenn es hart auf hart kommt«, sagte James zu Silvan, »tu so, als wäre ich dein Gefangener. Spiel den Dämonen etwas vor, tu so, als würdest du noch unter ihrem Einfluss stehen.«

Marla ging hinter den beiden her, und ihr fiel auf, wie ähnlich sich Silvan und sein Vater waren. Die gleiche Statur, dieselben geschmeidigen Bewegungen. Vater und Sohn … Hinter ihrem Brustbein zog es. Sie hätte auch gern einen Vater gehabt, der zu ihr stand, stattdessen hatte Obron ihre Erziehung in die Hände von Metistakles gelegt. Wenn Marla bei Ilaria nicht immer wieder Geborgenheit gefunden hätte, wäre sie bestimmt so kalt und tot in ihrem Inneren wie die anderen Dämonen.

Zuvor, in der Hütte, war Marla erst eifersüchtig auf ihren Bruder gewesen, weil er eine richtige Familie hatte und Menschen, die ihn liebten. Aber dann, als James sie in die Arme gezogen hatte, war etwas mit ihr geschehen. Ein Knoten, der bisher um ihr Herz gelegen hatte, hatte sich gelöst. Der Hass auf Carpenter war verflogen. Wie nannten die Menschen das: ihren Frieden machen?

Hatte Marla ihren Frieden mit Carpenter gemacht, weil sie bald sterben würde? Wieso tat der Gedanke plötzlich so weh, das wenige, das sie hatte, zu verlieren?

Marlas Herz war lebendiger denn je, seit sie sich von Mike verabschiedet hatte. Eigentlich war es kein Abschied gewesen, sondern sie waren regelrecht vor ihm geflüchtet. Marlas Gehirn spielte immer wieder dieselbe Szene ab:

»Hier, das ist die Waffe!« Mike drückte Carpenter ein silbernes Stück Stoff in die Hand.

»Was ist das?«, fragte er.

»Ein magischer Handschuh. Er kann Energiegeschosse auffangen und zurückschleudern.«

Gerade als Carpenter den Handschuh an Mike zurückgeben wollte, sagte Marla: »Hast du noch schnell einen neuen Pulli für mich?«

Mike nickte und rannte ins Schlafzimmer zurück …

Da hatte Marla die anderen durch ein Portal in die Unterwelt geschickt und war selbst hinterhergeeilt. James hatte ihn ohnehin nicht dabeihaben wollen.

Jetzt hatte sie ein schlechtes Gefühl, weil sie Mikes enttäuschtes Gesicht regelrecht vor sich sah, aber so war es besser. Mike war in Sicherheit und musste ihren Tod nicht miterleben. Marla wusste, dass sie sich nie wiedersehen würden. Alles stand kurz davor, sich zu verändern, das spürte sie von den Haarwurzeln bis in ihre Zehenspitzen …

Silvan fragte seinen Vater: »Wieso kommst du mit mir?«

»Na hör mal, ich werde doch meinen Sohn nicht allein in die Hölle gehen lassen. Außerdem gilt es ein Leben zu retten.«

»Fühlst du dich als Wächter dazu verpflichtet?«, wollte ihr Bruder wissen.

James nickte. »Das auch.«

»Sag mal«, begann Silvan, »was hat es denn mit dem Zepter

auf sich? Warum wollen es die Oberen unbedingt, und wieso wollen sie dich?«

Carpenter klärte ihn auf. Er erzählte ihm die Kurzfassung über die Kräfte des Artefakts und dass er als Einziger wusste, wo sich das Zepter befand. »Und da dein Blut in dem Zepter steckt, wollen die Oberen dich missbrauchen. Du sollst es wohl aktivieren. Es ist unglaublich mächtig, wenn ein Bluterbe es erweckt.«

Silvan hob die Brauen. »Mein Blut steckt in dem Ding?«

»Na ja, das deiner Vorfahren.«

»Seid leiser, ihr beiden«, sagte Marla, denn sie befanden sich in der Nähe der Behausungen der Oberen. Warme, stickige Luft kam ihnen entgegen. Marla hatte das Portal in einem Belüftungsgang erschaffen. In unregelmäßigen Abständen öffneten sich in diesen Schächten automatisch Tore in die Oberwelt, in unbewohnte Gebiete, damit im Tunnelsystem die Sauerstoffzufuhr gesichert war. Hier brannten keine Fackeln, und so erhellten nur das magische Leuchten von James' Energiestab und Silvans blau schimmernde Kugel die Höhlenwände.

Ein kühler Luftstoß wehte durch den Gang, und Marla kroch eine Gänsehaut über den Rücken. Sie hatte Angst. Unvorstellbar große Angst. Ihr Herz pochte so heftig, dass sie ihre Schritte kaum hörte, die unheimlich von den Felswänden hallten. Ihre Nackenhaare stellten sich auf. Marla hatte sich diesem Selbstmordkommando nur angeschlossen, weil sie Vanessa das eingebrockt hatte und weil ihre Zeit ohnehin zu Ende war. Carpenter und Silvan würden sie nicht abhalten, mit ihnen zu gehen.

Plötzlich hörte sie hinter sich einen dumpfen Laut, gefolgt von einem gemurmelten »Verdammt«. Auch Carpenter und Silvan hatten es vernommen und wirbelten herum, bereit, ihre Energiegeschosse auf den Verfolger zu schleudern.

»Nicht schießen, ich bin es!« Eine Gestalt trat in ihr Dämmerlicht. Sie trug etwas Schwarzes in der Hand.

»Mike?« Marla traf beinahe der Schlag. »Wie bist du hierhergekommen?«

Ernst schaute er sie an und drückte ihr einen schwarzen Stoffballen in die Hand. Es war ein Pullover!

»Als ihr durch das Tor verschwunden seid und es sich bereits zusammenzog, bin ich zurückgerannt und habe meinen Finger gerade noch hineinbekommen, bevor es verschwunden war. Dann habe ich es einfach wieder aufgezogen.«

Marlas Puls klopfte hart in ihren Schläfen. Mike durfte nicht hier sein! »Wie kannst du das, wo angeblich kein Funken Magie in dir steckt?«

Schulterzuckend erwiderte er: »Ich weiß es nicht. Vielleicht hab ich ja doch ein paar nützliche Wächtergene geerbt.«

»Scheint so.« Silvans Vater trat zu ihnen. »Und jetzt wirst du mit Marla wieder nach oben gehen.«

»Nein, ich werde kämpfen!« Mike streckte die Hand aus. »Geben Sie mir meinen Handschuh.«

»Ich habe ihn konfisziert«, sagte Carpenter, der den silbernen Handschuh bereits trug. »Als Wächter mit höherem Rang bist du mir unterstellt.«

»Sie sind ein Nichts!«, zischte Mike. »Sie sind nicht mehr in der Gilde! Sie sind ein Abtrünniger!«

James trat einen Schritt zurück. Seine Augen wurden schmal. »Woher weißt du das?«

»Ich weiß einiges, auch wenn ich nur im Hintergrund arbeite.« Mike schnaubte. »Sie haben mir nichts zu befehlen. Ich komme mit!«

»Das tust du nicht!« In Marla kochte Wut. Jeder Muskel zitterte, und eiskalter Schweiß lief ihr den Rücken hinunter. »Ich habe Vanessa geopfert, um dein Leben zu retten! Also schmeiß es jetzt nicht einfach weg!«

»Du hast was?« Silvan packte sie am Arm. »Sag das noch mal!«

Tränen trübten Marlas Sicht. Alles schien unter ihr wegzubrechen. »Sie wollten Mike töten, wenn ich ihnen Vanessa nicht bringe. Ich wollte das nicht, wirklich!«

»Du liebst Blondie also tatsächlich«, murmelte Silvan. Marla sah ihm seinen Zorn an. Silvans Augen wirkten im Dämmerlicht beinahe schwarz, und seine Brauen hatten sich so weit zusammengezogen, dass sich zwei tiefe Falten dazwischen gebildet hatten. Die Lippen presste er aufeinander, und ein Muskel zuckte in seiner Wange. Wie sehr musste Silvan sie nun hassen. Sie konnte seine Angst so gut verstehen, fühlte sie doch dasselbe für Mike.

»Wir haben keine Zeit, um zu streiten«, sagte James und wandte sich an Marla. »Wenn wir an der nächsten Verzweigung rechts abbiegen, kommen wir zur Halle?«

Marla nickte. Sie brachte kein Wort hervor, so sehr klapperten ihre Zähne. Zum Glück hatte sie den beiden zuvor den Weg beschrieben.

»Dann nimm Mike und verschwinde mit ihm. Geht zu Anne. Dort seid ihr sicher. Um die Hütte liegt ein Zauber. Falls wir nicht mehr zurückkommen…« James' Stimme brach. Jeder von ihnen wusste, dass die Chancen, sich jemals wiederzusehen, bei null standen.

James schloss Marla in die Arme. »Ich habe deiner Mutter versprochen, auf dich aufzupassen. Ich darf nicht noch einmal versagen.«

Marla schluckte. Sie wollte ihm mitteilen, dass sie ohnehin bald sterben würde, aber sie brachte es nicht über die Lippen. Das machte alles schwerer. »Ich gehe mit Mike zurück.« Das war bloß halb gelogen. Sie würde ihn in Sicherheit bringen und dann den beiden helfen.

Kaum hatte James sie losgelassen, schloss Silvan sie in die Arme. Vor Erleichterung weinte Marla an seiner Schulter und wisperte: »Es tut mir so leid.« Nur ihretwegen befanden sie sich in dieser beschissenen Situation!

»Pst.« Silvan streichelte über ihr Haar. »Nimm Blondie mit und geh. Und richte meiner Mom aus, dass ich sie liebe.«

Marla wollte ihm so viel sagen und wusste nicht, wie. Kurz drückte sie ihn fest an sich. Silvan – ihren Bruder. Wenigstens am Ende war sie nicht mehr allein. Wie ungerecht war es, dass sie ausgerechnet jetzt sterben musste. Aber sie würde endlich wieder mit ihrer Mutter vereint sein.

Marla blieb mit Mike im dunklen Gang stehen und sah den anderen noch so lange hinterher, bis ihre Gestalten nicht mehr zu erkennen waren. Schwärze hüllte sie ein.

»Mike?«, flüsterte sie und band sich den Pullover um die Hüften, damit sie in ihrer Hand ein Licht entzünden konnte. Mike war nicht neben ihr. Sie fand ihn mehrere Meter vor sich, wie er den Gang entlangschlich.

»Mike!«, zischte sie und lief ihm hinterher, doch je näher sie kam, desto schneller rannte er vor ihr weg. »Was tust du?« Ihr Herz klopfte wild vor Angst.

Mike schaute über seine Schulter, rannte aber unbeirrt weiter. »Ich werde mit ihnen gehen.«

War er verrückt? Wieso tat er das? Es reichte, wenn sich zwei opferten, und Mike besaß nicht einmal mehr eine Waffe! Kurzerhand zerdrückte sie den Energieball in ihrer Hand, sodass Mike nichts mehr sehen konnte. Leider waren sie fast am Ende des Lüftungsschachtes angekommen. Marla erkannte ein flackerndes, orangefarbenes Licht. O nein, Mike lief direkt auf den Hauptgang zu, der zur Halle führte!

Als Mike an der Weggabelung stehen blieb, atmete Marla auf. Aber sie freute sich zu früh. Mike streckte den Kopf in den Haupttunnel, schaute zu beiden Seiten, und bevor Marla sein Hemd zu fassen bekam, war er in den Gang gesprungen, der sich etwa einen Meter unter dem Belüftungsschacht befand.

»Mike, komm zurück!«

»Ich kann nicht.«

»Ist dir Vanessa so wichtig?« Ihr Herz krampfte sich zusammen. Marla freute sich, dass er seine Freundin retten wollte, nur sollte er nicht dafür sterben.

»Es ist nicht allein wegen Vanessa«, murmelte er und schlich weiter.

Wie meinte er das? Hektisch blickte sich Marla um. Der Felsengang wirkte verlassen. Silvan und James waren sicher schon am Tor zur Halle. Diesen Weg benutzten nur die Oberen und ihre Anhänger, wie Sirina. Hier war nicht viel Verkehr, weil die niederen Dämonen keinen Zugang zu diesem Bereich hatten, dennoch könnte jederzeit jemand kommen!

Marla sah nur einen Ausweg: Sie musste ihre Kräfte einsetzen. Ihre Hände schlossen sich um Mikes Oberarm. Mit all ihrer Macht riss sie an ihm und schleifte Mike zurück zum Belüftungsgang. Er zog gerade noch die Füße ein, bevor sie gegen die Kante schlugen. Marla ließ seinen Arm erst los, als sie einige Meter in dem Schacht zurückgelegt hatte. Schwer atmend sank sie auf die Knie.

»Wow!« Mike hockte sich neben sie. »Du bist stark.«

»Ach, das ist doch gar nichts«, erwiderte sie und versuchte, sich nicht anmerken zu lassen, wie viel Kraft sie diese Aktion gekostet hatte. Marla besaß zu wenig Energie. Noch einmal würde sie Mike nicht aufhalten können, daher versuchte sie es ein letztes Mal mit Worten: »Du hast nichts, womit du dich verteidigen könntest! Das ist glatter Selbstmord!« Vor Erschöpfung und Verzweiflung brach sie in Tränen aus. »Bitte, lass es gut sein.«

Er zog sie in die Arme, und sie legte den Kopf an seine Brust. Bei ihm fühlte sie sich wohl und geborgen. Die Dunkelheit in dem Tunnel wirkte wie ein zusätzlicher Schutz. Mike konnte nichts sehen, aber wegen des Restlichtes, das vom Hauptgang bis hierher drang, nahm Marla seine Gestalt wie einen Schatten wahr.

Sie schmiegte sich an ihn. »Ich wollte das alles nicht, wollte nicht, dass sie Vanessa bekommen, und jetzt werden wir alle sterben.«

»Ich werde nicht zulassen, dass du stirbst«, sagte er und küsste Marla auf die Stirn.

»Wie willst du mich denn beschützen?« Sie schluchzte laut auf. Wieso lief plötzlich alles aus dem Ruder? Wenn doch Mike endlich zur Vernunft käme! »Außerdem ist es vorherbestimmt. Daran kannst du nichts ändern.«

»Was redest du da?«, flüsterte er an ihrer Schläfe.

Jetzt war wohl der Zeitpunkt gekommen, Mike die Wahrheit beizubringen. »Ich wollte es vor den anderen nicht sagen, aber … ein Orakel hat mein Ende vorhergesehen. Du sollst es wissen, weil … ich dich liebe.«

»Marla …« Mike umfasste ihre Wangen. Seine Lippen trafen ungestüm auf ihren Mund; sein Kuss steckte voller Leidenschaft.

Marla erwiderte Mikes wilde Zärtlichkeiten. Sie sehnte sich unendlich nach ihm, nach seiner Nähe, nach ihren Gesprächen.

Marlas Herz wurde schwer. Sie hätte so gern mehr mit Mike erlebt. »Lass uns gehen, bitte. Ich muss dich in Sicherheit wissen, bevor ich sterbe«, sagte sie zwischen seinen Liebkosungen. Mike zu schmecken, ihn zu fühlen, ihn zu riechen war einfach himmlisch. Würde ihr das fehlen, wenn sie tot war? Würde sie dann überhaupt noch etwas fühlen?

Atemlos wich Mike zurück und hielt ihren Kopf fest. »Als ich herausfand, dass du eine Dämonin bist, war ich verletzt. Ich dachte, du spielst mit mir, aber jetzt weiß ich: Deine Gefühle sind echt.« Seine Blicke suchten sie in der Dunkelheit. Schimmerten seine Augen? »Bitte rede nicht vom Sterben. Ich komme ja mit dir!«

Marla stieß einen Seufzer aus. Was für ein Glück! Mike war zur Vernunft gekommen! Überschwänglich umarmte sie ihn.

»Keiner wird irgendwo hingehen!«, hallte plötzlich eine ihr allzu bekannte Stimme durch den Tunnel. Schon wurde sie an der Schulter gepackt und von Mike heruntergerissen. »Heute ist wirklich ein guter Tag zum Sterben, du Missgeburt!«

Es war Metistakles! »Nein«, wisperte sie. Wieso ausgerechnet er? Marla fühlte sich wie gelähmt. Ihr Körper war durch den enormen Energieverbrauch zusätzlich geschwächt. Metistakles hielt sie im Würgegriff, einen Arm von hinten um ihre Kehle geschlungen. Sie bekam kaum Luft und konnte nicht sprechen.

»Marla!«, rief Mike. Er war aufgestanden und presste seinen Rücken gegen den Felsen. »Wer ist da?« Die Hände von sich gestreckt, suchte er seine Umgebung ab, aber er reichte knapp nicht an sie heran. »Marla?!«

Sie zappelte und rang nach Luft. Schließlich lockerte Metistakles den Griff.

»Bitte!«, flehte sie schwer atmend. »Lasst mich für Mike ein Tor erschaffen, dann gehe ich mit Euch, Herr!«

»Du kleine Schlampe wirst gar nichts mehr tun!«, knurrte Metistakles und zerrte sie aus dem Gang.

Marla krallte sich in seinen Arm. Was hatte er vor? Ihr Puls klopfte hart in ihrem Kopf, weil Metistakles die Blutzufuhr abschnürte. Verzweifelt japste Marla nach Luft.

Mike stolperte hinter ihnen her, wobei er sich am Felsen entlangtastete. »Marla!«

»Bleib, wo du bist, Mike!«, wollte sie rufen, doch nur ein Krächzen kam aus ihrem Mund. *Bitte verschwinde, folge mir nicht!*, versuchte sie ihm gedanklich zu schicken. Sie wusste nicht, ob Mike sie hören konnte – auf jeden Fall reagierte er nicht.

Metistakles konnte seinen Schwur nicht brechen. Er würde Mike nicht töten. Trotzdem konnte er ihn foltern. Außerdem gab es da noch die anderen. Mike war verloren.

Bitte, Herr, flehte Marla Metistakles mental an. *Bitte macht mit mir, was Ihr wollt. Ich werde bei vollem Bewusstsein bleiben, wenn Ihr das wünscht, aber bitte lasst Mike gehen!*

»Bei vollem Bewusstsein?« Aus gierigen Augen starrte er sie an und lockerte den Griff erneut.

Panisch schnappte Marla nach Luft. Tränen trübten ihre Sicht, ihr Schädel dröhnte.

»Du wirst dich nicht zurückziehen?«

»Nein«, wimmerte sie, während er sie weiterzerrte. »Nur lasst Mike nach oben, bitte!«

Er lachte dunkel. »Erst will ich sehen, ob du Wort hältst, Miststück. Dann … überlege ich es mir. Vielleicht.«

Er zog Marla den langen Gang entlang, nicht zur Halle, sondern in die andere Richtung, wo ihre Gemächer lagen. Mike lief hinter ihnen her und hatte Mühe, mit ihnen Schritt zu halten.

»Marla!«, rief er. Trotz seiner Verzweiflung sah er entschlossen aus und vor allem wütend.

»Halt die Klappe, Abschaum!« Metistakles drehte sich zu Mike herum und schleuderte ihn mit einer Handbewegung gegen die Wand.

»Mike!« Marla versuchte, sich loszureißen, schaffte es jedoch nicht.

»Du bist auch ruhig, Schlampe. Wehe, du verdirbst mir den Spaß!« Sofort zog sich sein Griff wieder zu. Jetzt verstand Marla. Metistakles wollte nicht, dass die anderen mitbekamen, wie er sie quälte!

Metistakles schubste sie in ihr winziges Gemach direkt aufs Bett. Keuchend sackte sie auf die harte Matratze und tastete ihren Hals ab. Das Schlucken schmerzte, aber sie bekam wieder Luft.

Mike stolperte hinter ihr herein, und Metistakles schloss mittels Gedankenkraft die Tür. Mike rüttelte daran, doch sie blieb verschlossen.

Metistakles kicherte. »Sieh zu, Abschaum, was ich mit deiner

Freundin mache.« Er setzte sich neben Marla auf die Matratze. Niemals zuvor hatten seine Augen einen verrückteren Glanz besessen. Metistakles fuhr seine Krallen aus und zerfetzte Marlas Pullover endgültig.

»Nimm deine Pfoten von ihr, du Dreckschwein!«, schrie Mike und wollte sich von hinten auf Metistakles stürzen. Der drehte sich nicht einmal um, als er Mike gegen den Felsen schleuderte.

»Nein!« Marlas Herz setzte einen Schlag aus. Mike sackte zu Boden, doch sofort wollte er sich aufrappeln.

Metistakles murmelte einen Zauber, und Mike blieb reglos liegen. Nur seine Augen bewegten sich hektisch.

»Mike!«, rief Marla unter Tränen und wollte zu ihm, aber Metistakles benutzte denselben Spruch bei ihr. Schon konnte sich Marla nicht mehr bewegen. Jetzt würde er ihr die schlimmsten Dinge antun, und sie durfte sich nicht mal in ihren geistigen Schutzraum zurückziehen. Sie hatte es versprochen.

»Sieh zu, Mensch. Sieh gut zu, was ich in den letzten Monaten mit meiner Sklavin gemacht habe.« Er setzte seine Kralle an ihrem Bauch an und zog sie nach unten. Tief drang sie in die Haut.

Marla wollte schreien, doch kein Laut verließ ihren Mund. Der Schmerz war kaum auszuhalten. Es fühlte sich an, als würde Metistakles ihre Eingeweide herausschneiden. Schwarze Flecken tanzten vor ihren Augen, und sie glaubte zu ersticken, weil sie nicht nach Luft schnappen konnte, nur flach atmen.

Bitte hilft mir doch jemand!, flehte sie in Gedanken, in denen sie lediglich Metistakles' grausames Lachen hörte. Leider hatte sie schon länger die Vermutung, dass er es beherrschte, ihre Gedanken abzuschirmen.

»Ich genieße es, sie zu quälen. Ich genieße ihr Leid, ihre Ängste, das alles gibt mir Kraft«, sagte er zu Mike. »Ihre Schönheit zu verstümmeln bringt mir höchste Befriedigung.«

Erneut setzte er seine Kralle an, diesmal an ihrer Wange. Wie eine Rasierklinge bohrte sie sich durch die Haut.

Es kostete Marla ihre gesamte Willenskraft, sich nicht in ihren Schutzraum zurückzuziehen. Die Schmerzen waren unerträglich.

Kichernd drehte Metistakles die Kralle in ihrer Wange und riss die Wunde weiter auf. Marla schmeckte Blut auf ihrer Zunge, das ihr den Rachen hinunterlief. Sie konnte nicht schlucken, nur ihre Augen bewegen und flach atmen. Ihr Puls raste, und als Metistakles in ihren Kopf drang, schien jeder Nerv zu explodieren. Er ergötzte sich an ihrem Leid, saugte alle negativen Emotionen in sich auf. Dann legte er sich auf sie, erdrückte sie fast mit seinem Gewicht, und riss die Kralle heraus.

Immer wieder stand sie davor, das Bewusstsein zu verlieren, vor Angst, Abscheu und Schmerz. Es würde sie zerstören, wenn sie mitbekam, wie Metistakles ihren Körper misshandelte. Aber da sie ohnehin sterben würde … Außerdem tat sie es für Mike, weil sie ihn mehr liebte als alles auf dieser verfluchten Welt. Ob jetzt der Zeitpunkt gekommen war? Würde Metistakles ihr Leben beenden?

Sie war froh über die Tränen, die ihre Sicht trübten, denn sie konnte die Augen nicht schließen. Unentwegt starrte sie in Metistakles' Fratze. Er leckte sich das Blut von der Kralle. Seine Iriden glühten. »Du schmeckst so gut, wenn du Angst hast.«

Er drehte seinen Kopf und grinste zu Mike hinunter, der erstarrt am Boden lag, die Augen weit aufgerissen. Wie furchtbar musste es für ihn sein, hilflos zuzuschauen? Metistakles war grausam, so grausam.

Würde er sein Versprechen halten? Marla verfluchte sich, denn sie hatte vergessen, ihn schwören zu lassen! *Vielleicht* … hatte er gesagt. Mike war verloren, sie war verloren. Endete alles hier und jetzt? *Bitte verzeih mir, Mike! Ich liebe dich so sehr!*

Metistakles hatte ihre Gedanken gehört und versetzte ihr

einen mentalen Hieb, der ihr Herz dazu brachte, für einen Schlag auszusetzen. Dann drückte er seine krallenbespickte Hand wieder an ihren Bauch.

Bitte, nicht, bitte!, flehte sie ihn im Geiste an, doch sie hörte nur Metistakles' bösartiges Lachen in ihrem Kopf erschallen.

Marla wollte nur noch, dass es schnell ging, aber da sie Metistakles kannte, wusste sie, dass er sich so lange an ihrem Elend ergötzen würde, wie er konnte.

Plötzlich flog die Tür auf und krachte gegen die Wand, sodass sie zersplitterte. Beinahe hätte sie Mike getroffen. Marla sah aus den Augenwinkeln, wie Obron ins Zimmer stürmte. Selbst in ihrem gelähmten Zustand spürte sie die Wut, die ihn umhüllte.

»Was machst du mit meiner Tochter?!«, schrie er und riss Metistakles von ihr runter.

Der rappelte sich auf und stellte sich dicht vor Obron. »Das, was ich schon oft getan habe!«

Ihr Vater wirkte für einen Moment sprachlos. Er starrte Metistakles einfach nur an.

Der grinste listig. »Ich habe sie schon so oft gequält, und es hat dich nie gestört!«

Obrons Brauen zogen sich zusammen. An die Stelle von Erstaunen und Verwirrung auf seinem Gesicht trat grenzenloser Zorn. Seine Augen glühten. »Ich dachte, du lässt ihr lediglich Lektionen zukommen! Ich wusste nicht, dass du sie misshandelst! Wieso habe ich nichts davon mitbekommen?«

Marla staunte. Ihr Vater besaß ein Herz? Wieso war er ihr nie zu Hilfe geeilt? Aber Marla glaubte, die Antwort zu kennen. Sie hatte sich stets in ihren Geist zurückgezogen, hatte sich von ihrem Körper gelöst, um Ekel und Schmerzen nicht ertragen zu müssen. So hatte Obron durch die mentale Verbindung nie spüren können, was Metistakles ihr antat! Der hatte ihren Geist vermutlich zusätzlich abgeschirmt.

Obron schaute kurz auf Mike, wie Marla aus den Augenwinkeln erkannte. »Ich habe den Menschen in meinem Kopf gehört.«

Mike hatte sie erlöst! Marla war so froh!

»Du bist doch nicht so ein großartiger Dämon, wie du glaubst!«, spie ihm Metistakles entgegen, sodass Speichel mitflog. »Glaub mir, Obron, ich hätte das Miststück schon längst umgebracht. Das ist immerhin etwas, das *du* nicht kannst!«

Marla erinnerte sich an ihren Traum. Obron hatte Kitana schwören müssen, Marla nie etwas anzutun, und ihre Mutter hatte einen mächtigen Zauber gesprochen.

In Metistakles' Handflächen knisterte es.

»Glaubst du denn, *du* kannst sie töten?«, schrie Obron.

Metistakles lachte. »Du kannst vielleicht die anderen täuschen, aber nicht mich!«

Wovon sprach er? Obron wirkte erstaunt, doch Metistakles redete unaufhörlich weiter. »Jetzt hat Silvan versagt, alles ist verloren und sie nutzt uns nichts mehr!«

»Im Gegenteil!« In Obrons Handflächen sammelte sich ebenfalls Energie. »Außerdem ist Silvan hier, du Narr! Vor lauter Geilheit hast du das nicht mitbekommen! Er ist hier, und Xandros spürt noch eine weitere Präsenz!«

O nein, sie wussten von Silvan! Marlas Schmerzen waren beinahe vergessen. Wenn sie ihn oder James aufspürten! Und sie lag hier, konnte sich nicht bewegen und die anderen nicht warnen! Selbst mental würde sie nicht zu Silvan durchdringen können, da er das Amulett trug!

Marla bemerkte, wie Metistakles einen flüchtigen Blick auf sie warf. Sie konnte förmlich sehen, was er dachte. Plötzlich schien sie wieder nützlich zu sein. *Das Zepter …* vernahm sie, doch sie wusste nicht, wer von beiden das gedacht hatte. Sie machten sich nicht die Mühe, ihre Gedanken abzuschotten.

Obron und Metistakles starrten sich an. Ein reger Gedankenaustausch fand zwischen den beiden statt. Sie waren so mit sich beschäftigt, dass Marla das meiste davon verstand.

Du wolltest sie eben töten? Meine Tochter? Obrons Energieball schwoll weiter an. Die zwei Oberen umkreisten sich wie Raubtiere, die jeden Moment aufeinander losgingen.

Ich habe in ihren Gedanken gelesen, das Orakel habe ihr prophezeit, sie würde sterben!

Sterben? Ihr Vater wirkte für den Bruchteil einer Sekunde schockiert.

Sie ist ohnehin nutzlos! Metistakles teilte das Obron mit, aber Marla spürte, dass er nun gierig darauf war, sie allein zu besitzen, um an das Zepter zu kommen.

Leider dachte ihr Vater ebenso. *Das ist sie nicht! Wir haben Silvan vielleicht verloren. Er kann das Zepter beherrschen, doch in Marla fließt dasselbe Blut!*

Das Orakel hat vorhergesagt, Silvan würde das Schicksal des Zepters besiegeln!, warf Metistakles ein. *Und wenn er hier ist, sollten wir ihn uns schnell holen!*

»Das Orakel kann sich irren!«, schrie Obron.

»Das hat es nie!« Metistakles warf erneut einen Blick auf Marla. »Und daher wird auch sie sterben, also warum nicht durch meine Hand? Du schuldest mir noch was, Obron!«

»Niemand tötet meine Tochter! Nicht, wenn ich es nicht ausdrücklich befehle! Außerdem schulde ich dir nichts!«

Metistakles schüttelte den Kopf. »Ich wollte Kitana schon immer, doch du hast sie mir weggenommen. Also hab ich mir alles von ihrer Tochter geholt!« Er lachte auf und hob die Hände. Es war offensichtlich, dass er Obron töten wollte. Marla spürte den Hass, den er versprühte.

Aber ihr Vater war schneller. Sein ganzer Körper war plötzlich in Energie getaucht, und als Metistakles angriff, prallte seine Ladung an Obron ab und kam zu ihm zurück. Gleißendes Licht hüllte ihn ein. Schreiend versuchte Metistakles, mit den Händen die blauen Flammen zu ersticken, die sich durch seinen Umhang fraßen. Seine Haut brannte. Wie Wachs schien sie zu schmelzen und an ihm hinunterzulaufen.

Obron stand bewegungslos vor ihm und starrte ihn an. Sein Gesicht verriet nicht, was er dachte oder ob ihn Metistakles' Leid ergötzte.

»Ich war der bessere Dämon von uns beiden«, wisperte Obron, als Metistakles' Körper in sich zusammenschmolz.

Als Marla aus ihrer Starre erwachte, wusste sie, dass Metistakles vernichtet war. Sie konnte sich nicht nur bewegen – nein, sie war wirklich frei! Frei von Metistakles, dessen Sklavin sie all die Monate gewesen war. Marla atmete tief durch und zuckte zusammen. Ihre Wunden pochten und schmerzten, außerdem bluteten sie immer noch. Sie fühlte sich schwindlig und schwach.

Da sie es nicht schaffte, sich aufzusetzen, drehte sie nur den Kopf und starrte auf das Häuflein Asche, das ihr Peiniger gewesen war. Metistakles hatte ihr so viel Energie geraubt, dass sich die Wunden nie von allein schließen würden. Sie würde daran sterben, immerhin als freie Dämonin. Als ihr schwarz vor Augen wurde und sie sich auf eine Ohnmacht freute, spürte sie plötzlich Mike an ihrer Seite.

»Marla …« Er hatte sich neben sie gesetzt und hielt ihre Hand.

Sie blinzelte. Mike sah mitgenommen und schockiert aus.

»Müde …« Sie war unglaublich erschöpft und wollte nur noch schlafen. »Mike …« Schwach drückte sie seine Hand. Er war hier. Sie starb nicht allein. Aber was würde aus ihm werden?

Vater, bitte erfülle mir einen einzigen Wunsch, bevor ich sterbe: Bring Mike nach oben. Bitte! Mit letzter Kraft versuchte sie, Obron ihre Worte zu schicken, während Mike ihre gesunde Wange streichelte.

Du wirst nicht sterben. Nicht jetzt!, vernahm sie Obrons Stimme in ihrem Kopf. »Auf die Seite, Mensch!« Er zog Mike am Arm von der Matratze und hockte sich neben Marla.

»S-Sie sind ihr Vater?«, stammelte Mike. »Sie werden Marla doch retten, oder?« Mike kniete sich neben ihren Kopf und streichelte ihr Haar.

Ihr Herz wollte vor Zuneigung schneller schlagen, schaffte es aber nicht mehr. Das Leben wich zunehmend aus ihr. Mühsam drehte sie den Kopf in Mikes Richtung. »Ich liebe dich«, wisperte sie.

Mike presste die Lippen aufeinander. Seine Augen glänzten feucht. »Du wirst nicht sterben, hörst du!«

Auf einmal lagen Obrons kühle Hände auf ihrem Bauch. Marla keuchte auf. Was hatte ihr Vater vor? Sie spürte, wie sich seine Hände erwärmten und ihre Wunden zu kribbeln begannen. Erst die auf dem Bauch, dann die an der Wange. Obron gab ihr von seiner Energie ab! Als Marla registrierte, was hier vor sich ging, reagierte ihr Geist sofort. Wie ein Vampir auf Blut stürzte sich ihr Bewusstsein auf Obrons Energie und saugte mehr aus ihm heraus.

Warum half ihr Vater ihr? Tat er es, weil er etwas für sie empfand oder nur aus reinem Eigennutz? Marla empfing keine Regung. Obron hatte seinen Geist abgeschottet.

Das Loch in ihrer Wange schloss sich und brannte nicht mehr. Marla fühlte sich gesund und munter.

Als Obron die Hände von ihr nahm, setzte sie sich auf.

Mike strahlte sie an, aber Marla hatte nur Augen für ihren Vater. Hatte sich das Orakel geirrt? Würde sie nicht sterben?

In Kürze … hatte das Orakel Ilaria prophezeit.

Marla war verwirrt. So viele Dinge schwirrten durch ihren Kopf. »Warum hast du das getan?« Ihr Puls klopfte hart in ihren Schläfen. Ihr Vater hatte sie tatsächlich gerettet!

»Vielleicht brauche ich dich noch«, erwiderte Obron kühl.

Natürlich – wie hatte sie nur glauben können, er empfände so etwas wie väterliche Liebe für sie.

Mike drückte ihr den schwarzen Pullover, der hinter ihr gelegen hatte, in die Hand. Hastig zog sie ihn über und stürzte sich in Mikes Arme.

»Ich hatte solche Angst um dich«, wisperte Mike.

»Und ich um dich.« Marla schluchzte erleichtert auf.

Metistakles war tot, sie konnte es kaum glauben. »Ich liebe dich«, flüsterte sie und küsste Mike auf den Mund.

Ein verächtliches Schnauben drang an ihre Ohren. »Das Schicksal wiederholt sich«, sagte Obron. »Ein Wächter, genau wie bei deiner Mutter!«

Marla stutzte. Obron konnte fühlen, dass Mike ein Wächter war, obwohl Mike keine magischen Fähigkeiten besaß? Sie hatte nichts gespürt! Aber sie war auch nicht so stark und mächtig wie andere Dämonen.

Obron zerrte Mike von ihr weg. »Ich dulde keine Wächter in unserer Mitte!«

»Bitte, Vater!« Schützend stellte sich Marla vor Mike. »Ich werde ihn nach oben bringen! Er besitzt keinerlei Magie, die dir schaden könnte!«

»Alles, was er hier unten gehört oder gesehen hat oder von dir weiß, ist schon zu viel! Er arbeitet für die Gilde, unseren Erzfeind!«

»I-ich weiß gar nichts«, stotterte Mike, »und ich bin auch ein Nichts, für die Gilde existiere ich gar nicht!«

Obron schubste Marla zur Seite und packte Mike am Kragen. »Du lügst!«

Marlas Herz überschlug sich. »Vater, bitte! Lass ihn gehen!«

Als Mike sich die Hände an die Schläfen presste, wusste Marla, dass Obron gewaltsam in seinem Geist nach Informationen suchte. Plötzlich ließ er ihn abrupt los, und ein Lächeln erweichte seine harten Züge. Marla hatte Obron noch nie auf diese Weise lächeln sehen!

»Hm, warum hast du denn nicht gleich gesagt, dass du auf unserer Seite stehst?«

»Was?« Marla verstand nichts mehr. »Was redest du da, Vater?«

»Dein Menschenfreund arbeitet sozusagen für Xandros.«

Ihre Brust schnürte sich zusammen. Was auch immer Obron in Mikes Geist gesehen hatte – es musste der Wahrheit entsprechen. Marla verfluchte sich für ihre minimalen Fähigkeiten. Sie konnte zwar mental kommunizieren, aber nicht tiefer in den Geist einer Person vordringen. Für die Dämonen hatte sie lediglich als eine Art Sender fungiert. Über ihren Verstand waren sie damals in Silvan eingedrungen.

Obron umkreiste Mike wie ein Raubtier seine Beute. »Dein lieber Freund ist der Neffe eines Gildenoberen, der zu uns übergelaufen ist. Er hat Mike mit wichtigen Aufgaben betraut, obwohl er kaum Magie besitzt.«

»Kaum?« Mike meldete sich zu Wort. »Dann habe ich doch Kräfte?«

Obron grinste. »Nur eine, ja. Sie schlummert tief in dir.«

Marla schluckte, ihr war schwindlig. »Stimmt das, Mike? Du arbeitest für …«

Er schaute ihr nicht in die Augen, als er nickte.

Sie fühlte sich wie vom Blitz getroffen. Sie sollte glücklich sein, dass Mike irgendwie zu ihnen gehörte, stattdessen traf sie sein Verrat wie ein Giftpfeil. Traurig schüttelte sie den Kopf.

Obron lachte triumphierend. »Sie suchen schon lange nach Carpenter und dem Zepter. Aber nicht für sich, nein, für Xandros. Er hat ihnen bereits vor vielen Jahren Macht versprochen, sollten sie Carpenter und das Zepter aufspüren. Ihr Oberster und seine Anhänger sind Verbündete von uns.«

Dazu konnte Marla nichts mehr sagen. Sie kam sich unglaublich dumm vor, zudem betrogen wie noch nie. Der Junge, den sie liebte, war ein Verräter?

Obrons Griff um Mikes Kragen lockerte sich. »Ich lasse dich am Leben, Mensch, wenn du mir hilfst.«

Eifrig nickte er. »Natürlich werde ich das! Ich kann helfen, an das Zepter zu kommen. Ich weiß, was Carpenter vorhat.«

Obron schnaubte amüsiert. »Ja, ich habe es in deinem Kopf gesehen.« Sein Blick verdüsterte sich. »Daher weiß ich auch, dass du unbedingt das Zepter für dich willst!«

»Mike!«, rief Marla entsetzt.

Der schüttelte leicht den Kopf und starrte sie an. Er leugnete es?

War sie ohnmächtig und träumte das alles nur? Die Realität erschien ihr auf einmal schrecklich verzerrt. Sie wollte weinen, sie wollte sterben – stattdessen war sie erneut wie gelähmt.

Listig lächelte Obron sie an. »Doch nicht dein Traummann, Tochter? Mir gefällt er.« Dann wandte er sich wieder an Mike. »Du willst Bestätigung? Von deinen Eltern und von deinem Boss. Nur daher willst du ihnen Carpenter und das Zepter besorgen.«

Marla atmete auf. Jetzt verstand sie. Mike wollte nicht die Macht, sondern Aufmerksamkeit.

»Wenn du mit mir zusammenarbeitest«, fuhr Obron fort, »kann ich dafür sorgen, dass du mehr Anerkennung bekommst. Ich verspreche dir, deine schlummernde Kraft zu aktivieren. Außerdem lasse ich das andere Menschenmädchen frei und … du kannst Marla haben.«

»Vater!« Erneut stiegen ihr Tränen in die Augen. Wie immer war sie für alle nur eine Schachfigur, die jeder beliebig auf dem Feld hin und her schieben konnte. Sie wollte kein Mittel zum Zweck mehr sein und schon gar keine Trophäe! Mikes Verrat brannte in ihrer Brust heißer als Feuer.

Obron beachtete sie nicht, sondern redete mit Mike. »Carpenter und Silvan sind hier. Xandros hat ihre Präsenz sofort gespürt. Leider sind sie wegen des Horusauges für uns Dämonen nicht auffindbar.«

Mike trat einen Schritt vor. »Aber ich kann sie sehen!«

Obron klopfte ihm lächelnd auf die Schulter. »Dann lass uns keine Zeit mehr vergeuden.« Grinsend drehte er sich zu Marla und umfasste ihr Kinn. »Ich wusste, dass du mir einmal nützlich sein würdest, die Verbindung mit deiner Mutter war also keine verlorene Zeit!«

Zitternd holte Marla Luft und schlug seine Hand weg. Er hatte doch kein Herz. Aber Carpenter – er liebte sie wie eine Tochter, das hatte sie gespürt. Er würde nie zulassen, dass ihr etwas geschah.

Als ob Obron ihre Gedanken gelesen hätte, schüttelte er den Kopf und wandte sich um. »Gehen wir!«, rief er Mike zu.

»Mike …«, flüsterte sie. »Bitte tu das nicht.«

Er sah sie niedergeschlagen an und formte mit den Lippen Worte, die Marla nicht verstand, aber sie bildete sich ein, ein »Vertraue mir« herausgelesen zu haben. Dann wandte auch er sich von ihr ab.

Sie schluckte ihre Tränen hinunter. Es waren ohnehin nur Lügen. Marla vertraute niemandem mehr. Sie hatte nicht einmal gewusst, wer Mike war, alle spielten ihr etwas vor. Deshalb war er so besessen, James und Silvan zu folgen! Gab es hier noch irgendjemanden, der nicht an das Zepter wollte?

Den Kopf tief zwischen ihren Schultern, trottete sie hinter Obron und Mike her.

»Wie sollen wir in die Halle kommen?«, flüsterte James.

Daniel stand dicht bei ihm, in der Nähe der großen Flügeltüren, verborgen unter dem Schutz des Amuletts, was sie beide für Dämonenaugen unsichtbar machte.

»Irgendwann muss doch mal jemand rein- oder rausgehen«,

erwiderte Daniel ebenso leise. Skeptisch betrachtete er das Tor, auf dem sich Tausende schwarzer Schlangen wanden. Er hatte Angst, dass sie ihn irgendwie wittern konnten und sein Gesicht formten, gleich einem lebendigen Relief, wie sie es immer taten, wenn jemand Einlass forderte. Ein paar Reptilien züngelten in seine Richtung, weshalb Daniel seinen Vater ein Stück nach hinten zog.

Als sie Stimmen hörten, pressten sie sich an die Wand. Es waren Sirina und Antheus. Daniel erkannte die Dämonin sofort an dem grünen Hosenkleid und Antheus an seiner Größe.

Bot sich ihnen jetzt eine Chance, in die Halle zu gelangen?

»Liebster, so warte doch«, sagte Sirina und griff nach Antheus' Hand.

Dieser schüttelte sie ab. »Ach, plötzlich bin ich dein Liebster!«

Daniel hielt die Luft an, denn die beiden blieben nur wenige Schritte von ihnen entfernt stehen.

»Ich war blind. Ich hab gewusst, wie sehr du mich wolltest. Ich war nur geblendet von Silvans Ausstrahlung.« Sirina spielte unschuldig an ihrem Kleid und strich wie eine Katze um den großen Dämon herum. »Aber diese Gefühle, die er an den Tag legte!« Sie schüttelte sich übertrieben, sodass ihr rotes Haar wild umherflog. »Widerlich! Ich hätte erkennen müssen, dass er zu menschlich ist, um uns dienlich zu sein. Du hingegen bist kalt, Antheus, und wahrhaft mächtig. Das habe ich beinahe zu spät erkannt. Verzeihe mir!« Sie warf sich vor seine Füße und umarmte sie. Unterwürfig schaute sie zu ihm auf. »Ich werde in Zukunft alles tun, was du von mir verlangst, mein Herrscher.«

Antheus hob eine Braue. »Alles?«

Sie nickte ergeben und Daniel schmunzelte. Würde sich ein so mächtiger Dämon wirklich von dieser Furie einwickeln lassen?

Anscheinend ja, denn er zerrte sie an ihrem feuerroten Haar

nach oben, presste sie mit seinem Körper gegen die Wand und küsste Sirina hart.

Sie stöhnte ungeniert und legte ihre Beine um Antheus.

»Hier, mein Liebster?«, hörte Daniel sie zwischen ihren Keuchlauten.

Antheus nickte und hob seinen Umhang. Nackte Männerbeine kamen zum Vorschein. Daniel hatte ja schon immer wissen wollen, was die Oberen drunter trugen, aber nicht auf diese Weise!

Gefühle des Ekels stiegen in ihm auf. Sie würden hoffentlich nicht Zeuge werden, wie die beiden übereinander herfielen!

Zum Glück währte ihre Leidenschaft nur kurz, denn erneut näherten sich Schritte.

Sofort ließ Antheus von Sirina ab, die hektisch ihr Kleid glatt strich.

James spannte sich an und auch Daniel war schockiert. Ihm wurde heiß und kalt, als er Obron sah, der Marla und Mike vor sich hertrieb. Daniel hatte gedacht, sie wären längst in Sicherheit!

»Schon was Neues?«, hallte Obrons Stimme durch den Tunnel.

Antheus schüttelte den Kopf. »Wir wollten eben in die Halle zu Xandros und ihm Bericht erstatten.« Aus zusammengekniffenen Augen schaute er erst zu Obron, dann zu Mike und Marla. »Was ist passiert? Ich habe keine Verbindung mehr zu Metistakles.«

»Er ist tot«, erwiderte Obron kühl.

Tot? Daniel stockte der Atem. Ob Marla ihn umgebracht hatte? Immerhin mussten sie es jetzt gegen einen weniger aufnehmen – was es auch nicht gerade leicht machte. Allein Xandros zu besiegen würde sich als unüberwindbares Hindernis erweisen.

»Ich musste ihn beseitigen«, sagte Obron. »Der Schwachkopf wollte Marla töten. Wir brauchen sie schließlich dringender denn je.«

Wozu brauchten sie seine Schwester?

Natürlich, sie war auch eine Nachfahrin der Frau, die das Zepter erschaffen hatte!

Marla ließ den Kopf hängen. Sie sah sehr traurig aus und war von oben bis unten mit Blut verschmiert. Mike hingegen war ein reines Nervenbündel. Ständig fuhr er sich durchs Haar oder wischte sich die Hände an der Hose ab. Einige Male wanderte sein Blick in ihre Richtung, doch er ließ sich nicht anmerken, dass er sie sah.

Als Obron kurz zu ihnen schaute, hielt Daniel erneut die Luft an. Der Dämon runzelte die Stirn und kniff die Lider zusammen, bis Mike ihn ablenkte. »Vielleicht sind sie schon in der Halle?«

»Sicher nicht«, sagte Obron. »Wir sollten dennoch hinein und uns beraten.«

»Mit dem Menschen?« Sirina war ihr Unmut deutlich anzusehen, hatte sie doch nie die Halle betreten dürfen. Anscheinend durfte sie heute an Antheus' Seite zum ersten Mal hinein. Sie hibbelte vor dem Schlangentor von einem Bein aufs andere.

»Er wird uns nützlich sein«, erwiderte Obron knapp und stellte sich vor die Tür. »Er kann Silvan und Carpenter trotz des Amulettes sehen.«

Leise zischend bewegten sich die schwarzen Schlangen und formten Obrons Gesicht. Deutlich war seine große Nase zu erkennen. Die mächtigen Flügeltüren schwangen beinahe lautlos auf und alle gingen hinein. Kurz bevor sich das Tor schloss, huschten Daniel und James hinterher.

Mit einem leisen Klicken fiel die Tür hinter ihnen zu. Sie waren drin! Vor Aufregung klopfte Daniels Herz bis zum Hals. Auch wenn niemand ein Portal *in* die Halle erschaffen konnte, bestand jederzeit die Möglichkeit, eines nach draußen aufzubauen. Das gab ihm ein wenig Sicherheit.

Er schaute sich um und blickte an den anderen vorbei, die zum hinteren Bereich der Halle durchgingen. Am anderen Ende, im Licht zahlreicher Fackeln, saß Xandros auf seinem Thron, wie immer gekleidet in seine schwarze Kutte und die Kapuze tief ins Gesicht gezogen.

Zu seinen Füßen hockte Vanessa, angeleint wie ein Hund. Xandros hatte sich die Schnur um seine Hand geschlungen. Es war keine normale Leine, sondern eine magische, denn sie leuchtete dunkelgrün.

Vanessa schaute auf und öffnete den Mund. Kein Laut kam heraus. Ihre Lider waren gerötet, ihr Kleid schmutzig und an der Schulter eingerissen. Was hatten sie ihr angetan?

In Daniel brodelte es, seine Fingerspitzen kribbelten. Nur mühsam konnte er sich beherrschen, keinen Feuerball auf Xandros zu schleudern. Daniel wollte zu Vanessa stürmen, aber James hielt ihn an der Schulter zurück.

Erneut hatte er das Gefühl, sich in einem Star-Wars-Film zu befinden, bloß dass Xandros diesmal Jabba the Hutt war und Vanessa Prinzessin Leia.

Vanessa konnte sie natürlich sehen. Sie öffnete abermals den Mund und starrte sie an, als sie hinter der Gruppe hervortraten. Hastig schüttelte Daniel den Kopf, legte einen Finger an seine Lippen und dann die Hand über seine Augen.

Vanessa verstand. Schnell schaute sie weg, doch es war zu spät. Xandros Finger krallten sich in die Lehne seines Thrones, und er zog Vanessa am Halsband enger zu sich.

»Sie sind unter uns!«

Sofort wirbelten Obron, Antheus und Sirina herum.

»Wo sind sie, Gebieter?«, rief Obron, der den Blick auf Vanessa gerichtet hielt. Angestrengt starrte sie in die entgegengesetzte Richtung.

»Ich spüre ihre Nähe«, sagte Xandros. »Aber ich sehe sie nicht!«

Obron packte Mike am Arm. »Wo sind sie?«

»I-ich ...« Mike schaute sich ebenfalls um und streifte ihre Blicke.

Hastig versteckten sich Daniel und James hinter einer dicken Säule. »Wie sieht dein Plan aus?«, formte Daniel mit den Lippen.

»Ich sehe sie nicht!«, rief Mike, der von Obron auf die Knie gezwungen wurde.

James und Daniel blieben in ihrem Versteck, aber anhand einer Spiegelung an der schwarzen, glatten Wand erkannten Daniels scharfe Augen, wie Obron seine Hände auf Mikes Schläfen presste. Der Dämon schloss die Lider. »Schau dich um!«, befahl er Mike.

Dieser litt anscheinend Schmerzen. Daniel hörte ihn keuchen. Angespannt hielt er seine Augen offen.

Obron führte seinen Kopf, drehte Mike in alle Richtungen. Zum Glück war es hinter ihrer Säule so dunkel, dass sich ihre Gestalten nicht spiegeln konnten.

»Verdammt, er sieht sie wirklich nicht!«, rief Obron und ließ Mike los. Der brach zusammen und blieb seitlich liegen. Marla hockte sich neben ihn. Sie wirkte verstört, denn sie kaute an ihren Nägeln und schaute sich hastig um.

Gänsehaut kroch über Daniels Nacken, als er Xandros lachen hörte. »Er wird sich zeigen!«

Plötzlich schrie Vanessa auf.

Daniel stürzte hinter der Säule hervor. James konnte sich gerade noch an seine Fersen heften, um den Schutzkreis nicht zu verlassen.

Xandros war aufgestanden und in die Mitte der Halle getreten. Daniel hatte den Herrscher nie von seinem Thron steigen sehen. Er war groß, überragte selbst seinen Sohn Antheus um einen halben Kopf. Xandros zog so fest an der Leine, dass Vanessa nach vorn gerissen wurde und sich würgend an den Hals griff.

Daniel hielt nichts mehr; seine Wut kannte keine Grenzen. Er sammelte all seine negativen Emotionen und erschuf eine fußballgroße Energieblase in seiner Hand. Einen winzigen Augenblick wunderte er sich über seine Stärke – dann warf er das Geschoss auf Xandros.

Es verpuffte einen Meter vor dem Dämon in der Luft. »Seht ihr!« Xandros lachte so laut und schrill, dass die Wände der Höhle vibrierten.

»Daniel«, zischte James und zog ihn auf die Seite.

Daniel zitterte. Verdammt, er hätte Vanessa treffen oder Xandros hätte sie als Schild missbrauchen können!

»Ich kann deinen Hass spüren«, rief Xandros, »deine Angst und deine Verzweiflung.« Er schritt durch die Höhle und zog Vanessa hinter sich her. Weinend folgte sie ihm.

»Hass ist gut, Silvan! Sie macht dich zu einem von uns. Noch hast du die Wahl! Entscheidest du dich gegen mich, ist deine Menschenfreundin die Erste, die ich töte!«

Die anderen standen in einer Gruppe beisammen und verfolgten das Schauspiel. Wenigstens griffen sie nicht an. Daniel kam es beinahe so vor, als schienen sie auf etwas zu warten.

»Zeige dich!«, hallte die Stimme des Herrschers durch die Felsenkuppel.

Daniel rührte sich nicht. Was sollte er auch tun? Er hatte keine Chance gegen Xandros. Ihm fiel nur eine Waffe ein, die den mächtigen Dämon aufhalten könnte, und das war das Zepter!

Ob er so tun sollte, als würde er überlaufen?

Nein, Xandros würde sein Spiel sofort durchschauen. Die Oberen waren begabte Gedankenleser, ihnen konnte er nichts vormachen. Wie es schien, hatten sie verloren.

Daniel sah, wie Marla Mike auf die Beine half. Die beiden stellten sich hinter Antheus, Obron und Sirina, als wären sie dort in Sicherheit. Ein lächerlicher Gedanke.

Xandros riss Vanessa zu sich und fuhr mit dem Daumen über ihre nackte Schulter. Seine Kralle zog eine blutige Spur zu ihrem Oberarm.

Vanessa schrie auf und versuchte, sich von Xandros loszureißen, der sie mit der anderen Hand am Gelenk festhielt.

Vanessa! Daniel wand sich in James' Griff. Der Herrscher hatte sie tatsächlich verletzt! Er musste zu ihr, ihr helfen, sie trösten! Daniel erkannte, wie viel Angst sie hatte. Einen Arm hatte sie um ihren zitternden Körper geschlungen, während ihre andere Hand versuchte, die Leine abzureißen, die ihr den Hals einschnürte. Ihre Lider waren vom Weinen rot und geschwollen. Was hatten sie ihr alles angetan?

In Daniel brodelte Wut. Wie paralysiert blickte er auf die blutrote Spur, die über Vanessas Haut lief und auf den Boden tropfte.

Marla starrte vor sich hin, während Mike sie, käseweiß im Gesicht, im Arm hielt.

Xandros kicherte. »Wie verletzlich sie sind, diese Menschen. Und so ein Leben wählst du freiwillig, Silvan?«

Je mehr Xandros seine Wut schürte, desto besser ging es Daniel. Er fühlte sich unglaublich stark und jedem von ihnen gewachsen. James hatte ihn gewarnt, sich nicht zu überschätzen, doch fiel ihm das wirklich schwer, zumal er nur Augen für Vanessa hatte.

»Spürst du nicht die dämonische Seite in dir?« Xandros zog an der Leine und entlockte Vanessa erneut ein Würgen. »In dir fließt auch mein Blut, Silvan. Es verleiht dir deine dunklen Kräfte.« Abermals riss er am Halsband, sodass Vanessa auf die Knie sackte und nach Luft schnappte.

Daniel zuckte. Er fühlte sich wie eine Atomrakete kurz vor der Explosion.

»Beschaffe mir das Zepter, mein Enkel, und ich verspreche dir unendliche Macht.«

Jede Zelle in Daniel kribbelte vor grenzenloser Wut.

»Jeder strebt nach Höherem, auch du, Silvan! Nie wieder wirst du der Außenseiter sein, nie wieder wird dich jemand bevormunden oder auslachen. Falls doch, hast du die Macht, sie mit einem Fingerschnippen zu töten.« Xandros blieb stehen und schaute Daniel direkt an, obwohl er immer noch unsichtbar war. »Du und ich, mein Enkel. Wir wären die mächtigsten Dämonen auf Erden.«

Als Xandros seine Hand zur Kapuze führte, stockte Daniel der Atem. Der Herrscher streifte sich den Stoff ab. Daniel rechnete damit, ein hässliches, entstelltes oder skelettartiges Gesicht zu sehen, stattdessen erblickte er sein eigenes Antlitz. Nur etwa zwanzig Jahre älter. Seine Wut wandelte sich in Erstaunen.

Auch besaß Xandros keine Glatze, sondern ebenso dichtes und schwarzes Haar wie Daniel. Bloß war es sehr kurz.

Ein Raunen ging durch die Menge.

Plötzlich klang die Stimme des Herrschers ebenfalls wie seine eigene! »Du bist wie ich, Silvan. Du hast mehr von mir, als dir bewusst ist.« Xandros streckte die Hand aus. »Komm zu mir, herrsche an meiner Seite, mit Vanessa als Braut. Ich kann sie zu einer von uns machen.«

Daniels Herz klopfte ungestüm. Bilder drängten sich in sein dämonisches Bewusstsein. Das hatte er sich vorgestellt: er und Vanessa gemeinsam in der Unterwelt, für immer vereint.

»Sie wäre dann nicht mehr so zerbrechlich wie jetzt.« Xandros ließ seine Hand über Vanessas Wunde gleiten. Sofort schloss sie sich. Vanessa keuchte auf und schaute, den Mund vor Erstaunen aufgerissen, zu Daniel.

»Lass dich nicht ködern«, wisperte James. »Er spielt mit dir.«

Daniel nickte. Außerdem wusste er, dass Xandros nur eine Illusion produzierte. Dank des Amuletts erkannte er das wahre Gesicht des Herrschers. Wenn Daniel sich konzentrierte, flackerte dessen Trugbild und ein alter Mann kam zum Vorschein. Er sah nicht einmal Furcht einflößend aus, bloß alt. Sehr alt. Als würde er jeden Moment tot zusammenbrechen. Daniel konnte keine Ähnlichkeit mit sich erkennen. Er sah lediglich James verdammt ähnlich, das ließ sich nicht leugnen. Daniel hatte sicherlich nichts mit Großvater Dämon gemein. Fast nichts ... Daniel spürte sehr wohl diese finstere Seite, die mit ihren Giftklauen nach ihm griff, aber er wollte der Versuchung nicht nachgeben. Er hatte gesehen, wohin das führte. Xandros machte nur leere Versprechungen. Daniel war schon einmal darauf reingefallen.

»Na gut, wenn du nicht kooperierst, werde ich die Informationen aus Carpenter herausholen.« Xandros streckte seinen Arm vor und schaute James direkt an, so kam es Daniel jedenfalls vor. Der Dämon war derart mächtig, dass er ihre Anwesenheit tatsächlich spüren konnte, auf den Punkt genau!

Plötzlich griff sich James an den Kopf und sackte zusammen.

»Dad!« Daniel packte ihn unter den Armen und versuchte, ihn hinter eine Säule zu ziehen.

»Er versucht, in meinen Kopf zu kommen. Da ich das Amulett nicht mehr trage, könnte er Erfolg haben«, sagte sein Vater leise, in einem gequälten Ton.

»Ich werde es dir geben!« Daniel war schon dabei, es hervorzuholen, doch James hielt ihn auf. »Er darf dich nicht wieder auf ihre Seite ziehen! Wenn das Horusauge nicht direkt auf deiner Haut aufliegt, bist du nicht mehr stark genug geschützt.«

»Aber er darf auch nicht an das Zepter kommen«, wisperte Daniel. Immerhin wusste sein Dad als Einziger, wo es sich befand.

»Der Handschuh!«, rief Mike ihnen zu.

James hielt sich die Hand direkt vor die Stirn. Es schien zu helfen, sich Xandros' mentalen Manipulationen entgegenzustellen, denn er kam auf die Beine und taumelte mit Daniel an seiner Seite rückwärts.

Das Gesicht vor Wut verzerrt, drehte Xandros sich zu Mike

um. Es war offensichtlich, dass Blondie seinen Einwurf gleich büßen würde. Marla stellte sich vor ihn, woraufhin Xandros, der immer noch wie Daniel aussah, grinste. »Denkst du, du kannst mich aufhalten?«

Daniel überlegte nicht – er schoss. Erneut schleuderte er eine Energiekugel auf den Herrscher und traf ihn tatsächlich an der Schulter, doch nicht einmal ein Loch war in seiner Kutte zu erkennen.

»Du wagst es!« Brüllend wirbelte Xandros herum, und ehe Daniel wusste, wie ihm geschah, flog ein Feuerball – nicht direkt auf ihn, sondern auf seinen Dad! Natürlich, Xandros brauchte ihn noch, um das Zepter zu aktivieren, aber er brauchte doch auch James, der als Einziger wusste, wo es sich befand!

Das Geschoss würde sein Ziel verfehlen. Es war wohl als Warnung gedacht. James reagierte blitzschnell. Er streckte den Arm aus, sodass die Feuerkugel in seiner Hand landete. Es war die mit dem Handschuh. James hatte die Kugel wie einen Ball gefangen und zerdrückt. Bestimmt hätte er die Flammen zurückschleudern können, doch sie hätten vielleicht Vanessa getroffen.

Hastig klopfte sich James mit der Hand auf den Oberschenkel. »Verdammt«, zischte er. Der Handschuh rauchte und ein großes Loch war in dem metallischen Gewebe zu erkennen. Er war zerstört.

Daniel drückte seinen Dad hinter die Säule. »Ich muss mich ihm stellen.«

»Nein!« James versuchte, ihn zurückzuhalten, aber diesmal war Daniel schneller. Er zog das Horusauge hervor. Wenn das Amulett nicht auf der Haut auflag, konnten die Dämonen ihn sehen. Leider war er nicht mehr ausreichend vor mentalen Übergriffen geschützt. Daniel hoffte, dass der Anhänger weiterhin seine Macht verstärkte.

Ein Raunen ging durch die Menge, als Daniel sich zeigte.

»Ah, da ist ja mein Enkel.« Xandros, der immer noch so aussah wie er, grinste ihn an und ging auf ihn zu, wobei die Leine, an der Vanessa hing, länger wurde. Sie blieb beim Thron stehen, als wäre sie dort festgewurzelt, ihre Augen in Panik aufgerissen.

Daniel wich nicht zurück.

»Du schließt dich mir an?«

»Niemals!« Daniel hob die Arme. Zwischen seinen Fingern sprangen kleine Blitze hin und her, wie bei einem Starkstromgenerator.

Xandros grinste und glich dabei Daniel so sehr, dass er tatsächlich Hemmungen hatte, sein eigenes Ich anzugreifen. *Das ist Xandros*, sagte er sich und versuchte, sich auf den alten Mann hinter dem Trugbild zu konzentrieren. Doch er war auch sein Großvater. *Egal – ich werde gegen ihn kämpfen!*

»Gib Vanessa frei«, verlangte Daniel mit fester Stimme.

Xandros lachte schallend. »Du Wurm stellst Forderungen?«

Plötzlich fühlte Daniel einen stechenden Kopfschmerz – Xandros versuchte, in ihn einzudringen!

Der Schmerz war so heftig, dass ihm Tränen in die Augen schossen. Daniel schwankte.

»Die Macht des Horusauges ist stark«, zischte Xandros, »aber ich bin mächtiger.«

Der Anhänger auf seinem Shirt erhitzte sich so sehr, dass sich Daniel fast daran verbrannte, als er nach ihm griff. Sofort wurde er wieder unsichtbar, aber leider war James schon aus seinem Versteck gerannt und schrie: »Xandros!« Ein Energieblitz flog auf den Herrscher zu, explodierte jedoch einen guten Meter vor ihm in der Luft.

Xandros lachte erneut, während sich die anderen das Schauspiel nur ansahen. »Mehr hast du nicht zu bieten, Wächter?« Der Herrscher hob die Hände, während sich Daniel außer Reichweite brachte. Er versteckte sich hinter der Säule. Sein Herz raste. Verdammt, was sollte er tun? Er musste irgendwie an Vanessa kommen und ein Portal erzeugen. Aber was würde dann aus James, Marla und Blondie werden?

Sein Vater kauerte inzwischen auf den Knien. Ohne das Amulett war er den Dämonen ausgeliefert! Xandros versuchte offensichtlich, in seinen Geist einzudringen, denn James presste sich die Hände an die Schläfen.

Xandros durfte niemals erfahren, wo das Zepter war, niemals! Da Daniel wusste, dass der Herrscher ihn nicht umbringen würde, weil der ihn dringend brauchte, lief er zurück und stellte sich vor seinen Vater.

Daniel hörte James hinter sich erst aufatmen, dann Daniel befehlen, sich aus der Schusslinie zu bringen. Xandros warf ihnen einen bösen Blick zu und schleuderte Daniel mittels einer Handbewegung zur Seite. Hart krachte er auf seine Schulter. Ein stechender Schmerz fuhr durch sein Gelenk. Vorsichtig probierte er, den Arm zu bewegen. Es klappte, aber es tat höllisch weh.

Schwer atmend beobachtete er, wie Xandros seinem Dad die Hand auf die Stirn presste. James wand sich auf dem Boden und versuchte, Xandros' Arm wegzuschlagen, doch vergeblich.

Ein listiges Grinsen stahl sich auf das Daniel-Gesicht des Herrschers. »Die Freiheitsstatue?« Er lachte schallend auf. »Ein wirklich passender Ort für das Zepter der Macht, mit dem ich euch alle unterwerfen werde.« Er konzentrierte sich weiter, wohl um zu sehen, wo genau das Artefakt versteckt war. Währenddessen kam Bewegung in die anderen. Obron, Antheus und Sirina rannten auf die Wand zu. Offensichtlich wollten sie ein Portal erschaffen, das sie direkt auf die Insel bringen würde, die vor New York lag.

Eine weitere Bewegung von Xandros' Arm – und sie standen ruckartig still, als wären plötzlich ihre Füße fest mit dem Boden verklebt.

»Gebt euch keine Mühe, ihr Verräter«, zischte er. »Ich werde es selbst holen. Gleich werde ich wissen, wo es sich genau befindet.«

»Nein!« Marla riss sich von Mike los und stürzte auf ihn zu. Da sie zuvor nicht versucht hatte zu fliehen, konnte sie sich frei bewegen, schlug die Hand des Herrschers zur Seite und warf sich vor James.

Mit angsterfülltem Blick schaute sie Xandros an. Er kam ihr so nah, dass sich ihre Nasenspitzen beinahe berührten. Lange sah er sie an und wühlte in ihrem Gehirn, denn Marla presste sich die Hände an die Schläfen. Kopfschüttelnd machte Xandros »Ts, ts, ts«, bevor er tief Luft holte. Dann hauchte er Marla eine giftgrüne Wolke ins Gesicht, die von selbst ihren Weg durch die Nase in Marlas Körper fand.

Sie atmete pfeifend ein und griff sich an den Hals. Ihre Muskeln erschlafften. Augenblicklich fiel sie auf James, der sie auffing und an sich drückte.

»Was hast du mit ihr gemacht?«, schrie er Xandros an, der lediglich mit den Schultern zuckte, einen Schritt zurücktrat und mäßig interessiert auf die beiden herabblickte.

Es gab Daniels Herz einen Stich, als er Marla in James' Armen zucken sah. Mike stand bewegungslos da und wusste anscheinend nicht, ob er Marla zu Hilfe eilen oder fliehen sollte. Seine Hände ballten sich ständig zu Fäusten und sein Kinn zitterte.

Marla schnappte nach Luft, wobei ein Röcheln aus ihrer Kehle drang. Als sie hustete, spuckte sie Blut, das ihr auch aus Nase, Augen und Ohren rann.

Müde lächelnd schaute Xandros auf Marla und sagte: »Grüß meine Tochter schön von mir.«

»Nein!« Obron brüllte auf. »Du kannst sie nicht töten, sie wird dich vernichten! Kitana hat einen Bann auf sie gelegt, der jeden umbringt, der versucht, Marla das Leben zu nehmen!«

Xandros grinste. »Ach Obron, so lange hast du dein Geheimnis vor uns bewahren können – wofür ich dich wirklich bewundere! – und glaubst schon fast selbst daran. Aber ich weiß jetzt, dass der Bann allein dir galt und nicht uns allen, wie du uns weismachen wolltest. Deine Tochter hat es mir eben verraten. Und sie wird langsam und qualvoll verrecken. Du hast genug Zeit, dich von ihr zu verabschieden.«

Abrupt drehte Obron den Oberkörper herum, da seine Beine immer noch unbeweglich waren, und schleuderte eine fast menschengroße Wand aus bläulicher Energie auf Xandros.

Sie schlug mit einer Urgewalt auf den Herrscher ein, die ihn von den Füßen riss und weit durch die Halle schleuderte. Er hatte Vanessas Leine verloren, die sich mitsamt des Halsbands augenblicklich auflöste. Erleichtert sah Daniel, wie sie sich hinter dem Herrscherthron in Sicherheit brachte. Sofort konnten sich die anderen wieder frei bewegen, doch anstatt ein Portal zu erschaffen, eröffneten sie das Feuer auf Xandros.

Daniel hätte geglaubt, dass sich Antheus gegen Obron stellen würde. Zu seiner Überraschung schoss er ebenfalls auf Xandros, obwohl der sein Vater war. Es kam Daniel so vor, als hätten plötzlich alle begriffen, dass sie nur gemeinsam ihren Herrscher stürzen konnten.

»Ich wusste es!«, schrie Xandros. »Ihr Maden!«

Plötzlich ging alles ganz schnell. Während sie ihre Kräfte bündelten, musste Xandros seine aufteilen. Zeitgleich warf er mehrere Feuerkugeln in verschiedene Richtungen.

Daniel gab alles. Seine Schulter regenerierte sich dank seiner Kräfte sofort. Er wusste nicht, ob es die »guten« oder die »bösen« waren – was ihm im Moment auch ziemlich egal war. Hauptsache, er konnte kämpfen.

Es war seltsam, gegen sich selbst anzutreten. Xandros wandelte ab und zu seine Gestalt. Als James seine Energie zurückschleuderte, sah der Herrscher aus wie Marla, nur älter. Er hatte sich in Kitana verwandelt! Xandros dachte wohl, das würde sie hemmen, auf ihn zu schießen. Tatsächlich kostete es Überwindung. Besonders als Xandros wie Vanessa ausschaute, musste Daniel den Blick zum Thron richten, um sich zu vergewissern, dass sich die echte Vanessa noch dort befand. Zitternd versteckte sie sich hinter dem Herrschersitz. Bei ihr befand sich auch Mike, der Marla in der Zwischenzeit unter den Armen gepackt und hinter den massiven Thron gezogen hatte.

»Der Handschuh!«, rief Blondie James zu. »Sie können ihn umdrehen!«

James streifte sich den silbernen Stoff über die andere Hand, sodass sich das Loch auf seinem Handrücken befand. Anschließend erzeugte er Lichtmagie in seiner Handfläche, und als er diesmal einen Feuerball abfing und auf Xandros zurückschleuderte, blieb der Stoff ganz. James' Kraft wirkte wie ein Schutzschild. Wo Blondie diese seltsame Waffe wohl herhatte?

Xandros ächzte und schrie, bis er vermutlich selbst dazu zu erschöpft war und nur noch wahllos auf sie feuerte, während er ihre Geschosse abfing. Sogar Sirina beteiligte sich rege am Kampf, indem sie die Messer auf den Herrscher schleuderte, die sich in ihrem Fächer befanden. Die hauchfeinen Klingen durchbrachen Xandros' Abwehr und bohrten sich tief in seinen Körper.

Überraschenderweise war Antheus neben Obron mit dem meisten Einsatz bei der Sache. Daniel konnte förmlich sehen, wie er seinen Vater vernichten wollte, um selbst Herrscher zu werden. Die beiden steckten die meisten Treffer ein und bluteten aus zahlreichen Wunden, die sich nur langsam schlossen. Wie mächtig sie waren! Daniel würde wohl keinen einzigen Treffer verkraften.

Er trug das Horusauge längst wieder auf der Haut und war somit für die Dämonen unsichtbar. Wie ein Schatten huschte er, so dicht er konnte, an Xandros vorbei und landete Treffer in seinem Rücken und den Seiten. Auch wenn sie nicht viel Schaden anrichteten, lenkten sie Xandros so weit ab, dass er wütend herumwirbelte und die anderen ihn von hinten attackieren konnten, wo er am verletzbarsten war. Besonders der Nacken eines Dämons schien eine Schwachstelle zu sein, denn die Geschosse schlugen meist dort ein, daher konzentrierte sich Daniel ebenfalls auf Xandros' Kopf. Niemand hatte ihm von dieser Schwäche erzählt, was Daniel erneut darin bestärkte, dass sie nie vorgehabt hatten, ihn zum Herrscher zu machen.

Da alle zusammen auf Xandros einwirkten und James' Handschuh dessen Macht zurückwarf, schwächte das die Kräfte des Herrschers enorm. Xandros taumelte, seine Geschosse wurden kleiner und sein Trugbild flackerte.

Daniel hingegen fühlte sich stärker, je länger der Kampf andauerte. Obwohl er spürte, wie ihn die Kräfte verließen, wurden seine Geschosse größer und sein Geist mächtiger. Das Horusauge ließ ihn zur Höchstleistung auflaufen.

»Ihr Maden!«, krächzte Xandros. »Ihr erbärmlichen Gestalten!« Seine Illusion flackerte ein letztes Mal, dann kam der alte Mann zum Vorschein. Zorn funkelte in seinen pechschwarzen Augen. Er richtete den Blick auf seinen Sohn Antheus, der die Hände auf die Knie stützte und schwer atmete. Xandros schwankte mit erhobenen Händen auf ihn zu. »Ich habe schon immer gewusst, dass du mich hintergehen wirst!« Er stürzte sich auf Antheus, dessen Umhang augenblicklich Feuer fing.

»Aaaarg!« Sirina stieß einen markerschütternden Schrei aus, der Staub von der Höhlendecke rieseln ließ. Mit einer eleganten Handbewegung entfaltete sich ihr Fächer, dessen Stäbe aus Metall funkelten. Sie schleuderte ihn auf den Herrscher und durchtrennte damit seinen halben Nacken, in dem der Fächer stecken blieb.

»Du, Sohn, wirst niemals meinen Platz einnehmen!« Gurgelnd und röchelnd ließ er von Antheus ab. Der stand lichterloh in Flammen. Er warf einen letzten Blick auf Sirina, bevor er wie Wachs zerschmolz.

Sirina schrie wie eine Furie auf, blieb jedoch starr vor dem schwelenden Haufen stehen, der einmal Antheus gewesen war.

Xandros taumelte zurück und riss sich den Fächer aus dem Hals. Obron, der bis jetzt dem Schauspiel beigewohnt hatte, ließ ihm keine Zeit, sich zu regenerieren, sondern gab noch einmal alles.

Von allen Richtungen flogen Geschosse auf den Herrscher zu. James und Daniel bündelten ihre Kräfte, indem sie sich an den Händen hielten und somit auch James von der Macht des Horusauges profitierte.

Als sie Xandros trafen, fuhr eine gleißende Lichtsäule aus seinem zu einem Schrei geöffneten Mund. Seine Haut riss ein und das Licht drängte nach draußen, zerfetzte ihn von innen. Übrig blieb lediglich sein Umhang, der eine Sekunde in der Luft stand und dann in sich zusammenfiel.

Es war vorbei.

Schwer atmend gingen Obron, Sirina, James und Daniel auf den Umhang zu. Sie starrten auf das qualmende Bündel zu ihren Füßen.

Daniel atmete tief ein und hustete, denn der Rauch und der Gestank nach verbranntem Fleisch kratzten in seiner Lunge. Dabei klopfte ihm das Herz bis in den Kopf.

Xandros … sein Großvater … war vernichtet. Daniel konnte es kaum begreifen. Sie hatten ihn tatsächlich besiegt!

Aus den Augenwinkeln sah Daniel, wie James zu Marla eilte und sich Sirina hinkend davonschlich. Ihr Kleid sah ziemlich mitgenommen aus. Sie hatte einiges eingesteckt. Sie alle hatten das. Ging Sirina fort, weil sie um Antheus trauern wollte?

Daniel schaute ihr nach. Sie erschuf ein Portal an der Höhlenwand, das sich offensichtlich am Sockel der Freiheitsstatue öffnete, denn in der Ferne sah Daniel die Skyline von New York.

Dieses Mistvieh besaß keine Gefühle! Wie hatte Daniel glauben können, sie wäre anders? Sie wollte sich das Zepter holen!

»Dad!« Daniel lief zu seinem Vater, der atemlos und verschwitzt neben Marla hinter dem Thron kniete. Sie atmete schwer und hatte anscheinend Probleme, sie alle zu erkennen, da das Blut ihr die Sicht nahm. Obron hockte bei ihnen und versuchte, Marla zu retten, ihr zumindest von seiner Energie abzugeben, damit sie sich heilen konnte, aber Obron war zu schwach. Der Kampf hatte ihnen allen alles abverlangt.

Daniel war überrascht. Obron besaß ein Herz?

Bevor er sich weiter darüber den Kopf zerbrechen konnte, fiel ihm Sirina ein. Daniel rüttelte an James' Schulter und zeigte auf das Portal, das sich hinter ihnen schloss. »Dad, wir müssen sie aufhalten!«

James schüttelte den Kopf. »Sie ist auf der falschen Spur.«

»Aber … die Freiheitsstatue! Xandros hat sie gesehen!«

»Ja, das hat er. Es war die falsche.«

Die falsche? Daniel verstand nicht. Doch er vertraute seinem Dad.

Marla atmete immer schwerer. Sie wollte etwas sagen, aber lediglich blubbernde Laute drangen aus ihrer Kehle. Mehr Blut lief aus ihrem Mund. Mike hielt ihre Hand und schluchzte leise, während Obron die übelsten Flüche ausstieß. »Ich bin machtlos gegen Xandros' Gift.«

Weinend kam Vanessa hinter dem Thron hervor und warf sich in Daniels Arme. Er war überglücklich, sie wiederzuhaben. Xandros war tot, sie war gerettet. Sie konnten alle von hier fort!

Während er Vanessa fest an sich drückte, schaute er über ihre Schulter auf Marla hinunter. Vorsichtig machte er sich von Vanessa los, nahm ihre Hand und hockte sich ebenfalls neben seine Schwester. Sofort wurde sein Herz wieder schwer. Marlas Körper verkrampfte sich ununterbrochen; ihre Lider flatterten.

Vanessa neben ihm weinte bitterlich. »Wenn ich nur auf dich gehört hätte und nicht zum Tanzen gegangen wäre, dann wäre all das nie passiert.«

Beruhigend versuchte Daniel über ihren Rücken zu streicheln, doch seine Hände zitterten zu stark. »Sie hätten einen Weg gefunden. Gib dir nicht die Schuld dafür.«

Marla lag zuckend zu seinen Füßen. Daniel zog das Amulett hervor, damit er sichtbar wurde, und ergriff ihre Hand. Sie war kalt; ihr Puls schlug allerdings noch kräftig. Xandros' Gift ließ sie tatsächlich langsam sterben.

Daniel schluckte den dicken Kloß im Hals hinunter. *Du bist eine Kämpferin, du wirst es schaffen*, schickte er ihr mental. Sie würde sich von Xandros' Zauber erholen. Sie brauchte nur Energie!

Nein, sie braucht mehr als das ..., hörte er eine leise Stimme in seinem Kopf. Die kam nicht von Marla! Daniel blickte auf. Die anderen schienen nichts vernommen zu haben, denn sie diskutierten, wie sie seiner Schwester helfen könnten.

Plötzlich bemerkte er eine geisterhafte Erscheinung im hintersten Winkel der Halle, dort, wo kein Licht brannte. Eine weißhaarige Frau mit seltsam hellen Augen stand dort; neben ihr befand sich ein Raubtier, dessen Fell ebenfalls weiß war. Wer war das? Die Frau winkte wie zum Abschied und sah traurig aus.

»Das Zepter ...«, hörte Daniel sie wispern. »Es ist Marlas einzige Rettung.« Dann lösten sich die zwei Gestalten auf.

Natürlich! »Das Zepter kann Marla heilen!«, rief er, woraufhin ihn alle ansahen.

Obron wandte sich in einem ernsten Ton an James. »Wenn du meine Tochter rettest, werde ich euch alle in Ruhe lassen.«

James hob die Brauen. »Das soll ich dir glauben? Du hasst mich. Ich habe dir ... deine Frau genommen und damit die Chance auf einen reinrassigen Thronfolger, der die Macht des Zepters voll ausschöpfen kann.«

Ein Schatten huschte über Obrons Gesicht. »Ja, dafür wollte ich dich büßen lassen. Aber ich werde dich und deine Familie verschonen, wenn du Marla rettest.«

»Wieso ist dir das so wichtig?«, fragte James. »Du wolltest sie töten! Darum ist Kitana vor dir geflohen!«

»Ja, vielleicht wollte ich das. Zuerst«, wisperte Obron und senkte den Kopf. »Doch meine Tochter ist das Einzige, was mir von Kitana geblieben ist.«

Daniel war überrascht. Hatte Obron Kitana tatsächlich geliebt? Dann waren ja doch nicht alle Dämonen so gefühlskalt!

James schob die Hände unter Marlas schlaffen Körper und hob sie hoch. »Schwör mir, dass du uns nicht folgen wirst, um an das Zepter zu kommen.«

Obron nickte. »Du hast mein Wort.«

»Ein Portal wäre hilfreich«, sagte James in die Runde. »Ich habe keine Kraft mehr, uns alle zu teleportieren, und Marla braucht schnell Hilfe.« Sein Blick blieb an Daniel haften. »Du musst deine Kräfte schonen, denn du musst das Zepter erwecken.«

»Ja, dazu braucht Silvan all seine Energie.« Obron humpelte zur Wand, wobei er die Schultern tief hängen ließ. »Wohin müsst ihr?«

»Nach Paris«, erwiderte James vorsichtig. Er schien Obron nicht zu trauen. »In einen Park. Er heißt Jardin du Luxembourg. Ein Portal südlich des Eingangs an der Rue de Fleurus wäre hilfreich. «

Obron erzeugte ein schmales Tor und wirkte dabei, als würde er jeden Moment zusammenbrechen. Auch ohne Schwur stellte er vorerst keine Gefahr für sie dar.

Schnell stieg James mit Marla durch das Portal. Daniel erkannte lediglich einen Busch in der Finsternis. Mike folgte James dicht auf den Fersen. Daniel nahm Vanessa an der Hand und ging mit ihr zuletzt hindurch. Frische Nachtluft, die die Blätter der Bäume zum Rascheln brachte, schlug ihm ins Gesicht. Daniel atmete tief durch, um den Gestank der Unterwelt aus den Lungen zu drängen. Es war dunkel, nur in der Ferne leuchtete eine Laterne. Geräusche einer Straße drangen leise an sein Ohr.

Sie waren auf der Erde.

Daniel schaute zurück. Das Portal, das sich auf einer großen Texttafel befand, schloss sich bereits. Obron blickte ihnen nach, bis das Tor verschwunden war. Hoffentlich würde er sein Wort halten. Daniel verstand die Regeln der Unterwelt immer noch nicht so ganz, vor allem nicht, dass so einfache Schwüre solch bedeutungsvolle Konsequenzen wie den Tod nach sich ziehen konnten, sollte man sie brechen. Aber wenn ein Dämon oder ein Wächter einen Eid schwor, war wohl Magie im Spiel …

James hetzte mit Mike einen Kiesweg entlang, der sich wie ein helles Band durch die Dunkelheit schlängelte. Wie spät mochte es sein? Bestimmt nach Mitternacht. Die Parkanlage war menschenleer.

Daniel eilte ihnen hinterher, Vanessa an der Hand. Er konnte kaum begreifen, dass ihre Rettungsaktion gelungen war. Die Realität erschien ihm seltsam unwirklich.

»Wie geht es dir?«, fragte er. »Was haben sie dir angetan?« Er würde in die Unterwelt zurückkehren und jedem von Vanessas Peinigern eigenhändig den Kopf abreißen.

Als ob Vanessa seine Gedanken erriet, sagte sie: »Sehe ich so schlimm aus?«

Daniel nickte.

»Bevor du kamst, haben sie mich kaum beachtet. Nur ein wenig herumgeschubst. Ich hatte einfach nur unglaublich große Angst.«

Da er wusste, wie schlecht Vanessa lügen konnte, fiel ihm ein Stein vom Herzen. Überschattet wurde die Erleichterung allerdings durch Marlas Zustand. Daniel versuchte, mit James und

Mike Schritt zu halten, und fragte sich laut, wo es hier eine Freiheitsstatue geben sollte.

»Weißt du nicht mehr?« Vanessas Stimme zitterte immer noch, aber nicht mehr so deutlich. »Am Jahresanfang. Geschichte. Es gibt vier kleinere Freiheitsstatuen, die alle in Frankreich stehen.«

Jetzt, wo Vanessa das erwähnte, konnte sich Daniel vage erinnern, dass die Kuwalski das Thema durchgenommen hatte.

Sie hielten auf einer Lichtung, auf der sich ein mächtiger Laubbaum befand. Davor, von kleinen Scheinwerfern beleuchtet, stand eine etwa zwei Meter hohe Freiheitsstatue. Sie glich ihrer New Yorker Schwester bis ins Detail.

Daniel atmete auf und lachte in sich hinein. Sirina war tatsächlich auf der falschen Fährte. Er sah sie förmlich vor sich hinfluchen, während sie jeden Winkel der riesengroßen Skulptur absuchte.

Mike wich Carpenter und Marla nie von der Seite. Sein Herz raste immer noch in wilder Panik. Er glaubte sich in einem Albtraum gefangen. War er tatsächlich in der Unterwelt gewesen? War das gerade wirklich passiert?

Krampfhaft hielt er Marlas kalte Hand umklammert, die schlapp nach unten hing, während Carpenter vor der Statue stand.

Seine Freundin war eine Dämonin … Xandros hatte mit dem Gildenobersten einen Pakt geschlossen, um an das Zepter zu kommen … Mikes Welt stand kopf. Wo war jetzt die Grenze zwischen Gut und Böse? Alles verschwamm vor seinen Augen.

Als Carpenter ihn fragte: »Wo hast du eigentlich den magischen Handschuh her?«, antwortete Mike geistesabwesend: »Meinen Eltern gestohlen.«

Nie hätte er vermutet, dass sich dieses Stück Stoff einmal als nützlich erweisen könnte. Mike hatte sich von seinen Eltern, die sich für ihr Kind ohne Gabe regelrecht schämten, dermaßen im Stich gelassen gefühlt, dass er in einer Kurzschlusshandlung einfach den Handschuh genommen hatte. Sein Dad, der längst nicht mehr aktiv an Einsätzen teilnahm, hatte den Verlust nicht einmal bemerkt. Oder er hatte ihn verschwiegen, um vor seinem Bruder, dem Gildenobersten, nicht im Ansehen zu fallen. Mike war mächtig enttäuscht von seinen Eltern.

Sein Herz schien einen Schlag auszusetzen. Die ganze Zeit hatte er in der Bank die Kontobewegungen der Carpenters überwacht, ohne zu wissen, wie bedeutend seine Aufgabe tatsächlich gewesen war. Hätte Mike seine Eltern nicht belauscht, hätte er nie von dem Zepter erfahren. Aber dass Carpenter es hatte … *Wenn die wüssten, wie nahe ich an dem Objekt ihrer Begierde bin!*

Ein paar Mitglieder der Gilde hatten lediglich an das Artefakt kommen wollen, um gemeinsame Sache mit Xandros zu machen. Etwa auch seine Eltern? Mike hatte von alldem keine Ahnung gehabt! Nur dass das Zepter verdammt wichtig war.

Das Zepter … »Wo ist es?« Marla brauchte dringend Hilfe! Ihr schien es immer schlechter zu gehen. Ihr Gesicht war vor Schmerz verzerrt, und überall klebte Blut.

Carpenter legte Marla am Sockel der Statue auf einer kniehohen, dichten Hecke ab, die quadratisch zugeschnitten war und wie eine natürliche Matratze wirkte. Sie umgab den gesamten Steinquader.

Marlas Atem ging röchelnd und wurde immer leiser. Die Augen hatte sie längst geschlossen.

Carpenter holte tief Luft und stützte die Hände auf die Knie. Er sah sehr erschöpft aus. »Der Stab ist in der Fackel versteckt.« Er deutete nach oben. »Man kann die Flamme abschrauben.«

»Ich hole ihn!« Mike fühlte sich körperlich fit, und das Adrenalin puschte ihn regelrecht. Er wollte keine Zeit mehr verlieren. Xandros' Zauber wirkte langsam und qualvoll, daher sprang Mike hastig auf den Sockel und zog sich an der Tafel hoch, die Libertas, die römische Göttin der Freiheit, in ihrer linken Hand hielt. So erreichte er mit Leichtigkeit die Fackel. Aber die Flamme saß fest. Das Metall war über die Jahre oxidiert.

Mike umklammerte mit den Beinen die Figur, während er versuchte, mit beiden Händen die Fackel zu öffnen. Er rüttelte und drehte an ihr, aber nichts geschah.

Aus den Augenwinkeln bekam er mit, wie Vanessa und Carpenter mit Marla sprachen, doch die reagierte kaum noch.

Verdammt, er musste sich beeilen! »Ich könnte hier mal Hilfe brauchen, Taylor«, stieß er zwischen zusammengebissenen Zähnen hervor, während er mit aller Kraft an der Flamme drehte. Schweiß lief ihm in die Augen, und erst als die kühle Nachtluft unter sein Shirt fuhr, merkte er, wie nass der Stoff war.

»Dann geh mal zur Seite, Blondie.« Daniel wirkte ebenfalls erschöpft. Sogar im schwachen Licht, das die Strahler verbreiteten, erkannte Mike die Schatten unter Taylors Augen.

Daniel streckte seine Hand aus und schoss eine kleine bläuliche Kugel ab. Sie traf genau die Fackel, die daraufhin kurz aufglühte und zersprang. Mike wandte schnell den Kopf ab, damit die Metallsplitter nicht sein Gesicht trafen. Dann nickte er Daniel zu, kletterte höher und tastete in den ausgestreckten Arm der Statue hinein.

»Da ist was!« Er fühlte Stoff. Mit den Fingerspitzen zog er daran, doch er musste noch höher klettern. Das Bündel war eingeklemmt und ließ sich nur schwer herausziehen.

Mikes Herz klopfte schneller, je weiter er das eingewickelte Zepter hervorholte. Mit einem letzten Ruck holte er das Bündel heraus, beinahe wäre es ihm aus der Hand gefallen. Es war richtig schwer!

»Mike!« Carpenter streckte den Arm aus. »Schnell! Gib mir das Zepter, aber berühre es nicht direkt!«

»Warum geb ich es nicht gleich Daniel?« Der starrte auf das Bündel, die Hände danach ausgestreckt.

James schüttelte den Kopf, als käme er wieder zu Verstand. »Du hast recht, gib es ihm! Ich trage das Amulett nicht mehr und habe mich schon verleiten lassen, das Zepter an mich zu nehmen, weil ich mich noch an seine Macht erinnere.«

Plötzlich wurde Marla von einem Hustenkrampf geschüttelt, wobei sich ein Schwall Blut aus ihrem Mund ergoss, der in der Finsternis wie Teer aussah.

Marla! Gott, bitte lass sie nicht sterben! Hastig wickelte Mike das Artefakt aus und hatte plötzlich das dringende Bedürfnis, es anzufassen.

Als der Schlangenkopf auf dem goldenen Stab sichtbar wurde, war die Versuchung zu groß. Er musste ihn berühren, es war wie ein innerer Zwang!

»Mike, nicht!«, hörte er wie aus der Ferne Carpenters Stimme.

Während Mike die Finger darum schloss, stockte ihm der Atem. Er fühlte sich schlagartig lebendiger als jemals zuvor! Das Gold war warm, und das Artefakt schien leichte Schwingungen auszusenden. Mikes Hand kribbelte.

Entlang des Stabes waren Hieroglyphen eingraviert, die er leider nicht alle verstand, da er als Wächter dritten Grades keine weiterführenden Kurse hatte besuchen dürfen.

»Mike!«, rief Carpenter, doch das nahm er kaum wahr. Er vergaß, wo er war, hörte nicht Carpenters flehende Stimme. Dafür sah er Bilder. Sehr lebendige Bilder. Ein anderes Leben lief vor seinen Augen ab. Er saß auf einem Thron in einer marmornen Halle, in der zahlreiche Säulen standen. Dunkelhäutige Menschen in Lendenschurzen knieten zu seinen Füßen. Es waren Sklaven.

War er ein Pharao gewesen, oder war sein Geist mit einem ägyptischen Herrscher verbunden, der einst das Zepter missbrauchte?

Plötzlich wusste Mike, was die Inschrift auf dem Stab bedeutete: *Peret … em-bah netjer … Ich gebe meine persönlichsten Dinge, die dargebracht werden dem großen Gott. Dem Gott der Finsternis und des Verderbens, damit er meine Wünsche erfülle …*

Mikes Puls raste. Er konnte Hieroglyphen lesen! Doch was viel erstaunlicher war und ihn beinahe von den Füßen riss: Er spürte, welch verborgenen Kräfte er besaß: Er war ein Seher! Der magische Stab verstärkte irgendwie seine schlummernde Gabe!

Geschmeidig sprang er von der Statue, während neue Bilder vor seinem inneren Auge entstanden: Eine Wächterin hatte einst das Artefakt erschaffen. Ihr Name war Anastissa. Kitana, Daniels Mutter, war ihre Urenkelin! Die eigene Tochter hatte Anastissa getötet, und die Frauen der nachfolgenden Generationen hatten fortan das Zepter bewacht. Nur ein Bluterbe konnte die volle Kraft des Artefaktes ausschöpfen.

Wow! Taumelnd blieb Mike stehen. Wenn er den Spruch aufsagte, wäre er kein unbedeutender Handlanger mehr! Seine Fähigkeiten schlummerten tief in ihm. Mithilfe des Zepters könnte er sie trainieren, sie entfalten und stärken – die Zukunft beeinflussen! Aber Mike brauchte Daniel dazu oder … Marla! Sie entstammte auch aus Anastissas Linie! Er hatte ja gehört, wie Obron und Metistakles darüber geredet hatten.

Wenn er sie heilen könnte …

Mike zögerte, den Spruch auf dem Stab laut auszusprechen. Mit Marlas Hilfe würde er alles und jeden unterwerfen können und es der Gilde und seinen Eltern zeigen!

Tief in ihm lagen Gefühle verborgen, die ihm Angst machten, Gefühle, die dieser Pharao besessen hatte. Oder auch nicht besessen. Er war kalt gewesen – ein Mann mit einem Herz aus Stein. Ungerecht, grausam. Unzählige Menschen waren seinetwegen ums Leben gekommen. Er hatte seine Seele gegen grenzenlose Macht getauscht. Das Zepter saugte einen förmlich aus.

Mike schüttelte sich und Gänsehaut kroch über seinen Körper. Plötzlich wirbelte ein Schatten um ihn herum und riss ihm das Zepter aus den Fingern. Sofort war Mike wieder klar im Kopf. »V-verdammt, was war das?«, stammelte er.

Daniel stand neben Marla, das Artefakt in der Hand. Er war der Schatten gewesen! Schon in der Unterwelt hatte Mike Taylors Kräfte bewundert. Mike hätte sich mittels des Zepters mit ihm messen können, doch nun war er wieder nur Michael Standon. Aber er wollte auch viel lieber normal sein als ein machtgieriger, gewissenloser Herrscher. Die Bilder hatten ihn verstört.

Erleichtert atmete er auf, froh, diese Bürde loszuhaben. Das Zepter hätte beinahe die Kontrolle über ihn bekommen!

»Marla!« Er lief zu ihr, nahm ihre Hand und wandte sich an Daniel. »Bitte hilf ihr!«

Taylors Augen glommen in der Dunkelheit kurz wie glühende Kohlen auf. Da begann der rote Stein seines Amulettes grell aufzuleuchten und Taylors Augen wirkten wieder normal. Das Horusauge schien ihn vor der Versuchung zu schützen. Mike setzte alle Hoffnungen in ihn. Daniel war der Einzige, der Marla retten konnte.

Noch nie war Daniel nervöser gewesen. »Was muss ich tun, Dad?« Er hatte keine Ahnung von ägyptischen Schriftzeichen und wusste nicht, wie sie ausgesprochen wurden, und er wollte es nicht vermasseln. Marlas Leben lag in seinen Händen!

James stellte sich dicht neben ihn. »Ich werde vorlesen, was dort geschrieben steht, und du sprichst mir einfach nach. Was immer du dann fühlst oder denkst, versuche dich stets daran zu erinnern, wer du bist. Lass dich nicht von deiner dämonischen Seite verführen! Denk an deine Schwester. Nur du kannst sie retten!«

»Wie?« Daniel spürte, dass der Stab ein seltsames Vibrieren produzierte und eine angenehme Wärme von ihm ausging. Aber da war noch mehr, eine unsichtbare Macht, die an seinem Geist zerrte. Das bereitete ihm Unbehagen.

»Du musst dir vorstellen, Marla zu heilen«, sagte sein Dad. »Alles, was du dir ausmalst, ist mit dem Zepter möglich. Seine Macht kennt kaum Grenzen, außer denen des Universums, falls das überhaupt ein Ende besitzt. Du musst dir stets bewusst sein, dich nicht von der Kraft verleiten zu lassen und keine Dummheit anzustellen.«

Eine »Dummheit« nannte es James, Daniel würde es eher als »ultimative Katastrophe« bezeichnen. Dennoch nickte er entschlossen.

James atmete tief ein. »Okay, dann sprich mir jetzt nach: Peret … em-bah netjer …«

Während Daniel die seltsamen Laute wiederholte, lief ein Schauder über seinen Rücken. Sämtliche Haare seines Körpers richteten sich auf. Das Zepter wurde wärmer, vibrierte stärker und leuchtete golden auf. Zugleich bemerkte Daniel, wie sich das Horusauge erhitzte und sich in seine Haut brannte. Etwas Dunkles drang in sein Herz und wuchs dort heran wie ein Krebsgeschwür. Trotzdem schlug sein Herz stärker.

Plötzlich kühlte das Amulett ab, als ob der Schutz des Horusauges versagte. Der magische Stein schien verglüht zu sein. Jetzt war Daniel auf sich allein gestellt.

Er hörte seinen Dad, der ihn dazu anhielt, seine Gedanken auf Marla zu richten, aber Daniel konnte nicht. Er kämpfte mit der Versuchung, die ganze Macht für sich allein zu beanspruchen. Schlagartig verstand er, warum alle Welt hinter dem Zepter her war. Es ging nicht in seinen Kopf, warum sein Dad der Verlockung nicht erlegen war.

Daniels Kräfte schienen sich zu vervielfachen. Manchmal, bevor er an das mentale Netzwerk der Dämonen angeschlossen worden war, hatte er hören können, was andere Menschen dachten, besonders Vanessa. Aber jetzt wusste er, was in jedem vorging.

Bleib stark Junge, vernahm er von James.

Du liebe Güte, seine Augen!, dachte Vanessa. *Sie glühen!*

Mike schaute ihn hoffnungsvoll an. *Vermassel es nicht, Taylor!*

Nur von Marla empfing er ein einziges Wort: *Erlösung.*

Sie wollte nicht mehr leben.

Daniel musste sich entscheiden: Marla oder er selbst. Ob er beides haben könnte?

Nein …, wisperte eine Stimme in seinem Kopf. Von wem kam sie?

Daniel schaute in die hoffnungsvollen Gesichter seiner Familie und Freunde. Sein Blick blieb an Mike hängen, und ein böser Gedanke stahl sich in seinen Kopf: *Warum soll ich Marla retten? Damit Blondie bekommt, was er sich wünscht?*

Daniel fuhr sich über das Gesicht. Himmel, was dachte er bloß? Marla, *seine Schwester*, würde sterben, wenn er nicht endlich handelte! Warum war er denn immer noch eifersüchtig auf Blondie? Der wollte doch gar nichts von Vanessa.

Daniel sah zu Nessa. »Bitte«, wisperte sie.

Er müsste ihr dankbar sein, denn wäre Vanessa nicht gefangen genommen worden, hätte sich vielleicht alles anders entwickelt. *Ich kann sie zu meiner Königin machen. Das Zepter kann mir jeden Wunsch erfüllen. Vanessa und ich, Seite an Seite, für die Ewigkeit. Marla kann ich außerdem retten.*

Ja, das war ein verlockender Gedanke. Er könnte sich Vanessa untertan machen, falls sie nicht das tat, was er wollte.

Sein Magen verkrampfte sich. Er durfte diese Gedanken nicht haben. Nein! Aber der Dämon in ihm war stark. Verdammt stark.

Abrupt wandte er den Blick von Vanessa ab und starrte auf James. Plötzlich kochte Wut in ihm hoch. »Wo warst du all die Jahre, als ich dich am dringendsten gebraucht habe?«, fuhr er ihn an.

James wich nicht zurück, sondern erwiderte mit ruhiger Stimme: »Du weißt doch: Ich konnte dich nicht bei mir behalten, denn die Dämonen suchten nach mir. Es wäre viel zu gefährlich für dich gewesen, also gab ich dich zur Adoption frei, damit sie dich niemals finden würden.«

Sein Dad hatte nur das Beste für ihn gewollt. Weil er ihn liebte.

»Daniel, in dir fließt viel mehr Wächterblut als dämonisches! Nicht nur meines, sondern auch das von deiner Mutter! Denk an das, was ich dir im Tunnel erzählt habe!« James schaute ihn eindringlich an. »Sei stark!«

Dein Vater hat recht …, hörte Daniel plötzlich eine Frauenstimme und wusste, dass es Kitana war, seine richtige Mutter, die er nie kennengelernt hatte. Ob er sie mithilfe des Zepters aus dem Reich der Toten zurückholen konnte?

Daran solltest du nicht mal denken, mein Sohn. Mein Schicksal wurde schon lange besiegelt. Aber du kannst deine Schwester davor bewahren, zu sterben. Ihre Zeit ist noch nicht gekommen.

Marla … Er hatte sie ja fast vergessen! Erst jetzt bemerkte er, dass er sich blitzschnell zwischen den anderen hin und her bewegte, als hätte er Angst, die anderen könnten ihm das Zepter entreißen. *Wenn ich die Macht ausschöpfe, kann ich sie doch retten!*

Du wirst sie nicht retten, sagte seine Mutter traurig. *Die böse Seite ist stark in dir. Sie wird dich überwältigen.*

Wieso ist Dad nicht der Kraft erlegen?, wollte Daniel von seiner Mutter wissen, wenn er schon mal die Gelegenheit hatte, mit ihr zu sprechen. Außerdem beruhigte ihn ihre angenehme Stimme.

Er ist kein Bluterbe und spürte daher die Verlockung nicht so intensiv. Außerdem gab ich ihm das Horusauge. Es schützte ihn vor der Versuchung, das Zepter aus dem Versteck zu holen. James sollte das Amulett nie ablegen, bis sich die Prophezeiung erfüllte.

Daniel horchte auf. *Welche Prophezeiung?*

Einer Prophezeiung zufolge sollte das Zepter einmal mein Kind ret-

ten. Alle dachten immer, dass sich die Vorhersage auf dich bezog, doch es ist Marla, wie ich selbst erst erfahren habe. Deshalb habe ich das Zepter damals, als ich es fand, auch nicht zerstört. Zwar kann es jedes magiebegabte Wesen aktivieren, aber die volle Macht kann nur der Bluterbe entfalten.

Bluterbe … Das Wort hallte in ihm nach. James hatte es ebenfalls erwähnt.

Meine Urgroßmutter Anastissa hat das Zepter geschaffen. Ihr Blut fließt auch in dir, mein Sohn, und es ist stark.

Anastissa war böse!

Ja, das war sie, sagte Kitana. *Aber James und ich nicht.*

Plötzlich fühlte er eine Berührung am Arm. Es war Mike.

»Mach schon, Taylor!«

Daniel war vor Erstaunen wohl stehen geblieben. Er spürte, wie das Zepter durch seinen Körper nach Mike griff.

Mikes Augen wurden groß. Daniel sah, was Blondie sah, weil er mit seinem Geist verbunden war, bis Daniel Mikes Hand abschüttelte.

Schlagartig wusste Daniel, wie sehr Mike Marla liebte und dass Mike niemals dasselbe für Vanessa empfunden hatte.

Daniel schaute auf Vanessa. Sie weinte. *Bitte rette Marla! Ich kann nicht mit der Schuld leben, wenn sie meinetwegen stirbt.*

Da kam es ihm so vor, als würde sich ein Schalter in seinem Kopf umlegen, und die Stimme des Dämons verstummte. In ihm steckte wohl zu viel Menschliches, und die Wächtergene taten ihr Übriges. Er war nicht zum Herrscher geboren. Den Menschen, die er liebte, würde er niemals ein Leid zufügen können. Nicht, solange er bei Verstand war.

»Ich rette Marla!«, rief Daniel.

Mike nickte. »Das habe ich gewusst!« Wer hätte gedacht, dass in Blondie ein Seher schlummerte …

»Aber du musst ein Opfer bringen«, setzte er hinzu.

Daniel schluckte. »Wieso?«

»Wir müssen immer etwas opfern, um so starke Magie wirken zu können«, sagte James, der zu ihm trat.

Daniel sah ihn scharf an. »Das sagst du mir erst jetzt?«

»Ich wollte dir nicht noch einen Grund zum Zweifeln geben.«

Durch seine mentale Übersensibilität spürte Daniel, dass James deswegen Gewissensbisse hatte. »Was muss ich opfern?«

»Ich weiß es nicht.« Sein Dad hatte Angst, genau wie er. »Das Artefakt wird das von uns nehmen, was es braucht.«

Das konnte alles sein, vielleicht sogar ihre Leben?

»Ich weiß, was es will«, warf Mike ein. »Ich habe es gesehen.«

»Rede schon!«

»Du musst dich entscheiden, ob du deine Seele oder deine Magie opferst. Im ersten Fall würdest du zum Alleinherrscher aufsteigen, im letzteren Marla retten.«

Seine Fähigkeiten! Daniel würde all seine wunderbaren Kräfte verlieren. Seine dämonischen oder auch die Wächtereigenschaften? Er wusste zwar nicht, zu welcher Kategorie die eine oder andere Kraft gehörte, aber er wollte keine davon aufgeben.

Entschied er sich dagegen, würde er der mächtigste Dämon auf Erden werden.

»Daniel!« James sah ihn scharf an.

»Beeil dich!« Vanessa kniete neben Marla und fühlte ihren Puls. Sie weinte. »Sie ist sehr schwach und sie atmet kaum noch!«

»Bitte!«, flehte Mike, Trauer und Sorge klangen deutlich aus seiner Stimme. Dennoch wirkte er nicht verzweifelt, eher entschlossen. Die Hände hatte er zu Fäusten geballt, und zwei tiefe Furchen hatten sich zwischen seinen Brauen gebildet. »Ich würde alles geben, was in mir steckt, wenn ich die Wahl hätte. Alles!«

James nickte. »Ich ebenfalls.«

Daniel atmete tief ein und genoss noch einmal kurz die Vorstellung, was er alles hätte erreichen können. »Okay, ich mache es!«

James erklärte ihm hastig, dass er nur noch an Marlas Genesung denken durfte, an nichts anderes mehr. »Es kann nämlich sein, dass das Zepter automatisch nach dem Bösen in uns sucht oder nach unseren geheimsten Wünschen.«

»Ich habe nur einen Wunsch«, wisperte Mike und schaute auf Marla.

James nickte erneut. »Los! Daniel!«

Als er sich auf Marlas Genesung konzentrierte, pulsierte eine Energiewelle aus dem Zepter. Daniel riss es fast von den Beinen, die anderen wurden zu Boden gedrückt.

Er stemmte die Füße in den Kiesweg und schaute zu seinen Seiten. Blondie, Dad und Vanessa, die auf allen vieren knieten, standen die Haare zu Berge. Die Energieimpulse schlossen sie mit ein. Daniel spürte ihre Herzschläge in seinem Körper, fühlte ihre Emotionen – die Angst und die Aufregung. Ein Tosen brauste in seinen Ohren auf, gleich einem Sturm, und das Zepter saugte unerbittlich alles aus ihm heraus, wonach es greifen konnte.

Mehr Energie strömte durch seine Arme in das Artefakt. Daniel dachte nur noch an Marla, an die Vernichtung des Giftes und die Heilung ihres Körpers. *Du wirst leben, Schwester!*

Das Zepter wurde glühend heiß. Daniel war versucht, es loszulassen. Als würde es sich dagegen sträuben, Gutes zu tun. Es leuchtete intensiver, ja schon so grell, dass Daniel die Lider zusammenkneifen musste.

James und Mike krallten ihre Finger in den Kiesweg, Vanessa rutschte gegen ein Gebüsch und hielt sich daran fest.

Daniel stellte sich direkt vor Marla, die immer noch auf der Hecke vor der Statue lag.

Das Licht sammelte sich in einer schwebenden Kugel über dem Schlangenkopf. Es glich einer Miniatursonne. Dort verharrte die Kugel kurz und schoss dann direkt durch Marlas Nase in ihren Körper. Eine goldene Aura bildete sich um ihre Gestalt, hüllte sie ein, pulsierte und zog sich wieder zurück. Schreiend bäumte sich

Marla auf, als eine grüne Wolke ihrem Mund entwich. Wie tausend kleine Fliegen stob sie in die Nacht und war verschwunden.

Marla schnappte nach Luft, die Lider weit aufgerissen. Kein Blut lief mehr aus ihrem Mund, kein Rasseln war zu hören. Daniel spürte: Sie war geheilt.

Das orkanartige Tosen war auf einen Schlag vorbei, ebenso der Energiefluss. Daniel fühlte sich urplötzlich abgrundtief erschöpft. Er wankte, erfüllt von Erleichterung, wobei ihm schwarz vor Augen wurde. Das Zepter hörte auf zu vibrieren und erlosch. Daniel sah James und Mike reglos am Boden liegen.

Sein letzter Gedanke war: *Hab ich sie gerettet?*, als ihm der Stab aus der Hand glitt und er den Weg auf sich zukommen sah …

Als Marla die Augen aufschlug, beugte sich ihre Mutter über sie. Lächelnd streckte Marla den Arm nach ihr aus und ließ eine schwarze Haarsträhne durch ihre Finger gleiten. Sie fühlte sich an wie kühle Seide.

Ihre Mutter war bei ihr, und das zauberte ein Lächeln auf ihre Lippen. Hinter Kitana war ein gigantischer Wolkenstrudel am Nachthimmel zu erkennen, gleich einem Tor. Es war ein Tor in den Himmel. Würde ihre Mutter sie nun mitnehmen? Hatte ihre Qual endlich ein Ende?

Marla fühlte sich schwach, doch sie hatte keine Schmerzen mehr. Ja, jetzt war es wohl so weit.

»Mama«, hauchte sie.

Kitana nahm ihre Finger und drückte sie an ihre Wange. »Mein Kind …«

Ist meine Zeit nun gekommen?, wollte Marla fragen, aber es war so anstrengend, zu sprechen.

Lächelnd schüttelte Kitana den Kopf. »Dein Leben hat eben erst angefangen.«

Ich werde nicht sterben?, dachte sie.

»Schon, aber nicht heute und nicht in nächster Zeit.«

Marla atmete schwerfällig ein. *Ich mag nicht mehr herumgeschubst oder gequält werden. Ich bin so müde.*

»Jetzt wird sich alles ändern, mein Kind. Du bist keine Dämonin mehr, sondern ein ganz normaler Mensch.« Zärtlich streichelte Kitana über ihre Hand.

Ich bin ein Mensch? Warum? Ohne magische Fähigkeiten würde doch alles nur noch schwerer werden!

Kitana schmunzelte. »Xandros' Gift hat alles Dämonische in dir ausgelöscht. Nur so konnte er sichergehen, dass du daran stirbst und du dich nicht selbst oder jemand anderes dich heilen konnte.« Kitana seufzte leise. »Natürlich wirst du ab und zu kämpfen müssen, das bringt das Leben mit sich, aber du hast Menschen um dich, die dich unterstützen werden, weil sie dich lieben.«

Eine Frage brannte ihr auf der Seele. *Liebt Vater mich?*

»Vielleicht auf seine Weise. Soweit man bei einem Dämon von Liebe sprechen kann. Er hat dich immer vor den anderen beschützt, nicht nur aus Eigennutz, auch wenn ihm das selbst nicht bewusst war. Daher war er so erzürnt, als er erfahren hat, wie Metistakles dich misshandelte. Obron hat ihm nur deshalb deine Erziehung überlassen, weil er Angst hatte, zu weich mit dir umzugehen und vor den anderen als Schwächling dazustehen.« Kitana hob den Kopf und nickte, als ob in der Dunkelheit jemand verborgen stand, den nur sie sehen konnte.

Du bist viel zu gütig, Mama.

Kitana lächelte. »Eine Engeleigenschaft.« Sie küsste Marla auf die Stirn und wich vor ihr zurück.

Bitte geh nicht. Marla streckte erneut die Hand aus, doch sie war zu schwer und sackte auf ihren Bauch. *Ich hab noch so viele Fragen an dich.*

»Einige wird James dir beantworten können.« Kitana lächelte die drei Personen an, die neben Marla auf dem Boden lagen.

Sie drehte den Kopf. Es waren Mike, Daniel und James. Vanessa kniete neben Daniel und berührte seinen Arm. Sie hatte gerötete Lider, weinte jedoch nicht. Stattdessen blickte sie, den Mund geöffnet, zu ihnen herüber.

Marlas Herz krampfte. *Was ist mit ihnen?*

»Keine Sorge. Sie werden gleich zu sich kommen. Die Energie des Zepters hat sie regelrecht umgehauen.«

Vage erinnerte sie sich daran, was passiert war.

Wer hat mich gerettet?

»Dein Bruder.«

Daniel!

Kitana nickte. »Er liebt dich. Sie alle lieben dich. Ihre Liebe hat sie auch davor bewahrt, nicht dem Bösen zu verfallen. Ich bin wirklich stolz auf sie. Besonders auf Daniel und dich, meine Tochter.«

Plötzlich hörte Marla ein Stöhnen. Sie sah, dass James die Augen aufgeschlagen hatte und zu ihnen herstarrte.

»Ich habe fast mein ganzes Leben geglaubt, Obron hätte dich getötet. Und ich gab James die Schuld daran«, sagte Marla laut, damit Daniels Vater es hörte. Langsam kehrte die Kraft zurück. »Du hast dich geopfert.«

Kitana lächelte. »Ich weiß, wie sehr dich das gequält hat. Ich wünschte, ich hätte dir die Wahrheit sagen können, aber du musstest sie selbst erkennen.«

Überrascht schaute Marla ihrer Mutter in die Augen. »Warum?«

»Die Zeit war erst jetzt gekommen.« Kitana seufzte, als wäre es ihr sehr schwergefallen, nicht in den Lauf der Dinge einzugreifen. »Ich habe mich selbst getötet, damit Obron nicht herausfinden konnte, wo ich das Zepter versteckt hatte.«

Um sie alle zu schützen …

»Kitana«, flüsterte James neben ihnen und setzte sich auf.

Dabei fuhr er sich mit der Hand über das Gesicht. »Bin ich tot oder träume ich?«

»Weder noch.« Kitanas Mundwinkel zuckten. »Ihr seid alle am Leben.«

»Wieso bist du jetzt hier und hast dich nicht eher gezeigt?«, fragte er.

»Ich konnte nicht. Ich bin nur gekommen, weil ich als letzte Hüterin des Zepters meine Aufgabe vollenden und das Artefakt an mich nehmen muss.« Kitana hielt das Zepter in der Hand. »Es hat seine Macht verloren. Es hat sich selbst zerstört, denn wenn der Zepterträger seine Fähigkeiten opfert, wird es nutzlos.«

Das Artefakt löste sich vor den Augen aller in Staub auf. Abwechselnd schaute Kitana von Marla zu James und den anderen, doch als sie sprach, wusste Marla, dass Kitana ihnen allen noch einmal erklärte, was es mit dem Zepter auf sich hatte. Marla konnte die Fragen förmlich sehen, die den anderen auf der Zunge lagen.

»Ich habe lange Jahre nach dem Zepter gesucht. Meine Mutter hatte es versteckt und mir nie verraten, wo es sich befand. Sie wusste, dass Obron sich nur mit mir vermählt hat, um an grenzenlose Macht zu kommen, die sein erstgeborener Sohn laut einer Prophezeiung haben würde. Sogar als Xandros sie tötete, rückte meine Mutter nicht mit dem Geheimnis heraus. Ich wusste erst, wo sich das Zepter befand, als James es in der Pyramide aktivierte. Dank des Bluterbes konnte ich die Erschütterung der Macht noch vor den anderen spüren und es erneut verstecken.« Sichtlich zufrieden schaute Kitana in die Runde. »Jetzt wird euch niemand mehr wegen des Zepters belästigen.«

Plötzlich kroch Mike an Marlas Seite und umarmte sie vorsichtig. »Geht's dir gut?«

Sie nickte und setzte sich mit seiner Hilfe auf. »Mike!« Schluchzend fiel sie ihm um den Hals. Nie hätte sie gedacht, dass ihr Leben eine solche Wendung nahm.

»Mike!« Sie umarmte ihn, so fest sie konnte. Immer noch fühlte sie sich schwach, aber überglücklich. Dann fasste sie sich an den Bauch. »Ich glaube, ich habe Hunger.«

Kitana lächelte sie beide an und schaute wehmütig zu ihnen herunter, bevor sie zu Daniel flog, der noch immer am Boden lag.

Daniel zwinkerte. Das war also seine richtige Mutter. Wie wunderschön sie war. Dann hatte er zuvor tatsächlich ihre Stimme gehört. »Du bist ein Engel?«

Kitana nickte lächelnd. Sie streckte die Hand aus, um Daniel über den Kopf zu fahren. »Aus dir ist ein hübscher junger Mann geworden.«

Daniels Gesicht erhitzte sich. Ihre Hand fühlte sich kühl an, wie ein Hauch. Kitana warf einen Blick auf James, der dicht neben ihm stand und sie anstarrte. Seine Augen schwammen in Tränen, doch er sagte nichts.

Kitana wandte sich wieder an Daniel. »Zeige mir das Auge.«

Er griff nach dem Amulett, ohne es abzunehmen, und hielt es seiner Mutter hin. Der rote Stein glühte nicht mehr. Er hatte sich schwarz verfärbt. Seine Magie war erloschen.

Kitana nahm das Schmuckstück in die Hand und flog so nah zu Daniel, dass ihn ihre Haare am Kinn kitzelten, als sie den Anhänger küsste. Plötzlich glühte der Stein hellblau auf.

Wieso ist er nicht mehr rot?, dachte Daniel.

Kitana lächelte. *Das liegt an der Engelmagie.* »Trage das Auge immer bei dir, mein Sohn. Es wird dich beschützen.« Sie fuhr ihm ein letztes Mal über den Kopf und schwebte zu James. Ihr Gesicht wurde noch weicher. Mit dem Daumen wischte sie eine Träne von seiner Wange. Sofort ergriff er ihre Hand und wisperte: »Kitana.«

Sein Dad sah aus, als ob er sie gleich an sich reißen wollte. Kitana schien das auch zu befürchten, denn sie entzog ihm sanft ihre Hand. »James …«, flüsterte sie, und Daniel hörte die Liebe aus ihrer Stimme heraus.

»Ich hätte niemals gedacht, dich noch einmal zu sehen.« Mehr Tränen sammelten sich in den Augen seines Vaters, und ein gequälter Ausdruck lag auf seinem Gesicht. »Du fehlst mir so sehr.«

»Wir hatten so wenig Zeit«, sagte sie, »doch es waren die schönsten Jahre meines Lebens.« Sie flog höher, in den weißen Strudel hinein. Ihre dunklen Haare wirbelten durcheinander.

»Geh noch nicht!« James stand auf und streckte die Hand nach ihr aus, konnte Kitana aber nicht mehr erreichen.

»Wir werden uns eines Tages wiedersehen.« Lächelnd schaute sie in die Runde, dann winkte sie James. »Sei nicht traurig, Liebster. Du hast Anne. Sie ist eine wunderbare Frau, und ihr beide seid füreinander geschaffen. Das wart ihr schon immer, doch das Schicksal hat euch lange warten lassen.« Sie seufzte leise. »Ich weiß, dass ihr gut auf unsere Kinder aufpassen werdet.« Der Wolkenstrudel saugte sie tiefer hinein; Kitana wurde kleiner und kleiner, aber ihre Stimme war nach wie vor gut zu hören.

»Geht zu Anne. Sie kommt fast um vor Sorge.« Durch das Wolkenportal sah Daniel, wie Anne in der Hütte am Fenster stand und hinausschaute. Die Hand hatte sie gegen das beschlagene Glas gelegt. Schneite es in Kanada?

»Du hast immer einen Platz in meinem Herzen!«, rief James Kitana zu.

»Ich weiß. Du auch in meinem.« Sie war verschwunden. Nur das kreisende Wolkenportal war noch da. Es senkte sich auf die Erde herab, sodass sie alle bequem hindurchsteigen konnten.

»Es bringt euch zu Anne«, hörte Daniel schwach Kitanas Stimme.

Froh, schnell nach Hause zu kommen, nahm Daniel Vanessas Hand. Er fühlte sich seltsam leer. Hatte er tatsächlich alle Fähigkeiten verloren? Probeweise versuchte er, einen kleinen Energieball auf seiner Handfläche zu erschaffen. Es klappte nicht. Fassungslos starrte Daniel auf seine Hand.

Seine Kräfte waren also tatsächlich das Opfer gewesen, wie Blondie vorhergesehen hatte. War er jetzt ein ganz normaler Mensch?

James trat neben ihn und flüsterte: »Keine Fähigkeiten?«

Daniel nickte.

»Ich auch nicht, zumindest im Moment. Der Kampf hat mich ziemlich geschwächt.« James atmete tief durch. »Lasst uns endlich hier verschwinden!« Er bedeutete Marla, zuerst mit Mike durch das Tor zu gehen. Sie sahen, wie die beiden in der Hütte ankamen, Anne sich zu ihnen umdrehte und die zwei umarmte. Anne winkte ihnen, also konnten sie auch zu ihnen hersehen.

»Jetzt ihr beide«, sagte James zu Daniel und Vanessa.

Gerade als Daniel einen Fuß in das Portal setzen wollte, rief eine energische Stimme: »Halt!«

Daniel wirbelte herum und schubste dabei Vanessa durch das Tor. Sie landete auf der anderen Seite in Mikes Armen.

Ein Schatten löste sich aus der Dunkelheit – Obron! Marlas Vater wirkte immer noch erschöpft, doch er sah entschlossen aus. Seine Kiefer mahlten.

»Was willst du?«, fragte Daniel scharf. »Du hast versprochen, uns nicht zu folgen!« Verdammt, jetzt waren sie machtlos. Obron würde sie mit Leichtigkeit vernichten. Ob er fühlte, dass Daniel kein Dämon mehr war und sich auch James im Moment nicht verteidigen konnte? Daniel versuchte, eine mentale Verbindung zu Obron herzustellen, aber es gelang ihm nicht.

»Ich hab versprochen, euch nicht zu folgen, um das Zepter an mich zu reißen. Ich bin nur gekommen, um zu sehen, was aus meiner Tochter wird.« Obron blieb vor dem Strudel stehen und schaute hinein. »Da gibt es noch etwas«, sagte er zu Daniel, ohne den Blick von Marla zu wenden. »Das Orakel hat dich zum zukünftigen Herrscher gewählt. Du musst deine Aufgabe annehmen.«

Marla starrte nur zurück, während Mike sie fest im Arm hielt.

»Ich will nicht. Ich danke ab«, erwiderte Daniel möglichst cool, doch in seinem Inneren wirbelte ein Hurrikan durch seine Eingeweide.

Obron schnaubte verächtlich. »Nicht dass du dazu überhaupt noch in der Lage wärst.«

Verflucht, natürlich spürte er, dass Daniel keine Kräfte mehr besaß! Aber Daniel wollte keine Furcht zeigen.

Obron trat einen weiteren Schritt auf ihn zu. Sofort stellte sich James dazwischen, doch Obron schob ihn zur Seite.

Hoffentlich demonstrierte er einfach nur seine Macht. Zumindest genoss er es sichtlich, sie einzuschüchtern.

Vor Aufregung drang Daniel der Schweiß aus sämtlichen Poren.

Obrons Brauen zogen sich zusammen. »Dennoch kannst du nicht einfach abdanken. Nicht, ohne zuvor einen Nachfolger zu bestimmen. Laut Orakel bist du der Auserwählte. Und da Antheus, der Thronerbe, tot ist, musst du die Herrschaft übernehmen oder eben einen Nachfolger wählen.«

Erleichterung durchströmte ihn. Er überlegte scharf. Was würde Obron machen, sobald Daniel einen Nachfolger bestimmt hatte? Dann hätte der Dämon keinen Grund mehr, sie zu verschonen.

Als könnte Obron seine Gedanken lesen – wozu er gewiss in der Lage war –, sagte er lächelnd: »Keine Sorge. Ich werde euch gehen lassen.« Erneut warf er einen Blick auf seine Tochter.

Marla, Mike, Vanessa und Anne starrten immer noch zu ihnen und verfolgten gebannt, was sich hier, viele Tausende Kilometer entfernt, abspielte.

Es herrschte eine beinahe gespenstische Stille im Park, wenn niemand sprach. Der Wolkenstrudel wirbelte lautlos vor sich hin und von der anderen Seite des Tunnels drang ebenfalls kein Geräusch an ihre Ohren. Ob die anderen in Kanada ebenfalls nicht hören konnten, was hier gesprochen wurde?

Obron machte eine ungeduldige Handbewegung. »Also, auf wen fällt deine Wahl?«

Hastig dachte Daniel nach. Er hatte sich über dieses Thema nie Gedanken gemacht. Antheus hätte er ohnehin nie gewählt.

Metistakles war ebenfalls tot … Da blieb nur noch Obron. Er war ein Mitglied des Hohen Rates. Das letzte lebende Mitglied. Ansonsten kannte Daniel doch niemanden mehr, er hatte nie Kontakt zu anderen Dämonen gehabt, bis auf … Sirina!

Sirina oder Obron, was war die bessere Wahl? Zu gern würde Daniel einer Frau den Herrscherposten überlassen, aber Sirina war nicht wie Vanessa. Die Dämonin war nicht die Intelligenteste. Sie hatte nie anderes getan, als ihren Sexappeal zu nutzen. Nein, Sirina allein würde keine gute Herrscherin abgeben.

Obron hingegen hatte gezeigt, dass er so etwas wie ein Herz besaß, wenn auch ein kaltes. Er hatte Marla gerettet. Das rechnete ihm Daniel hoch an.

Da kam ihm die perfekte Idee. »Ich wähle dich als Nachfolger, Obron. Allerdings nur, wenn du Sirina zur Frau nimmst.«

»Ich und Sirina?«, rief Obron.

Daniel nickte und konnte sich ein Grinsen nicht verkneifen. Obrons kühler Verstand und Sirinas berechnende Leidenschaft würden sich bestimmt gut ergänzen. Da ließe sich in der Unterwelt sicher einiges bewegen. Daniel sah die beiden schon streitend vor sich. »Ja, Sirina soll deine Frau werden, das ist meine Bedingung.« Sie würde Obron das Leben wahrhaft zur Hölle machen, das wusste er jetzt schon.

Zähneknirschend erwiderte Obron: »So sei es«, und wandte sich an James.

Obron öffnete den Mund, dann schloss er ihn wieder. Wollte er James etwas sagen?

Kurz kratzte sich Obron an seinem kahlen Schädel und schaute noch einmal kurz zu Marla. »Versprich mir, immer gut auf meine Tochter aufzupassen.«

»Natürlich werde ich das«, sagte James. »Als wäre sie mein eigenes Kind.«

Obron nickte hastig, ohne eine weitere Regung zu zeigen, wirbelte auf dem Absatz herum und verschwand in der Dunkelheit.

EIN PAAR WOCHEN SPÄTER ...

Daniel schlich sich mit Vanessa am Wohnzimmer vorbei. Seine Mom und sein Dad saßen in inniger Umarmung auf der Couch und schauten sich einen Weihnachtsfilm an. Kurz blieben sie an der Tür stehen und lauschten den beiden.

»Schade«, sagte Anne zu James, »dass sich deine magischen Fähigkeiten noch nicht ganz regeneriert haben, sonst hättest du uns jetzt nach Hawaii beamen können.«

James zog sie näher zu sich, und Anne legte ihren Kopf auf seine Schulter. James rieb die Nase an ihrer Stirn, wobei er frech grinste. »Wir können es uns ja hier warm machen. Da kann ich dir auch zeigen, über welche besonderen Talente ich noch verfüge.«

»James«, hauchte Anne, bevor sie von ihm zärtlich geküsst wurde.

Vanessa drückte sich die Hand auf den Mund, puterrot im Gesicht – was sicher nicht nur von der kalten Luft draußen kam –, und zog Daniel von der Tür weg. Auch Daniel unterdrückte mit Mühe ein Lachen. Er wollte gewiss nicht Zeuge werden, wenn James seine speziellen Talente bei seiner Mom anwendete. Für sie war er ihr Superheld, und sie schien bloß noch auf Wolken zu schweben, seit sie alle in James' altem Wagen von der Hütte in Kanada nach Kalifornien zurückgefahren waren.

Vanessas Eltern wussten, dass ihre Tochter bei Daniel war. Sie durfte bis elf Uhr nachts bei ihm bleiben. Ansonsten wussten sie nichts: nichts von Vanessas Verschwinden, nichts von Daniels wahrer Identität oder der Existenz von Dämonen.

Als Vanessa nach dem Tanzabend nicht nach Hause gekommen war und erst morgens bei ihren Eltern anrief – als sie sich auf der Heimfahrt von Kanada befanden –, ließ sie ihre Eltern glauben, sie hätte die Nacht mit Daniel verbracht. Dafür heimste sie sich eine Woche Hausarrest ein, aber die Wogen hatten sich geglättet.

Daniel hatte in der Schule einiges verpasst, doch Nessa half ihm, alles nachzuholen. Irgendwie war es seltsam für ihn, in dieses »normale« Leben zurückzukehren. Was würde wohl die Kuwalski denken, wenn sie wüsste, wo er gewesen und *was* er gewesen war. Sie würde sich gewiss vor Angst in ihre Bundfaltenhose machen, ebenso alle anderen, die ihn immer verspottet hatten. Nach allem, was er durchlebt hatte, fühlte sich Daniel stark. Sein Selbstbewusstsein war so enorm gewachsen, dass er auf jeden dummen Spruch cool konterte und nicht mehr als Loser galt.

Marla wohnte mit Mike zusammen. Wie von Ilaria prophezeit, hatte Marla nur »dieses Leben verlassen« und jetzt ein neues begonnen.

Offiziell war sie James' Tochter. Der Untergrund hatte ihm Dokumente besorgt, die das bestätigten. Marla überlegte, eine Ausbildung zur Tätowiererin zu machen oder in einem Plattenladen zu jobben – da wollte sie sich noch nicht festlegen.

Mike arbeitete weiterhin in der Bank, aber nicht mehr für die Gilde. Nur wusste diese nichts davon. Mike gehörte jetzt, wie James und Dr. Graham, zum Wächteruntergrund. Blondie war ein Spion und schien verdammt stolz auf diesen Posten zu sein. Über seine Eltern versuchte er an Informationen zu kommen, wer von den Gildenobersten übergelaufen war. Mike besuchte sie öfter als früher, wobei er jedes Mal ihre Computer und die Wohnung durchsuchte.

Seit James der Gilde einen anonymen Tipp gegeben hatte, herrschten dort Misstrauen und Chaos vor.

Daniel nahm Vanessa an der Hand und stieg mit ihr über die knarzende Stufe hinweg, damit niemand mitbekam, wie sie nach oben schlichen. Er spürte den Ring an Vanessas Finger. Seinen Ring. Er hatte ihn ihr vor zwei Wochen zurückgegeben. Sie hatten ihre Beziehung noch einmal von vorn begonnen, waren gemeinsam mit Mike und Marla im Kino gewesen und beim Essen. Eben hatten sie sich auch einen Film angesehen. Zu mehr als Küssen und ein wenig Schmusen war es bisher nicht mehr gekommen. Daniel würde Vanessa nie wieder zu etwas drängen.

Kichernd schloss sie die Tür, warf ihren Anorak über einen Stuhl und hockte sich aufs Bett. Daniels Zimmer sah vollkommen verändert aus, worüber er sich sehr freute. James hatte ihm eine neue Einrichtung zu seinem »Neuanfang als Mensch« geschenkt. Der blaue Teppich war einem Parkettboden gewichen, wie Vanessa einen besaß, und die alten Regale, sein Bett und die Schränke waren durch moderne Möbel ersetzt worden.

Sein Computer hatte einen neuen Platz bekommen, doch Daniel saß kaum noch daran. Er hatte jetzt Wichtigeres zu tun.

»Das war ein wirklich schöner Abend«, sagte Vanessa, als Daniel seinen Mantel auszog und sich neben sie auf die Matratze setzte.

Daniel lächelte. Ja, der Abend war wirklich schön gewesen, obwohl Marla und Mike dabei gewesen waren. Aber seine Schwester nervte ihn nicht mehr, und sogar an Blondie hatte er sich gewöhnt.

»Wir haben noch eine Stunde für uns, bevor du nach Hause musst.« Daniel räusperte sich. Vanessa sah zum Anbeißen aus. Sie trug einen kurzen Rock und eine karierte Strumpfhose, hohe Stiefel und einen Rollkragenpullover, der sich wie eine zweite Haut über ihren Körper legte. Ihre Brustwarzen drückten sich durch den Stoff. Kam das von der Kälte draußen?

Vanessa hatte sich von dem Schock erholt und arbeitete daran, ihre Ängste zu bekämpfen. Nie mehr würde ein Dämon sie belästigen, und Daniel würde ihr auch nicht mehr gefährlich werden. Langsam blühte das alte Vertrauen zwischen ihnen wieder auf.

»Puh, heiß hier drin, oder?«, sagte Vanessa und zog sich den Pullover über den Kopf.

Daniel wollte etwas sagen, sein Mund klappte auf, doch kein Ton kam hervor. Er konnte nur auf den weißen Spitzen-BH starren, der sich perfekt an Vanessas Brüste schmiegte.

»Ist dir nicht auch warm?« Sie grinste frech, wobei sie rot um die Nase wurde. Zu Daniels Überraschung ergriff sie die Initiative und zerrte an seinem Shirt.

Daniel ließ sich nicht bitten und half ihr, sein Oberteil auszuziehen. Dann riss er Vanessa regelrecht in seine Arme.

Ihre Küsse waren so leidenschaftlich, dass Daniel davon schwindlig wurde. Vanessa zerwühlte sein Haar, fuhr an seinem nackten Rücken hinunter und streichelte seine Brust.

Plötzlich zuckte sie zurück und starrte auf seinen Hals. »Kannst du bitte das Amulett abnehmen?«, fragte sie leise.

Daniel nickte und streifte sich den Anhänger über den Kopf. Dann legte er ihn in die Nachttischschublade. Er konnte verstehen, dass Vanessa der Anblick des Horusauges an die schrecklichen Stunden in der Unterwelt erinnerte.

Daniel nahm den Schmuck normalerweise nie ab, nicht einmal zum Duschen, denn seit seine Mutter gesagt hatte, er solle ihn tragen, fühlte er sich damit wirklich beschützt. Sogar die Kuwalski konnte ihn nicht mehr ärgern. Er war viel gelassener als früher. Vielleicht lag das aber auch daran, dass er keine Dämonenkräfte mehr besaß. Leider auch keine Wächtereigenschaften, aber was machte das, er hatte eine Schwester dazubekommen und Vanessa!

Grinsend zog er sie erneut in die Arme. »Du gehst heute ganz schön ran.«

Sie erwiderte nichts, sondern strich über seinen nackten Oberkörper. Wie kleine Elektroschocks jagten ihre Berührungen durch seinen Körper und brachten alles zum Kribbeln. Vanessas Hand wanderte tiefer. Sie legte ihre Finger auf seinen Schritt, lächelte frech und drückte leicht zu.

Stöhnend schloss Daniel die Augen, riss sie aber sofort wieder auf, weil Vanessa ihre Hand wegzog. Sie öffnete tatsächlich ihren BH!

Als Vanessa seine Hand nahm und sie an ihren Busen legte, glaubte sich Daniel im Paradies. Er konnte in Vanessas Augen lesen, dass sie es wollte.

»Bist du dir sicher?«, fragte er mit heiserer Stimme.

»Ganz sicher.« Vanessa stand auf und ging zu dem Stuhl, über dem ihr Parka hing. Aus einer der Taschen holte sie ein kleines silbernes Tütchen. Außerdem schaltete sie die Schreibtischleuchte ein und das grelle Deckenlicht aus. Dann legte sie leise Musik auf.

Als sie zum Bett zurückkam, zog sich Vanessa die Stiefel aus und streifte sich langsam ihren Rock und die Strumpfhose ab.

Hastig öffnete Daniel seine Hose. Lächelnd warf Vanessa das Tütchen aufs Bett und streckte ihm die Arme entgegen.

Daniel ergriff sie, und sie zog ihn auf die Beine. Ganz langsam streifte sie ihm die Hose ab.

Er träumte doch nicht?

Daniel half ihr trotz seiner weichen Knie, und auch Vanessa entledigte sich ihres Slips, sodass sie sich nackt gegenüberstanden. Als sich Vanessa an ihn schmiegte, hoffte Daniel inständig, durch nichts unterbrochen zu werden.

Daniel wusste nicht, wie viel Zeit verging, als sie einfach nur dastanden, sich streichelten und im Takt der Musik wiegten. Wie in einem Rausch musste er Vanessa überall berühren, sie riechen und immer wieder küssen.

Irgendwann fanden sie sich im Bett wieder. Sein Herz raste, als sie ihm das Tütchen reichte. *Bitte, lass das keinen Traum sein*, sagte er sich ständig.

Vanessa lag unter ihm, die Wangen gerötet und das Haar zerzaust, wodurch sie noch hübscher aussah als sonst. Überhaupt war sie Daniel niemals begehrenswerter vorgekommen.

Seine Hände zitterten, als er die Packung aufriss und sich das Kondom überzog. »Bist du dir wirklich sicher?«, fragte er erneut, als er sich auf Vanessa legte.

»Ganz sicher.« Sie lächelte, doch er bemerkte ihre Nervosität.

Ganz behutsam tauchte er in sie. Er spürte Vanessas Widerstand. Sie verkrampfte sich, und auch Daniel fühlte sich ungelenk. Er hatte keine Ahnung, ob er es richtig machte.

»Tu ich dir weh?«, fragte er leise, wobei er durch ihr Haar strich.

»Nein«, hauchte sie. »Ich muss mich nur an dich gewöhnen.«

Sanft drang er weiter vor, bis er ganz in ihr war. So blieb er auf Vanessa liegen, seinen Oberkörper auf den Ellbogen abgestützt, und küsste sie. Ewig konnte er auf diese Art mit ihr verbunden sein. Eins.

Irgendwann hob sie ihm die Hüften entgegen, rieb sich an ihm. Ihre Atmung beschleunigte sich. Das reichte Daniel als Aufforderung. Er begann sich schneller in ihr zu bewegen und glitt mit einer Hand zwischen ihre Körper, um Vanessa zusätzlich zu streicheln.

Als sie plötzlich aufstöhnte, presste Daniel seine Lippen auf ihren Mund, aus Angst, Mom und Dad könnten sie hören. Ihr Inneres krampfte sich um ihn, nun konnte sich auch Daniel nicht mehr beherrschen. Es schlug wie eine Welle über ihm zusammen, schüttelte ihn durch und trug ihn davon. Jeder Muskel zitterte, jeder Nerv kribbelte. Nie war es schöner gewesen …

Als sie wieder zu Atem gekommen waren, lagen sie eng aneinandergekuschelt unter der Decke und streichelten sich. Daniel hoffe, dass es auch Vanessa so gut gefallen hatte, doch so, wie sie ihn anlächelte, bestand daran kein Zweifel. Gerade könnte er die ganze Welt umarmen. Sein Strahlen wollte nicht mehr aufhören.

»Ich muss bald nach Hause«, sagte Vanessa.

»Hmm.« Daniel konnte nicht den Blick von ihr wenden. Aber dann hob er abrupt den Kopf. Obwohl die Musik im Hintergrund spielte, hatte Daniel das leise Knarzen vernommen, das die alte Stufe von sich gab, wenn jemand draufstieg.

Daniel erstarrte. Was sollte er tun? Wenn er zur Tür lief, nackt wie er war, und seine Mom hereinkam? Oder sie Vanessa und ihn hier so vorfand? Wie peinlich!

»Was ist denn?« Vanessa sah ebenfalls alarmiert aus und schaute sich im düsteren Zimmer um. »W-was, Daniel!«

»Keine Sorge.« Vanessa wirkte ängstlich. Nach allem, was sie erlebt hatte … »Mom oder Dad ist im Anmarsch.«

Sie atmete hörbar aus und ließ sich ins Kissen zurücksinken. Daniel hingegen wünschte sich in diesem Augenblick nichts sehnlicher, als seine Kräfte noch zu besitzen, denn dann würde er allein mit Gedankenkraft den Schlüssel herumdrehen.

Klick.

Daniels Kopf fuhr zur Tür herum. Vanessa riss die Augen auf.

Er hatte doch nicht …

Es klopfte. »Daniel? Bist du da?« Es war seine Mom. »Richard sagt, Vanessa ist noch nicht zu Hause.« Der Türknauf drehte sich, aber seine Mutter kam nicht herein. Es war abgeschlossen!

Wie hatte er das gemacht? Sein Herz raste. Was, wenn er wieder zum Dämon wurde? Hastig holte er das Amulett aus der Schublade und schloss die Finger darum. Sofort fühlte er sich besser.

»Ja, wir sind hier, Mom!«, rief er mit zitternder Stimme. »Vanessa kommt gleich.«

»Bin ich doch schon«, wisperte sie und verkniff sich ein Lachen. Dann wurde sie ernst. »Wie hast du das gemacht?«

Daniel zuckte mit den Schultern. »Ich weiß es nicht.«

»Egal, was du bist oder was passiert …« Vanessa schlang die Arme um seinen Hals und küsste ihn. »Ich liebe dich, Danny Dämon.«

Vor diesem Buch ist kein Mädchen sicher!

Bree Despain
URBAT - DIE
DUNKLE GABE
Aus dem amerikanischen
Englisch von
Andreas Brunstermann
432 Seiten
ISBN 978-3-8432-1053-9

Grace Divine, die Tochter des Dorfpastors, wusste schon immer, dass etwas Furchtbares passiert sein musste in jener Nacht, in der Daniel verschwunden war. Voller Schrecken erinnert sie sich daran, wie sie ihren Bruder Jude blutverschmiert auf der Veranda gefunden hat. Als Daniel nach drei Jahren wieder auftaucht, fühlt sich Grace auf unerklärliche Weise zu ihm hingezogen, obwohl sie ihrem Bruder versprechen musste, sich von Daniel fernzuhalten. Was steckt hinter dem dunklen Geheimnis der beiden Jungen? Was schützt die Menschen, die wir lieben? Muss Grace für ihren Bruder und ihren Geliebten ein Opfer bringen, das größer ist als alles, was sie bislang kannte?

Baumhaus

Himmlische Träume, teuflische Liebe

Sabrina Qunaj
TEUFELSHERZ
352 Seiten
ISBN 978-3-8432-1043-0

»Tagsüber werde ich noch wahnsinnig«, murmelte er und legte seine Wange an ihren Scheitel. »Es macht mich wahnsinnig in deiner Nähe und doch so weit von dir entfernt zu sein.«

Die 17-jährige Emily wird dem Schutzengel Damian anvertraut. Doch Damian bricht die Regeln, um sie zu schützen, und fühlt sich immer mehr zu ihr hingezogen. Deshalb dringt er fast jede Nacht in ihre Träume ein – und schon bald empfindet Emily die Tage ohne ihn als lang und einsam. Aber ist Damian wirklich der, für den sie ihn hält? Als Emily die Wahrheit erfährt, bricht für sie eine Welt zusammen. Kann sie seine finsteren Pläne verhindern?

Baumhaus